Giuseppe Fantini - poet
Fousseyni Tr...
Sabrina / m...
Salvatoro ...
Jogoy - Im...
Lucia - Muette

don sans contre-don → les pe

ragazzi

Silence du chœur

Mohamed Mbougar SARR

Silence du chœur

Roman

Présence Africaine Éditions
25 bis, rue des Écoles – 75005 Paris

Je remercie le Centre National du Livre (CNL) qui m'a soutenu dans l'écriture de ce roman en m'accordant une bourse de création en 2016.

M. M. S.

Pour les grands Hommes :
Ali, Bandiougou, Séni, Yves.

« *Nulli est certa domus, lucis habitamus opacis* »
« Personne n'a de demeure fixe ;
nous habitons dans les bois sacrés opaques ».

Virgile, *L'Énéide* (VI, v. 673)

Prologue/Épilogue

L'état duquel il venait de s'éveiller n'était ni le sommeil, ni l'évanouissement, ni même la rêverie; il avait plutôt l'impression d'une chose vide, comme une grande absence, si vague qu'il ne trouvait pas de mot pour la nommer. Il essaya bien, à plusieurs reprises, de se concentrer pour accéder à ses souvenirs; mais chacune de ses tentatives les éloignait sur le grand lac noir que sa mémoire était devenue. Il se leva, remarquant seulement à ce moment-là qu'il était nu, sans rien savoir de ce qu'il avait fait de ses vêtements. Il risqua un nouveau pas dans sa mémoire pour trouver un début de réponse. Les souvenirs, comme ces rêves qui s'effacent progressivement au fur et à mesure qu'au réveil, on tente de les attraper, glissèrent plus loin sur l'obscurité. L'homme renonça. Il se redressa et regarda plus attentivement ce qui l'entourait. Il se trouvait dans un petit bois, entre de grands arbres dont les frondaisons formaient un large auvent au-dessus de sa tête. Il régnait là un silence profond, d'une palpable densité. Il se dit qu'il rêvait peut-être, après tout ; mais à peine cette pensée lui vint-elle qu'il en perçut aussitôt l'absurdité : il savait, d'une certitude si intuitive qu'elle se passait de démonstration, qu'il ne rêvait pas. Aucun rêve, même le plus curieux, ne pouvait paraître si déréalisé ; le réel seul savait être si étrange.

Il allait se lever complètement lorsqu'une voix se mit soudain à résonner en lui. Il ne l'entendait pas à proprement parler : il s'en souvenait. Découragé par ses précédents essais, il n'avait pourtant fait aucun effort pour se replonger dans sa mémoire. Mais la voix était là. C'était une voix de femme. « Tu te réveilleras fou et seul : c'est la condition des derniers et des premiers hommes. Tu es la fin d'un récit et l'ouverture de celui qui vient. L'épilogue de l'un, le prologue de l'autre. À toi de parler. Je t'ai tout transmis. »

Voilà ce qu'avait dit la voix. Lorsqu'elle se tut, l'homme sentit une chose très étrange se produire dans son esprit. Des souvenirs précis et profus le repeuplaient : des phrases, des images, des figures, des sons l'assaillirent et lui revinrent, en masse, tant et si bien que sa mémoire, close quelques instants auparavant, s'ouvrit bientôt sur un passé reconnu.

Il quitta la petite scène au cœur du bosquet. Sa nudité ne le gênait pas : fou, seul, il ne devait plus rien aux autres hommes, ni décence ni pudeur ; non, il ne leur devait plus rien, hormis ce récit que lui avait légué la voix, et dont il était l'ultime dépositaire.

LA LONGUE ARRIVÉE

1

Arrivés depuis quelques heures à peine dans la petite ville, les soixante-douze hommes tentaient toujours de dormir. Ça leur manquait. Et rien, ni leur angoisse, ni une fine lame de lumière qui commençait à atténuer la pénombre du hangar ne les détournait de ce désir : retrouver le sommeil. À leur chevet depuis la veille, Jogoy les regardait se débattre avec cette obsession, mais il savait que leur effort resterait vain car, pour l'heure, aucun repos véritable ne leur était possible. Ce qui manquait vraiment à la plupart de ces hommes, ce n'était pas le sommeil, mais sa seule disposition mentale et morale : l'idée qu'il leur fût encore permis de s'y laisser aller sans crainte.

Jogoy soupira en se frottant les yeux. Son corps aussi avait essuyé le long assaut de l'insomnie. Les premiers picotements d'une profonde fatigue

couraient sur sa nuque telle une colonie de fourmis en plein labeur. Un chien aboya à proximité ; ce fut alors comme la brusque sonnerie
d'un réveil à l'oreille de la petite ville jusqu'alors
endormie ; et elle se mit à s'étirer, bâiller, faire
craquer ses rues. Tous les petits bruits d'une
aube de campagne l'assiégèrent. Le docteur
Pessoto rentra dans le hangar à ce moment-là, ses
jeunes assistants, Gianni et Lucia, sur les talons.
Contrairement à ces derniers, Salvatore Pessoto
ne portait pas de blouse. Il avait de longs cheveux
engrisaillés, attachés en une classieuse queue-
de-cheval en hommage à son idole, « le plus
grand joueur de football de l'histoire : *il Divin
Codino, il ultimo fuoriclasse*, Roberto Baggio ».
Il se dirigea vers Jogoy dès qu'il le repéra. Les deux
hommes avaient fait connaissance grâce au football : la première fois qu'ils s'étaient rencontrés,
Jogoy portait un maillot de leur équipe préférée, la Juventus de Turin. Cela avait suffi à scel-
ler l'une de ces grandes amitiés que fondent et
raffermissent les passions communes.

— Comment était la nuit, *mi caro Leone* ?
demanda le médecin en serrant la main de son ami.

— Sommeil agité, Toto, lui répondit Jogoy.
Plusieurs d'entre eux se sont réveillés en hurlant.

— Des cauchemars. Comme d'habitude. Ça ne devrait plus t'étonner.

— Non, ça ne m'étonne plus.

Ils se turent. Un grand ronflement, ou quelque chose qui voulait se faire passer comme tel, monta dans la pièce mais creva aussitôt et retomba, oiseau désailé en plein vol.

— Tu as vu le match hier soir ? reprit le docteur Pessoto sans cesser de regarder les dormeurs frustrés. Non ? Roma-Inter. 2-2. Ça fait les affaires du Milan, ça. Mais ils vont tous voir, quand la Juventus remontera en Série A !

Les deux amis avaient essayé de parler très bas, à la limite du chuchotement, bien que le médecin se fût légèrement excité en parlant de la Juventus. Mais tous deux savaient qu'aucun de leurs mots, même étouffé, n'avait échappé à l'oreille inquiète des hommes couchés devant eux. Ceux-ci ne bougeaient pas, cependant : chacun pensait qu'ouvrir les yeux avant ses camarades était la preuve qu'il souffrait moins qu'eux.

— J'espère qu'on arrangera rapidement leur situation, dit Salvatore Pessoto.

— La situation de la Juventus ?

— Non, la leur, répondit le médecin en montrant du nez les hommes devant lui.

— Ah, eux… Tu sais comment ça se passe.

Pessoto ne dit rien. Jogoy avait raison : il savait très bien comment ça se passait. Au fond, son vœu était rhétorique comme on le disait d'une question. Il en connaissait la réponse, et ne l'avait émis que pour la forme, pour dire quelque chose de vaguement optimiste, quelque chose, donc, qui n'était pas le réel, mais le masque dont son esprit désirait le recouvrir pour éviter de le regarder dans les yeux. À bien y regarder, toutefois, ce n'était pas tant au réel qu'à son propre visage que Pessoto mettait un masque ; un étrange masque ; un masque sans trous pour les yeux, opaque, derrière lequel il importait moins de se dissimuler que de disparaître totalement en murmurant : « ce que je veux, ce n'est pas éviter d'être reconnu, mais ne rien reconnaître de ce monde, ne rien en voir ». Pessoto avait volontairement voulu se crever les yeux pour échapper à ce qui s'agitait pitoyablement devant lui : un échantillon de la misère humaine. Mais il avait échoué. Il continuait à voir, il entendait encore. Les mots de Jogoy résonnaient toujours dans son esprit, mais la phrase avait quitté la voix familière et bienveillante de son ami ; elle s'en était dépouillée pour en gagner une autre, blanche et anonyme, qui lui donnait un écho et un poids plus implacables : « tu sais comment ça se passe ».

— Espérons plutôt qu'il y aura de bons joueurs dans le lot, dit Jogoy, arrachant le médecin à la terrible voix blanche. Notre équipe doit gagner cette année. Je sens que c'est notre heure.

— On verra, dit Pessoto. Bon, allez, *mi caro Leone*, tu devrais te reposer un peu avant la visite médicale. On aura besoin de toi à ce moment-là. Les dames de l'association nous rejoindront tout à l'heure. Gianni, Lucia et moi allons vérifier de petites choses avant leur arrivée. Ciao.

Il s'engagea ensuite dans une allée, entre deux rangées de couchettes. Ses assistants, qui étaient restés un peu à l'écart, lui emboîtèrent le pas après avoir chacun salué Jogoy à sa manière : la belle Lucia d'un grand sourire qu'accompagnait un petit signe de la main et Gianni, qui était plus timide, d'un bref hochement de tête. Jogoy jeta un dernier regard vers ces corps étendus entre lesquels la petite équipe médicale circulait comme au milieu d'un labyrinthe de tombes, puis il quitta le hangar.

Une lumière acérée l'éblouit dès qu'il sortit. Barbier méticuleux, le soleil rasait déjà de près les crêtes des montagnes. Quelques *mamas* aux complexions de caryatides remplissaient le cadre des fenêtres auxquelles elles étendaient du linge en fredonnant des chansons populaires ou la dernière ballade romantique du sex-symbol désormais grisonnant de leur jeunesse. Les hommes, verbe haut, allaient à la *Tavola di Luca*, le café le plus connu du bourg, le seul qui ouvrît tôt. Une légère brise courait la ville avec la grâce tragique des choses qui ne dureraient pas ; dans une heure ou moins, l'accablante chaleur de l'été la dissiperait jusqu'au soir. Jogoy emprunta l'une des ruelles pavées qui sinuaient en direction du centre historique comme autant de veines vers un grand cœur. Dans le battement de celui-ci, régulier et ample, il crut entendre un écho surgi du passé. C'était la voix de ce beau lieu ancien. La Sicile. Altino se trouvait à l'intérieur de ses terres, au milieu d'une campagne qu'on eût pu croire jaillie d'un vers des *Géorgiques*. La petite ville était bâtie non loin d'une grande aire de fouilles archéologiques de laquelle on extrayait, depuis longtemps déjà, les traces de toutes les cultures qui avaient passé là. Le petit musée d'Altino faisait la fierté de ses habitants. Sa pièce maîtresse était une statue d'Athéna du IIIe siècle avant Jésus-Christ, qu'on considérait comme l'allégorie de la mémoire de la ville. Enfouie dans la terre d'Altino pendant des siècles, elle témoignait d'une longue histoire.

Jogoy l'aimait ; cependant, ce qu'il préférait, c'était regarder le paysage de collines qui entourait la cité. Il s'arrêta un moment sur la *villa*, un belvédère d'où, selon les habitants d'Altino, l'on jouissait de la plus belle des vues de toute la région. C'était vrai : le panorama parlait sa propre langue – la beauté – dont le vertige était la seule grammaire possible. À l'horizon, le morfil d'une grande dague imaginaire traçait de fines lignes de crêtes, cordes à linge tendues au-dessus des vallées, attendant qu'on y suspende oliveraies, pinèdes, hêtraies, champs d'oranges et autres figuiers de barbarie que le soleil d'ici mouillait chaque jour jusqu'aux racines. Villages et hameaux ruisselaient aux flancs des collines, tremblants dans la lumière. Et à la limite de la vue, émergeant des brumes matinales comme Aphrodite des écumes de la mer, Jogoy la voyait, à moitié nue, enroulée dans ses draps de nuages défaits. L'Etna. Le volcan, figure féminine pour les Siciliens, soufflait de fines vapeurs blanches.

« *A mossa* », murmura Jogoy. « C'est beau », en sérère, sa langue maternelle. Il se remit en marche, arriva bientôt au centre-ville, traversa la grande place et passa devant la *Tavola di Luca,* où une vingtaine d'hommes buvaient leur café, commentant du bout des lèvres, d'un air faussement dédaigneux, les ragots tout chauds du jour ou ceux, un peu rassis et réchauffés (mais c'étaient les meilleurs) de la veille. Là se découvrait l'âme de tout un pays. Jogoy la contempla un temps, puis continua vers le studio qu'il louait.

Vera et Vincenzo, le couple de propriétaires, dormaient encore. Jogoy savait qu'après une nuit passée dans leur atelier, au dernier étage, ils ne seraient levés qu'en début d'après-midi. Quelques jours auparavant, ils lui avaient annoncé qu'ils se lançaient dans la création d'un nouveau cycle d'œuvres. Ils étaient peintres. Jogoy gagna son petit logement. Sa chambre comptait pour seuls meubles une grande armoire, un lit trop petit pour lui, et un vieux secrétaire dont Vera avait hérité d'une arrière-grand-tante aussi sénile que raciste. De peur d'invoquer le fantôme de cette terrible aïeule, Jogoy ne posait presque jamais rien sur ce meuble. Seul y demeurait, fermé, un vieux carnet noir où il avait commencé à raconter son histoire, mais dans lequel il n'avait plus écrit une phrase depuis longtemps. Ça le frustrait. L'envie de balancer le carnet du haut de la *villa* le démangeait d'ailleurs de plus en plus.

Fuyant le journal, ses yeux rencontrèrent l'affiche au-dessus du bureau. Sur celle-ci, l'emblème de la Sicile, la *Trinacria*, le défiait. C'était une tête de Gorgone à la fourmillante chevelure de serpents, auréolée d'épis de blés et de trois jambes humaines. Jogoy en soutint la vue, qu'il préférait à celle du carnet. Les effets de sa nuit de veille s'abattirent brusquement sur lui comme des coups de pilon. Sur sa nuque, les fourmis se mirent à le piquer. Les vipères s'agitaient dans l'entrelacs de la chevelure noire, menaçant de jaillir de l'affiche et de lui sauter à la gueule ; les jambes arrachées tournoyaient de plus en plus vite comme une hélice de chair détraquée ; le regard de Méduse s'ouvrit comme un gouffre devant lui ; Jogoy y tomba, aussi lourd qu'une grosse pierre. Il s'écroula sur le lit, et se sentit honteux de s'endormir si facilement alors qu'il avait passé la nuit à veiller des hommes dont le sommeil avait été impossible. L'impression qu'il trahissait leur fraternité d'insomniaques ne le quitta pas, même au plus profond de son sommeil.

2

« Je ne sais pas où ces deux-là trouvent la force de ne pas sortir. »

Le docteur Pessoto s'était précipité au dehors aussitôt que ses assistants et lui eurent fini leur ronde. L'idée d'attendre à l'intérieur, face aux soixante-douze hommes, lui était insoutenable. Il connaissait par cœur le protocole de ces scènes de réveil, au cours desquelles il croyait toujours entendre, battant ses premières mesures, la musique d'un drame prévisible en deux actes. D'abord, les ragazzi ouvriraient les yeux et resteraient incrédules, un peu soupçonneux : l'espoir les avait tellement joués, tellement balancés comme de vulgaires dés sur sa table d'infortune, qu'ils suspecteraient chacune de ses manifestations d'être pipée. Puis, deuxième acte, ils se rendraient compte, après ces longues minutes d'incrédulité, que tout cela était bien réel. La suspicion s'évanouirait ; une grande clameur d'allégresse monterait et demeurerait suspendue en l'air. Plusieurs langues se croiseraient dans le hangar, le transformant en une étrange Tour de Babel qui aurait atteint le ciel malgré le brouillage opéré par Dieu. L'espoir renaîtrait, hélas. Cela se passait toujours ainsi. Pessoto le savait.

Il se sentait de plus en plus pris en otage par une situation dont il n'était pas individuellement responsable, mais qu'on l'obligeait tous les jours à assumer seul. Malgré toutes les belles âmes – il en faisait partie – qui se démenaient *ensemble* pour que les choses soient moins dramatiques ou, du moins, en donnent l'apparence, Pessoto ne se leurrait pas : ce que ces braves volontés avaient en partage, ce n'était pas le sentiment d'un effort collectif qui portait peu à peu ses fruits, mais une désespérante solitude devant une tâche qui l'était tout autant.

Il attendit dehors l'arrivée du petit-déjeuner, inspirant à profonds traits les dernières fraîcheurs du petit jour. Première cigarette. La matinée allait être longue ; il ne pouvait espérer rentrer chez lui avant le milieu de l'après-midi au moins. En partant à l'aube, il avait dit à Angela qu'il ne reviendrait certainement pas pour le déjeuner. Le visage de sa femme s'était assombri, mais elle ne lui avait pas refusé le baiser qu'il était allé lui donner sur le front avant de sortir. Elle supportait de moins en moins qu'il fût si souvent occupé et lui avait à plusieurs reprises demandé d'être plus présent auprès de leurs deux enfants, Ricardo et Erica.

Il détacha sa queue de cheval et passa ses doigts dans sa chevelure lâchée. Quelques minutes plus tard, un peu aveuglé par le soleil, il vit arriver, remontant la rue qui menait au hangar, plusieurs silhouettes. Il ne reconnut Sabrina, sœur Maria et Carla que lorsqu'elles furent à quelques mètres de lui. Elles devançaient un groupe de quatre hommes qui poussaient chacun une roulotte.

— Les trois grâces… *Salve!* Vous arrivez au bon moment, j'allais avoir faim, dit lentement Pessoto.

— Bonjour, Toto! répondit énergiquement Sabrina, une grande femme brune. Ah tiens, je ne t'avais jamais vu avec les cheveux lâchés. Ça te va bien mieux! Vous ne trouvez pas les filles? Tu ressembles un peu à Beethoven, avec cet air un peu fou, déterminé, génial, *no?*

— Un peu sourd aussi, *si? Basta!* Compare-moi au *Divin Codino*, Sabrina. « Tu ressembles à Roberto Baggio », voilà le seul compliment que j'accepte.

— Même te dire que tu es le meilleur médecin de la ville ne te flatte plus? dit la plus jeune des trois femmes, qui avait les cheveux blonds et coupés courts.

— Non, *mi cara* Carla, puisque je suis le seul médecin d'Altino. Dépêchez-vous en tout cas, poursuivit le docteur Pessoto en indiquant le hangar, sans laisser aux trois femmes le temps de sourire. Je crois que certains ont très faim. Gianni et Lucia vous attendent à l'intérieur. Jogoy est parti il y a un peu moins d'une demi-heure, dit le médecin en se recoiffant.

— Il faut qu'il revienne vite, dit Sabrina. On aura besoin de lui. Pas de problèmes graves, sinon? poursuivit-elle en faisant signe aux quatre hommes qui poussaient les roulottes de les devancer dans le hangar.

— Le même, répondit le docteur Pessoto tandis que les pousseurs de roulottes rentraient dans le dortoir. Le problème, le seul problème grave, Sabrina, c'est qu'ils soient ici.

— Salvatore! protesta la troisième femme, une religieuse voilée. Tu n'as pas le droit de dire ça. Mets-toi à leur place! Qu'aurais-tu fait?

— Cette question est un piège moral terrible. Ce que j'aurais fait, je l'ignore. On ne peut pas se

29

mettre à leur place. Personne ne le peut. Personne
n'est capable de…

— Tu parles comme si l'empathie n'existait pas!
l'interrompit sœur Maria, outrée. Tu…

— Ah, l'empathie…

Coupant à son tour la nonne dans son discours,
Pessoto avait répété le mot « empathie » avec un
ton d'épuisement mêlé de sarcasme, comme s'il
avait depuis longtemps vu sa fatale irruption dans
la discussion, bien avant que celle-ci ait commencé.
Il eut un ricanement bref, amer et ironique, puis
poursuivit :

— L'empathie… On a inventé ça pour se
donner bonne conscience. Oui. Pour supporter
– ou se cacher, c'est pareil – le fait qu'on ne peut
jamais sortir de soi et se mettre vraiment à la place
d'un autre. C'est la plus vieille illusion humaine.
Comment pourrait-on, dis-moi, comment pourrait-on comprendre un autre homme, alors qu'on a
bien souvent un mal de chien à élucider nos propres
sentiments, même les plus simples? Et comment,
à plus forte raison, pouvoir comprendre l'une
des choses les plus complexes qui soient chez un
homme : la peine? Quelle arrogance permet ça?
Ces hommes sont à leur place et on est à la nôtre.
On ne peut rien savoir de leur souffrance. Encore

moins la calmer. Ils ne devraient pas être là. C'est comme ça.

Il se tut et tira longuement, nerveusement sur sa cigarette. Il s'était un peu irrité et sa voix, qui était montée d'un ton, avait tremblé sur la fin. Il respirait fort, haletait presque, comme s'il sortait d'une intense épreuve physique ou d'un aveu capital. Déjà sœur Maria ouvrait la bouche pour répliquer, et vertement, s'il en jugeait par le vif empourprement de son visage d'habitude si serein. Il ne lui en laissa pas le temps. Au prix d'un grand effort, d'une voix moins irritée, donc plus désespérée, Pessoto reprit :

— Oui, je sais. C'est terrible. Ce que je dis peut te révolter sœur Maria. C'est aussi le discours des nihilistes. Pire : des xénophobes et des fascistes, je sais. Mais… Je me demande s'il n'y a pas quelque chose de vrai dans leur constat. Leurs explications et les conséquences qu'ils tirent de tout ça sont fausses, bien sûr, encore que… Mais le constat… Le simple et lucide constat, sans idéologie, sans haine… Ces hommes sont là, et c'est terrible. Dans cet état, encore plus : immense fatigue physique, plaies et égratignures, manque de sommeil, déshydratation, tension nerveuse, faim, grand épuisement mental. Mais le pire…

Le docteur Pessoto jeta le mégot de sa cigarette et en porta aussitôt une autre à ses lèvres, qu'il alluma d'un geste machinal et poli par l'habitude.

— ... le pire, poursuivit-il en rejetant la fumée en l'air, et sans vraiment qu'on sût si c'était pour lui-même ou pour ses interlocutrices, le pire, mes trois grâces, c'est qu'ils y croient encore. Très fort. Ça se voit dans leurs yeux. Mais pour ça, on a l'habitude. On sait comment tout ça va se terminer, *no* ?

Les trois femmes ne répondirent d'abord pas. Et leur silence eût pu avoir le sens d'un « oui, nous savons » si Carla, la jeune femme blonde, n'avait fini par parler :

— Non, personne ne sait, Toto. Personne ne sait comment ça va finir. Pas même toi. Et heureusement.

— *Bôh !* dit Pessoto, en effectuant le caractéristique mouvement de mains et d'épaules qui accompagnait invariablement cette interjection.

Les vrais Siciliens seuls connaissent le sens véritable (et variable) de ce petit mot qui, selon le contexte et le ton dans lesquels on l'employait, pouvait vouloir dire : « oui », « non », « certes », « peut-être », « peut-être pas », « je ne sais pas », « c'est indécidable », « on verra », « Dieu seul sait », « c'est vraisemblable », « c'est peu probable », ou tout cela à la fois.

S'accordant sur le sens du « *bôh!* » qui venait d'être dit, Pessoto, Carla, Sabrina et sœur Maria demeurèrent quelques instants dans un étrange silence. Les trois femmes finirent par rentrer dans le dortoir sans qu'aucun mot ne fût rajouté.

Demeuré seul, Salvatore « Toto » Pessoto jeta un regard fatigué vers les montagnes, pensif et un peu triste. Quelques minutes plus tard, des cris s'élevèrent : la Babel de joie, comme il l'avait prévu, se dressait dans une clameur enivrée. Il se décida à retourner dans le hangar. « Non, Carla : on n'est pas là parce qu'on ne sait pas comment ça va finir. Non. On est là parce qu'on sait comment ça va se passer mais qu'on ne veut pas se résigner à reconnaître qu'on n'y peut rien. Je ne peux rien du tout pour eux. Je le sais. Ça me fout la honte. C'est cette honte qui me tue. On ne meurt pas de leur détresse, on meurt de notre incapacité à y mettre vraiment fin. On pourrait les abandonner à leur sort. Mais ce choix serait encore plus honteux, plus mortel, plus insupportable pour nous, nous les grands humanistes à l'éthique impeccable, *no* ? Entre deux hontes, on choisit celle qui tue le moins vite. C'est ça l'honneur des gens qu'on dit bien. C'est tout ce qui leur reste. Nous reste. La voilà, la vérité. »

Lorsqu'il rentra, l'euphorie du dortoir n'était toujours pas retombée. Tandis qu'il regardait cette masse en liesse, ses yeux devinrent de plus en plus durs. Il se surprit à éprouver pour ces hommes qui se réjouissaient d'être accueillis ici une pitié mêlée de haine. Ce sentiment dura quelques minutes sans qu'il essaie de l'élucider ou d'y mettre un terme et, lorsqu'enfin il se dissipa, Salvatore Pessoto ne sentit plus en lui qu'un grand vide.

Les trois grâces, assistées par les hommes qui les y avaient poussées, s'affairaient autour des roulottes. On allait servir le petit-déjeuner.

3

Le vieux Giuseppe Fantini n'avait pas quitté sa fenêtre depuis des heures. Il avait patiemment regardé la nuit céder la place à la lumière. C'était l'un des moments qu'il préférait : voir le jour, et non simplement le soleil, se lever. Ses rhumatismes disparaissaient pendant ces instants enchantés, comme s'ils lui accordaient une trêve. Bandino somnolait à son côté sur une petite moquette. Quelques nuages défilaient avec l'innocence d'une procession de vestales ; les heures passaient, point le temps ; au loin, l'Etna bâillait franchement, comme un enfant, sans couvrir sa bouche du revers de la main. Fantini était heureux en ce lieu, à cet instant. Il aurait pu y rester. *Otium*.

Il savait que personne ne viendrait le déranger. Nul n'oserait. Les habitants n'ignoraient pas qu'il aimait sa fière et intransigeante solitude. Mais ils vouaient trop de respect et d'admiration au vieil homme pour lui en vouloir. Car Giuseppe Fantini était, bien qu'il s'en défendît voire s'en fichât parfaitement désormais, l'une de leurs fiertés. Une fierté sicilienne, nationale, mondiale. Tout le monde le connaissait ; et même si, depuis de nombreuses années, il vivait de plus en plus retiré du monde, on n'oubliait pas qu'il était un poète, le plus grand poète vivant d'Italie. On avait traduit ses vers dans d'innombrables langues ; on avait lu ses poèmes ; on les avait enseignés à des générations d'écoliers et d'étudiants. On l'avait vu, à la télé, recevoir des prix internationaux prestigieux ; écouté, à la radio, de sa claire voix, prononcer des allocutions remplies d'une sensible et humble beauté devant des auditoires augustes. Il n'avait pas toujours été ce poète sauvage, bien qu'il eût toujours manifesté beaucoup de réserve. Pendant la majeure partie de sa carrière, il avait été sociable et disponible, répondant aux mille et une sollicitations qui affluaient de toutes parts. Régulièrement, pendant plusieurs décennies, son nom était revenu dans la liste des potentiels récipiendaires du Prix Nobel de Littérature. Aux heures les plus éclatantes de sa gloire, il n'y avait guère plus eu que quelques footballeurs, une ou deux *bella donne*, le grand Parrain de la mafia sicilienne, le Pape, et Dante, naturellement, pour devancer Giuseppe Fantini au panthéon des personnalités les plus populaires de la Botte, tous siècles confondus.

Il fut un temps où, lorsqu'il promenait sa grande silhouette élégante dans les rues de la ville, devancé par Bandino, de joyeuses nuées d'enfants tourbillonnaient autour de lui, couraient dans son sillage, l'accompagnaient de leur gaieté séraphique. Et les hommes le saluaient en ôtant leurs chapeaux et leurs bérets un peu râpés, lançant des « *Ave Maestro !* » sonores ; et les femmes venaient à lui avec un grand sourire, lui prenaient la main, lui offraient des fruits secs, des paniers de légumes ou un bouquet de fleurs. Lui, un peu étonné, simple et avenant, avait un sourire, une parole bienveillante, des bonbons, un conseil, un remerciement, une écoute pour chacun.

Sa grande maison au nord de la ville avait souvent été ouverte aux gens. Il l'avait achetée au début de sa carrière, quarante-cinq ans auparavant, avec l'argent que lui avait rapporté son premier recueil, l'un des plus connus, *Le Sang sur la pierre*. À trente ans, jeune poète prometteur, il était tout de suite tombé amoureux d'Altino et de cette grande maison racée que lui avait cédé pour fort peu une vieille aristocrate excentrique, laquelle avait décidé de quitter le centre de la Sicile pour rejoindre son amant, un Tunisien trois fois plus jeune qu'elle, vendeur de narguilés dans un souk à Monastir. La bâtisse s'élevait sur trois niveaux pourvus chacun de plusieurs grandes fenêtres que Fantini laissait presque toujours ouvertes en dehors de l'hiver. Celui-ci à peine passé, tout le printemps et tout l'été s'engouffraient par les fenêtres, faisant de la grande maison leur synecdoque, leur théâtre réduit. Fantini y habitait seul désormais. Il avait bien eu une bonne douzaine de compagnes, mais n'avait jamais souhaité d'autre descendance que poétique. Il avait sans cesse répété à ses amantes qu'il ne vivait réellement que dans et pour son œuvre. Nulle parmi celles-ci ne voulut d'une telle vie. Elles finirent toutes par le quitter.

Son cabinet de travail se trouvait au deuxième étage. C'était dans ce bureau qu'il avait composé les œuvres qui tissèrent sa gloire et firent son succès ; là qu'il avait reçu ses pairs les plus illustres et les gens les plus humbles. Dans le temps, on l'y visitait comme on allait à un pèlerinage.

Mais tout cela avait changé depuis une quinzaine d'années environ. Désormais, la maison du poète était souvent fermée. Les fenêtres closes avaient l'allure de grandes plaies sur les murs. Les odeurs n'y éclataient plus. La lumière s'y glissait avec peine par de minces interstices, sans splendeur. Fantini pouvait y rester cloîtré des semaines entières, sans voir personne, sans même qu'on sût s'il était là ou non. Les rares fois qu'il retournait dans les rues de la ville, on ne venait plus à lui et les enfants ne jouaient plus à son côté. Non qu'on le détestât : on ne hait pas un grand poète ; simplement, on le comprenait. On comprenait qu'il voulût vivre dans un silence dont il avait peut-être eu la nostalgie toute sa vie. Quinze ans auparavant, alors que l'on attendait que son Œuvre s'enrichît de nouveaux joyaux, il avait brutalement cessé d'écrire, sans aucune explication. Les premiers temps, on crut que ce n'était qu'une crise passagère, de celles-là que traversent tous les grands artistes, et au sortir desquelles ils ramènent de leurs enfers intérieurs un chef-d'œuvre absolu. L'on dut pourtant, avec le temps, se rendre à l'évidence : ce n'était pas qu'une crise provisoire ; quatre, cinq, six années passèrent en effet sans que le poète publiât. Ce silence s'accompagna d'un changement d'attitude tout aussi brutal : Fantini devint solitaire, agoraphobe, taciturne. Il ne recevait plus personne, ni journalistes ni étudiants ni éditeurs, point même ses pairs.

On se pressa à sa porte tant par inquiétude que par curiosité. Il ne répondit plus jamais, s'enfermant chez lui et dans un silence farouche.

Son retrait prit les allures d'un renoncement à la poésie, d'un adieu à la littérature, avec tout le cortège de fascination et de mythologie qu'un tel geste hale toujours à sa suite. Le mystère dont il désirait s'envelopper était intolérable à la société, qui n'admettait pas qu'on désirât ainsi se soustraire à son regard. Des paparazzis campèrent des semaines devant sa demeure, prêts à percer le secret de cette réclusion inexpliquée. On fouilla dans ses poubelles pour trouver des indices et reconstituer sa vie secrète. Dans l'une de ces poubelles, on trouva un jour une vieille feuille froissée. Elle se vendit aux enchères quelques dizaines de milliers d'euros. C'était une liste de courses que le poète, sans doute pour s'amuser, avait écrite sous la forme d'un rondeau. Son acquéreur reçut des demandes de plusieurs musées qui voulurent exposer le premier écrit connu de Fantini depuis des années. Les thèses les plus extravagantes circulèrent sur les raisons de ce subit abandon de la création. On ne comprenait pas qu'un artiste, peut-être le plus grand de sa génération, délaissât tout ce à quoi il avait consacré son existence.

Derrière le renoncement, on imagina quelque drame mystérieux et terrible. C'était tantôt le prix que le poète devait payer au Diable après un pacte faustien, tantôt sa manière d'expier un crime inavouable commis dans sa jeunesse et dont la faute revenait le hanter ; à moins que ce ne fût banalement parce qu'il avait à jamais perdu l'inspiration – mais cette dernière hypothèse était tenue pour la plus farfelue : un grand poète, italien de surcroît, ne pouvait raisonnablement pas perdre l'inspiration. Un jour, on affirmait que le Maestro avait sombré dans la dépression puis la folie, soudainement, comme ça, comme Nietzsche ; un autre, on disait qu'il était gravement malade et à l'agonie. Plusieurs fois, bien entendu, on le tua. Emportée par l'élan qui la nourrissait, la rumeur frôla l'extravagance, flirta avec la légende, toucha même au mystère religieux ; elle devint bientôt un pur espace de fantasme, d'utopie et d'invention narrative dont les plus inspirés firent leur miel. Chacun devint un grand romancier, un scénariste génial devant cette formidable matière qu'était le retrait de Fantini. Les récits fantastiques continuèrent, se multiplièrent, se complexifièrent. Fantini ne fit rien pour y mettre un terme. Il semblait autant s'en soucier que Dieu des hommes. Au grand bonheur de l'opinion, qui put ainsi continuer à s'en donner à cœur joie. Avec les années, cependant, on finit par passer à autre chose. Peut-être la vérité sur l'affaire Fantini n'était-elle pas si intéressante que ça. Le poète s'était obstiné dans le silence, tant et si bien qu'il réussit l'exploit de lasser la rumeur.

Quand il arrivait qu'il se montre dans la ville, personne n'osait plus venir parler au poète. Bandino le devançait toujours, mais marchait maintenant d'un pas lent et solennel. Sur leur passage, des chapeaux étaient toujours levés, mais il n'était pas certain qu'il les vît ; quelques « Maestro » étaient toujours lancés, mais qui eût su dire s'il les entendait ? Le visage fermé et dur, il se contentait simplement, parfois, de faire de brefs et imperceptibles signes de tête que les habitants tenaient désormais pour les seules réponses à leurs saluts et à leurs hommages. La plupart du temps, cependant, il ne se donnait même plus la peine de réagir à ces marques de considération qu'il semblait tenir pour de futiles obséquiosités et même mépriser. Il marchait dans la ville d'un air buté et orgueilleux, auréolé d'une morgue superbe qui décourageait voire interdisait toute tentative de l'approcher, comme si tout son être, craignant que ceux-ci ne le souillent de leur impureté, disait aux autres hommes : « *Noli me tangere* ». Il ressemblait à un animal sauvage, majestueux et solitaire, à la fois aimé et redouté des sujets qui peuplaient son territoire et dont il dédaignait la compagnie. Un autre que Giuseppe Fantini eût-il fait preuve d'une telle attitude que l'opinion sicilienne, la plus féroce au monde, l'eût sitôt méprisé, honni, brûlé en effigie en place publique. Mais c'était Giuseppe Fantini. C'était un grand Poète.

Le soleil promettait des heures étincelantes et torrides. Le long des petits sentiers qui fumaient sous la chaleur, les vieilles pierres sèches chauffaient, masses sombres et paresseuses. Chaque pied, chaque patte, chaque sabot qui foulait le sol, même légèrement, suffisait à en lever une fine poussière qui refusait ensuite de retomber, tourbillonnant comme un voile transparent et chaud. À peine née, la journée s'étouffait déjà avec sa propre énergie, qu'elle n'arrivait plus à contenir. La campagne, jaunie par endroits, noircie à d'autres, toute parsemée de chapeaux de paysans aux champs, de silhouettes d'épouvantails aux habits gonflés par le vent, d'odeurs d'éteules fraîchement moissonnées, et de mirages, menaçait de s'embraser à tout moment. D'un bleu jusqu'alors pur, le ciel tendait maintenant vers un blanc de craie et, lorsqu'on y hasardait le regard, l'éclat qui en tombait était si fort qu'on n'y distinguait plus ni nuages, ni oiseaux, ni soleil, mais, radieuse de lumière et suffocante de chaleur, une étendue unie qui éblouissait le visage et obligeait le front à l'humilité. La stridulation continue d'invisibles cigales, les lourdes odeurs des fruits trop mûrs, du cuir chaud et de la terre qu'on retournait, le poudroiement de l'intense lumière qui faisait chanceler l'horizon, le souffle ardent du sirocco, vent désertique dont l'aridité pouvait rendre fou, la nudité provocante du ciel, la rumeur laborieuse des artisans au travail, tout cela s'élevait de la ville, fermentait sous la chaleur, s'alliait pour saturer l'air d'une sensualité qui faisait tourner la tête aux hommes comme une belle femme dans la rue ou un vieil alcool pur. Le poète le but directement au goulot, sans manières, à grandes rasades, si avidement que cela coula de ses lèvres et se perdit dans l'emmêlement de sa barbe. En lui, montait une généreuse ivresse. Le grand verset de la vie quotidienne se déroulait, cherchant son rythme et sa justesse. Encore quelques minutes. Quelques secondes. L'éternité. Puis il ferma sa fenêtre. Bandino se leva, étira sa grosse masse et suivit son maître qui gravissait les marches de l'escalier vers sa chambre. Il fallait retourner aux affaires. *Negotium.*

La trêve s'achevait : ses genoux et son dos recommencèrent à le mettre au supplice. Il aurait aimé aller se promener dans la ville au cours de la matinée, mais la chaleur qui gouttait du ciel le poussa à remettre cette excursion à plus tard, en début de soirée, lorsque la température se montrerait plus clémente.

4

Au sortir d'un épuisant sommeil, Fousseyni Traoré eut besoin de quelques minutes pour se rappeler l'endroit où il se trouvait. À chaque réveil, c'était pareil : il lui fallait faire la part des rêves, des cauchemars, des souvenirs et du réel. Cette quotidienne opération de mise à jour mentale avait des airs de rituel. Il l'accomplit. Peu à peu, les événements se précisèrent, et il se situa. Adama n'était pas là. Il savait qu'il ne serait pas là, mais avait regardé quand même, par réflexe, dans le fol espoir qu'un miracle se produisît et qu'il retrouvât son ami à ses côtés. Mais il n'y avait pas de miracles pour les gens comme lui : il n'y avait que la réalité. Adama lui manquait.

Il perçut soudain le grincement d'une porte qu'on ouvrait, et ferma aussitôt les yeux. Plusieurs personnes étaient entrées dans l'espace où ils se

46

trouvaient, et se mirent aussitôt à parler. Deux hommes. Mais ils chuchotaient si bas que Fousseyni, même s'il entendait, ne comprenait rien à leur dialogue. Un bruyant ronflement monta dans le silence de la pièce. Les deux hommes reprirent leur discussion. L'un semblait passionné par ce qu'il disait. Il éleva quelques secondes la voix. Fousseyni capta au vol le mot Juventus. Les deux hommes se turent un temps, reparlèrent brièvement, puis Fousseyni entendit la porte se rouvrir.

Pendant quelques secondes, il n'y eut plus aucun bruit, puis des pas se rapprochèrent. Il ferma les yeux et plongea plus profond en lui. Les pas s'avançaient toujours. Fousseyni cessa de respirer : ils étaient à côté, tout à côté, immédiatement derrière lui. C'était un pas régulier, très léger, qui ne martelait pas la terre. Une odeur accompagnait ce pas, une odeur d'orange, douce et enivrante. Elle le submergea quelques secondes, puis le pas s'éloigna.

Une voix – la même voix passionnée qu'il avait entendue tout à l'heure – dit quelque chose, puis la porte s'ouvrit encore et se referma rapidement. Il sentait que les autres, ses camarades, s'impatientaient : sur leurs couchettes, ils montraient de plus en plus de signes d'inquiétude. Comme lui, ils avaient envie de savoir ce qui les attendait, ce qu'ils allaient devenir. La porte de la grande chambre se rouvrit. Il jeta un regard discret vers l'entrée, et vit quatre hommes rentrer. Chacun d'eux avait une sorte de pousse-pousse qui ressemblait à celui de Maïga, le vendeur de sandwichs, de couscous et de lait caillé qui parcourait son quartier en vantant ses produits à la criée. Des lampes furent soudain allumées. Leur lumière blanche lui fit mal aux yeux. À côté de lui, des formes se redressaient. Un brouhaha montait doucement dans la pièce. La porte du dortoir s'ouvrit encore. Trois femmes rentrèrent. Fousseyni les reconnut immédiatement : celle qui portait le voile des sœurs, celle qui avait les cheveux courts, et celle aux longs cheveux noirs, qui était la plus grande. Elles étaient toutes les trois présentes la veille, à leur arrivée La grande femme brune tapa dans ses mains pour demander l'attention. Tout le monde était réveillé. Elle écarta les bras puis, dans un français qu'un fort accent égayait, dit d'une voix forte :

— *Bienbénue en Italia, bienbénue à Altino! Ici, vous êtes en sécurité! La peur est finie!*

À ces mots, les hommes qui parlaient un peu français se mirent à pousser de grands cris de joie et à applaudir. Les autres, à la réaction de leurs camarades, comprirent que la nouvelle était bonne, et les imitèrent. Fousseyni, à l'inverse, demeurait sans voix. L'un de ses voisins, un homme ventru et moustachu aux épaules puissantes, se jeta sur son lit, le prit dans ses bras avec une force terrible, l'embrassa, le relâcha, courut étreindre un autre en criant : « Enfin ! Enfin ! On y est, on entre au paradis ! On entre au paradis ! » Ivre de joie, il répétait : « On entre au paradis ! On va trouver l'argent ! ». C'était un grand cri de libération, de violente allégresse.

Fousseyni regarda vers la dame qui avait fait l'annonce : elle criait en faisant de grands gestes, mais plus personne ne l'écoutait. À côté d'elle, les deux autres femmes semblaient très heureuses et émues. Il aperçut aussi une fille et un garçon qui étaient habillés avec des blouses de médecins. Deux ou trois fois, il revit l'homme à la grosse tête qui parlait toujours du paradis. Il entendait des exclamations en français, des prières en bambara, des remerciements en arabe, mais aussi d'autres langues qui, toutes, exprimaient un semblable sentiment : le soulagement. La dame avait dit que la peur était finie. Les quatre hommes aux pousse-pousse commencèrent à disposer leur contenu sur une grande table que Fousseyni n'avait pas remarquée. À ce moment-là, il fut sans doute le seul, parmi ses compagnons, à remarquer qu'un homme d'âge mûr, aux longs cheveux attachés, était entré dans le hangar. Cet homme les avait regardés alors qu'ils sautaient et criaient de joie devant lui. Fousseyni eut comme l'impression qu'il leur en voulait d'être là. Il lui rappela les hommes qu'il avait vus hier…

On commença à distribuer des repas. La fille en blouse de médecin passa dans sa rangée en souriant. Fousseyni reconnut immédiatement la puissante odeur de l'orange. C'était elle…

Ils entraient au paradis, oui, et la première odeur, la première lumière de ce paradis étaient l'orange.

5

La symphonie des mastications, les discussions en plusieurs langues, les froissements des sachets qu'on ouvrait, les odeurs des sandwichs, donnaient au hangar des airs de caravansérail. Les deux assistants du docteur Pessoto préparaient le matériel pour la consultation médicale. Leur supérieur, lui, sortait toutes les quinze minutes pour fumer. À côté des médecins, Sabrina, sœur Maria et Carla regardaient les ragazzi reprendre des forces.

***

Sœur Maria n'arrêtait pas de toucher la petite croix en or accrochée au bout de son collier. Ce geste la rassérénait et l'inquiétait à la fois. Hier, pour ne pas céder à la peur et à la colère, elle l'avait répété avec une anxiété inhabituelle. Elle ne s'était pas préparée à un tel accueil. Comment aurait-elle pu ?

Elle n'était pas Sabrina ; elle n'avait ni l'énergie ni la combativité de son amie d'enfance. Depuis leur jeunesse, elle admirait Sabrina pour cela, ce refus intransigeant de se laisser faire par la vie. Après le baccalauréat, elles étaient restées de longues années sans se voir. Sabrina avait quitté la petite ville où elles avaient grandi pour aller poursuivre des études de Droit. Mais bien que sœur Maria sût à l'époque qu'elles se retrouveraient, elle était loin de se douter que ce serait dans de semblables circonstances.

Sabrina s'était spécialisée dans la protection des immigrés. Et lorsque, quelques années plus tôt, elle l'avait appelée pour lui demander de rejoindre l'association qu'elle dirigeait, sœur Maria avait immédiatement accepté. Elle redoutait la tâche qui l'attendait, mais craignait davantage le regard du Christ sur sa croix si elle ne tentait pas de la mener. Sœur Maria l'admettait volontiers : ces trois années au contact des ragazzi avaient peut-être été, humainement, les plus riches mais aussi les plus éprouvantes de toute sa vie. L'accueil de la veille n'avait pas arrangé les choses. Sœur Maria, en y repensant, s'accrocha à sa petite croix avec une dévotion infinie.

***

Debout à côté de sœur Maria, Carla se sentait
fatiguée. Ses yeux, à la couleur habituellement si
vive, avaient comme débleui. On avait débran-
ché l'électricité de son regard. Cela faisait deux
nuits qu'elle n'avait pas dormi à cause des prépa-
ratifs de l'accueil.

Elle avait dû canaliser les élans volontaires mais
trop effusifs de Sabrina. Empêcher sœur Maria de
sombrer dans d'apocalyptiques visions, mâtinées
de latines imprécations sur l'Enfer qui attendait
ceux qui n'acceptaient pas – « *maledictis flammis
acribus addictis* » – d'accueillir ces hommes. Tirer
de temps en temps son fiancé Roberto de ses inté-
ressantes hypothèses sur l'usage des palatales lors
des rites funèbres Krous. Dérider Gianni, toujours
timide. Rassurer Lucia, trop sensible. Guider Pietro,
le psychologue, qui était aussi fin dans ses analyses
que maladroit hors de son bureau. Empêcher Rosa
et Veronica, les deux sœurs de l'association (l'une
s'occupait de l'enseignement de l'italien, l'autre,
de la communication), de se crêper le chignon. Et,
enfin, remercier les habitants d'Altino qui s'étaient
portés volontaires pour aider. Tout cela l'avait épuisée, mais sans doute aurait-elle été plus fatiguée si
elle n'avait pu compter, pendant tout ce temps, sur
la précieuse aide de Jogoy, son suppléant.

Carla avait été la première recrue de l'association. Son CV avait immédiatement séduit Sabrina. Après avoir discuté avec Roberto, son compagnon qui menait une thèse d'ethnomusicologie à l'Université de Catane, Carla avait accepté de rejoindre Sabrina à Altino. Elle y avait très vite pris la mesure de son travail et s'était habituée aux accueils. Jamais cependant, en dix années de médiation, elle n'en avait vécu qui fût aussi tendu que celui de la veille.

Elle croisa le regard d'un ragazzi qui semblait très jeune, et dans les yeux duquel luisait une profonde mélancolie. L'adolescent les détourna dès qu'il se rendit compte qu'elle le regardait et, avec des gestes craintifs, se remit à manger. Carla eut le sentiment qu'il n'avait plus goût à rien : ni à son repas ni à la vie. La jeune femme se redressa. Elle ne devait pas laisser ce garçon s'enfoncer dans le précipice que la tristesse creusait en lui. Quelqu'un remit le courant, et les yeux de Carla regagnèrent leur puissant éclat bleu.

***

Sabrina avait toujours pensé que les premiers contacts avec les ragazzi étaient les plus déterminants pour la suite de l'accueil ; aussi ne cessait-elle de leur sourire. Elle ne pouvait cependant

se mentir : en elle, s'étendait l'ombre d'une inquiétude. Convaincre la municipalité d'Altino d'accueillir, un peu moins de deux ans après la dernière fois,
avait été une lutte. Certes, elle avait toujours eu le
soutien du maire de la ville, Francesco Montero.
Ce dernier, qui allait bientôt boucler son troisième
mandat successif à Altino, était un militant de la
première heure pour l'accueil des ragazzi. Au fond
d'elle, Sabrina doutait parfois de la sincérité de cet
engagement : le maire d'Altino lui donnait l'impression d'utiliser cette cause pour embellir son
image politique. « Mais l'important, se disait-elle,
c'est que, sincère ou non, il soit favorable à l'accueil et convainque les élus locaux de voter en notre
faveur ». Francesco Montero y était souvent facilement arrivé, en jouant de son influence. Cette
fois-ci, cependant, le vote du conseil avait été si
serré qu'elle avait honnêtement craint que l'accueil
ne fût pas voté. Il l'emporta finalement, après un
conseil municipal houleux et un vote serré.

Elle n'en voulait pas aux élus qui avaient donné
un avis défavorable. Ces derniers n'exprimaient
en fin de compte qu'un sentiment populaire plus
général, que Sabrina sentait monter chez beaucoup d'habitants d'Altino. Ce n'était plus seulement de la réticence ou de l'hostilité ; c'était autre

chose, de plus profond, de plus dur, de plus intime. Il était hors de question, pourtant, qu'elle laisse Maurizio l'emporter. Car au fond, elle le savait : c'était lui, Maurizio, le responsable de cette autre chose qui sourdait dans certains cœurs. Le petit-déjeuner allait bientôt prendre fin. Sabrina sourit de plus belle, essayant, par toutes les expressions de sa figure ronde et volontaire, d'émettre les signaux de l'hospitalité et de la bienveillance. Hors de question que Maurizio l'emporte.

***

Jogoy avait dormi deux heures à peine, mais c'était suffisant ; il s'était habitué à récupérer en peu de temps. Il mangea puis repartit vers le hangar, auquel il arriva alors que s'achevait le petit-déjeuner. Tout le monde était prêt pour la visite médicale : le docteur Pessoto et ses deux assistants bien sûr, mais aussi les pompiers et quelques gendarmes qui devaient veiller au bon déroulement de l'opération. Sabrina et sœur Maria étaient là. Carla aussi, qui ne manqua pas, comme à son habitude, de le taquiner gentiment sur sa tête au réveil, aussi froissée qu'une chemise mal pliée. Il l'avait connue cinq ans auparavant, quelques semaines après son arrivée en Sicile. C'était elle qui lui avait proposé ce

les limites du langage

poste de médiateur. Elle lui avait dit qu'avec toutes les langues qu'il parlait, il serait un traducteur précieux. Jogoy avait accepté. Il avait appris l'italien et s'était aussitôt mis à travailler. Et de toutes les tâches que comprenait son office de médiateur culturel, c'était à celle de traducteur qu'il attachait le plus de prix.

Il voyait dans la traduction une métaphore de la condition des hommes, ce qui symbolisait peut-être le mieux ces deux mouvements contraires dont la tension se trouvait au cœur de leur vie : d'un côté, l'impossibilité à communiquer une part de l'essentiel, l'échec du langage devant l'énigme humaine, et de l'autre, malgré tout, la tentative désespérée, par le langage, sinon de nommer cette énigme, au moins de l'approcher. Échec et espoir. La traduction n'était pas autre chose. Elle implique toujours un échec, une catastrophe préalable, celle de l'incompréhension ; car si l'on a besoin de traduire, c'est que deux hommes au moins ne se comprennent pas ou ne se sont pas compris, et cette incompréhension actée, consommée, irrattrapable, est un désastre, le symbole d'une communauté irrémédiablement perdue, d'un malentendu originel. Mais si elle est le signe que quelque chose s'est perdu, la traduction est aussi la promesse qu'autre chose sera récréé. Traduire, c'est d'un même geste faire le deuil d'une langue première, et le pari d'en ériger une autre sur ses cendres. Qu'y a-t-il de mieux pour les hommes : avoir une seule langue qu'ils parleraient tous, ou plusieurs langues qui pourraient se traduire entre elles ? Les hommes étaient-ils plus riches avant ou après la perte de la langue unique de Babel ? Le Dieu de l'Ancien Testament a cru détruire Babel en leur ôtant cette langue adamique ; il n'a en réalité fait que contribuer à la construction d'une autre tour. Les hommes se comprennent toujours. Babel n'a jamais cessé de se bâtir, mais elle a changé de *sens*. Elle n'est plus verticale, mais horizontale ; elle ne cherche plus à rallier le ciel, elle tente de relier les hommes. Il n'est pas dit qu'elle réussisse.

Jogoy parlait (certaines mieux que d'autres, naturellement) dix langues : six africaines (sérère, malinké, peul, wolof, sarakholé, bambara), auxquelles il rajoutait le français, l'anglais, l'arabe (apprises à l'école) et, pour finir, l'italien, qu'il avait appris ici. Cela lui permettait de communiquer avec la quasi-totalité des ragazzi qui arrivaient à Altino. Il avait eu la chance de passer une bonne partie de son enfance sénégalaise dans une région où toutes les langues africaines qu'il maîtrisait étaient parlées par une population mélangée. La chance, aussi, grâce à ses parents, d'avoir pu faire des études.

Depuis quelque temps, Jogoy demandait qu'il y eût d'autres interprètes pour l'aider. Il s'était très vite rendu compte que c'était une tâche épuisante que d'avoir à servir de traducteur pour tout le monde. L'apprentissage de l'italien prenait du temps, et en attendant que les ragazzi en aient une connaissance qui leur permît de tenir une discussion, Jogoy était esclave de sa tâche. Tout le monde le demandait. Son téléphone n'arrêtait pas de sonner. Certains jours, il était si sollicité qu'il finissait, exténué, par l'éteindre. On lui avait promis que l'association trouverait d'autres traducteurs « bientôt ». Mot qui, en Sicile, Jogoy l'avait compris, signifiait souvent : « dans un délai indéterminé et indéterminable ». Malgré tout cela, cependant, il parvenait à trouver du temps libre pour voir quelques matchs avec son ami Salvatore « Toto » Pessoto. Ils regardaient ensemble les matchs de la Juventus, qui avaient souvent lieu le dimanche, seul jour de repos que Jogoy eût. C'était souvent le soir, après sa longue journée de travail, malgré la fatigue, qu'il écrivait. Mais cela remontait à longtemps. Le carnet, depuis des mois, restait désespérément clos.

Aller simple
Récit de voyage, par Jogoy Sèn

Chapitre I

Je suis arrivé une nuit de tempête. L'orage avait éclaté quelques minutes après l'apparition des feux sur la côte. On ne savait pas de quelle ville ils brillaient, mais ces points de lumières au loin étaient nos bouées de salut, les seules preuves qu'il restait de la terre et de la vie quelque part. L'Italie, enfin? De nouveau la côte libyenne? Personne n'était capable de le dire. Nous étions perdus depuis quatre jours. Notre navigateur avait dit qu'il connaissait bien le trajet. Qu'il l'avait fait plusieurs fois. Quand les hommes de la barque se doutèrent après trois jours que nous étions perdus (tous les gars qui prenaient la barque savaient que deux jours sans voir la côte, cela signifiait l'errance) et le menacèrent de le jeter à l'eau, il avoua que c'était la première fois qu'il naviguait « aussi loin ». « Je suis un simple pêcheur au port de Tripoli, mais Atab était mon maître, il m'a montré comment faire pour arriver en Italie. En plus mon oncle m'a donné de bonnes cartes. Je vais vous mener en Italie in Sha Allah », avait-il dit.

Je parlerai de cet « Atab » plus tard. Quant à l'oncle en question, c'était Hamid, le passeur qui nous avait tous mis là-dedans. Je reparlerai de lui plus tard également.

Le quatrième jour de voyage, au milieu de l'après-midi, quelques hommes influents de la barque (trois, plus précisément) décidèrent de se débarrasser du navigateur. « Ce n'est pas lui qui nous sauvera. Il nous a trompés. Il ne sert à rien ». En trois phrases son destin était scellé. Je crois que le navigateur avait senti le danger approcher lorsqu'il avait vu les trois hommes s'entretenir en aparté. Il dut deviner que c'était de son sort qu'on délibérait. Je le vis sortir un petit pistolet de son sac. Quand les trois hommes, après avoir facilement convaincu plusieurs autres passagers de la nécessité de l'abandonner, se tournèrent vers lui, il pointa l'arme sur eux et tira. On n'entendit qu'un petit clic mécanique. L'arme s'était enrayée. Cela énerva les hommes de savoir qu'il avait voulu les tuer. Quatre gaillards le saisirent. Il criait, mais ses lamentations s'abîmaient dans l'immensité de la mer et de l'horizon. Il supplia en arabe, pleura, s'humilia, souilla ses vêtements. Il se débattit jusqu'au bout de ses forces. « Ça t'apprendra à te moquer de nous, et c'est bien fait, après ce que vous nous avez fait subir en Libye ». Les eaux, la mer, le soleil fixe dans le ciel. Même pas d'oiseaux. Le décor primitif de la terre. La soif de vengeance éclatait sur les visages de plusieurs hommes. Ils jetèrent le navigateur par-dessus bord et l'abandonnèrent là. Je n'oublierai jamais son regard. Je ne tentai rien pour le sauver. Peut-être que je le haïssais aussi. Je ne sais plus. Le groupe d'hommes prit le contrôle du bateau. L'un d'eux, qui avait dit qu'il était un bozo – une ethnie de pêcheurs – continua la navigation. Il redémarra. Je regardai longtemps le navigateur abandonné dans la mer. Sa tête seule flottait hors de l'eau; on aurait dit que la grande lame de la mer l'avait décapité. J'ai regardé cette tête jusqu'à ce qu'elle ne soit plus qu'une chose minuscule au fond de l'horizon. Elle finit par s'effacer. Je crois que le navigateur est mort au moment où l'image de sa tête a disparu de ma vue.

Nous avons erré encore trois jours ainsi. Nous ne voyions rien : ni navires de la marine italienne, ni bateaux de pêche, ni hélicoptères de secours.

Puis la tempête. Les eaux se ramassaient, gonflaient, et s'écrasaient avec fureur sur la coque du bateau. Ce n'était pas une fureur aveugle : les vagues semblaient s'acharner sur nous. Elles nous voyaient. La mer désirait nous tuer. Elle dirigeait méthodiquement sa soif de meurtre sur notre embarcation. Elle fut soudainement poussée vers la côte, à toute vitesse. Le pêcheur bozo bascula par-dessus bord dès les premières secousses de la tempête. Les lumières sont apparues à ce moment-là au loin. Mais entre ces lumières et nous, il y avait la mer furieuse, si furieuse qu'elle se hérissa soudain, comme le porc-épic menacé dresse ses piquants, de grands rochers qu'on ne vit qu'au dernier moment. Ils semblaient avoir été plantés là par le dieu fâché de la mer. J'eus le temps de sauter avant que l'embarcation ne se fracasse sur ces brisants mortels qui la rompirent en deux. Le courant était trop fort. Je tentai de nager vers le rivage. Mais j'étais si épuisé que je m'évanouis avant de l'atteindre, sombrant dans l'inconscience et les eaux glacées.

Je me suis éveillé sur la plage, échoué comme un inutile déchet. Il faisait encore nuit. J'étais trempé. La tempête s'était calmée. La mer n'était plus qu'une grande tache noire et lisse sous un ciel lavé par l'orage, dont tous les nuages avaient été essorés. J'essayai de me relever, mais à peine fus-je debout que le vertige me saisit. Les forces me manquaient encore. Je me recouchai. Aucun signe de vie des autres. Nous étions soixante au départ de Tripoli. J'étais désormais seul. Sur la plage, derrière moi, de grands rochers formaient une ronde de pierres. Je rampai péniblement vers cet abri de fortune, puis le sommeil me terrassa.

6

Tout le monde, médecins, sapeurs-pompiers, gendarmes, ragazzi, attendait le début de la visite médicale dans un agacement impatient que l'étouffante chaleur du hangar exacerbait. Sabrina fit enfin signe à Jogoy. C'était à lui de parler. Il s'avança et commença son discours, d'une voix forte. Ce fut d'abord en sérère, sa langue maternelle, celle de tout commencement. Mais il ne semblait pas y avoir de locuteur sérère parmi les ragazzi. Aussi Jogoy passa-t-il au bambara, langue qui avait plus de chances d'être comprise :

« Bonjour à tous, que la paix soit sur vous. Je m'appelle Jogoy Sèn. Vous m'avez peut-être vu hier. J'étais à Catane. Vous êtes arrivés ici après un voyage difficile. Nous sommes là pour vous aider. Les gens que vous voyez derrière moi font partie d'une association qui s'appelle Santa Marta. C'est une association qui accueille les réfugiés et les aide à avoir des papiers. »

Il sentit qu'un frisson parcourait les rangs, desquels montait déjà une rumeur profonde et misérable : « Des papiers… la régularisation… On est sauvés… De vrais papiers… » Il continua : « Vous êtes ici dans une petite ville qui s'appelle Altino, en Sicile. Vous allez rester ici et l'association Santa Marta va essayer de vous aider. Il faut être patient et faire confiance à l'association, elle est là pour vous. Il faut aussi être discipliné et faire des efforts. L'association va vous apprendre l'italien. Ici, on va vous donner des maisons, on s'occupera de vous nourrir… »

— Et du travail ? Et de l'argent ? l'interrompit brusquement, en bambara, la voix d'un homme qui était debout au premier rang.

Il devait avoir une quarantaine d'années. C'était l'homme moustachu, trapu, ventru, qui n'avait cessé de crier qu'ils entraient au paradis. Son regard était vif, sombre, donnant à son visage une expression déterminée et hargneuse.

— Pour le travail et l'argent, répondit Jogoy, on vous expliquera plus tard.

— Quand ? grogna l'homme.

— Dès demain.

L'homme ne répondit pas. « Ici, reprit Jogoy, on va vous donner des habits, de la nourriture, une maison. Il ne vous manquera rien. Mais il faut que vous soyez patients et que vous soyez disciplinés, responsables. Il faut que vous suiviez les cours d'italien. Ça vous aidera à avoir les papiers ».

Il vit, avant de continuer, plusieurs hommes hocher la tête. « Maintenant, on va faire une visite médicale. Vous allez passer un par un pour que les docteurs voient si vous allez bien. Ensuite, on va vous répartir dans vos nouvelles maisons ».

Jogoy répéta à peu près le même discours dans toutes les langues qu'il parlait. Plus personne ne l'avait interrompu par la suite, mais il avait cru noter, à chaque fois qu'il parlait des papiers, ce même frémissement vital et pitoyable qui saisissait ceux qui l'écoutaient. Les ragazzi se mirent en rang pour le début de la visite médicale.

Ce fut à ce moment que la porte du hangar s'ouvrit à la volée et qu'y entra, avec son cortège de soufre et de sirocco, un homme habillé d'une soutane noire. Dans le silence qui présidait à la consultation, son irruption inattendue fit l'effet d'une subite foudre. On le regarda, stupéfait, s'avancer vers le groupe d'un pas vigoureux. De grosses lunettes noires couvraient ses yeux ; une longue canne le devançait, agitée d'une main nerveuse et lourdement baguée.

— On ne m'accorde aucune sorte d'importance dans cette satanée association ! tonna l'homme aveugle en s'approchant, d'une voix puissante mais éraillée.

— Padre ! Je vais vous expliquer, dit Sabrina qui parvint, la première, à réagir.

— Il n'y a rien à expliquer, ma fille ! Une fois de plus vous m'avez exclu, je ne sais pour quelle sotte raison ! Pourquoi ne m'a-t-on pas averti qu'ils arrivaient hier ? Je vous avais pourtant bien dit, sœur Maria, de me tenir au courant ! Et c'est dans un café, en écoutant des commérages de bistrot – vous vous rendez compte ! – que j'ai appris la façon scandaleuse dont une partie de cette maudite ville les avait accueillis hier ! J'espère au moins que vous avez fait face, puisque vous avez jugé un vieil aveugle incapable de le faire !

Disant cela, il fit un grand moulinet avec sa canne, que Sabrina évita de justesse.

— Padre, Padre Bonianno, calmez-vous ! dit-elle, volant au secours de la pauvre sœur Maria que l'homme qui venait d'arriver, après avoir enlevé ses lunettes noires, crucifiait de son regard mort mais terrible. C'est moi, continua Sabrina en résistant avec peine au regard fixe que l'homme jetait désormais vers elle, qui ai demandé à sœur Maria de ne pas vous prévenir.

— Ah! Ah! Et puis-je savoir pourquoi?

Une féroce expression lui vint. Le contraste entre ses immenses yeux fixes et le mouvement qui animait son visage – toutes ces rides-ornières qui s'y croisaient, donnant presque l'impression de le scarifier – frappait. Il avait encore une abondante chevelure blanche, soigneusement peignée vers l'arrière. De son visage anguleux et marqué, émanait l'âpre beauté de la vieillesse.

— Padre Bonianno, voyons, balbutia Sabrina. Votre âge…

— Mon âge! Mon âge! Sache, ma fille, que je serais encore capable d'aller au sommet de l'Etna! Au sommet! Pas seulement sur les premiers hectomètres des pentes, comme vous autres, générations de fainéants affaiblis, ramollis, démolis, sans mollets, essoufflés, plats pique-niqueurs des plaines et pénéplaines! Au sommet, je vous dis! Sac au dos! Et pas seulement pour pique-niquer. Une vraie ascension! De la marche! À la force du mollet! Alors mon âge, mon âge, c'est une bien vaste blague… Mauvaise, d'ailleurs. Les femmes ont de la chance que je me sois assagi, sinon, je peux vous dire – le Seigneur me regarde, qui n'est pas aveugle Lui – qu'aucune ne parlerait de mon âge, tant nous cavalerions dans le plaisir !

— Padre !

— Elle l'a cherché ! répliqua l'homme en noir tandis que sœur Maria, qui l'avait interrompu, hochait la tête, résignée. Et bonjour à tous, poursuivit-il en se tournant vers les médecins et les pompiers présents derrière la table. Pardon pour cette entrée un peu désordonnée et théâtrale, mais il fallait que je fasse comprendre à ces jeunes femmes que je n'étais pas encore totalement calciné.

Comme toutes les autres personnes présentes dans le hangar, à l'exception des ragazzi qui étaient encore un peu ahuris par l'apparition du curé, Sabrina souriait. Elle était un peu surprise que la furie du Padre Bonianno ne fût pas plus forte, et son verbe, plus incendiaire. Il les avait habitués à tout cela. C'était un homme qui n'avait pas honte de ses émotions, ou plutôt, de la seule émotion qui semblait l'habiter : la rage. Une sorte d'incandescence physique et spirituelle qui le portait à refuser toute tiédeur devant un homme.

Cependant le vieil homme s'était retourné vers les ragazzi. Il les considéra longuement et s'adressa à Jogoy, en français, d'une voix tout aussi tonitruante :

— Combien, mon garçon ? Cinquante, comme on me l'avait annoncé ?

— Ils sont finalement soixante-douze, Padre.

— Et on comptait me le dire quand, qu'il y en avait vingt-deux de plus ? rugit-il, le visage toujours tourné vers les hommes alignés devant lui.

— J'allais venir vous voir dès demain, mon père, commença Carla…

— Ah oui, ma fille, ah oui ! Demain ! Oh ! Et si je crevais dans la nuit, hein ? Bien possible, vu qu'on parle de mon âge… Ne pensez pas qu'à quatre-vingts ans le seul risque soit de se fatiguer ; c'est aussi de mourir dans son sommeil, peut-être même en rêvant voluptueusement. Soixante-douze gars, soixante-douze histoires ! Vous croyez que le Christ descend de sa croix la nuit pour me souffler des scénarios ? Non, hélas ! Notre Sauveur, eh bien, on l'a cloué très précisément, avec un certain talent artisanal, il ne descendra pas ! Le clou romain était le plus fiable au monde, à cette époque !

Et il poussa bas, assez fort cependant pour que Jogoy l'entendît, un obscène juron en dialecte. Puis il commença à saluer les ragazzi, un par un. Il marchait lentement désormais, sans sa canne, qu'il avait abandonnée. Il allait vers chaque homme la main droite légèrement levée, mais on ne savait si c'était parce qu'il tâtonnait ou parce qu'il la tendait pour saluer. Toujours était-il que les hommes, d'abord étonnés, finissaient par la saisir. De temps en temps, il s'arrêtait quelques secondes devant certains d'entre eux, avec lesquels il échangeait, ses deux mains serrant celle de son interlocuteur surpris. Jogoy savait alors que cet homme auquel il s'adressait était sénégalais, car le curé parlait quelques langues de ce pays. Jogoy se souvenait, la première fois qu'il avait rencontré le Padre Bonianno, de son propre étonnement quand ce dernier l'avait salué en sérère. Il lui avait d'abord parlé en français :

— Tu parles français ?

— Oui, je parle français avait-il répondu.

— Ah, tu es du Sénégal. Ça s'entend. Et je parie que tu parles sérère. Ce lourd accent chantant, propre aux sérères qui parlent français, je crois l'avoir perçu. Voyons si j'ai raison.

Et, là, sans lui avoir laissé le loisir de répondre, une lumière fulgurant soudain dans ses pupilles figées, le Padre Bonianno l'avait salué dans la langue de sa mère, en sérère :

— *Na fiyo, Koor u maak ?*

71

Ces quelques mots avaient tant ému Jogoy qu'il avait d'abord été incapable de dire un mot. Dans la bouche du Padre Bonianno, en ce lieu, le sérère n'était plus la langue familière et familiale, mais la langue rare, si inattendue qu'elle lui avait d'abord semblé étrangère. L'entendre si brusquement avait provoqué en lui un séisme meurtrier, et peut-être était-ce là, dans le fait que le son de sa propre langue, qu'il connaissait pourtant, ait eu sur lui l'effet d'une surprise mortelle, peut-être était-ce là, oui, l'ultime preuve qu'il n'était plus chez lui. Heureusement, Jogoy était revenu de cette mort, ramenant avec lui l'univers mental de ses origines. Tout le sérère avait de nouveau coulé dans ses veines avec la vigueur douce du lait de sa mère. Il avait répondu, dans un sérère d'abord hésitant, comme s'il l'exhumait d'une mémoire profonde et ensablée, mais de plus en plus assuré au fur et à mesure qu'il parlait. Des mots qu'il pensait avoir oubliés étaient revenus dans sa bouche, accompagnés des saveurs des plats d'enfance. Il était sorti épuisé mais heureux de cet échange.

***

Le vieil aveugle continua de saluer les hommes. Lorsqu'il eut fini, il revint lentement devant la

grande table et dit à Sabrina qu'il espérait pouvoir travailler avec les ragazzi bientôt. Puis il fit un
geste en direction de l'endroit où il avait laissé sa
canne. Le jeune homme qui en était le plus proche
la ramassa et la lui apporta.

— *Grazie*, dit le curé avant de continuer en
français : « tu parles français ? »

— Un peu, répondit l'homme qui lui avait
apporté la canne.

— Malien… Comment t'appelles-tu ?

— Fousseyni. Fousseyni Traoré.

— Eh bien, Fousseyni Traoré, merci. Je te dis
à bientôt.

Il remit ses lunettes, dit aux autres qu'il voyait
bien leurs sourires idiots et en esquissa lui-même
un, dur. Ses rides s'emmêlèrent en une complexe
toile d'araignée comme ses lèvres s'étiraient, puis
il partit.

Tel était l'octogénaire et aveugle curé de la petite
ville d'Altino.

7

Vers le début de soirée, la visite médicale s'acheva enfin. Francesco Montero, le maire d'Altino, arriva au terme de l'opération pour souhaiter la bienvenue aux ragazzi. Son discours emphatique et fort creux fut pénible à traduire pour Jogoy. L'on mangea ensuite rapidement – les roulottes étaient revenues – puis, vers dix-neuf heures, les membres de l'association accompagnèrent les ragazzi à travers la ville pour les mener à leurs nouveaux logements. Ils n'avaient pas été mis en rang : Sabrina trouvait qu'il ne fallait pas leur donner l'impression qu'ils étaient, avait-elle dit, du « bétail qu'on menait à l'abattoir ». On leur avait donc simplement demandé de sortir du hangar et de suivre Jogoy. Le docteur Pessoto avait préféré retourner auprès de sa famille. « Je ne tiens pas à les accompagner. Tu sauras te débrouiller seul, Leone », lui avait-il dit. Il l'appelait Leone car il avait appris que son nom, Jogoy, en sérère, signifiait « le lion ».

Le lion ouvrait la marche ; sa grande taille faisait de lui un repère facile à voir pour tous. Derrière lui, Sabrina conversait distraitement avec le maire, qui regrettait de n'avoir pas pris son écharpe d'édile. À leur suite, venaient les ragazzi et les membres de l'association. Les gendarmes, mines tendues et armes à l'épaule, escortaient tout ce monde. Malgré le soir qui venait, la chaleur du jour demeurait suspendue au-dessus d'Altino, épais smog de moiteur concentrée.

***

Comme ils avançaient dans la petite ville, les habitants sortaient des maisons, s'accoudaient à une fenêtre, se figeaient sur le seuil d'un café, tournaient vers eux le regard, s'arrêtaient dans la rue, s'approchaient. Tout à coup, pour eux, les ragazzi cessaient d'être les vagues sujets de verbes mis au futur ou au conditionnel. Ils n'étaient plus ceux qui « arriveraient » ou « seront probablement là » bientôt. Ils cessaient d'être des objets de fantasmes ou des rumeurs : ils étaient là, ils marchaient devant eux, parmi eux, vers eux, contre eux. Une nouvelle fois le destin, d'une main ivre, lançait les ragazzi comme autant de dés sur l'immense tapis de jeu du monde, ce plateau sauvage et sans règles, où il fallait qu'ils luttent pour survivre à la cruauté du hasard qu'un coup de dés, une fois de plus, n'avait pas suffi à abolir. Ils marchaient lentement. Leurs grandes ombres humiliées glissaient craintivement sur les vieilles pierres sèches, comme si elles voulaient s'y accrocher. Les derniers rayons du soleil frappaient leurs visages marqués par la fatigue, mais sur lesquels, parfois, passait aussi, entre l'ombre du soulagement qui s'estompe et celle des mauvais souvenirs qui refluent, l'éclat de la foi en la promesse d'une nouvelle vie. Tous les hommes, dit-on, ont droit à une deuxième chance dans la vie. La vérité est que les plus nombreux d'entre eux n'auront jamais l'occasion d'éprouver cette angoisse viscérale de l'homme acculé, l'homme qui, par choix ou absence de choix, est près de la mort et se demande s'il arrivera à saisir la deuxième opportunité que l'existence a la grâce – à moins que ce ne soit la cruauté – de lui donner. Peu d'hommes, en somme, ont *vu* leur deuxième vie s'offrir à eux. Les ragazzi, en ces moments où ils découvraient cette ville qui les avait accueillis la veille, voyaient la leur, la touchaient. Ils étaient parfaitement conscients d'appartenir à cette part

l'idée d'une « seconde vie » pour les immigrés

maudite ou privilégiée de l'humanité dont la première vie était sur le point de mourir comme
une vieille étoile et dont la deuxième, par inter-
mittence, scintillait au loin des feux de ses belles
promesses. Jeune étoile. Mais de quelle lumière
brillerait-elle ? Il se pouvait que ce soit une lumière
noire. La deuxième chance de la vie peut être meilleure que la première. Elle peut aussi être pire. Pour
les ragazzi, il n'y avait aucun doute : elle serait
meilleure. Elle ne pouvait que l'être. Elle devait
l'être. Ils y croyaient.

Ils continuaient à marcher. En même temps
qu'elle parut se substituer au monde, la ville sembla aussi rétrécir, devenir une minuscule scène.
Ragazzi et habitants s'y retrouvaient pris : proches,
condamnés à ne pouvoir ni s'ignorer ni s'éviter,
comme deux êtres sur le point de se croiser dans
une étroite ruelle. Le moment d'où toute la beauté
– mais aussi tout le malheur – de l'histoire avait surgi
se répétait : des hommes en rencontraient d'autres.
Ragazzi et Siciliens n'étaient pas les mêmes.
Entre eux, n'éclataient d'abord, béantes, que les
différences. Différences des corps et de ce qu'ils
disaient, des visages et de ce qu'ils exprimaient,
des attentes et de ce qu'elles cachaient, des passés et de ce qu'ils recouvraient. Qu'avaient-ils

donc en commun à ce moment-là ? Un même espace, un semblable sentiment d'étrangeté les uns aux autres, la perspective d'un avenir commun, quel qu'il dût être. Tous étaient hommes et désiraient vivre. C'était peu de choses, mais c'était peut-être déjà tout.

Ils allaient dans la ville, allaient vers le cœur d'Altino, allaient au plus profond de ses entrailles, pareils aux doigts osseux d'un haruspice qui cherchait à lire dans les viscères de la cité l'avenir de cette dernière. Ils avançaient, lentement, de plus en plus lourds, de plus en plus serrés, comme s'ils sentaient l'impérieuse nécessité de se réconforter, de se rapprocher, de devenir un seul Homme.

Ils étaient l'Homme arrivé. Aimé, craint, haï, à accueillir ou à chasser, mais présent.

À certains endroits, ils étaient applaudis, et des habitants leurs lançaient de joyeux et sincères « *bienvenutti a voi !* » qui venaient du cœur et le réchauffaient. En d'autres lieux, ils étaient regardés avec un mélange de commisération et d'empathie charitable, et plusieurs habitants se signèrent sur leur passage en marmonnant : « les pauvres ! », avec l'expression d'une componction affectée. Quelquefois, dans des rues, un silence les accueillait, insondable, funèbre comme un linceul que déchiraient soudain

78

des lames verbales ensauvagées : « Détrousseurs ! On vous troussera ! Nègres ! Je vous chasserai ! On est chez nous ! Boxeurs ! On est chez nous ! Orang-Outans ! Hommes de cales ! On est chez nous ! Profiteurs ! Chez nous ! Fainéants ! Chez nous ! Voleurs ! Nous ! » Tout cela provenait d'une fenêtre, d'une ruelle de misère, de quelque balcon, d'une bouche dont les coins se crispaient. Il arrivait aussi que, brusquement, comme le sang d'une profonde blessure, un rire gicle sur leur passage ; un rire lourd, grossier, long et puissant, comme expulsé de la poitrine de l'univers même. Terrible, oui, terrible était la fureur de ce rire qui couvrait tout le reste ; terrible aussi, sa détermination de Djinn vengeur ou d'Érinye ; terrible et angoissante encore, le mystère de son origine – qui riait ? Mais le plus terrible dans ce rire, ce qu'il y avait de plus intimidant dans son déversement, c'était son endurance : il ne s'arrêtait que brièvement, le temps qu'une voix tremblant encore d'hilarité, et dans laquelle on sentait le frémissement d'un vulgaire plaisir, gueule : « Ah, les voilà enfin, nos fameux invités, regardez-les ! Regardez-les donc, et qu'on leur déroule le tapis rouge ! », puis c'était tout : la parole se perdait dans la graisse du rire, et le rire reprenait de plus belle, torrentiel, caverneux,

diluvien, donnant l'impression de pouvoir enchaî-
ner ses convulsions pour l'éternité.

Parade triomphale qu'on acclamait, procession
religieuse qu'on prenait en pitié, convoi honteux
qu'on injuriait, caravane qu'on raillait, cabinet de
curiosités qu'on examinait : le cortège traversait la
ville et était tout cela.

De temps en temps, sous la poussée de la mul-
titude-tenaille qui grossissait autour de lui, ou
parce que la rue s'étranglait subitement et l'accu-
lait, le cortège freinait, cherchant un passage, une
brèche, une échappatoire, de l'air. Mais s'il ralentis-
sait parfois, le convoi ne s'immobilisait jamais totalement : il piétinait avec nervosité dans une rumeur
sourde, roulant sur lui-même, reculant, hésitant,
penchant à gauche, s'ébranlant à droite, refusant
la paralysie, contenant avec peine les grands mouvements contraires qui, en profondeur, le travaillaient comme de puissants courants le ventre d'un
océan inapaisé. Une ou deux fois, il y eut sur leur
chemin des passages si étroits que les ragazzi furent
contraints de se mettre en file indienne entre des
haies de pierres et d'hommes. Ils ressemblaient en
ces instants à une colonne de vaincus passant sous
les fourches caudines. Le groupe éclatait ; sa rassu-
rante protection n'existait plus pendant un temps ;

et chacun alors se retrouvait seul, vulnérable, livré à lui-même et à la fureur du moment. Chacun redevenait libre, mais d'une liberté vertigineuse, angoissante confondue à l'absolue solitude.

La nuit frappait impatiemment à la porte du jour. À la tête du cortège, écartant la foule massée dans les rues, Jogoy avançait, visage fermé. Quelques mètres derrière lui, Sabrina allait d'un lourd pas, tête haute. Francesco Montero, à son côté, affichait son sourire le plus officiel, son sourire-de-maire-à-l'écoute, levant quelquefois la main pour saluer, effectuant çà et là d'impersonnels signes de tête. Carla ne cessait de se retourner pour regarder les ragazzi, les rassurer et tenter de lire, dans leurs attitudes, leurs sentiments. Sœur Maria souriait ; toujours accrochée à sa croix d'or, elle montrait un visage serein que ne déformaient plus l'anxiété et la crainte perpétuelle de la Faute. Elle se souvenait de la marche vers le Golgotha, et était sûre d'être dans le cortège de gloire. Lucia, l'assistante du docteur Pessoto, arborait à l'inverse un masque d'inquiétude ; son beau visage pâle s'était un peu assombri. Quelques mètres derrière elle, Gianni, son collègue, demeurait impénétrable et silencieux.

Et ce cortège continua d'aller au cœur de la ville en fendant la foule.

8

Un peu perdu, Fousseyni marchait tête baissée. À chaque fois qu'il levait les yeux, ceux-ci cherchaient la silhouette élancée de Jogoy Sèn, à l'avant du groupe. Il était le seul point de repère qu'il eût; et lorsqu'il voyait sa tête émergeant de la mer mouvante que formaient toutes les autres autour de lui, cela le rassurait un peu. Il baissait alors de nouveau le regard sur le bout de ses chaussures et se laissait porter par la houle de la marche. Il n'osait pas lever les yeux sur la ville, ni sur les hommes et les femmes qui peuplaient les rues où ils passaient. Cette marche, au lieu de le rassurer, lui rappelait brutalement qu'il était en un lieu inconnu, peut-être hostile. L'intense et douce odeur de l'orange l'enveloppa soudain et interrompit ses réflexions inquiètes. Elle l'avait surpris, emplissant son cœur, son esprit, tout son corps. La personne qui portait l'odeur était à son côté.

C'était la fille à la blouse blanche qui était passée près de sa couchette ce matin. Elle lui souriait.
Fousseyni regardait sa chevelure brune. Et le zeste
odorant de sa peau. Et ses yeux. C'était la première fois qu'il voyait des yeux semblables, avec
cette couleur qu'il ne pouvait pas définir. Était-ce
du vert ? Du jaune, comme les chats ? Du mar-
ron ? Cette curieuse et soudaine apparition imbi-
bée d'orange le regardait toujours en souriant,
sans dire un mot. Il hésita à refaire le rituel de
la mise à jour mentale. Était-ce réel ? Fousseyni,
dans un exceptionnel acte de courage, finit par
parler à la fille-orange.

— Bonj… Bonjour, bégaya-t-il dans un grand
effort.

La fille ne répondit pas mais son sourire s'élargit.
Fousseyni, dont le salut était demeuré en suspens,
pensa que les oranges ne répondaient généralement
pas. Honteux, il baissa les yeux. La fille lui toucha tout doucement le bras et, quand Fousseyni
releva la tête vers elle, lui fit des signes. Il comprit
immédiatement. Elle était muette.

Surpris, encore soûlé par la douceur de l'orange,
Fousseyni resta bêtement silencieux. La fille sortit
un bout de papier de sa poche et y écrivit rapidement quelques mots. Puis elle le lui tendit.

« *Bonjour, je m'appelle Lucia. J'ai perdu la parole, mais je comprends quand on me parle. Je parle un peu le français. Je l'ai étudié à l'école. Comment t'appelles-tu ?* »

Lucia sentit qu'il était gêné. Elle s'en voulut de l'avoir embarrassé et tiré de la carapace où il semblait s'être retiré. Elle n'avait cessé, depuis que le groupe avait quitté le hangar, de regarder ce jeune homme : il y avait dans ses yeux une ombre, profonde, vieille, enfouie en lui comme une racine millénaire dans la terre, et qui jurait avec son allure juvénile et fragile. Il n'était vieux que par le regard. C'est cela qui l'avait intriguée.

— Je m'appelle Fousseyni. Fousseyni Traoré, lui dit-il après avoir lu son message.

« *Je suis contente de te rencontrer* ».

— Moi aussi, répondit-il après avoir reçu cet autre papier.

Ils marchèrent quelques secondes côte à côte, gênés, s'effleurant du bout du regard. Fousseyni s'apprêtait à dire quelque chose lorsque Lucia entendit quelqu'un la héler. Gianni, son collègue qui marchait quelques mètres derrière elle, l'appelait. Il lui demanda si ça allait. La jeune fille, surprise (Gianni ne lui parlait que très rarement), avait ralenti le pas et s'était retournée pour lui signifier d'un hochement de tête rassurant que tout allait bien. « *Je fais*

simplement connaissance. Il s'appelle Fousseyni » écri-
vit-elle à Gianni. L'opération dura quelques secondes
à peine ; mais lorsque Lucia voulut reprendre le dialogue avec Fousseyni, celui-ci n'était plus à l'endroit où elle l'avait laissé quelques instants plus tôt.
Il s'était enfoncé dans le ventre du cortège alors
qu'il avait jusque-là marché à son flanc. Ses yeux
étaient baissés. La carapace, refermée. Elle essaya
en vain de lui faire signe, de capter son attention,
mais son regard, son beau regard triste, demeurait
désespérément jeté sur les pavés noircis de la Via
Rolando Ettorini, qu'ils remontaient. Craignant de
l'avoir importuné, Lucia ne chercha alors plus à lui
faire signe bien que, de temps à autres, pendant la
marche, elle tournât furtivement la tête vers lui. Mais
Fousseyni ne revint pas vers elle de toute la marche.

***

Vers vingt et une heures, les ragazzi étaient tous
installés. L'association (Carla, en réalité) avait veillé
à ce que, pour les premiers jours, ils n'aient pas
à se préoccuper de quoi que ce fût ; chaque logement avait déjà été pourvu du nécessaire, en sorte
que ses occupants pussent y tenir quelques jours,
le temps de prendre leurs marques et de commencer à se débrouiller à Altino.

9

Au même moment, une grande assemblée se retrouvait dans un autre vaste hangar situé à l'entrée de la ville. Ceux et celles qui formaient cette foule, en s'installant sur des chaises, conversaient à voix basse, l'air grave :

— Vous les avez croisés en venant ?

— J'ai changé de trottoir.

— Je ne veux pas d'eux ici, je le leur ai bien dit.

— Vous avez vu leurs yeux fureteurs ? À peine arrivés et ils cherchent déjà à voler.

— On n'est plus en sécurité, c'est certain.

— Et nos enfants ? Surtout nos filles…

— Vous avez vu ce qui s'est passé en Allemagne ? Des viols de masse ! Devinez les coupables !

— Et leurs dents blanches !

— Et leurs gencives rouges !

— Et leurs grosses lèvres !

— Noires… !

— Sèches… !

— Fendillées… !

— Charnues… !

— Lippues… !

— Et ces traîtres de Santa Marta… Dire qu'ils leur donnent des appartements ! Ça fait deux ans que j'ai fait une demande de logement social. J'attends toujours. Mon taudis tombe en ruines. Ma famille souffre. À chaque hiver, je prie pour qu'un de mes enfants ne meure pas de froid. Et ces migrants arrivent, et bénéficient tout de suite de ces logements ! C'est insupportable. Leur vie vaut mieux que celle de ma famille, c'est ça ?

— Bien dit !   *La haine pour les migrants*

— Mais le pire, selon moi, ce sont les habitants qui les applaudissaient. Ils étaient nombreux, vous avez vus ? Nous sommes très minoritaires dans cette ville. Mes propres voisins, vous vous rendez compte, mes propres voisins, que je croyais connaître, leur souhaitaient la bienvenue ! On ne sait vraiment plus à qui faire confiance…

— Il faut qu'ils partent !

— Oui, mais il faut le faire comprendre au gouvernement sans qu'on nous accuse de racisme ou de xénophobie, nous ne sommes pas la Ligue du

Nord! Nous voulons simplement la sécurité et l'avenir de nos enfants.

— On est chez nous! Ils nous envahissent!

— Nous chassent!

— Nous remplacent!

— Il faut continuer à faire comme hier, leur montrer qu'on ne les laissera pas passer.

— Halte au chantage de la détresse humaine!

— Ils sont sales, ils empuantissent nos…

Lorsque Maurizio Mangialepre pénétra dans la grande pièce, le brouhaha s'estompa; le silence advint, lourd, presque mystique. Maurizio avait l'habitude de produire cette impression, mais ne s'en vantait pas. La cause dépassait sa petite personne. Il fit un humble et noble signe de la main pour saluer les nombreuses têtes qui s'étaient retournées vers lui puis, sans hâte, traversa la salle, vers l'estrade, entre les deux rangées de fidèles amis qui lui faisaient cortège. Derrière lui, deux hommes, des colosses habillés en noir de la tête aux pieds, marchaient puissamment. Leurs chemises semblaient sur le point de craquer sous la pression des musculatures. C'étaient des jumeaux : le même crâne glabre, les mêmes massives épaules, la même férocité dans le regard. Ils poussaient la gémellité jusque dans la coupe de leur barbe.

Leurs pas lourds, deux mètres derrière Maurizio, faisaient grincer le parquet et trembler les vitres des fenêtres de la salle.

Toute l'attention, cependant, était retenue par Maurizio. Les deux cents personnes qui étaient présentes n'arrivaient pas à le quitter des yeux. Il n'avait pourtant pas un physique imposant : c'était un homme qu'on eût pu même dire quelconque ; un peu plus, et il aurait été laid. Son visage tout entier semblait écrasé par les lois d'une gravité physique et morale : il se ratatinait, s'effritait. Une calvitie assez avancée et un discret embonpoint achèvent son portrait physique. Ajoutons-y simplement un asthme que Maurizio traînait depuis le jeune âge. Il l'essoufflait rapidement et l'obligeait parfois, au milieu d'une phrase, à s'interrompre pour reprendre un peu d'air – « pouf ! pouf ! ».

Malgré tout cela la nature avait été assez juste pour le doter d'une aura magnétique, encore que ses mises impeccables et son élégance étudiée ne dussent que peu de choses à la nature. La vérité était que Maurizio, en tous points, s'efforçait d'être méticuleux. Cela imprégnait chacun de ses mouvements d'une séduisante assurance ; du reste, cette sérénité se confirmait et devenait contagieuse dès qu'il parlait : son aisance orale plaisait et convainquait.

Son éloquence lui valait d'ailleurs parfois, parmi ses amis, le surnom de Caecilius[1].

Il arriva enfin au bout de la haie d'honneur que ses partisans lui avaient dressée et monta sur l'estrade. La discrète petite plate-forme qui lui permettait d'être à la hauteur des micros avait déjà été mise en place. Les deux titans se tinrent de part et d'autre de la tribune, le regard fixé sur la salle, et croisèrent simultanément les bras. Maurizio prit une profonde inspiration puis, d'une voix fluette, après s'être éclairci la gorge, parla :

« Mes amis, il me faut d'abord vous dire que deux sentiments cohabitent en moi depuis hier. Je ressens de la fierté, mais aussi une persistante amer-tume. D'une part, oui, je suis fier de vous. Votre mobilisation, hier, a été, en plus d'une marque de confiance et d'amitié que vous m'avez encore témoignée, le signe de la conscience tragique que vous avez des événements que nous vivons. Celle-ci est ma grande raison d'espérer. Tant que vous serez là, vigilants quant à notre avenir et à celui de nos enfants, il y aura toujours un motif de ne pas céder au désespoir qui nous menace sous les

_____

1. Caecilius de Calé Acté ou Calactensis (fin du Ier av. J-C - début du Ier siècle après J-C) était, à l'époque d'Auguste, un brillant orateur et critique littéraire sicilien.

traits monstrueux de l'immigration. C'est nous qui défendrons notre terre ou l'abandonnerons; son destin dépend entièrement de nous. De ce que nous voulons. De la force de nos convictions. De la vérité de nos luttes. Continuer à dire notre inquiétude et notre colère sera la meilleure manière de tuer cette amertume qui, j'en suis sûr, nous habite tous devant le spectacle de notre terre envahie et méconnaissable. Ce n'est pas tant – pouf! pouf! – l'invasion qui m'inquiète. Car la Sicile a toujours été envahie. De nombreux peuples l'ont occupée, dans le fracas sanglant des conquêtes ou l'éphémère illusion des alliances politiques. Les siècles ici se sont écoulés, insensibles aux convoitises, stratégies, intrigues et trahisons des milliers d'hommes rêvant de posséder notre île qui, telle la Gorgone à trois jambes qui orne notre drapeau, les a fascinés. Mais la Sicile est farouche comme une femme qui vous séduit puis se refuse à vous; elle a, tour à tour, appartenu et échappé à toutes les civilisations qui l'ont désirée. Notre terre porte avec elle des héritages nombreux, les traces des cultures qui l'ont façonnée sont encore vives sur son visage solaire. Oui, la Sicile est une terre de passages. Mais on ne l'a jamais volée à ses fils. Avant, les peuples qui arrivaient partageaient avec nous leur génie;

nous en profitions ensemble ; nous leur offrions notre terre, ils nous donnaient leur science, leur travail. Nous nous fécondions. Mais que reste-t-il de cette entraide ? Que nous apportent ces gens aujourd'hui ? Ils arrivent la main vide, la tendent, et attendent qu'on les sorte d'une misère que nous vivons nous-mêmes. Le travail qu'on leur donne, c'est le nôtre, celui de nos enfants qui désespèrent de ne pouvoir gagner décemment leur vie. Les logements qu'on leur donne, ce sont les nôtres, ceux de toutes ces familles siciliennes qui vivent entassées dans une vieille maison familiale parce qu'elles ne peuvent s'offrir autre chose. C'est simple, mes amis : qu'ils le veuillent ou non, que cela ait été leur désir ou pas, le fait est là : les migrants nous volent notre travail, notre dignité, notre fierté, notre vie. Et ils sont aidés en cela par les personnes que vous connaissez maintenant bien. Nous ne laisserons pas la Sicile être spoliée, sucée jusqu'à la dernière goutte de son sang par ces vagues d'hommes qui n'ont aucune conscience de l'identité de cette terre. La honte s'ajoute à l'indignation lorsqu'on songe que ceux qui les accueillent, qui organisent ce pillage dont la Sicile ressortira exsangue s'il continue, sont eux-mêmes, pour la plupart, des Siciliens. Ou l'étaient. Car ils ont trahi leur terre, leur famille,

92

leur histoire. Ils nous ont trahis. Je vous jure que tant que – pouf! – tant que je – pouf! pouf! – tant que je continuerai à vivre, je me battrai à vos côtés pour que ces gens venus en Sicile sans en connaître la moindre parcelle de grandeur, venus en Sicile pour en voler l'or, n'y restent pas. Ils doivent partir pour que nous vivions. Qu'on les renvoie chez eux! Qu'on les achemine au Nord! Qu'on les fasse passer dans d'autres pays de l'Europe! N'importe où! Qu'importe : qu'ils partent! Qu'ils partent, mes amis! Pourquoi sont-ils venus? Que font leurs pays? Pourquoi laissent-ils partir leurs fils? Quelle est cette irresponsabilité politique dont nous devons payer le prix? Les premiers fautifs, ce sont les Africains eux-mêmes. C'est la vérité, il suffit d'un peu de lucidité pour le voir. Il est trop facile d'accuser l'Europe sans prendre ses responsabilités. Mais nous les attendrons de pied ferme. Hier, ceux qui venaient d'arriver n'ont eu qu'un bref aperçu de ce que nous étions capables de faire. Bien peu de choses par rapport à ce que nous allons faire dans les prochaines semaines. Ce n'est que le début. Il faut continuer à leur dire ce que nous seuls pouvons leur dire : ici, ils ne sont pas chez eux, ils sont chez nous! Chez nous! »

L'assistance se leva comme un seul être, et le silence mystique se mua en apothéose. Maurizio, un peu rouge, peinait à reprendre son souffle ; il avait peut-être un peu abusé du registre passionné à la fin de son discours. Mais il le fallait. La cause le dépassait ; elle méritait qu'il se batte pour elle de toutes ses forces. Il était fier d'avoir pu organiser le rassemblement d'hier ; il avait senti que tout le monde désormais le prenait au sérieux. C'était maintenant que la véritable lutte commençait. Il ne comptait pas perdre : les ragazzi devaient tous quitter Altino et la Sicile. Il en allait de l'avenir de toutes les personnes qui le soutenaient. Il en allait de sa parole. De son honneur.

Caecilius leva le poing en signe de détermination, geste rhétorique qu'il n'effectuait d'habitude jamais, mais que l'ivresse du moment rendit nécessaire et même tout à fait naturel. À ses côtés, les deux mastodontes, électrisés par le discours dont ils avaient compris des bouts, bandaient leurs muscles, prêts à en découdre avec les ennemis. Les vivats redoublèrent d'intensité, de chaleur, et durèrent de longues minutes encore. Puis Maurizio, reprenant la parole avec peine, dit qu'il donnerait bientôt des directives pour une prochaine action, et leva la séance.

L'on ne quitta la salle que fort tard, après qu'il eut échangé un mot personnel avec chacun des nombreux amis qui avaient pris d'assaut la tribune à la fin de son propos pour s'entretenir avec lui, lui dire tout l'espoir qu'il avait levé chez eux, lui confier leurs craintes, ou simplement lui serrer les mains.

Lorsque tout le monde fut enfin parti, Maurizio appela les deux colosses :

— Sergio ! Fabio !

Les deux géants accoururent aussitôt. Maurizio les remercia pour leur dévouement.

— Ton discours était merveilleux, cousin, lui dit l'un d'eux.

— Merci, Sergio.

— Il était fort et viril.

— Merci, Fabio. Vous avez fait du bon travail depuis quelques jours, mes amis, et vous avez été des héros hier, pour l'accueil. Je suis content de vous.

Les jumeaux se rengorgèrent de fierté en recevant ces compliments de Maurizio. Ils lui renouvelèrent à tour de rôle leur loyauté et leur amitié. Maurizio leur dit qu'il allait rentrer seul, croisa les mains dans son dos et s'en alla après leur avoir souhaité une bonne nuit.

Dehors, il respira goulûment. La fraîcheur revenait. L'air gagnait la douceur de ces quelques soirs d'été dont on espérait qu'ils ne finiraient jamais. Les habitants étaient de sortie ; coquette, la nuit avait mis ses plus belles étoiles. La petite ville semblait ne faire aucun cas du drame qu'elle était en train de vivre. Ses habitants ne paraissaient pas un seul instant se rendre compte que soixante-douze hommes issus d'un autre monde, tout à fait étrangers à leur identité, venaient, une fois de plus, de se mêler à eux pour rajouter à leur misère. Hormis les deux cents personnes qui étaient venues le soutenir hier et l'écouter il y a quelques heures, les habitants baignaient dans l'indifférence. Ils se laissaient avoir par l'illusion ; l'illusion que les migrants créaient dans l'ombre. Oui : ils étaient dans l'ombre, reclus dans les beaux appartements qu'on leur avait donnés et qu'ils ne méritaient pas. Mais Maurizio savait qu'ils ne demeureraient pas éternellement dans cette ombre : tôt ou tard, ils en sortiraient et tenteraient de prendre la ville. Maurizio, à voix haute, jura qu'il les combattrait jusqu'à sa mort. Il ne laisserait pas Sabrina et son association l'emporter.

Chapitre II

La grande lumière du soleil me tira du lit de sables chauds et de mes rêves. Je quittai mon abri et longeai la plage. La mer. La veille encore, elle était le lieu le plus laid qui soit : le lieu de ma possible mort. Et le jour suivant, elle resplendissait d'une inaltérable beauté.

Il faisait aussi chaud sur cette plage que le jour où nous étions partis de la Libye. C'était avant l'aube. Nous étions une soixantaine ; soixante ombres cachées derrière un grand container, et nous attendions le signal. Il régnait un silence absolu, car Hamid, le passeur, nous avait dit que le signal serait sonore : deux brefs coups de sifflets. Alors chacun les guettait. Chacun sondait le frémissement de l'air, à l'affût du moindre bruit de sifflet. C'était la troisième tentative de départ que nous faisions au cours de la semaine.

La première fois, après avoir couru six kilomètres jusqu'à la barque, notre départ fut annulé : au moment où nous étions en train d'embarquer, un guetteur (un homme de main d'Hamid) avait crié : « La Police est là ! » Nous avons tous dû fuir dans le désordre le plus absolu : nous savions qu'être attrapé par la police, quand on était un réfugié noir, c'était dire adieu à son voyage. Voire à la vie. Ce jour-là, nous étions soixante et onze candidats au départ. Onze furent arrêtés par la police. On ne les a plus revus.

La deuxième fois, on devait commencer à courir vers la barque, amarrée à dix kilomètres, à six heures précises. Hamid nous avait dit que la barque démarrerait à six heures quarante-cinq. Il fallait donc couvrir les dix kilomètres en trois quarts d'heure. Tant pis pour les essoufflés. Dès six heures, donc, nous nous étions tous lancés, éperdus, vers la barque. C'était la course contre le cauchemar : la Libye ; la course vers le rêve : l'Europe ; la course contre soi, contre sa faiblesse physique, sa fatigue, son manque de détermination. Je me demande à quoi nous ressemblions. À un troupeau de bêtes ? Un troupeau humain ? Aucune différence. Nous avons tous réussi à arriver à temps ce jour-là. Mais une nouvelle fois, nous n'avons pas pu partir à cause des mauvaises conditions de navigation. Trop de vent. Le neveu d'Hamid (nous ignorions alors que c'était un imposteur) refusa de prendre la mer.

Nous dûmes repartir dans les banlieues sordides de Tripoli, en attendant les nouvelles consignes d'Hamid, notre passeur. Ce dernier ne tarda pas à se manifester. Le même jour, il vint nous voir et nous annonça que la surveillance des côtes était renforcée : si nous voulions partir, il faudrait que chacun lui remette une certaine somme en plus. C'était ça ou rester encore des mois à son service, pour payer la prochaine tentative de départ. Oui : nous étions tous à la solde d'Hamid, comme manœuvres ou dockers. En contrepartie, il nous logeait dans des appartements sordides de Tripoli et s'occupait de nous trouver une barque. Nous n'avions pas le choix. C'était ça ou être à la rue et à la merci de bandes armées, du racisme, du mépris, des humiliations, de la guerre.

Hamid était un riche négociant. C'était un petit homme gras, aux mains replètes, aux doigts courts et couverts de grosses bagues. La bonne chère dont il était coutumier transparaissait dans ses joues pleines, gonflait dans ses lèvres vulgairement bombées, s'entassait pêle-mêle dans les trois ou quatre paliers de chair qui s'étageaient sous son petit menton barbu. Mais quand ses petits yeux se plissaient, et qu'au coin de ses lèvres trois plis s'esquissaient, ce physique un peu comique disparaissait et il devenait l'homme le plus méchant du monde. Tout chez lui n'était qu'ivresse, cupidité, vulgarité, cruauté. C'était un geôlier. Ce jour-là, donc, il nous posa ses conditions. Payer et partir rapidement, ou bien rester là, continuer à travailler pour lui et partir plus tard — si on survivait jusque-là.

On se plaignit : impossible de donner cette somme. Pour toute réponse devant nos protestations, Hamid caressa sa barbiche, plissa les yeux, et eut son rictus inhumain. Nous savions tous alors que c'était foutu : fallait payer pour partir. Il nous laissa deux jours pour réunir chacun la somme. Beaucoup furent obligés, honteux, d'appeler leur famille restée au pays pour solliciter une énième aide. D'autres bradèrent les seuls objets de valeur qu'ils avaient encore. Certains, visages sombres, partirent dans la nuit et revinrent avec la somme (et même plus) sans qu'on ne sût jamais ce qu'ils avaient dû faire pour l'avoir. Quant aux derniers, ceux qui n'avaient aucune solution, ils furent aidés par ceux qui avaient pu réunir plus que nécessaire. Moi, j'ai dû vendre dans un des marchés noirs de Tripoli un bracelet en or que ma mère m'avait fait faire et que j'avais promis de toujours porter sur moi. Deux jours plus tard, lorsqu'Hamid revint, nous avions tous l'argent nécessaire. Et le lendemain, à l'aube, derrière le container, nous attendions anxieusement les deux coups de sifflet dans un pesant silence.

Ils retentirent soudain, secs et brefs. Il s'écoula alors quelques secondes au cours desquelles chacun hésita, trahit un mouvement brusque, se demanda s'il avait bien entendu, guetta chez son voisin un signe ou une parole de confirmation. Plus décidé, un homme s'élança. Le troupeau le suivit. Et la course reprit, mécanique dans sa gestuelle, mais humaine, profondément humaine : il fallait courir pour survivre, courir ou crever. Ce jour-là, nous pûmes enfin partir, silencieux, craignant d'attirer le mauvais œil si on se réjouissait trop vite. Il faisait chaud. Aussi chaud que sur cette plage où je m'étais échoué et que je longeais, seul.

10

Matteo Falconi

« Bien heureux de rentrer chez moi. Ces deux derniers jours ont été tendus, oh oui, très tendus, je dois même dire, moi Matteo Falconi, que depuis que je dirige la gendarmerie d'Altino – douze ans quand même – autant dire que des tensions, j'en ai vues, c'était bien la première fois que je ressentais autant de stress. Ça allait encore pour moi, mais fallait voir mes hommes, fallait ! Pareil aujourd'hui, pendant la répartition : tous tendus, raides, le doigt crispé sur la gâchette, la caressant dangereusement, mes hommes. De vraies bonnes érections matinales. Un pet de travers d'un des ragazzi et je suis sûr que mes gars déchargeaient et le trouaient comme un bon gruyère *francese*. Parole de Falconi. Je suis né ici, mon père était gendarme, j'ai gravi tous les échelons ici, trimé ici, on m'a traité de troufion ici, j'ai eu mes grades ici, et je n'ai jamais vu des *carabinieri* si nerveux.

Faut dire que l'événement de la veille avait traumatisé tout le monde. Même moi. J'ai assisté aux quatre accueils de ragazzi à Altino depuis dix ans, dont deux en tant que chef de poste. Eh bien, celui d'hier… Y avait aucun problème à l'aller pourtant. On a reçu l'ordre d'escorter les deux Pullman, les deux cars qui allaient chercher les ragazzi à Catania. Procédure habituelle. J'ai l'habitude de travailler avec Santa Marta. Bons gars, belles personnes. Beaucoup de femmes au grand cœur. De vraies femmes de Sicile, généreuses, Sabrina, Carla, tout ça. Fortes. Des mamas. On a discuté un peu avant de partir. Fallait juste s'assurer que tout se passe dans l'ordre. Procédure d'usage, quoi. On arrive à Catania. Les ragazzi sont là, à peine arrivés, accompagnés par la Caritas et les collègues de la marine. On les récupère. Ils montent dans les voitures. Leurs visages sont fatigués. Ils sont arrivés hier seulement en Italie, après des aventures de folie, ils sentent encore la mer. Ils rentrent donc dans les cars. Dans l'un, celui de devant, y a Carla et la religieuse qui ne lâche jamais sa croix. Dans le deuxième car, y avait Sabrina et le traducteur de Santa Marta, Jogoy, que je connais bien maintenant même s'il est pas trop causant, mais il est sérieux. Un bon gars. Dans chacun des cars, je mets deux de mes hommes. Je monte avec deux autres jeunes officiers dans une de nos voitures, qui dirige le convoi. Une deuxième, à l'arrière, roule avec trois hommes aussi : le lieutenant Federico, mon adjoint direct, et deux recrues. La routine. Nous roulons vers Altino. Aucun souci. La route de la montagne est toujours aussi sinueuse, j'ai eu peur pour les bus, mais les chauffeurs étaient bons. Conduire entre les collines n'a jamais été facile. Enfin, nous étions à deux kilomètres de la ville. Et puis au sortir d'une succession de lacets, alors que nous arrivions sur le grand espace qui marque l'entrée dans la ville, on les voit. Ils nous attendaient. »

***

Maurizio Mangialepre

« Je suis heureux d'être rentré. Ma poitrine me fait plus souffrir que d'habitude ; les émotions d'hier et d'aujourd'hui ne m'ont pas laissé indemne. Mais je sens que je vis, je suis heureux. Tout s'est bien passé aujourd'hui. Hier aussi. Ce n'était pourtant pas gagné : je n'avais aucune certitude ; et mis à part Sergio et Fabio, qui ont une loyauté et une foi absolues pour la cause, je n'étais sûr de rien. Nous nous étions déjà réunis quelques fois dans l'entrepôt, pour évoquer de possibles actions concrètes, mais entre les projets et leur réalisation… Je n'étais pas certain que tous répondraient à l'appel. J'ai cru, jusqu'à hier matin, que beaucoup d'entre eux se défileraient ; j'ai cru que la perspective de se retrouver diabolisés, traités de fascistes, de xénophobes, en décourageraient plus d'un. J'ai eu tort de douter de ces hommes et de ces femmes. J'avais sous-estimé non pas leur haine de l'immigration, mais la profonde souffrance que cette dernière leur causait. Cette situation a détruit la vie de certains. Ils sont tous venus, déterminés.

Fabio et Sergio ont été précieux, même s'il a fallu calmer leur ardeur. Ils voulaient se battre contre les migrants. Je leur ai dit qu'on pouvait les terroriser autrement : par une violence non pas physique, mais verbale et symbolique, celle qui marque les esprits, les détruit. Il fallait simplement s'organiser pour que nos partisans soient nombreux et disciplinés. Sergio et Fabio ont très bien compris. Ils sont plus intelligents qu'ils en ont l'air. Ils ont parfaitement organisé l'intimidation. Ils ne sont pas d'anciens leaders des ultras de l'équipe de football de Catane pour rien.

Je les ai vus descendre de leurs véhicules : Matteo Falconi et ses hommes, Carla, le bras droit de Sabrina, puis elle. Sabrina en personne. Comme à chaque fois que je la vois, ma poitrine se serra puis se souleva d'un seul mouvement. Je me revois ralentir ; je la revois, remplie d'abnégation, rejoindre son groupe et en prendre la tête sans égards au capitaine Falconi. Elle jeta sur moi un regard noir et méprisant. Je me suis efforcé, quant à moi, de rester impassible, même si je crois ne l'avoir jamais autant haïe. Elle me dit d'une voix passionnée que j'étais une honte, un homme indigne, incapable de grandeur, pathétique. Elle dit aussi qu'elle n'aurait jamais cru que j'en serais un jour là. Si bas. Elle me dit aussi que j'allais le regretter, que je perdais mon temps à essayer de m'opposer à l'arrivée des réfugiés car c'était inéluctable, et que tant qu'elle vivrait, elle continuerait à les accueillir, et combattrait toujours des racistes comme moi.

Ma poitrine était près d'éclater. Mais malgré cela, j'ai répondu à Sabrina qu'elle avait tort, que j'étais certain d'avoir raison, et que j'étais aussi déterminé à combattre l'arrivée de ces types à Altino qu'elle l'était à les y faire venir.

À ce moment-là, comme prévu, mes amis mirent le plan à exécution : de la foule, jaillit subitement un grand mannequin qui représentait un homme noir. Une main y déversa de l'essence, une autre y mit le feu. La grande effigie noire brûla sous les yeux de Sabrina, de ses amis, des gendarmes et des migrants restés dans les cars. Cela brûlait, brûlait, brûlait comme une offrande faite à la Sicile… Et sur leurs visages, je vis la peur et l'impuissance. Nous avions gagné. Ils avaient perdu la parole devant les flammes et le symbole de leur destruction future.

Mes soutiens, au contraire, ont poussé un cri de souffrance et de colère. Sabrina ouvrait de gros yeux, incapable de réagir. Le capitaine Falconi fut le premier à reprendre ses esprits, mais le mannequin n'était déjà plus qu'un tas de cendres que le sirocco dispersait. Il m'ordonna de mettre fin à la manifestation si je ne voulais pas qu'il appelle des renforts. Sabrina revint à la charge à ce moment-là et me dit qu'au fond ma petitesse ne datait pas de maintenant, que je méritais tout ce qui m'était arrivé, que ce n'était pas étonnant… C'est le seul moment, hier, où j'ai vacillé. Où elle m'a touché. Elle savait qu'elle avait marqué un point. Je vis un sourire cruel apparaître sur son visage. Mais qu'importait. Notre pari était gagné. »

11

Fousseyni Traoré

« J'arrive pas à dormir. Tout me fait peur dans cette maison. On n'a pas fait toutes les prières nécessaires au moment de rentrer. Il y a les Djinns tapis au plafond ou cachés dans les coins… J'ai peur de fermer les yeux. Ils me voleront mon sommeil. Pourtant je suis fatigué comme tous les autres. La journée a été longue. Ils nous ont mis dans une petite maison. C'est très joli mais c'est petit. Les chambres sont serrées. Il y en a deux, plus un salon et une petite cuisine. Nous sommes cinq. Trois dans la plus grande chambre. Et les deux autres dans la plus petite. Je suis dans celle-là. Au moins on dormira dans un vrai lit. On ne se connaît pas tous. Tout à l'heure, avant d'aller dormir, on a parlé un peu. Nous parlons tous bambara. Ils nous ont mis ensemble pour ça. Il y en a deux qui se connaissent un peu, parce qu'ils ont voyagé ensemble depuis le Mali. Ils s'appellent Mamady Kanté et Ismaïla Camara. Ils sont dans l'autre chambre, ils disent qu'ils ont tous les deux vingt ans, mais je crois qu'ils sont plus vieux. Moi aussi j'ai vingt ans, mais je n'ai pas la même longue barbe qu'eux. Le troisième qui est avec eux s'appelle Fallaye Touré. Lui aussi est malien. Il dit qu'il a trente-cinq ans, deux femmes et trois enfants. Il les a laissés là-bas, au Mali, dans la région de Kayes. Nous venons tous de la région de Kayes. Fallaye nous a dit qu'il était "coxeur[2]" à la gare routière de Kayes.

Dans la deuxième chambre, je suis avec Bemba. Il n'est pas malien mais il a vécu longtemps au Mali. Il dit qu'il faisait des affaires entre Bamako, Kayes et Douala. Il dit qu'il est camerounais. Il dit aussi qu'il vendait des voitures, des objets d'art, des vête-ments. Mais s'il vendait tout ça, pourquoi est-il venu ici? Je ne sais pas. Bemba dit qu'il ne connaît pas son âge, mais je crois qu'il est le plus vieux de nous tous. Je le reconnais, Bemba. Ce matin, c'est lui qui m'a embrassé en criant qu'on entrait au paradis. Je reconnais son gros ventre et ses épaules musclées. Je reconnais sa moustache. Je l'ai aussi

---

2. Rabatteur.

reconnu parce que tout à l'heure, quand Jogoy Sèn nous disait en bambara où on était et ce qui allait se passer, c'est Bemba qui l'a arrêté pour lui demander de l'argent et du travail. C'est sûr que c'est ce que beaucoup d'entre nous veulent, mais personne n'ose le dire. Lui, il l'a dit. Il l'a dit violemment, mais au moins il a été honnête. Tout à l'heure, il nous a dit qu'il avait hâte d'être à demain pour avoir l'argent et le travail. Là, il est en train de ronfler comme le vieux moteur d'une Jakarta, les engins qui servent de transport urbain chez nous. C'est aussi pour ça que je n'arrive pas à dormir.

Adama me manque aussi. S'il était là, c'est lui qui serait à la place de Bemba. Il aurait fait les prières, il aurait parlé aux Djinns. Adama était Kouyaté. Fils et descendant de griot. Dyâlî des rois. Il était maître de la langue, parleur-palabreur, conteur de légendes, musicien, mémoire du monde, créateur de parole, prince des poètes, soigneur par le verbe. Il m'aurait dit : "Tu n'es pas Traoré, ce sont les roses-d'oreilles qui t'ont appelé ainsi. Toi tu es Tarawele! Tu es fier prince, ami de Keïta, ami du grand lion et lion toi-même! Dompte ta peur! Écoute ta louange, Tarawele Fousseyni! Le noble Turamakan est ton ancêtre, tu ne peux avoir peur, tu ne dois pas."

Hier, s'il avait été là, je n'aurais pas eu peur. J'ai eu peur dans le car. Nous étions dedans depuis deux heures après avoir quitté Catane. Dans notre car, il y avait aussi deux gendarmes avec leurs pistolets, la sœur catholique et la fille aux cheveux jaunes et courts. On roulait doucement, puis soudain le car s'est arrêté. J'étais dans les premières places. J'ai regardé ce qui se passait devant. J'ai vu beaucoup de gens qui barraient la route. Beaucoup, vraiment. Il y avait trois hommes devant eux. Deux d'entre eux étaient des lutteurs. Le troisième était beaucoup plus petit. Il portait un beau costume. Il y avait une voiture de police devant nous. Les policiers sont sortis. La femme aux cheveux courts et jaunes est sortie aussi, elle a couru pour rattraper les policiers. J'ai vu la sœur qui était devant moi se mettre à genoux dans l'espace entre les deux rangées de siège. J'ai l'ai entendu dire « Jésus ». Quelques secondes après, les gens qui barraient la route ont commencé à crier et dire des choses dans leur langue. Nous ne comprenions rien. Mais je savais que ce qu'ils disaient n'était pas gentil. Je pense qu'ils étaient possédés par de mauvais Djinns. Ils criaient, criaient, ils ont montré des pancartes avec des choses écrites dessus. Ils criaient, criaient. Dans le car, mes compagnons étaient de plus en plus nerveux. Des injures s'échappaient de leurs bouches : *Bilakoron ! Kat leen ndeyam ! Niamorodé ! Batara den ! Domu xaraam !* C'était comme si tout le monde comprenait que les gens-là devant ne voulaient pas de nous. On parlait pas leur langue mais on comprenait tout ce qu'ils voulaient nous dire. Après ça, d'un coup, j'ai vu qu'il y avait du feu : ils brûlaient quelque chose, ça ressemblait beaucoup à un homme… Ensuite ils sont partis. J'ai eu très peur.

Quand le car est reparti, il commençait à se faire un peu tard. Nous sommes arrivés dans la ville, on nous a emmenés dans le hangar. J'étais très fatigué. Je me suis endormi après avoir mangé le sandwich qu'on nous avait donné en sortant du bus. Aujourd'hui, on nous a répartis. Quand on marchait dans la ville pour aller chez nous, j'ai fait la connaissance de Lucia. C'est elle qui sent l'orange. Tout chez elle rappelle l'orange. Même les deux petits papiers où elle m'a écrit… Je les ai gardés. Je les ai encore sentis tout à l'heure. Son odeur y est toujours. Lucia est muette. Mais quand elle écrit, j'ai l'impression d'entendre sa voix. J'ai dû m'éloigner pour ne pas lui montrer qu'elle m'intimidait un peu… Y a aussi eu ce vieux-là, habillé d'un caftan noir, tout à l'heure, dans le hangar. Un aveugle! Mais je n'ai jamais vu un aveugle pareil! Il est venu nous saluer. Il nous regardait tellement profondément! Il m'a dit à bientôt… Vraiment un vieux étrange! C'est ma première journée ici, et je rencontre un vieillard aveugle qui regarde bien et une fille muette qui parle avec son odeur d'orange… Maintenant je suis là, il fait nuit, le Mali est loin, je ne peux pas dormir, Bemba ronfle. Adama me manque. Kouyaté le prince des poètes me manque…

Qu'est-ce que…? Je viens d'entendre un grand bruit dehors. Comme si quelque chose avait explosé. Boum! boum! boum! On dirait de gros canons. Ou un grand tam-tam que de grosses mains frappent. Je ne sais pas ce que c'est. J'ai peur. Oui, j'ai peur, moi, Tarawélé, j'ai peur. Descendant de lion ou pas, walay j'ai peur. »

12

Ce ne fut pas la nuit qui tomba sur Altino, mais Altino qui tomba dans la nuit. La ville y avait basculé sans transition, sans crépuscule, comme si la nuit avait été un piège soudainement ouvert au bout du jour, et que celui-ci, inattentif après son périple, enivré et aveuglé par sa propre lumière, y avait chuté. Cette nuit révélait la vérité d'Altino : elle ne la couvrait pas d'un manteau noir, ainsi que le disait l'inusable cliché, mais la dénudait plutôt avec amour. On se rendait compte, en la contemplant le soir, que c'était une petite bourgade couchée dans la vaste campagne comme une amante menue au milieu d'un grand lit.

Autant, pendant la journée, mille bruits du quotidien peuplaient joyeusement les rues de la ville, autant, dès vingt-deux heures, celles-ci s'offraient au silence ; silence non point triste ou effrayant, mais méditatif, de ceux-là qu'observe une cité aux prises avec sa mémoire.

Les lieux où nous vivons retiennent tout de nous : voix, visages, paroles et gestes ; et on se souvient moins de ces lieux qu'ils ne se rappellent qui nous sommes, et d'une manière plus fidèle. Peut-être même est-ce parce qu'ils se souviennent d'abord de nous que nous nous les remémorons. Ils ont l'initiative du souvenir. N'est-il pas curieux que dans une ville où, au détour d'une rue, nous vient une impression de *connu*, l'on murmure à son propos qu'elle nous « évoque » ou nous « dit » quelque chose, comme si c'était elle, la ville ou la rue, qui nous parlait ? Notre souvenir ressemble à une phrase à laquelle manqueraient plusieurs mots, une phrase dont le sens ne pourrait apparaître si le lieu, qui est la page où elle s'écrit, ne la complétait en faisant émerger de sous son apparente blancheur les mots et images qu'elle avait absorbés et qui nous faisaient défaut, participant ainsi au récit qui essaie de faire jour d'un passé commun.

L'espace du monde n'est cependant pas qu'un aide-mémoire pour les hommes ; il n'est pas qu'une surface qui reçoit la lumière terne et incertaine de nos souvenirs pour ensuite la réfléchir et nous la rendre claire et nette. Non, il est aussi une mémoire

l'espace comme une sauvegarde
des mémoires

propre, autonome, la grande archive du temps, des choses, des hommes qui passent. Banal ou éclatant, oublié des hommes ou retenu par l'histoire, ordinaire ou exceptionnel, tragique ou heureux, tout événement s'inscrit quelque part, en un espace qui aura été son théâtre, son ventre, son sexe, et qui en sera à jamais le gardien. Une grande révolution. Une épidémie de peste. Une quelconque bagarre entre d'anonymes frères. Un génocide massif. Un tendre baiser entre deux amants. Une éruption. Un viol. Le premier cri d'un nourrisson. Un meurtre. Une déclaration de guerre. Un accord de paix. Un suicide. Un geste d'amitié. La pendaison d'un Nègre. Tout fait trace. Le lieu n'oublie rien. C'est son malheur. Mais c'est aussi là sa grandeur : il ne peut se permettre d'être amnésique devant l'histoire et certaines de ses tragédies. Contrairement aux hommes.

Autour de nous, quelque chose travaille, pense, retient, consigne. Cette mémoire vive est l'expérience intérieure des lieux. Leur métaphysique. Celle-ci se meurt dans la plupart des grandes villes. Aussi bruyantes la nuit que le jour, les grandes métropoles ont la mémoire saturée, sans cesse sollicitée, hyperactive, surmenée, comme la vie et la mémoire de ses habitants. Plus rien d'immatériel ne s'y passe. L'archive est pleine et déborde. Plus aucun mystère n'y plane. Tout y est connu, visité, photographié, débusqué ; presque tout y a été sali par l'œil vulgaire, l'œil qui regarde mais ne voit rien. Ces villes ne permettent plus qu'on s'y arrête ; l'on n'y fait que passer, armé d'un appareil qui ne voit pas plus que nos yeux grand ouverts et comme crevés pourtant. Ces villes ne savent plus demeurer en repos avec elles-mêmes. Leurs citoyens voudraient se souvenir mais ne savent plus comment faire. En cela, ils sont tragiques. L'immédiat réel les submerge et les broie. Ils s'enroulent en anneaux serrés autour de la seule chose qu'ils sachent encore creuser en eux : leur nombril. Ils souffrent, travaillent, jouissent, désespèrent, oublient, vivent à toute vitesse et à vide. Et ensuite recommencent. S'ennuient. Tentent parfois le suicide. Se ratent. Finissent par s'effacer comme des visages dessinés sur le sable à la bordure d'une mer. Dans ces villes sans âme on ne peut même plus mourir ; on ne fait que disparaître.

Telle n'était pas Altino. Pas encore du moins.

Giuseppe Fantini allait s'engager plus avant dans sa réflexion, dont il sentait bien qu'elle méritait un plus profond examen, des doutes et des nuances, mais celle-ci lui échappa. Il avait du mal à tenir sa pensée. Quelque chose le tracassait. Assis sur un large canapé, la grosse tête de Bandino reposant sur sa cuisse à l'affût d'une caresse, le poète tentait de retrouver un peu de sérénité. Bandino se redressa et regarda son maître, comme pour lui rappeler de ne pas le négliger. Le poète, un peu honteux d'avoir oublié son ami, posa doucement sa main sur la tête de la bête et la caressa avec tendresse. Le vieux chien connaîssait bien son maître et sentait que quelque chose le préoccupait depuis qu'ils étaient rentrés de la promenade. Bandino se cala plus confortablement contre la cuisse du poète et attendit la confession. Et bientôt, en effet, le poète parla :

« Ressens-tu la même chose que moi ? Une réelle violence, une réelle force, peut-être quelque chose de vrai. As-tu senti cela aussi ? L'as-tu perçu ? Curieux… »

Le vieux chien, dans la complice attitude du confident, regardait son maître. Celui-ci semblait de nouveau absorbé dans le vertige de sa réflexion. Bandino, voyant que le poète ne disait plus rien, descendit du canapé et marcha lentement vers la fenêtre. Son maître l'y rejoignit un instant plus tard. Et ils restèrent là à regarder au dehors, dans l'attente d'un secret dont ils ne savaient rien.

« Tu as raison, il faut regarder dehors. C'est le monde qui est le vrai poète. C'est lui qui… »

Un grand bruit soudain l'interrompit. Il provenait de l'Etna. C'était moins une vraie éruption qu'une suite d'explosions brèves mais fortes, comme si le volcan était subitement pris d'une violente quinte de toux sèche. Une colonne de fumée commença bientôt à s'élever, haut dans le ciel, aussi noire que l'encre de Chine de la nuit. Des filets de lave, en minces traits, s'échappèrent du cratère et, très lentement, s'écoulèrent comme d'incandescentes larmes sur les joues de l'Etna. Cela arrivait parfois. Mais c'était sans conséquences : les laves refroidiraient avant d'avoir touché terre, et les villes alentour ne risquaient rien, hormis une pluie cinéraire à laquelle Altino, bien qu'éloignée du volcan, n'échapperait sans doute pas. Les nuées de fumées se délayaient lentement vers l'est en une longue traîne semblable à la coiffe d'une veuve. Les minuscules particules de cendres qu'elles transportaient poisseraient les rues comme de la suie. Une fine poussière resterait dans l'air et obstruerait un peu la vue. On fermerait les aéroports des environs.

Cette subite manifestation du volcan faisait plaisir au poète. Il aimait l'Etna. Elle était en fin de compte la seule femme à être demeurée près de lui, et il ne l'adorait jamais autant qu'en de semblables moments, lorsqu'avec superbe, dans un accès de douce colère ou, plus rarement, de furie vengeresse, elle se rappelait au souvenir des hommes. Ceux-ci, il est vrai, la négligeaient de plus en plus, la trompant même sans vergogne avec les fausses idoles que l'effondrement de leur conscience du mythe avait consacrées. Pour beaucoup d'entre eux, l'Etna n'était plus qu'une vieille femme qu'ils prostituaient au tourisme, aux photos, aux guides, au commerce, à la laideur du kitsch. Elle avait tout perdu de la crainte sacrée qu'elle inspirait naguère.

Longtemps, un culte populaire et animiste lui avait été rendu, avec ses rites, ses danses et ses sacrifices. C'était le temps où l'Etna faisait encore partie intégrante de la vie ici ; le temps où sa présence était ressentie par chacun jusque dans les plus intimes manifestations de son existence ; le temps où les hommes, qui n'avaient pas l'arrogance ou le désespoir de se croire seuls, savaient encore faire corps avec leur lieu.

Les larmes d'or coulaient toujours du grand œil du volcan. Le vieux poète se rappelait les éruptions qu'il avait vues de près. Plus jeune, il avait l'habitude de marcher longuement, et seul, sur les pentes de l'Etna. À trois reprises, des éruptions l'avaient surpris alors qu'il se trouvait proche du sommet. Deux d'entre elles avaient été douces, semblables à celle qui avait lieu sous ses yeux. La troisième en revanche avait été spectaculaire et dangereuse. Elle aurait pu lui être fatale. Il n'avait dû son salut qu'à son sang-froid, à ses réflexes et à un peu de chance. Dès les premières explosions, ce jour-là, il s'était adossé à un pic rocheux dont l'excroissance, au-dessus de sa tête, lui servait d'abri. Il avait humecté un morceau de tissu d'eau, puis s'en était fait un masque pour atténuer les effets des cendres et les risques d'asphyxie. Enfin, il s'était enveloppé dans le grand drap qu'il étendait par terre pour dormir à la belle étoile. Puis il avait attendu, regardant les traînées de lave et de roches en fusion qui passaient de part et d'autre de son abri. Ce jour-là, heureusement, l'éruption n'avait pas duré et le nuage de souffre, poussé par un fort vent, s'était déversé sur l'autre versant. Pourtant, il n'avait pas eu peur : pendant ces longues heures, attendant que l'éruption se calme, il lui avait semblé être un privilégié que l'on avait convié à voir la vérité d'un lieu inaccessible aux hommes, l'envers sauvage d'un certain ordre du monde. Il avait voulu demeurer là à jamais. Se fondre dans le grand déversement du feu volcanique. S'abandonner aux bras de l'Etna.

Et y mourir, comme un autre poète plus de deux millénaires avant lui : Empédocle[3].

Les larmes s'asséchaient.

« Tout cela est un signal, Bandino. Non ! Plus que cela : un signe. Ces explosions subites, cette éruption douce, la promenade dans la ville tout à l'heure, la rencontre avec ces jeunes hommes partis de si loin, la discussion avec Amedeo ensuite, puis l'envie, soudaine, violente, dévorante, de faire un poème alors que je n'avais pas écrit un vers depuis quinze ans… Je sens que tous ces éléments doivent s'entrépauler. Je sens qu'ils doivent devenir un motif important. Mais lequel ? Quelle métaphore de notre condition nous est ici montrée ? Aide-moi… »

Pour toute réponse, le vieux chien bâilla et se réinstalla sur le canapé. Giuseppe Fantini se tourna encore en direction de l'Etna, comme s'il lui adressait une muette supplication. Mais sa vieille maîtresse ne lui confia aucun secret ce soir-là.

---

3. Philosophe présocratique, poète et médecin grec ayant vécu en Sicile au Ve siècle av. J-C. Il serait mort en se jetant volontairement dans l'Etna.

13

Cet « Amedeo » dont parlait le poète Giuseppe Fantini était Amedeo Bonianno, curé d'Altino. Une amitié de quarante ans. On pouvait même dire que chacun d'eux était le seul véritable ami que l'autre eût jamais compté. Mais intéressons-nous un moment au Padre Amedeo Filippo Bonianno. La vie d'un curé sicilien octogénaire, aveugle, vociférant, parlant français, wolof et sérère mérite d'être sinon un peu connue du moins examinée et, dans tous les cas, racontée.

L'histoire d'Amedeo Bonianno avait commencé dans l'entre-deux-guerres, en Suisse. C'est en effet là que, dès 1922, incapable de tolérer l'arrivée de Mussolini à la tête du gouvernement de son pays, son père, Georgio Borghese Bonianno, s'était exilé, abandonnant un prestigieux poste de bibliothécaire à Milan. Georgio Borghese Bonianno, humaniste érudit et passionné, avait consacré sa vie à l'enseignement de l'œuvre de Philippus Theoprastus Aureolus Bombastus von Hohenheim, célèbre médecin genevois du XVIe siècle que l'on connaît mieux sous le nom de Paracelse.

Trop occupé par son amour de l'esprit et des livres, Georgio Bonianno n'avait pas trouvé le temps de se consacrer dignement à l'amour des femmes. Il en connut bien quelques-unes, mais celles-ci, qui débordaient de vitalité sexuelle, finissaient par le quitter ; elles partaient fâchées, l'accusant d'expédier l'acte amoureux pour retourner à ses lectures (« si seulement tu avais su me faire l'amour aussi longtemps que tu me récitais Pétrarque après », etc.). Aussi, à Milan, dans les appartements de sa grande bibliothèque, Georgio Borghese vécut souvent seul.

Dès qu'il arriva à Genève pourtant, à la fin de l'année 1922, Monsieur Dominique Morand, le recteur de l'Université de Genève, qui avait déjà tenté de le recruter à l'époque où il enseignait en Italie, lui offrit un poste de professeur émérite. Ce fut ainsi là, dix ans après son arrivée, à cinquante-trois ans, qu'il épousa Sylvie Morand, la fille de Dominique. Ils se marièrent en 1932. Sylvie trouvait, et c'était pour Georgio une plaisante nouveauté, qu'il était aussi doux au lit que les vers de Dante qu'il lui récitait après l'amour (il avait abandonné Pétrarque). Georgio Borghese Bonianno en avait tiré quelques conclusions élémentaires. Il était bien possible que les femmes jouissent par l'oreille, oui, mais pas de tout : il fallait le bon rythme, la musique juste, le bon poète. Au lit, Dante plutôt que Pétrarque, donc. Il nota.

Toujours est-il qu'un enfant, le seul qu'ils eurent, naquit de l'union de Georgio Borghese Bonianno et Sylvie Morand. Amedeo Filippo Bonianno vint au monde l'été de l'année 1934. Sylvie, catholique pratiquante, obtint qu'on le baptisât. Son père avait déjà cinquante-cinq ans, sa mère, quarante.

***

Amedeo Bonianno vécut une enfance très heureuse. Au cours des premières années de sa vie, malgré la guerre qui éclata assez vite après sa naissance, il fut choyé par un père aimant et une mère délicate. Il grandit ainsi, entre deux parents protecteurs et plusieurs langues, l'italien, l'anglais, l'allemand et le français, qu'il maîtrisait également.

En 1945, alors qu'Amedeo venait de fêter ses douze ans, son père mourut sans être jamais retourné en Italie, mais après lui avoir fait promettre d'y aller et de vivre un peu sur la terre de ses ancêtres, en Sicile. Sa mère décida, rattrapée par une foi catholique de plus en plus fervente, de se consacrer à la religion. Celle-ci l'occupa entièrement. Après la mort de Georgio Borghese Bonianno, commença, pour le jeune Amedeo, une nouvelle éducation, religieuse. À dix-sept ans, après son baccalauréat, Amedeo traversa la frontière et entra dans un séminaire à Lyon. Il y suivit, à l'Université catholique, une formation en philosophie et sciences sociales.

Vers 1950, dévorée par le feu sacré, Sylvie le rejoignit en France, pour répondre à la vocation. Elle entra au couvent de la Visitation Sainte-Marie de Fourvière, où elle mourut en 1961, à soixante-sept ans, presque en odeur de sainteté. On l'enterra en Suisse, à côté de son défunt mari. Quelques jours avant sa mort, Amedeo lui avait offert la plus belle des joies : il avait reçu l'ordination sacerdotale des mains du cardinal Villot, évêque de Lyon. Devenu prêtre, Amedeo Bonianno, à vingt-sept ans, voulut découvrir le monde et voyager. Il demanda, après trois années à Lyon, qu'on le mutât. À cette époque, le diocèse de Lyon entretenait de nombreux et féconds échanges avec certains diocèses d'Afrique francophone. C'est ainsi qu'Amedeo

Bonianno fut nommé curé de la paroisse de F..., petite commune du Sénégal.

***

À F..., commune majoritairement habitée par des Sérères, Amedeo dut apprendre la langue. Son vicaire, Raphaël Ndig Juuf, l'y aida. Il fallut trois longues années de leçons intensives et quotidiennes avant qu'il ne parvînt à balbutier une messe en sérère. Trois années dont le détail ne manque pas d'intérêt, certes, mais qu'il serait fastidieux de raconter ici. Retenons simplement qu'Amedeo Bonianno éprouva tous les affres auxquels est condamné un homme soudain jeté sur une terre étrangère où il avait pourtant à vivre avec d'autres hommes. Il passa huit années là, sans jamais revenir en Europe, essayant patiemment, dans un geste radical, de comprendre la culture sérère et de supporter, par conséquent, que Roog Sèn, le grand dieu animiste de ce peuple, y fût mieux traité que le Christ, inconnu dans leur panthéon. Au départ, la chose ne fut pas facile ; ses tentatives d'évangélisation créaient des tensions chez les populations locales. Plusieurs fois, l'envie de rentrer en Europe le prit ; autant de fois, le désir de ne pas échouer dans la rencontre avec ce peuple

une autre type de migration

l'emporta. Alors Amedeo resta. Les sept premières
années, il eut l'impression que tout ce qu'il voyait
lui serait à jamais étranger et incompréhensible.

Mais, peu à peu, la méfiance à son égard s'estompa, sa capacité à écouter s'accrut, on l'inté-
gra davantage à la vie sociale du village. C'est de
cette extraordinaire période, au cours de laquelle
il avait pu échanger avec les personnages les plus
importants de F…, que datait son sursaut. Il avait
été invité à passer quelques soirées au « ngel »,
la rudimentaire construction en bois et en paille
sous laquelle les Anciens du village se réunissaient
pour parler. On l'accueillit enfin. Le sacrificateur
du village échangea avec lui. Le devin lui parla.
Les femmes ne le fuirent plus. Les griottes l'en-
tretinrent de leurs chants et poèmes. On lui permit d'assister à certaines cérémonies initiatiques.
Soudain, l'austère curé, toujours plongé dans le
texte biblique, commença à sentir et ne plus seulement comprendre les liens entre les différents êtres,
la solidarité entre l'humain et le sacré, la signi-
fication du monde comme *ngel* – espace symbolique où dialoguent les hommes entre eux et
avec ceux qui les y avaient précédés, espace où
ce qui est dit compte, où la parole porte la densité sacrée d'un geste créateur. Toutes ces choses

le bouleversèrent. Sa propre foi catholique, qu'il n'avait pas abandonnée, s'en trouva changée, éclairée d'un jour nouveau.

La dernière année qu'il passa au sein du village fut pour lui une porte entrouverte sur le paradis. Il rencontra Gnilaan Juuf, une cousine de son vicaire, femme d'une beauté obsédante, extatique comme la dernière gorgée avant l'ivresse. Rire taquin. Corps vigoureux. Pécheresse innocente. Amedeo Bonianno la confessait sans faute chaque dimanche soir, après que le Christ, soûlé par le vin de son sang, se fut endormi au-dessus d'eux sur sa croix. Et tandis que le Seigneur ivre et fatigué baissait ainsi sa garde, le curé relevait sa soutane.

Hélas, ce fut au moment où les étoiles scintillaient le plus intensément dans ses yeux que l'obscurité commença peu à peu à les éteindre. Une vieille maladie, à laquelle Georgio Borghese Bonianno avait échappé, mais qui avait frappé son grand-père et son arrière-grand-père, resurgissait soudain. Amedeo, presque aveugle, dut rentrer en Europe pour tenter de se faire soigner. Rien n'y fit, malgré tous les spécialistes consultés : il était condamné. Il ne retourna plus dans sa paroisse, où Raphaël Ndiig Juuf le remplaça. Il échangea avec celui-ci une longue correspondance, dans laquelle il prenait des nouvelles du village. Vint pourtant un moment où Amedeo Bonianno dut arrêter. Dans sa dernière lettre, il chargea son ancien vicaire de dire aux habitants de F… qu'il ne les oublierait jamais. Il lui demanda aussi de saluer Gnilaan Juuf, la pécheresse dominicale. Ce fut ensuite, quelques mois plus tard, le noir.

L'évêque de Lyon, qui avait été son professeur de philosophie à la Faculté de théologie catholique, lui offrit de rester à son côté. Amedeo déclina. Il demanda plutôt qu'on lui permît d'officier dans le petit village italien d'où sa famille était originaire. L'affaire ne fut pas simple. Amedeo dut patienter trois années (il les mit à profit pour apprivoiser sa cécité) avant que l'évêque du diocèse auquel appartenait Altino acceptât de confier sa paroisse à un curé aveugle.

Amedeo Bonianno arriva à Altino à la fin de l'année 1974. Il tint ainsi la vieille promesse qu'il avait faite à son père.

***

Peu de temps après son arrivée, Amedeo rencontra Giuseppe Fantini en des circonstances insolites qui seraient trop longues à rapporter ici. Cette fameuse nuit cependant, et cela du moins on peut le révéler, ils se mirent tous deux en tête d'invoquer le Diable dans la petite église d'Altino. Ils y réussirent presque à force de l'appeler à gorge déployée. Cela créa de solides liens entre eux. Ils devinrent amis et se virent régulièrement pendant vingt-cinq ans. Au cours de cette période, Fantini publia de nombreux recueils de poésie, eut des prix, acquit une renommée mondiale. Chacun de ses manuscrits, cependant, avant d'être envoyé à l'éditeur, fut critiqué par le Padre Bonianno, son premier lecteur, le plus redoutable. Fantini lui lisait les poèmes à haute voix ; le curé l'arrêtait avec colère dès qu'un vers sonnait faux.

À la fin de la décennie 1990, cependant, Amedeo Bonianno vit de moins en moins son ami. Ce dernier lui avait dit un jour, sans autre explication, qu'il arrêtait d'écrire. Avec cette pudeur dont seuls les grands amis étaient capables, Bonianno n'avait pas demandé pourquoi. C'est à partir de cette époque, après un quart de siècle d'amitié, que leurs entrevues s'espacèrent. Cela ne voulait pas dire que l'amitié avait disparu ; simplement, elle se vivait désormais dans l'économie des échanges. Giuseppe Fantini, reclus dans sa grande villa, ne venait plus que très peu dans le centre d'Altino pour se promener. Mais à chaque fois qu'il le faisait, la seule personne qu'il voyait était le curé. Et, vieux amis, ils discutaient de choses et d'autres. Fantini apprit par exemple, quelques années après sa retraite, que son ami avait été sollicité par une association nouvellement créée à Altino, chargée de l'accueil des ragazzi. Lorsqu'il lui demanda ce qu'il aurait à faire exactement comme travail dans cette association, Amedeo Bonianno lui avait répondu qu'il aiderait les ragazzi à mieux raconter leur histoire aux commisions chargées de leur évaluation, quitte parfois à arranger un peu le récit lorsqu'il le fallait.

— Ce n'est pas très moral, un curé qui ment lorsqu'il le faut. Qu'en dirait le Christ ? lui avait alors répondu le poète.

— Il me dirait qu'il faut s'accorder un péché de temps à autre pour être plus humain.

— Je ne me rappelle pas avoir lu ce passage dans la Bible.

— Je l'y ai ajouté récemment. Il faut bien que les hommes pèchent un peu, sinon le Christ, et tous les blablatants à sa suite, moi compris, seraient inutiles au monde. Bon. Assez blasphémé. Assez plaisanté. Tu veux que je te parle vraiment de mes ragazzi ?

— Sans façons, merci.

Quoique le curé essayât de l'intéresser à cette question par bien des manières, Fantini avait tenu à rester dans la solitude de sa retraite. Il ne rencontra ainsi presque aucun des ragazzi en dix ans. Il savait simplement qu'ils étaient là, et que son ami le curé s'occupait d'écrire et de réécrire leurs histoires.

Aujourd'hui, cependant, pour la première fois, Giuseppe Fantini avait vraiment rencontré ces hommes. Il s'était étonné, en arrivant au centre-ville, de voir autant de monde dehors, comme s'il y avait quelque spectacle à regarder. Discrètement, Bandino à son côté, il s'était rapproché de la rue principale bondée et les avait regardés. Quelque chose sur leurs visages l'avait frappé. Dès qu'ils furent passés, Giuseppe Fantini partit d'un pas pressé vers l'église. Amedeo Bonianno s'y trouvait.

— Giuseppe, vieille bête, tu as le pas nerveux, lui avait-il dit tandis que le poète venait à lui.

— Je viens te demander quelque chose.

— Je t'écoute.

— Qui sont ces hommes dont tu écris les histoires ? Qui sont-ils vraiment ?

— Tu as rencontré les nouveaux venus, n'est-ce pas ? dit-il d'un ton qui était moins celui d'une question que d'une affirmation.

L'humanisation

Le curé regardait dans la direction du poète, qui gardait le silence en attendant une réponse à sa question. Bandino, resté dehors, se grattait contre la porte de la petite église.

— Qui sont-ils?… Je ne sais pas vraiment, reprit enfin Bonianno. Leur traversée est une part de ce qu'ils sont. Mais ce qu'ils sont au fond d'eux, leur voix la plus intime, je ne suis pas certain de l'avoir déjà entendue. J'essaie. Je perçois des échos faibles. C'est comme si j'étais sur les bords d'un fleuve et que j'entendais un chant que des voix auraient entonné des profondeurs des eaux. Le chant me parvient, mais le bruit de l'eau m'empêche d'entendre nettement les paroles du chant. La solution pour les entendre, c'est de plonger dans ce fleuve au flot puissant et furieux. Au risque d'être emporté.

— Et pourquoi ne plonges-tu pas? Tu as peur?

— Non. Je ne sais simplement pas nager.

— Que représente la nage dans ta métaphore?

— Aux dernières nouvelles, c'est toi le poète, Giuseppe. C'est toi qui connais et manies les métaphores. C'est donc à toi de me le dire. Nous autres, hommes d'église, faisons des paraboles. Même si elles ne sont pas aussi belles que celles du spécialiste mondial de la figure, avait-il répondu en désignant le Christ crucifié.

— C'est toi qui as commencé, avec ta métaphore du fleuve…

— Bon, ne m'emmerde pas. C'est tout ce que j'avais à dire.

Giuseppe Fantini avait souri, puis avait dit à son ami qu'il devait rentrer. Amedeo Bonianno, en l'écoutant partir, avait cependant eu l'intuition qu'un grand trouble agitait le poète.

14

Jogoy était épuisé, mais il n'avait pu résister à l'envie, avant d'aller se coucher, de faire un détour par la *villa*. De tous les événements qu'il avait vécus depuis la veille, celui qui l'avait le plus marqué n'était ni la répartition ni même l'accueil hostile que certains habitants leur avaient réservé hier ; non : ce qui l'avait le plus ému, c'était ce moment où il avait mené les ragazzi vers leurs appartements. Il lui avait rappelé ce temps où, dans le village natal de ses parents, à F…, on l'avait circoncis et soumis au rite initiatique qui fit de lui un homme : le *ndût*. Ce soir, les chants du ndût, les chœurs féminins accompagnant les processions vers la forêt de X…, le grand bruit des talons contre la terre pendant les danses, tout cela, toute cette polyphonie qui disait son monde, avait repeuplé sa mémoire. Alors, il avait doucement chanté, récité, murmuré. Toutes les voix s'étaient confondues à sa voix.

***

Un cercle délimite l'espace de la parole libre. Hommes du présent et hommes d'hier en forment la circonférence vivante, parcourue de souffles chauds. Côte à côte, épaule contre épaule, ils sont là, ils chantent. Entre eux, la parole circule, court de corps en corps, de cœur en cœur. Elle lie. Elle crée. Au centre, le feu, les initiateurs et les initiés. Décor minimaliste. La clairière d'une grande forêt qui protège. Une nuit. Peu d'étoiles. Des animaux autour. Il n'y a pas de coulisses : ici, la scène est assez large pour que chacun y trouve sa place. Un tam-tam retentit. Son roulement n'est que l'écho amplifié des battements de tous les cœurs alentour : cœur de l'Homme, cœur de l'Animal, cœur de la Terre, cœur de la Forêt. Il bat longtemps, rythme les danses, accompagne les chants. C'est le coryphée au milieu de la scène. Sa saccade furieuse se mêle à la parole des Hommes, devient elle-même parole. Puis, d'un coup, elle se tait. Les chants cessent. Ça commence.

Les initiateurs
(*leurs bâtons menaçants brandis*)

— Mbay tak !

Les jeunes initiés
(en chœur et tremblants)

— Woor !

Les initiateurs
(plus menaçants)

— Mbay tak… !

Les jeunes initiés
(esquissant un craintif geste des mains pour se protéger)

— Woor !

Les initiateurs
(sur le point d'abattre les bâtons)

— Mbay tak… !

Les initiés
(demandant grâce, plus fort)

— Woor !

Les bâtons, hérissés de fines tiges humides et vertes, s'abattent néanmoins malgré les supplications, à la volée, dans un grand sifflement qui fêle l'air, sur les épaules, les côtes, les jambes nues, les bras. Et tandis que les chairs des initiés éprouvent encore la striure des tiges vertes, du groupe des initiateurs, comme un

137

*baume qu'elle appose sur leurs blessures, une voix
s'élève pour leur parler du monde. Ainsi y entrent-ils...*

La voix de l'initiateur

— Nan guil wam yo! (Écoutez-moi!)

Les jeunes initiés
(*en chœur*)

— In wé nan guil wang. (Nous t'écoutons).

*L'initiateur chante une leçon de vie. Il la répète
plusieurs fois. Les initiés écoutent. Au bout d'une
dizaine de répétitions du poème, l'initiateur s'arrête,
puis demande :*

La voix de l'initiateur

— Nu nana xam? (M'avez-vous entendu?)

Les initiés

— I na nang. (Nous t'avons entendu.)

Les initiateurs
(*brandissant une nouvelle fois les bâtons*)

— Mbay tak!

Les jeunes initiés
(*terrorisés*)

— Woor !

Les initiateurs
(*plus menaçants*)

— Mbay tak… !

Les jeunes initiés
(*criant comme si leur vie en dépendait*)

— Woooooooor !

*Cette fois, les initiateurs retiennent leur geste ;
les bâtons ne s'abattent pas sur les corps ; les bras menaçants retombent et le roulement du tam-tam reprend
le récit des mille cœurs qui se parlent…*

***

Altino, malgré tout, n'était pas F… Ses habitants ne chantaient pas au passage du cortège.
Les femmes ne donnaient pas dans le crépuscule leurs purs chœurs d'amour qui étaient les
semences de la terre. Il n'y avait pas de forêt qui
pouvait le protéger. Jogoy le savait. Mais pourtant, cette marche avait pris pour lui les allures
d'un rite dans ce qu'elle mettait en jeu et en scène :

l'irruption d'un groupe d'hommes dans un monde nouveau. L'entrée des ragazzi dans la ville n'était pas le ndût, mais elle rejouait symboliquement un de ses enjeux : celui d'un rite de passage en cours ; passage d'un monde à un autre, passage d'un élément (l'eau de la mer) à un autre (la terre d'Altino), passage d'une compagnie à une autre, d'une épreuve à une autre.

Jogoy se décida à aller dormir. Mais à peine tourna-t-il le dos au volcan que la première explosion retentit et le cloua sur place. C'était la troisième fois, depuis qu'il était arrivé en Sicile, que l'Etna donnait de la voix. Il resta sur la *villa* et regarda.

Chapitre III

Atab : ainsi se nommait celui qui devait piloter notre barque. Cet homme était fameux entre tous au port de Tripoli. Tout réfugié qui arrivait et désirait aller vers l'Europe avait entendu parler de lui. Même les autres navigateurs reconnaissaient avec une pointe d'amertume et d'aigreur qu'il était probablement « le plus chanceux » d'entre eux. Nous voulions tous voyager avec Atab. Il faut dire qu'en plus de ses exploits maritimes, la stature de l'homme et son caractère fascinaient. Géant, hardi, provocateur, charismatique, bagarreur, amateur de femmes et de beuveries, il donnait l'impression d'être invincible. Hamid nous avait promis que ce serait Atab qui nous conduirait. Mais quelques jours avant la première de nos trois tentatives de départ, Atab fut retrouvé mort dans un quartier malfamé de Tripoli. Il faut dire qu'il avait beaucoup d'ennemis.

Atab mort, c'était sa légende qui disparaissait et, avec elle, la certitude d'avoir plus de chances de survivre. Nous avions menacé Hamid d'arrêter de travailler et de reprendre notre argent. Hamid avait répondu qu'il avait d'ores et déjà trouvé un remplaçant. Il nous parla alors d'un de ses neveux, qu'Atab avait formé et qui travaillait dans la Marine. Il mentait. Dans notre naïveté et notre impatience, nous le crûmes encore. J'ai raconté le sort de son imposteur de neveu dans le premier chapitre de ce récit.

Nous étions exactement soixante dans la barque, de diverses nationalités d'Afrique de l'Ouest, presque tous jeunes. Le plus âgé d'entre nous était un Guinéen. Il s'appelait Hamady Diallo. C'était un homme très pieux, qui ne se séparait jamais d'un petit exemplaire du Coran qu'il lisait presque tout le temps, même la nuit, à la lueur d'une petite torche ou des seuls astres. Même au plus fort de l'angoisse, lorsqu'après quatre jours nous savions que nous étions perdus, Hamady Diallo avait continué à lire. C'était lui qui dirigeait les prières dans la barque. Pendant toute la traversée, il avait scrupuleusement respecté les heures de prière avec une dévotion sublime. Je n'oublierai jamais, la dernière fois que je le vis (peu avant la tempête), sa silhouette solitaire, droite et dévouée, tendue vers le ciel : la tempête menaçait, et lui, priait.

Les deux premiers jours de traversée avaient été paisibles. Nous rêvions déjà de l'Europe. Dès les premières heures de navigation, trois hommes s'étaient affirmés comme les leaders du groupe. À Tripoli, ils étaient déjà nos porte-paroles. Ils avaient fait plusieurs tentatives de traversées depuis qu'ils étaient arrivés en Libye. Deux d'entre eux avaient même fait de la prison et en avaient réchappé, contrairement à la plupart des Noirs que la police locale arrêtait. Tout cela les auréolait d'une espèce de légitimité naturelle. Ils donnaient l'impression de savoir ce qui nous attendait. Les deux premiers jours, ils remplirent bien leur office. Le troisième jour, nous n'apercevions toujours rien à l'horizon. La flamme de l'espoir commença à vaciller. Sans l'avoir vécu, personne ne peut imaginer ce qui se passe dans l'âme d'un homme perdu en pleine mer, qui espère voir des lumières, mais dont le regard ne rencontre qu'épaisses ténèbres. Personne.

Lumières ! Lumières ! Lumières qui refusaient de s'allumer dans la nuit interminable, lumières qui refusaient d'apparaître à l'horizon, lumières éteintes dans le monde, éteintes dans nos cœurs… Lumières ! Nous les mendions… Régulièrement, tels des marins accomplissant leur quart, de petites équipes de cinq se relayaient pour faire le guet. Cela durait quinze minutes. Quinze minutes d'un terrible face-à-face avec l'hideuse mer ; quinze minutes pendant lesquelles les compagnons des guetteurs étaient suspendus à leurs lèvres, espérant entendre le cri libérateur : « Lumières, là-bas ! ». Qui ne retentissait jamais.

Je ne sais pas ce qui m'horrifiait le plus : le sentiment que les ténèbres étaient infinies autour de nous, ou celui qu'elles l'étaient tout autant en-dessous, dans ce gigantesque monde des profondeurs où cités englouties, mystères irrésolus, trésors mythiques, monstres légendaires, fantasmes humains, cadavres humains,

peurs humaines étaient mêlés. J'avais peur
de ce que je voyais. J'avais peur de ce que
je ne voyais pas. Espoir et épouvante mêlés.
À plusieurs reprises, je crus voir au loin,
dressées sur la mer, des clartés argentées,
comme si des êtres de lumière s'avançaient
vers nous. Mais ce n'étaient que les mouvements lointains des vagues dont le moutonne-
ment des écumes trompait ma vue hallucinée…

Le jour se leva sans qu'on ne vît rien qui
ressemblât à une côte. Désespoir et épouvante
mêlés. Au réveil, les trois hommes, dans le
silence d'abattement général, menacèrent pour
la première fois de jeter le navigateur aux
poissons. C'est ce jour-là qu'il nous avait
avoué qu'il n'était pas un passeur profes-
sionnel, mais un jeune pêcheur qui ne s'était
jamais éloigné des côtes libyennes. Il ne dut
son salut ce jour-là qu'à la peur qui paraly-
sait encore les hommes et à la mention du nom
d'Atab, qui gardait encore son aura talisma-
nique. Mais elle ne dura pas. Le quatrième jour,
après une autre nuit de guet infructueux, nous
sûmes que nous étions définitivement perdus.
C'est à ce moment-là que les trois hommes l'ont
balancé dans l'océan. Personne n'a trouvé à y
redire, personne, sauf Hamady Diallo. Il protesta longuement, dit aux trois gourous qu'ils
n'avaient pas le droit de disposer ainsi d'une
vie que Dieu avait donnée. On ne l'écouta pas.
Nous étions perdus en mer et nous avions commis notre meurtre originel, le crime fondateur
de notre errance. Restait donc le châtiment.

La peur commença bientôt ses ravages dans nos rangs. Les trois jours qui suivirent, elle moissonna à généreux andains dans la masse de nos cœurs offerts à sa lame comme des épis mûrs à une faucille aiguisée. La Grande Peur emporta les uns dans le délire et l'hallucination, les autres dans l'apathie et la prostration. Certains renièrent Dieu dans de terribles et sublimes apostasies solitaires, d'autres l'invoquèrent avec obscénité aux limites de la démence. Tout cela en trois jours. Une vie pour faire entrer Dieu dans sa vie, trois jours pour l'en expulser. Soit le cœur de l'homme est inhospitalier, soit la foi est un service tarifé... Hamady seul parut encore croire en Dieu, jusqu'à la toute fin.

Les trois gourous perdirent le contrôle de la barque. La folie commença aussi à les gagner. Ils se disputèrent pour savoir qui devait prendre les décisions, et finirent par se battre à mort, sous le regard des autres, trop affaiblis ou occupés à ne pas crever pour intervenir. Ils se blessèrent. Le pêcheur bozo survécut. Les deux autres — ceux qui avaient fait la prison — moururent. Le sang coula dans la barque, entre nos pieds.

Le sixième jour, au matin, le rafiot dérivait, sans moteur ni capitaine à bord, minuscule tombeau dans cet immense ossuaire. Aucune lumière. Nous n'attendions plus aucune lumière, hormis celles de la mort. Je n'avais même plus d'énergie pour penser à ma famille, mes

souvenirs s'emmêlaient à des visions de l'enfer qui venait, qui était déjà là.

La nuit du sixième au septième jour, pourtant, à bout de forces et comme émergeant d'un
grand trou noir, j'entendis un cri d'une vigueur
que je ne soupçonnais plus personne d'avoir
dans la barque : « Les lumières, là-bas! »
Les hommes qui n'étaient pas encore morts ou
évanouis retrouvèrent la force de se lever,
et de regarder au loin. Et là, nous les vîmes
enfin : lumières, lumières…

Puis ce fut la tempête.

***

Comment ai-je été accueilli après la tempête et le naufrage?

Je marchais toujours sur la plage et je sentais que les forces commençaient à m'abandonner. J'étais fatigué, j'avais faim, il faisait
très chaud. Mais je ne voulais pas m'arrêter
avant d'avoir rencontré des gens qui pourraient m'aider. J'en rencontrai bientôt plusieurs, au bout de mes forces. Des baigneurs.

C'est une femme qui m'a vu la première.
Elle cria. À quoi devais-je ressembler pour lui
faire si peur? Était-ce mon visage marqué par
la fatigue et les privations? Tout mon corps
entamé par le voyage, la peur, la lutte inin-
terrompue contre la mort depuis de longs jours?
Je ne sais pas. Je voyais simplement que je
l'avais effrayée. Elle a pointé le doigt vers
moi, et les autres baigneurs se sont tournés
dans ma direction. C'est à ce moment-là que

j'ai remarqué qu'ils étaient tous nus. Je me suis brusquement arrêté. C'était la première fois que je voyais ça. Je ne comprenais pas. Nous nous sommes regardés de longues secondes. Eux, surpris de me voir. Moi, surpris de les voir nus. J'ai connu l'Europe par des corps nus sur une plage de la côte sicilienne. Je suis resté immobile quelques secondes, ne sachant que faire. La chaleur accablante rajoutait à mon épuisement et à ma faim. Lorsque j'ai tenté de faire un pas vers le groupe de baigneurs, je me suis effondré.

Un homme, toujours nu, a aussitôt couru vers moi. Il était très maigre et portait de petites lunettes rondes. Ce fut tout ce que je pus distinguer. J'étais trop faible pour faire l'effort de détailler ses traits. Je fermai les yeux, et sentis que l'homme s'agenouillait à côté de moi. Il me toucha le front, prit mon pouls et ouvrit l'un de mes yeux, qu'il examina quelques secondes. Puis je l'entendis parler en italien. Sa voix était faible et lointaine, comme si on l'étouffait. Je m'évanouissais... Quelques secondes (ou minutes, ou heures) plus tard, ce fut la sensation de l'eau fraîche qui coulait dans ma gorge qui me réveilla. On me donnait à boire. Les yeux toujours fermés, je me laissai faire. Je n'avais pas la force de faire autre chose. Je n'étais plus qu'un mort qu'on tentait de ramener à la vie... Je ne sentis pas lorsque l'eau cessa de couler dans ma bouche, mais entendis la voix de l'homme, plus nette cette fois.

— Tu parles français?

— Oui, réussis-je à dire, très faiblement.

— Je m'appelle Mario. Mario. Tu es très faible. Déshydraté. Nous allons appeler une ambulance…

Ces mots agirent comme une subite décharge électrique. Avec force, j'agrippai le bras de l'homme, le tirai brutalement à moi et le regardai d'une manière démente.

— Non… Non Monsieur… S'il vous plaît, pas l'ambulance, pas la gendarmerie, pas la police. Rien.

Cet effort me coûta beaucoup. Je retombai, inconscient. Lorsque je rouvris les yeux, tous les baigneurs étaient penchés sur mon visage. Les leurs furent d'abord très flous, puis je parvins peu à peu à mieux les voir. Ils s'étaient rhabillés. Dieu merci, j'étais toujours sur la plage et non à l'hôpital ou à la police. Je me redressai. Les baigneurs reculèrent. Je ne sus si c'était par crainte, ou pour me laisser plus d'air. Mario se rapprocha encore de moi, et me tendit une bouteille d'eau. Je me désaltérai goulûment, sans manières. Il me donna ensuite des fruits et quelques biscuits. Je les dévorai en silence, au milieu d'une petite ronde qui m'observait avec un mélange de curiosité, de crainte et d'amusement. J'avais faim. Au Diable le reste. Je me sentis vite mieux. Mario s'approcha encore. Je pus enfin voir ses yeux bleus derrière ses lunettes. Sa dentition noire était ravagée par le tabac.

— Comment t'appelles-tu?

— Jogoy. Je m'appelle Jogoy Sèn.

— Jo-gay.

— Jo-goy. O. Goy.

— Jo-goy. Jo-goy. D'accord. Que fais-tu ici, Jo-goy Sèn?

Je ne répondis pas.

— Je comprends, dit-il. Tu peux te joindre à nous si tu veux, Jogoy. Nous allons manger.

— Merci, monsieur Mario, mais je dois continuer… Je vous remercie… Pour la nourriture. Et pour n'avoir appelé personne.

— Continuer? Mais où? Que vas-tu faire?

— Je ne sais pas. Je vais peut-être aller dans la ville la plus proche et essayer de chercher du travail.

— Mais où vas-tu habiter, comment mangeras-tu?

— Je ne sais pas. Je me débrouillerai.

Mario s'entretint quelques instants avec une femme aux longs cheveux blancs. Les baigneurs autour commençaient à se disperser sur la plage. Mario et la femme revinrent vers moi.

— Jogoy, dit Mario, voici Valeria, ma femme. Je ne veux pas te mettre mal à l'aise, mais je voudrais te proposer une chose. Dans le coin il y a surtout de toutes petites villes. La plus proche, c'est Marzamemi. Valeria et moi, nous habitons à Noto. C'est plus loin. C'est une ville un peu plus grande que Marzamemi. On a discuté. On s'est dit que tu pourrais rester là-bas… Chez nous… Si tu veux. Le temps de trouver du travail ou de te mettre en rapport avec une association d'accueil. On en

la gentillesse

149

connaît une, où travaille notre fille. Dès que tu te seras reposé nous pourrons y aller. En attendant...

Je les regardai un temps, interdit. Il était vrai que je n'avais nul endroit où aller, mais cela ne signifiait pas que j'étais prêt à faire confiance à n'importe qui. Mais j'acceptai. Ce qui me décida, ce fut la simplicité avec laquelle Mario et Valeria m'avaient offert leur aide. Je n'avais décelé chez eux aucune trace de malveillance ou de bienveillance calculée. Ils ne cherchaient ni à me nuire ni à se grandir. Ils étaient d'une grande sincérité. Je leur dis que j'avais envers eux une dette pour la vie.

— *Don't worry*, Jogoy, me dit Valeria en souriant, *we are not naked at home.*

C'est comme ça que je suis allé, sans rien, nu aussi à ma manière, à Noto, chez Mario et Valeria Ferrante. Les parents de Carla. C'est comme ça qu'après avoir survécu à un naufrage pendant lequel tous mes camarades étaient morts, j'ai été accueilli par ces Siciliens certes naturistes (ça, je ne le comprendrai jamais) mais généreux et simples.

DANS L'ATTENTE

15

Salvatore Pessoto

« Ça fait presque six mois qu'ils sont là. Ils commencent à s'impatienter. Leur rêve n'est pas encore brisé, mais il se fissure. Babel tremble. Babel tombera. Ils vivent le moment où un homme a l'intuition que quelque chose ne tourne pas rond. C'est ça, le tragique : non ce qui se passe, mais ce qu'on sent qu'il va se passer. C'est comme la mort. Certains patients meurent dès qu'ils sentent que ça arrive. Avant même que le cœur ou le cerveau ne s'arrête.

Certains ragazzi ont commencé à parler un peu l'italien. Quand ils me voient dans la rue, en dehors des heures d'entraînement, ils me saluent toujours avec respect, longuement. Ils demandent des nouvelles de ma famille. Je réponds que ça va. Puis ils se mettent à me confier leurs états d'âme alors que je n'ai rien demandé. Ils me disent tous la même

chose à peu près : "Nous voulons partir, docteur
Pessoto. Y a rien ici.". Je ne sais jamais ce que je
dois répondre. J'écoute. Quand ils se taisent, y a un
silence qui s'installe. Mais leur regard est brûlant.
Ils attendent une réponse. Alors je finis par dire :
"Courage, ça ira". Évidemment, c'est un mensonge.
Je crois qu'ils le savent. Pourtant je suis médecin.
Je devrais pouvoir leur dire la vérité : que rien ne
s'arrangera vraiment et qu'ils devront apprendre à
vivre avec ça. Mais à la place, je mens. Je leur dis
"courage". C'est moi qui en manque.

"Courage, ça ira". Joli. *Ma* ça n'a jamais réconforté personne. Comme tout le monde ou presque,
on m'a dit cette phrase lorsque je n'allais pas bien.
Et comme tout le monde ou presque, je sais que
ça ne change rien. Mais faut bien faire semblant.
Lorsqu'un homme qui veut réconforter un autre
homme lui dit que "ça ira", je ne vois que deux
hommes qui souffrent. L'un baigne dans sa tristesse. L'autre se noie dans son incapacité à parler à
la douleur de l'autre. Devant la tristesse des autres,
je préfère maintenant me taire. Le silence est com-
mode. Il peut signifier une compassion muette
mais profonde comme il peut cacher une indifférence absolue. Aucun moyen de le savoir. La prochaine fois que je croiserai un de ces hommes et

qu'il me dira sa tristesse, je me tairai. Dans mon silence, j'espère qu'il verra, comme disait sœur Maria, de l'empathie. S'ils veulent croire à ça… Beaucoup d'entre eux jouent au football. Je les entraîne deux fois par semaine. Je n'y croyais pas trop, mais on a une bonne *squaddra* cette année. Au terrain, avec le ballon, j'ai l'impression qu'ils sont heureux. Ils ne devraient pas. Ça ne dure pas. »

16

Vera et Vincenzo Rivera avaient la particularité de toujours peindre ensemble, à quatre mains, sans se concerter, sans croquis, sans plans préparatoires, en laissant leurs deux génies se trouver naturellement. Leurs toiles, absolument déroutantes, rencontraient un certain succès. Vincenzo et Vera étaient connus dans la région. Ils étaient établis dans les cercles artistiques et leurs pièces ornaient de prestigieuses collections. Ils commençaient d'ailleurs à jouir d'une petite renommée hors de l'île, au Nord, depuis qu'un grand quotidien national leur avait consacré un portrait dans ses pages « *Fashion, Culture, Glamour* ».

Depuis quelques mois, ils ne voyaient presque plus Jogoy. En réalité, ils ne voyaient plus personne : ils luttaient pour achever leur nouveau cycle, le dernier fruit de leur double génie : *Vanitas Vanitatum*.

Héritiers de deux riches familles, ils s'étaient installés à Altino dix années auparavant, à l'époque où
la ville accueillait ses premiers ragazzi. Cependant,
le phénomène leur parut mineur, sans aucun poten-
tiel esthétique. Ils avaient tous deux pensé que
c'était là une réalité vulgaire, trop sociale et res-
trictive, impropre à générer de la création. Toutes
ces souffrances, toutes ces détresses, cette étouffante administration, cette misère, étaient inintéres-
santes, aliénantes pour de véritables artistes. Alors
ils ignorèrent superbement les ragazzi et toutes les
activités liées à leur accueil, et préférèrent chercher l'inspiration ailleurs : dans la sexualité. Sujet,
il est vrai, très nouveau en art. l'ironie

Leur première création commune à Altino s'in-
titula ainsi *Post-coïtus*. C'était une série de tableaux
qu'ils avaient peints immédiatement après avoir
baisé (sur une période de trente jours). Et comme
ils le firent massivement ce mois-là (ils battirent
leur record), le cycle fut si profus en œuvres qu'ils
se virent obligés de les classer selon la qualité des
orgasmes. Ils établirent une typologie en trois
catégories (ou sous-cycles) : orgasmes majeurs,
orgasmes neutres et orgasmes fades. Chacune
de ces trois catégories fut exposée. Le sous-cycle
« orgasmes neutres » obtint un franc succès ; leurs

contemporains, paraît-il, y avaient vu un reflet
fidèle de la sexualité de l'époque. Les Rivera voulaient, à travers ce cycle, « *sortir le sexe du champ
de la seule consommation du plaisir, pour l'étendre
à l'espace de la production constante et intelligible
d'Art, pour créer une hyperconscience charnellement
critique du Beau, et pour jouir sur la toile, pour
continuer d'éjaculer à la face du tableau et du spectateur niais et bourgeois : le dé-vierger* » (avait dit
Vera dans une interview pour un journal local).

Post-coïtus fut globalement une réussite.
Les œuvres furent exposées au musée d'Altino,
dans la grande salle où la statue d'Athéna se trouvait. Les Rivera firent une entrée superbe sur la
scène artistique sicilienne. L'installation circula
dans quelques villes. La haute société sicilienne
s'y précipita et, après avoir essuyé les jets éjacula-
toires qui lui étaient destinés, en fit d'hyperboliques
louanges comme seul le philistinisme bourgeois
savait en produire. Ce succès n'eut qu'une ombre
mineure à son tableau : lors de la première présentation du cycle (catégorie « orgasmes majeurs »),
Vera et Vincenzo avaient envoyé une invitation au
grand poète Giuseppe Fantini. Ils pensaient que
convier le vieux Maître ferait l'affaire de chacun :
Fantini donnerait du prestige à leur œuvre, et eux,

lui offriraient la possibilité d'être à nouveau au contact du grand monde. Fantini refusa. En guise de réponse, il leur avait renvoyé un sonnet d'une féroce ironie. Qu'importait : Vera et Vincenzo se montrèrent indulgents envers ce vieux poète qu'ils jugeaient rongé par l'amertume de l'artiste infécond et dépassé. Ils continuèrent à créer à quatre mains, eux les vrais artistes, eux que frappait une intense fièvre créatrice. Leur réputation se bâtissait œuvre après œuvre. *Vanitas Vanitatum*, qu'ils tentaient d'achever, serait leur huitième création.

Cela faisait six mois qu'ils y travaillaient. L'œuvre était difficile, réfractaire et résistante à leurs deux sensibilités. Mais ils allaient bientôt en triompher. Vera et Vincenzo Rivera prévirent même de s'offrir un instant de répit, le temps d'un dîner avec Jogoy. Celui-ci leur raconterait certainement tout ce qui s'était passé depuis le dernier convoi de ragazzi. Car une fois de plus, ils n'avaient pas voulu s'intéresser à eux. Mais leur conscience était tranquille pour des lustres sur cette question. Depuis qu'ils avaient accepté de louer à Jogoy le petit appartement qui était au fond de leur cour, ils considéraient que leur rôle d'humanistes était rempli avec générosité et qu'ils pouvaient désormais se désintéresser provisoirement, sans honte, de la situation qui les entourait. Jogoy était leur bonne conscience, le blanc-seing qui leur était tendu et sur lequel ils validaient leur diplôme de charité pour l'Autre, celui qui souffre, le Tiers-Monde.

Aussi furent-ils heureux, le soir où ils dînèrent avec Jogoy, de l'écouter parler de la situation. Pour la forme, ils posèrent des questions, froncèrent le sourcil, prirent des mines attristées et indignées, compatirent grandement. Tout cela les reposait ; ils profitaient du plaisir de parler de choses prosaïques après avoir âprement lutté avec l'Art à des hauteurs inhumaines. Ils réussirent même, ce soir-là, après avoir bu deux bouteilles de vin, à faire l'amour sans hyperconscience critique du Beau. Orgasme presque majeur. Puis, heureux, ils dormirent du lumineux sommeil des peintres géniaux. *Vanitas Vanitatum* était presque achevé. C'était tout ce qui faisait sens.

17

Fousseyni Traoré

« C'est dur de se lever. Il fait de plus en plus
froid. Je voulais rester sous ma grosse couverture.
Mais je veux aller en cours. Dès le premier jour,
Jogoy m'a dit qu'il fallait toujours aller en cours
pour apprendre l'italien. Depuis six mois, je n'ai
pas raté une seule séance. Je commence à parler
un peu l'italien. Jogoy nous dit chaque jour que
parler l'italien peut aider à avoir des papiers. Alors
j'y vais. Et même sans parler des papiers, ça me fait
plaisir de repartir à l'école. J'ai arrêté les études il
y a longtemps, en classe de troisième. Je n'ai pas
eu mon brevet. Ce n'est pas parce que j'étais un
nullard hein, attention, mais parce que mon oncle
ne voulait plus payer mes études. J'ai arrêté pour
aller faire de la menuiserie.

J'ai fait ma toilette puis mes ablutions, ensuite
j'ai prié. La prière du matin est celle que je préfère.

Il n'y a aucun bruit. Je pense que ce silence est la voix de Dieu. J'ai prié pour ma mère restée au pays, et pour Adama. Et à la fin j'ai prié pour tous les copains qui sont là : j'espère qu'on va nous donner des papiers et du travail à tous *In Sha Allah*. Je suis le seul à partir. Les autres ne viennent presque plus aux cours d'italien. Le matin, à Altino, il n'y a pas beaucoup de monde. Un café est ouvert. Des hommes prennent leur petit-déjeuner. Ils ne mettent jamais de sucre dans leur café. La première fois que j'ai bu le café italien, je l'ai recraché. C'est impossible à boire sans sucre. Quand je vois les Italiens le boire d'un coup comme ça, je me demande comment ils font. Leur langue doit être sucrée. Il fait très froid dehors. Il y a deux mois comme ça il faisait encore un peu chaud. *Siamo in inverno*. Nous sommes en hiver. L'hiver il fait froid et il neige. *L'inverno fa freddo e nevica*. C'est comme ça. Je n'ai jamais vu la neige. On raconte qu'elle va tomber bientôt. Lucia m'a écrit que c'est comme de gros grains de sel qui tombent. La neige, c'est donc le sel que Dieu rajoute sur le plat du monde quand il n'a pas de goût.

Je suis toujours le premier à arriver devant la salle où on fait les cours. Elle n'est pas loin des bureaux de l'association Santa Marta. Dès que j'arrive, je vais demander la clef à Jogoy, qui arrive le premier dans les bureaux. On se salue en bambara, il m'a l'air un peu fatigué. Tous les copains le connaissent. C'est lui qu'on appelle lorsqu'on a des problèmes et qu'on ne sait pas quoi faire. Toute la journée, il court partout. Son téléphone sonne tout le temps.

Il me parle des commissions pour avoir les papiers. Je lui dis que ça me fait peur. Il me dit que le président de notre commission est gentil et qu'il donne facilement les papiers. Ça me rassure un peu. Jogoy me dit de ne pas m'inquiéter. L'association va nous aider à préparer les commissions. On va faire des répétitions avec le Padre Bonianno pour savoir ce qu'on va dire aux commissions. Il faut dire une bonne histoire pour avoir les papiers. Personne ne sait encore quand les commissions vont commencer, mais tout le monde a peur. Tout le monde les attend. Jogoy me dit que pour mettre toutes les chances de mon côté, je dois continuer à aller en cours d'italien. Il me donne la clé et je vais en classe. Comme d'habitude, je me suis mis au fond de la salle. Tout au fond à gauche, près de la machine qui chauffe. C'est ma place préférée. Rosa est arrivée à huit heures exactement comme toujours. C'est elle qui nous append l'italien.

Je ne sais pas quel âge elle a, mais Bemba dit qu'elle est une "petite-sœur". Ça veut dire qu'elle est plus jeune que lui. Mais comme j'ignore aussi l'âge de Bemba, c'est compliqué. Rosa est une femme très grande, très mince. La première fois qu'on l'a vue, Bemba a dit qu'elle ressemblait à la tige d'une plante de mil, qu'elle avait les fesses plates comme la surface du fleuve Mali en saison sèche, qu'elle avait des seins creux comme une grotte du Bandiagara et qu'il fallait lui faire manger des ignames et du manioc. Fallaye lui avait répondu que c'était vrai, mais qu'elle avait un beau visage, mais Bemba avait dit que la beauté du visage était inutile si le corps n'avait pas de chair. Bemba aimait les femmes avec de grosses formes. Lorsqu'il parle des femmes, il dit : "ce que j'aime, c'est pouvoir m'agripper aux femmes pour ne pas tomber vaap par terre ! Regardez Sabrina ou Veronica : leur visage n'est pas le plus beau du cosmos (je ne connaissais pas ce mot), mais regardez-moi le corps, jeunes frères : tu montes, tu sais que tu ne tomberas pas, tu oublies le visage, tu m'attrapes ça et tu colles bien la petite même ! C'est ça que j'aime". Je ne suis pas d'accord avec Bemba quand il dit que le visage ne sert à rien si le reste du corps n'a pas de formes. Le visage compte. Rosa a un beau visage. Pas aussi beau que celui de Lucia l'orange, mais beau. Ce n'est pas grave si elle n'a pas de formes ; son cœur est bon. Elle a un long cou de girafe. Un jour, elle a mis un collier coloré autour. Elle ressemblait aux statues rituelles des Dogons.

Aujourd'hui, elle nous fait un cours sur la nostalgie. Je ne connaissais pas ce mot. Mais je connaissais très bien le sentiment. Je sais maintenant l'exprimer en italien grâce à Rosa. *Il Mali mi manca. Amerei rivedere mia Madre.* Je l'ai dit à Lucia l'orange quand je l'ai rencontrée après le cours. Elle m'a dit que c'était triste en me prenant la main. La nostalgie est peut-être triste. Mais Lucia a pris ma main. Pendant des jours, elle va sentir l'orange. Je ne vais pas la laver. Je me débrouillerai pour les ablutions. Dieu comprendra »

18

Sergio et Fabio Calcagno, les deux hommes de main de Maurizio Mangialepre, éprouvaient une certaine frustration à devoir ainsi se cacher pour mener à bien leur mission. Plus même que de la frustration, c'était d'une certaine honte qu'il s'agissait. Quoi! Eux, Sergio et Fabio Calcagno, les légendaires terreurs de Catane, les jumeaux de l'enfer, les deux têtes du Diable, comme on les avait appelés, étaient en train de se glisser comme de vulgaires voleurs dans les rues du petit bourg d'Altino pour y coller des affiches! Déshonneur! Disgrâce!

Que diraient les ultras de l'équipe de football de Catane, s'ils voyaient leurs deux anciens champions traverser ainsi la ville comme de craintives ombres? Que diraient, surtout, les ultras rivaux de l'équipe de Palerme, qui s'honoraient d'avoir des adversaires si braves, si virils, si remarquables? Toute leur légende s'était écrite sur la faculté qu'ils avaient d'incarner dans leur corps, au grand jour, à la vue de tous, l'esprit ultra et ses valeurs : force, courage, virilité, tradition, honneur, identité, respect.

Les Calcagno !... Leur seul nom suffisait à affoler les tifosis adverses. Se retrouver face à eux, c'était éprouver non seulement leur passion pour Catane, mais aussi leur violence, leur mâle désir d'écraser complètement les adversaires avec la brutalité la plus pure. Dans le milieu des ultras, affronter les Calcagno était un défi ; mieux : un honneur. Ils constituaient l'étalon de la bravoure. Avant de les affronter, disait-on, avoir des couilles ne suffisait pas ; encore fallait-il qu'elles fussent bien suspendues.

— Tu t' souviens... ? commença Sergio tandis que son frère étalait de la peinture sur le mur du musée d'Altino.

— Ouais, répondit Fabio. Me souviens bien. Très bien.

Ils se comprenaient, devinant chacun chez l'autre la honte suprême d'en être réduit, après avoir été aux sommets des gloires illustres, à placarder des posters dans cette insignifiante ville. Et tous deux, dans ce silence frustré, continuèrent. Ils étaient nostalgiques de l'ambiance des matchs :

les fumigènes allumés, les chants entonnés, les chorégraphies, les tifos déployés, les percussions, les apothéoses après un but victorieux, les injures dont ils abreuvaient l'adversaire. Cette adrénaline du stade leur manquait. Mais, plus que le match, c'était l'après-match qu'ils regrettaient de ne plus pouvoir vivre, lorsqu'ils devaient, à la sortie du stade, qu'ils aient ou non perdu, reformer les rangs des ultras, en prendre la tête, et marcher contre ceux des adversaires, dans des batailles urbaines violentes, intenses, rapides (car la police intervenait assez vite) mais bonnes pour le courage et nécessaires au respect et à l'estime de soi.

— Tu t' souviens d'Andrea et de Cesare ? demanda encore Sergio.

— Je peux pas les oublier. C'étaient nos plus grands rivaux. Les chefs des ultras de Palerme. D'vrais hommes. Comme y en a plus. J'aimerais me battre de nouveau contre eux.

— Moi aussi, frérot. Passe-moi une affiche, on en met une ici, une dernière sur le portail de cette poule mouillée de maire, et on rentre, ça suffit. Si c'était pas pour Maurizio…

Et ils continuèrent vers la maison de Francesco Montero, évitant d'emprunter les rues trop éclairées, dans lesquelles quelques noctambules ou ivrognes pouvaient encore traîner. Or Maurizio leur avait bien dit de faire attention. Ils l'écoutaient. Car n'eût été son intervention, ils le savaient, ils seraient encore en prison pour longtemps (ils avaient grièvement blessé un enfant lors d'une bagarre générale). Les Calcagno se sentaient d'autant plus redevables à Maurizio qu'il était leur cousin germain, un membre de la prestigieuse, populaire et nombreuse famille des Mangialepre-Calcagno, dont les ramifications s'étendaient dans toute la Sicile.

Ils ne le connaissaient pas lorsqu'il était venu les voir pour la première fois, deux années auparavant, à la prison centrale de Catane. Ils l'avaient pour avocat commis d'office à leur défense. Maurizio leur avait immédiatement appris leur lien de parenté et avait rajouté que c'était pour ça qu'il était là. C'était surtout cela, cette marque d'une solidarité familiale, ce souci des valeurs du sang, qui avait ému les jumeaux. Maurizio leur promit de les tirer d'affaire et de prison mais leur demanda, en contrepartie, de lui jurer fidélité et de l'aider pour une tâche qu'il voulait leur confier une fois dehors. Fabio et Sergio Calcagno jurèrent. Onze jours plus tard, Maurizio venait les faire libérer sans coup férir. « Stefano Scarpatto, le juge qui devait vous condamner, est une vieille connaissance, et les vieilles connaissances ne s'oublient pas », leur dit-il.

Dès leur sortie, Maurizio Mangialepre les amena à Altino ; il leur donna un grand appartement qu'il possédait au centre-ville et les aida à trouver du travail aux Pompes Funèbres d'Altino, dont le propriétaire, Simone Malamorte, était un de ses amis. Il voulait ainsi obliger ses encombrants cousins à se faire oublier dans cette petite ville perdue entre les collines ; mais, surtout, il voulait une main-d'œuvre dévouée qui pût l'aider dans sa mission : combattre la venue massive des ragazzi, majoritairement africains. Sergio et Fabio Calcagno avaient été, il faut le dire, un peu déçus par ce travail qui ne valait pas l'animation des ultras de l'équipe de Catane. Mais ils avaient déjà donné leur parole. Or un Calcagno ne se dédit jamais. Ils acceptèrent donc.

Ils collèrent grossièrement leur dernière affiche (« *Les migrants vous appauvrissent!* ») sur le portail de Monsieur le Maire Montero, puis se dirigèrent d'un pas mi nostalgique mi humilié vers la demeure de Maurizio Mangialepre, leur cousin germain auquel ils devaient leur liberté.

19

Maurizio Mangialepre aurait aimé accompagner ses deux cousins et les aider dans leur tâche. Il détestait cette image, qu'il leur avait peut-être renvoyée, du chef qui dirigeait les opérations loin de leur théâtre. Mais le froid l'avait dissuadé. Les basses températures mettaient ses poumons au supplice. Ses cousins le savaient. Assis près de la cheminée, vêtu d'un peignoir noir, un plaid pourpre aux rayures jaunes sur les genoux, l'œil calme, Caecilius donnait là l'air d'un vieux comte scandinave s'apprêtant à raconter à un convive invisible un conte fantastique.

Cependant, malgré ce calme apparent qu'il semblait dégager au premier regard, la pensée de Maurizio tempêtait sous son crâne. Il cherchait le moyen de passer à l'action. Depuis six mois que les soixante-douze derniers ragazzi étaient arrivés, il n'avait pu refaire une action significative. L'accueil que ses amis et lui leur avaient réservé, en juin, à l'entrée de la ville, avait été leur première et jusque-là unique manifestation. Il était certain à l'époque – il l'avait même promis à ses partisans – que d'autres actions allaient suivre très vite. Mais il avait peut-être sous-estimé la difficulté à mener des actions de masse une fois que les ragazzi étaient installés. La première fois, l'effet de surprise avait fonctionné ; désormais que Santa Marta savait ses intentions, c'était plus difficile. Sabrina avait demandé à Francesco Montero – et obtenu, bien sûr, puisque ce dernier était un mollasson sans personnalité – que les moyens de la gendarmerie fussent renforcés, afin que le capitaine Falconi pût assurer une plus grande sécurité. Cela compliquait toute manœuvre.

Sous la pression de ses partisans, Maurizio avait organisé plusieurs réunions. Les débats furent vifs. Deux tendances se dégagèrent. D'un côté, il y avait une frange radicale, dirigée par Gennaro Orso, un boucher d'Altino, qui souhaitait qu'une offensive frontale soit lancée contre les ennemis malgré la présence des gendarmes. De l'autre, beaucoup plus nombreux, il y avait les défenseurs d'une guérilla douce, d'une sorte de harcèlement psychologique. Sergio et Fabio étaient naturellement partisans de la première frange. Maurizio, cependant, trouvait que les deux approches pêchaient sur le même point : elles n'étaient pas efficaces. L'attaque frontale les mettrait sous le coup de la loi ; quant à la stratégie d'une guérilla douce, elle pouvait ponctuellement marcher, mais Maurizio la jugeait incapable de produire un bouleversement qui obligerait les ragazzi à quitter la ville. En attendant, à la majorité, on décida que la guérilla douce (par exemple, faire passer du porc pour du bœuf et le vendre aux ragazzi, majoritairement musulmans, ou saboter le chauffage de leurs appartements en plein hiver, entre autres actions) serait la stratégie privilégiée, même si Maurizio était loin d'en être satisfait.

Il fallait qu'il trouve une forme plus incisive, plus directe. C'était à la source du Mal qu'il fallait s'attaquer : à l'esprit, au moral, à la volonté. Comment ? En refusant aux migrants la seule chose qui...

Le bruit indélicat que Fabio et Sergio firent en rentrant fit perdre à Caecilius le fil de sa pensée. Les deux colosses montaient l'escalier qui menait à la pièce où il se trouvait. Maurizio Mangialepre les accueillit avec du vin chaud et des questions.

— Vous avez pu coller toutes les affiches, mes chers cousins ?

— Ouais, répondit Sergio. On les a collées un peu partout.

— Vraiment partout ? demanda Maurizio d'une voix cruelle et doucereuse.

— Oui, dit Fabio alors que son frère vidait son verre. À la mairie, sur la porte de la maison du maire, à l'entrée de Santa Marta, devant l'école, au musée, devant quelques cafés, à la gare routière, dans la via Rolando Ettorini…

— À l'église ? l'interrompit Maurizio.

Fabio ne répondit pas et jeta vers son frère un regard qui appelait à la rescousse. Ce fut Sergio qui, après quelques secondes, tenta de parler :

— Eh ben, Maurizio, cousin… pour l'église, c'est que, je… enfin… nous…

— Je comprends, mes amis, le coupa Maurizio, mettant fin au malaise avec un sourire indulgent et moqueur. Je vois que vous êtes toujours de fervents catholiques et que vous avez peur de… de… oui… blasphémer !

— C'est que… Le Christ n'a pas à être mêlé à ça, protesta Fabio.

— C'est une affaire entre les hommes, dit Sergio.

— Oui, bien sûr, chers cousins. Mais n'oubliez pas, rajouta Maurizio avec une moue ironique, n'oubliez pas – pouf! pouf! – qu'ici l'Église, donc le Christ, soutient Santa Marta, donc l'accueil… C'est là qu'il aurait fallu coller nos affiches en premier.

— Tu crois plus en Dieu, cousin?

— Plus du tout? renchérit Fabio.

Maurizio observa un silence. Dehors, la neige qui était annoncée depuis plusieurs jours avait enfin commencé à tomber sur Altino, à gros flocons.

— Dieu, mes chers cousins, finit-il par répondre, est la seule vieille connaissance qui m'ait oublié au moment où j'avais le plus besoin de son aide. Et l'oubli appelle l'oubli. Je me venge. Dieu doit payer.

Et il eut un rictus diabolique quand, achevant ses paroles, il vit les deux colosses adopter des mines dévastées de crainte. Comme nombre de ses militants, ses cousins étaient incapables de se déprendre d'une croyance qui justifiait pourtant ce qu'ils prétendaient combattre. Le spectacle de ces déchirements intérieurs l'amusait. Quelques minutes plus tard, les deux colosses se levèrent et décidèrent de rentrer avant que la neige ne les en empêche.

Le feu pétillait. Caecilius somnolait. Au moment où il allait s'endormir, à la frontière ultime de la veille et du sommeil, la réflexion que Sergio et Fabio avaient interrompue en ouvrant la porte de sa maison lui revint clairement à l'esprit. Il eut le temps, avant de sombrer, de l'achever. *C'était à la source du Mal qu'il fallait s'attaquer : à l'esprit, au moral, à la volonté. Comment ? En refusant aux migrants…* la seule chose qui leur importait et les retenait ici : les papiers. Et il croyait savoir comment y arriver. Il commença à esquisser un sourire de satisfaction. Le sommeil l'emporta avant qu'il ne le finisse. Il s'endormit ainsi, le visage bloqué dans ce terrible demi-sourire. Le feu ne s'éteignit que beaucoup plus tard, au milieu de la nuit. Mais la pièce avait été si bien chauffée que Maurizio, bien couvert par son plaid, ne sentit pas l'intense froid qui mordait la ville.

Chapitre IV

Deux jours après que les parents de Carla m'eurent accueilli, les médias annoncèrent la découverte des débris d'une embarcation sur la plage de Marzamemi. Mais il n'y avait pas eu que les débris : les garde-côtes retrouvèrent aussi trente-sept corps échoués sur la plage, régurgités par un océan si gavé d'humains qu'il avait le luxe d'en rendre certains. À leur état, les enquêteurs et secouristes estimèrent que le naufrage avait eu lieu deux ou trois jours plus tôt. Mario me demanda si j'étais dans cette barque qui avait coulé. Je lui répondis qu'il était possible que ce soit elle, mais que je n'en étais pas sûr.

À la télé ou dans les journaux, on n'en parla pas très longtemps. Cela occupa un encart, un petit communiqué, l'espace d'un entrefilet. On l'indiqua sur un bandeau rouge qui défilait au bas de l'écran avec de vagues informations et quelques chiffres. Deux jours plus tard, c'était oublié. La tragédie devenait ordinaire. Les drames autour de l'immigration jouaient à une macabre chaise musicale ; chacun, quotidiennement, chassait le précédent, occupait sa place, et attendait que le prochain l'en déloge. Cela usait, mais l'on s'accommodait de la catastrophe permanente, même si sa vérité restait intolérable. Le drame qui nous révèle l'horreur du monde est bien souvent celui qu'on finit par admettre le plus facilement.

Quelques jours plus tard, Mario m'apprit que les autorités avaient érigé un monument aux morts. J'allai m'y recueillir avec Mario et Valeria. C'était un buste d'homme élevé entre les rochers, le visage face à la mer. À côté, sur une plaque, un *in memoriam* comme il faut était écrit.

Sur la route du retour, nous avions gardé le silence. Je sentais bien que mes hôtes avaient envie de me parler. Mais ils ne dirent rien. Tant mieux : je n'étais pas encore prêt.

J'avais pu appeler les miens dès mon arrivée. Cela faisait plusieurs jours qu'ils n'avaient plus eu de nouvelles. J'aurais pu être mort. Ma mère a tellement pleuré ce jour-là que j'ai eu l'envie de rentrer sur-le-champ. Que représente la douleur de ceux qui sont partis devant la souffrance de ceux qui n'ont pu les retenir?

Mario et Valeria étaient des gens sans épaisseur — ce n'est pas une critique. Une grâce légère les enveloppait. Ils vivaient dans une grande maison au cœur d'un quartier populaire. Leur rythme de vie s'écoulait, lent, comme un plat cuisant à feu très doux. Dans la grande maison où je suis resté une quinzaine de jours, des photos d'eux plus jeunes couvraient tout un mur. Ils étaient beaux. Mario m'expliqua qu'ils avaient tous deux pris leur retraite assez tôt, dès que Carla était rentrée à l'université.

Un jour, pendant une promenade, nous avons vu surgir des champs qui bordaient la route un groupe de jeunes Noirs. Valeria freina brusquement. Les cinq hommes s'arrêtèrent, surpris. Notre face-à-face dura un certain temps, puis je sortis du véhicule et parlai, d'abord en sérère (aucune réponse), puis en bambara :

— Je vous salue. Comment allez-vous?

— Tu parles bambara? Nous te saluons.

— Que faites-vous ici? Qui êtes-vous?

— On voyage. Nous sommes arrivés hier. Tu as de l'argent pour nous? On veut acheter à manger et appeler nos familles.

J'allais poursuivre le dialogue mais la sirène d'une ambulance qui passait dans les environs retentit. Sans même chercher à comprendre, les cinq jeunes, effrayés, coururent et s'enfoncèrent dans les champs, de l'autre côté de la route. Ils avaient cru que c'était la police qui venait les chercher. Je ne les ai plus revus.

Mario et Valeria m'ont fait voir une grande partie du Sud de l'île. Parmi tous ces endroits, mon préféré était Noto Antica, un hameau au sommet d'une montagne, où ne se trouvaient que quelques maisons et un couvent abandonné. On y arrivait par un chemin étroit, à peine assez large pour une seule voiture. C'était un chemin qu'empruntaient surtout les troupeaux. Il fallait, lorsqu'on était pressé, espérer ne pas en rencontrer un ; car si cela arrivait, c'était lui qui était prioritaire. Tel était le code de la route de la montagne.

Nous avons rencontré un troupeau et avons dû nous arrêter une quinzaine de minutes. Un muret de pierres blanches amoncelées était notre unique protection contre le vide. Et les moutons passaient, immense troupeau que son piétinement désordonné, sa puissante odeur de laine et son grand bêlement annonçaient de loin. Le berger du troupeau passa, fusil à l'épaule, devancé par deux énormes chiens blancs. Il salua de la tête. Sa peau avait la couleur de la montagne. Il semblait fait de la même substance. Et nous, arrêtés près du vide, nous regardions cette scène d'un monde qui semblait sur le point de s'éteindre comme une chandelle à bout de souffle.

On serpentait au cœur de la montagne, vers le sommet. Les virages étaient serrés, et il fallait klaxonner pour avertir un éventuel automobiliste qui serait hors de vue, derrière le coude de la route. De l'autre côté de l'abîme, apparaissaient parfois de curieuses cavernes qui ressemblaient à des yeux et qui vous fixaient, comme si elles faisaient le guet.

Du haut plateau de Noto Antica, j'aperçus les lumières des villes de la côte. Portopalo là-bas. Lampedusa ici. Marzamemi plus près. Ces lumières, je les avais vues de la barque quelques jours avant. Avant le naufrage. Maintenant, je les revoyais, de l'autre côté, de l'envers du décor. Qu'est-ce qui avait changé entre temps? Étais-je seulement plus heureux?

Ce jour-là, à Noto Antica, je me sentis prêt à raconter ma traversée à Mario et Valeria. Ils connurent ainsi Hamady Diallo, Atab, Hamid, les trois gourous, le navigateur laissé en pleine mer et tous les autres.

À la fin de mon récit, Mario et Valeria observèrent le silence, puis Valeria me demanda pourquoi j'étais parti de chez moi.

Un long instant passa, puis je finis par répondre la seule, la banale chose qu'un homme qui est parti en laissant derrière lui ceux qu'il aime me semblait pouvoir dire :

— Parce que je devais partir, Valeria.

20

« Pourquoi es-tu parti de chez toi ? » C'est pour un réfugié une question difficile. On ne la lui épargnera donc jamais. Tout le monde la lui pose. Il l'entend lorsqu'il passe ses commissions. Les personnes émues par sa présence la lui adressent. Celles qui lui sont hostiles aussi. Ces trois différents interlocuteurs lui posent cette même question dans laquelle, tout dissemblables qu'ils puissent être, ils se retrouvent pourtant.

Prenons l'exemple des deux premiers types d'interlocuteurs, à savoir : le représentant d'une commission et la personne bienveillante émue par le réfugié. Devant eux, ce dernier dispose de deux types de réponses : les réponses qui commencent par « parce que » ou « à cause de » d'une part, et celles qui commencent par « pour » ou « afin de » de l'autre. Devant la commission européenne ou devant la personne bienveillante assoiffée d'émotion, le migrant peut insister sur la *cause* de son départ ou sur son *but*. Sur le *motif* ou le *mobile*. Sur la *raison* ou *l'objectif*. Selon l'option qu'il choisira, il ne sera pas vraiment le même type d'immigré. Les « parce que » / « à cause de » ont plus de chances d'avoir des papiers ou d'émouvoir : devant la commission ou devant des gens émus, cette réponse est celle de l'absolue nécessité du départ (guerres, famines, persécutions, discriminations, catastrophe naturelle, écologique, etc.). Ce sont de bons migrants : une mort certaine les menaçait. Les « pour » / « afin de » sont plus suspects : leur réponse peut toujours convaincre ou émouvoir, mais avec plus de mal, puisqu'aux yeux de l'interlocuteur, cette réponse lie le départ à une raison non absolument nécessaire, voire superflue (gagner plus d'argent, aider sa famille, trouver un emploi, avoir des perspectives d'avenir, avoir une meilleure vie). Ce sont de mauvais migrants. Une mort *seulement incertaine* les guettait. La distinction entre bons et mauvais migrants se fait désormais autant par la mesure de leur utilité et de leur adhésion au pays d'accueil, que par l'évaluation de leur degré d'exposition à la mort dans leur pays d'origine. Un bon migrant n'est donc plus uniquement un brave immigré qui a quitté son pays pour poursuivre ses études ou faire valoir ses compétences ailleurs, sur une terre dont il épouse plus ou moins les valeurs et le mode de vie ; non : pour tous ces pays qui se demandent si toute la misère du monde peut débarquer comme ça chez eux ou non, un bon migrant est en train de devenir un migrant presque mort. Oui, presque : il doit quand même lui rester un souffle de vie pour raconter les circonstances dans lesquelles la faucheuse, sous une forme ou une autre, a failli le crever. Migrant est un diplôme qui se mérite, avec différentes mentions dont la plus prestigieuse est : « a failli mourir pour de vrai ! ». Avec ses échecs aussi. L'échec d'un réfugié, aujourd'hui, n'est plus seulement de ne pas arriver sur une terre d'accueil : c'est aussi d'y arriver sans avoir failli mourir. S'il n'arrive pas à prouver que la mort était à ses trousses, il ne vaut rien. On ne l'accueille pas.

Beaucoup de ragazzi, avec le temps et l'aide des associations qui les accueillent, ont fini par comprendre qu'il valait toujours mieux commencer leur récit par « parce que ». Nombre d'entre eux, même s'ils sont motivés par des raisons strictement économiques, inventent ou exagèrent des causes de nécessité absolue. En somme, il y en a certains qui arrangent la vérité. C'est une banalité que de le dire. Mais cette question « pourquoi es-tu parti de chez toi ? » est si violente que nul ne devrait s'étonner que ceux qui la subissent mentent en y répondant. Ils en ont même le droit. Voire l'obligation : pour l'obtention de ses papiers, le plus important pour un réfugié n'est pas la vérité de son histoire, mais sa vraisemblance tragique.

Venons-en au troisième cas de figure, qui concerne ceux qui sont hostiles à la présence de l'immigré. Ceux-là se fichent que celui-ci soit parti « parce que » ou « afin de ». Ce qui les gêne, ce n'est pas la raison de son départ mais celle de son arrivée. Qu'il soit là est l'unique chose qui les intéresse. Ils se trompent de question. Au lieu de dire au migrant « pourquoi es-tu parti ? », ils devraient lui dire « pourquoi es-tu là ? », ce qui est une question légèrement différente. Dans leur méprise, cependant, les hostiles sont les seuls à poser le doigt sur ce qui est peut-être la vérité de la situation. Oui : ils sont les seuls à considérer le migrant, même si c'est souvent pour de tristes raisons, comme un homme qui est là, qui est arrivé, qui a un présent et veut construire un futur. Là où les deux autres cherchent à définir le réfugié par son seul passé, là où il ne leur semble humain que parce qu'une dramatique raison l'a obligé à partir, l'anti-migrant, tout à sa phobie, voit malgré tout l'immigré comme un homme présent, qui est là, avec lui (même si c'est précisément cette idée qu'il ne peut supporter).

En ce sens, paradoxalement, c'est lui, l'homme hostile, qui a raison. Sans s'en rendre compte, par un raisonnement malheureux, il arrive quand même à poser au migrant une autre question, plus difficile, mais peut-être plus pertinente pour lui : « Maintenant que tu es là, que nous veux-tu ? » Cette question a plus de sens. Elle ne réduit pas le réfugié à un drame sur pattes. Elle interroge ses désirs, ses rêves, sa vie intérieure, ses aspirations profondes. Mais qui cela intéresse-t-il ? Qui a envie de savoir l'histoire profonde et complexe d'une âme humaine ? Qui a même envie de la raconter ? Qui est seulement sûr de le pouvoir ? Et qui, de pouvoir l'entendre ? Finalement, dans cette histoire, « pourquoi es-tu parti ? », malgré sa difficulté, est peut-être la question qui arrange tout le monde.

21

Bemba

« Ça peut pas être ça, l'Europe ! Pas possible !
Pas possible que ce soit pour ça que j'ai joué ma
vie dans le Sahara puis dans la mer. On nous cache
quelque chose. Pourquoi m'a-t-on mis ici ? Même
Kayes est mieux que ce foutu village ! Où est le
luxe ? Où est l'argent ? Où sont les jeunes et vieilles
Blanches qui aiment les Nègres et leurs gros ban-
galas durs et veineux ? Où est tout ça ? Moi je dis :
on nous cache quelque chose. On nous cache à
Altino. On nous garde ici pour nous empêcher
de voir la vraie Europe. Pourquoi ? J'en sais rien.
Les gens de l'association ne nous donnent pas les
papiers, pourtant on nous l'avait promis. Ils ne
nous donnent pas de travail pourtant ils avaient dit
qu'ils allaient en donner. Il y a quelques mois il y
avait un peu de job, c'est vrai : on est allés cueillir
de foutues olives dans les foutus champs. On nous

a payés un peu, mais ça suffit pas. Depuis y a rien. L'association trouve pas. Ils sont là, ils foutent que dalle, à chaque fois qu'on va les voir ils disent que le dossier avance. Mais il va avancer jusqu'à où même ? Il ne va pas avancer indéfiniment non ? Même l'administration s'arrête quelque part ! Mais non, le dossier avance toujours, il est infatigable, il avance, il avance !

Et ils veulent qu'on aille en classe pour apprendre l'italien. Ils croient vraiment que moi, Bemba, un vieux père comme moi, avec plus de poils autour du sexe que sur tous les corps réunis de leurs pères, j'ai le temps d'aller en classe pour qu'une petite sœur m'apprenne à parler comme un enfant ? Ils croient que j'ai ce temps-là ? En plus dans ce froid, dans la neige ! Si même la fille-là donnait l'appétit et le courage, mais eh ! Seigneur ! elle n'a pas de chair ! Vaap tu tombes ! Ça n'encourage pas.

Je veux quitter Altino, y a rien ici. Je veux aller là où il y a les affaires, les bonnes affaires. Il faut que j'aie d'abord les papiers avant de partir, mais ça fait six mois qu'on est là et les commissions n'ont pas commencé. Je vais plus à l'école. Toute la journée je reste pioncer à la maison ou je fais le tour des commerçants pour voir s'il y a un peu de travail. Même laver les chiottes je veux. Pourvu qu'il y ait

l'argent après! Du vrai argent hein! Les vrais euros!
Les billets! Pas les, comment ça s'appelle encore
même, oui, les pocket-money là que l'association
nous donne. C'est de l'argent artificiel, des tickets
qu'on peut échanger avec des commerçants pour
pouvoir manger. On va faire quoi avec des tickets?
Rien. C'est pas avec ça que tu vas construire une
belle maison au pays, une maison en talons et
maquillée. Les pocket-money, ça sert seulement
à survivre. On est esclaves de ça. C'est comme ça
que l'association nous garde ici. Ils savent qu'on
n'a rien, et que si on part on partira sans papiers
et mains nues. On est esclaves des tickets. Chaque
vendredi, quand je vois les gars faire la queue pour
le rationnement des pockets, j'ai honte, j'ai très
honte. Je vais jamais les chercher pour notre maison. C'est toujours Fousseyni qui y va. J'aime beaucoup le petit Fousseyni, c'est un bon gars, un bon
petit-frère. Il est poli et serviable. On est dans la
même chambre et on discute souvent. Il a eu une
histoire difficile, l'enfant-là… On s'entend bien
avec les gars de la maison, Fallaye, Kanté, Ismaïla
et Fousseyni. C'est sûr qu'on n'a pas le même âge
mais on est frères. On a presque fait la même traversée, ça fait de nous des frères. Souvent c'est
Ismaïla qui cuisine. Il cuisine vraiment très bien.

Quand on lui demande où il a appris il dit que c'est sa mère qui lui a donné la main. Apparemment c'est une grande cuisinière qui a un restaurant au pays. Fallaye et Kanté l'aident en cuisine et font la vaisselle. Fousseyni et moi on fait le ménage ensemble deux fois par semaine.

De temps en temps, Jogoy Sèn, le médiateur de l'association, passe nous voir. Lui, je l'aime pas beaucoup. Il est pas très apprécié. Il vient faire le brigadier, il vient conseiller. Regardez-moi ça, il veut conseiller ses grands. Il n'a pas le respect, en plus il ose nous dire qu'il faut être patient, que lui aussi a été dans cette situation, et gna gna gni gna gna gna… La paix ! Il n'est pas comme nous : lui il travaille pour l'association, il traîne tout le temps avec la jolie petite blonde de l'association là, Carla, je suis sûr qu'il zanga et mougou ça bien, il est payé, il habite seul dans un studio, pourquoi il vient parler ? Lui n'a pas de pocket. C'est facile pour lui de venir nous dire qu'il faut attendre : il a les papiers, il a les euros, il colle les petites, pourquoi il nous fatigue ? On a seulement besoin de lui pour traduire parfois, pour savoir comment on fait les demandes pour les papiers, pour nous aider à envoyer un peu d'argent quand on en a. Mais pour le reste il est comme tous les autres membres de l'association. Il a la wawa seulement. Il a la bouche.

Les Blancs ici sont gentils en général. Ils sont souriants, ils te donnent des provisions, des fruits, des légumes, parfois des vêtements. Mais jamais d'argent. Je crois qu'ils sont très pauvres aussi. J'ai pu trouver de temps en temps un peu de boulot, mais ça devient de plus en plus rare. Il y a aussi des Blancs racistes. Dans la rue, je regarde leurs yeux et je sais qu'ils ne m'aiment pas. Je les regarde aussi méchamment. J'attends que l'un d'eux dise quelque chose, je lui montrerai que j'ai mangé des ignames et du manioc dans mon enfance. Le premier chien qui osera me tutoyer je le bastonne. Ils verront que les os de l'homme pèsent lourd et que la mère de l'homme ne l'a pas nourri au biberon mais au sein! Ils verront que ma mère ne m'a pas porté sur son dos avec du papier-toilette ou un vieux journal, mais avec son pagne!

Mon objectif c'est d'aller en Angleterre ou aux États-Unis pour faire du business avec les voitures d'occasion. C'est dans ça que je veux tracer ma route. Je veux du travail. Je suis un homme fort. Je me sens très proche des Nigérians et des Ghanéens. Ce sont des hommes forts aussi, ils veulent du travail. De grands gaillards. On discute beaucoup, je me débrouille un peu avec l'anglais. Eux, je sais qu'ils sont comme moi, prêts à tout pour trouver l'argent. Eux aussi me disent qu'ils en ont marre d'être là et que l'association nous garde ici pour nous empêcher de bouger. Non, vraiment, ça peut pas être ça, ça doit pas être ça, l'Europe! Pourtant je demande pas le ciel; je veux simplement deux choses : gagner de l'argent et me taper des Blanches. Le maximum possible dans les deux cas. Ça devrait pas être le fleuve Mali à saler, quand même! »

22

Noël approchait et, comme chaque année, les membres de l'association Santa Marta d'Altino préparaient le calendrier qu'ils publiaient traditionnellement à cette période. Il s'agissait d'un calendrier de propagande, qui donnait moins la date qu'il ne militait, subrepticement, en faveur de la présence des ragazzi. Ceux-ci y étaient montrés sous leur meilleur jour : souriants, peut-être heureux. Feignant en tout cas de l'être – c'était cela qui comptait. Francesco Montero, qui finançait l'édition de ce calendrier, y tenait beaucoup : c'était l'occasion pour lui de s'afficher auprès des ragazzi comme leur bienfaiteur.

Cette année, toutefois, le calendrier tardait à être bouclé pour une raison toute simple : il n'y avait pas assez d'images de réfugiés jouant à être heureux. Parmi les soixante-douze qui étaient arrivés quelques mois auparavant, peu avaient accepté de poser. Cette question était à l'ordre du jour dans les locaux de l'association, où tous les membres étaient présents. Jogoy, Carla, sœur Maria, Lucia, Gianni et Rosa, donc, mais aussi Veronica (sœur de Rosa, responsable de la communication) et Pietro (le psychologue). Sabrina présidait la séance.

— Que se passe-t-il exactement avec ce calendrier ? Je croyais que tout était réglé, dit-elle, agacée, en regardant Veronica, qui se chargeait d'habitude du dossier.

— Rien n'est réglé. Je n'ai pu prendre qu'une dizaine de photos. Et sur les dix, il n'y en a que quatre où l'on ne voit pas le maire. Il parasite toutes les autres photos.

— Mais quel est le problème avec les ragazzi ? la coupa Sabrina.

— J'y venais. Beaucoup refusent de se faire prendre en photo. C'est tout simple.

— Et pourquoi ? demanda Carla.

— Ça, je laisse Jogoy l'expliquer. C'est à lui qu'ils l'ont dit et je ne suis pas sûr d'avoir bien compris. Ou si : j'ai trop bien compris.

— Beaucoup refusent pour des raisons religieuses, fit simplement Jogoy.

— Et lesquelles ? dit Sabrina.

— Certains me disent qu'ils ne veulent pas être représentés et que la représentation par l'image est interdite dans leur religion. Ils me disent que ce serait une offense à leur prophète.

— Mais beaucoup se prennent en photo non ? Je les vois parfois prendre des photos de groupe, ou seuls, qu'ils envoient à leurs familles ou amis restés dans leurs pays, intervint Pietro. C'est assez paradoxal.

— Oui, mais c'est ce qu'ils me disent.

— C'est la seule raison ? demanda Pietro.

— Non, il y a une deuxième raison religieuse. Il y a parmi eux des musulmans qui refusent d'être photographiés devant des symboles chrétiens. Qui refusent tout simplement d'être photographiés pour un calendrier publié pour une fête chrétienne par une association chrétienne.

— Je ne vois pas où est le problème, dit sœur Maria d'une voix un peu emportée. Ce n'est pas du prosélytisme.

— Surtout que c'est cette association chrétienne qui les accueille, dit Veronica.

— Ils m'ont dit que ça les gênait, répondit Jogoy.

— Et en quoi ? Comment ? On n'agresse pas leur foi. On leur demande simplement de poser pour illustrer le travail de l'association et l'effort fourni par beaucoup d'habitants pour les accueillir.

— Calme-toi, Maria, dit Sabrina. Je suis d'accord avec toi, mais le problème est là. Essayons de trouver une solution.

— Nous n'avons jamais eu ce problème, dit Pietro. Qu'est-ce qui a changé cette année ?

— L'accueil, répondit Carla.

— Le nôtre ?

— L'accueil en général, Pietro, reprit Carla. Ce n'est pas seulement une association qui accueille, mais toute une ville, tout un lieu. Cette année, il se trouve simplement qu'il y a plus de réticence. Ça se sent.

— Plus de réticence de la part des habitants d'Altino ?

— D'une partie plus grande des habitants, oui. En tout cas, je le sens.

— De la part des ragazzi aussi, dit Rosa. Je peux le percevoir dans les cours d'italien. Ils viennent de moins en moins. Très peu assistent régulièrement aux séances. Ce n'est pas de la réticence, je crois, mais de la méfiance.

— Les deux phénomènes sont liés, répondit Carla. C'est la réticence qui crée la méfiance.

— Peut-être, peut-être, mais pourrait-on revenir à la question des photographies ? dit Veronica, agacée.

— Nous sommes en plein dedans.

— Franchement, je ne vois pas trop le rapport entre poser pour de simples photos et le problème de la méfiance des uns ou de la réticence des autres.

— Précisément, Veronica, dit Carla, ce ne sont pas de simples photos pour les ragazzi. Elles ne sont pas neutres. Elles ont un sens. Et après tout, c'est leur image. Ils ont le droit de refuser de la montrer s'ils le veulent.

— Nous faisons beaucoup pour eux, ils pourraient faire l'effort de s'adapter !

— Tu es si bête quand tu penses ainsi, Veronica, dit Rosa à sa sœur.

— Et toi, tu es dans le déni, ma pauvre fille. Tu crois que ce sont des anges auxquels on doit tout sans qu'ils n'aient de devoir, d'efforts à faire. Quand les ragazzi demandent plus d'argent à l'association pour célébrer leur fête musulmane, nous le leur donnons volontiers et personne ne trouve à y redire. Mais quand il faut qu'ils fassent simplement l'effort de se laisser photographier, ils refusent et tu trouves ça normal ?

— Ils ne sont pas tous musulmans, je te signale. Et je crois que parmi ceux qui ont refusé, il y avait aussi des chrétiens. Ce que tu dis est idiot. Et après tout, oui, c'est leur image, ils refusent de la donner s'ils le veulent.

— On se calme, dit Sabrina d'une voix forte.

— Ce serait une erreur, dit Jogoy, de poser le problème comme ça. On ne doit pas dire : « qui doit s'adapter à qui ? » Ça, c'est une question pour les hommes politiques.

— C'est pourtant de ça qu'il s'agit : s'adapter, répondit sèchement Veronica. Que veux-tu qu'on dise ?

— Il faut dire simplement : « comment vivre ensemble ? »

— Et ce n'est pas une question politique aussi, ça ?

— Si. C'est même la seule question politique véritable. En fait, on vit déjà ensemble, malgré tous les problèmes. C'est « comment mieux vivre ensemble ? » qu'il faut se demander.

— Comment mieux vivre ensemble… C'est une question naïve, Jogoy. Si peu réaliste et lucide ! Qu'on le veuille ou non, malgré tous nos efforts, ce sont deux façons de penser qui se font face. Tu devrais le savoir, Jogoy, tu as été… Comment dire ? Oui… L'un d'eux… Vivre ensemble, si tu y tiens, c'est faire chacun des compromis. Nous sommes bien dans un…

198

— … affrontement ? dit Pietro. Choc de civilisations ?

— Civilisations, je ne sais pas. Mais choc de valeurs, j'en suis sûre. Ces hommes qui arrivent ne sont pas des dépouilles vides. Ils portent des valeurs que leurs cultures leur ont données. Et il est possible que ces valeurs ne soient pas les mêmes que les nôtres…

— Ah bon ? Et quelles sont nos valeurs à nous ? répliqua Pietro. Sommes-nous sûrs de nous entendre sur cette question ? Et c'est qui, ce « nous » ?

— On ne résoudra rien si on va sur le terrain de l'affrontement de civilisations ou même de valeurs, dit Jogoy, interrompant Veronica qui s'apprêtait à répondre à Pietro.

— Mais on ne va pas sur ce terrain, c'est ce terrain qui est la réalité, finit-elle par dire.

— Il faut en créer une autre alors, dit Rosa.

— Et nier la vraie réalité ? Tu es dans le déni, comme je disais. Ce n'est pas seulement idiot, c'est suicidaire.

— La réalité n'est pas un dieu. Ce n'est pas une fatalité. Quelqu'un fait bien la réalité ! dit Rosa.

— Ce n'est pas nous, en tout cas. La réalité de cette situation, nous la subissons.

— Mais que veux-tu, à la fin, Veronica ?

— Tu m'épuises, soupira Veronica. Je ne veux rien du tout. Je sens que si cette discussion continue, vous allez croire que j'attaque les ragazzi. Je veux leur bien, comme nous tous. Je suis simplement triste de voir que beaucoup d'entre eux nous voient comme des chrétiens qui cherchent à leur imposer une foi ou à agresser la leur. Ce n'est pas une croisade!

Sœur Maria ne dit rien, mais hocha la tête en signe d'approbation. Lucia sortit un petit papier et se mit à écrire très vite. Tout le monde attendait ce qu'elle avait à dire. Elle termina, relut brièvement puis tendit le papier à Gianni. Celui-ci, d'une voix timide et basse que nul n'eût entendu si le silence n'avait été si profond, lut :

« *Je crois qu'il faudrait aussi qu'on évite de les voir seulement comme des musulmans qui se pensent agressés dans leur foi. Parce qu'ils ne sont pas tous musulmans d'une part. Et d'autre part parce qu'ils sont autre chose. C'est peut-être autre chose de plus profond qui motive le refus de plusieurs d'entre eux de se faire photographier.* »

Gianni se tut et garda la tête baissée sur le bout de papier, comme s'il voulait se cacher en lui.

— Ce que veut dire Lucia, c'est peut-être que le fond du problème n'est pas religieux, dit Carla.

— En tout cas pas seulement, rajouta Pietro.

Lucia se remit à écrire. Gianni lut, de manière toujours aussi mal assurée, et à peine audible.

« *Oui, c'est ça. Je pense que les ragazzi sont des hommes forts, mais fatigués qu'on pense et parle à leur place. Et c'est ce que nous faisons. Aidons-les, mais n'essayons pas de les forcer à être heureux ou feindre de l'être seulement pour un calendrier. Ce ne sont pas des images, ce ne sont pas des éléments de communication, ce ne sont pas des projets ou des preuves du travail de l'association. Ce sont des hommes. Ils sont là, ils ont d'autres problèmes. Revenons à l'essentiel.* »

— Je suis d'accord, dit Jogoy.

Veronica s'emporta :

— L'essentiel ? C'est quoi l'essentiel ? Et l'essentiel pour qui ? Je crois que vous faites semblant de ne pas les connaître. Ils ont d'autres problèmes ? Oui. Des problèmes d'argent. Ils ne parlent que de ça lorsqu'ils viennent nous voir.

— Ce n'est pas vrai, répliqua Rosa à sa sœur. Ils parlent aussi de leur famille, de leur tristesse, de leur situation précaire, de leur peur de ne pas avoir de papiers, de leur hantise de jamais pouvoir retourner chez eux. Tu n'as jamais connu ça. Ils parlent aussi d'argent, oui, mais comme nous tous. Le monde occidental ne parle que d'argent.

— Ce serait la faute du monde occidental maintenant ? Non seulement tu nies, mais tu es dans la honte perpétuelle, dans l'auto-flagellation morale. Je serais curieuse de te voir dans ton cours d'italien. C'est ça que tu leurs apprends ? Que c'est la faute de l'Occident s'ils sont là, sans argent ?

— J'essayais simplement de te dire qu'ils parlaient d'argent, mais pas seulement.

— Et moi j'essayais de dire que cette question est fondamentale pour eux. En tout cas, c'est ce que je perçois quand je leur parle. Il ne faudrait pas qu'on tombe dans la fascination devant ces hommes. Ils viennent avec des problèmes, oui. Ils sont très courageux, oui. Mais ils trouvent des problèmes ici aussi. Qu'attendent-ils de nous ? Qu'attendons-nous d'eux ?

— En attendant, remarqua Pietro, nous sommes là, en train de les réduire à un pronom. « Ils » et « eux » ne sont pas là.

— Ça suffit, dit Sabrina. Veronica a raison sur un point : ce calendrier n'est pas l'essentiel de notre action, même si on a pu voir avec les dernières honteuses affiches que les images étaient nécessaires dans la lutte idéologique pour l'accueil des ragazzi. Mais l'essentiel, notre essentiel ici, c'est de les accueillir et de les accompagner jusqu'à l'obtention de leurs papiers. Les défendre s'il le faut. C'est la raison d'être de Santa Marta. On va publier le calendrier avec les quelques photographies qu'on a. On se passera des autres.

— Le maire ne sera pas content, siffla le psychologue.

— Il s'adaptera, puisqu'il a tant été question d'adaptation tout à l'heure. Maintenant, tout le monde retourne au travail. Les premières commissions vont bientôt arriver. Il faut finir de constituer tous les dossiers et les transmettre au Padre Bonianno pour qu'il puisse travailler avec Pietro et Jogoy à leur préparation. Et en parlant du Padre Bonianno, que personne ne s'avise de lui dire qu'on a tenu cette réunion sans lui. Il vous tuerait. Et me tuerait après.

l'humanité ne resolve pas la diversité

23

Pensive, Carla regardait les membres de l'association quitter la salle de réunion. C'était la première fois qu'à Santa Marta, dans une discussion interne, la question des valeurs avait été abordée si radicalement. Elle se rappela la question de Veronica : « Qu'attendent-ils de nous et qu'attendons-nous d'eux? » et se demanda pourquoi elle ne se l'était elle-même jamais posée. Peut-être parce qu'il lui semblait qu'il n'y avait pas de distance entre un « eux » et un « nous », peut-être parce qu'elle avait jusque-là cru qu'il n'y avait qu'un « nous », un grand ensemble où se retrouvaient tous ceux que la même humanité unissait.

Sa naïveté l'accablait : l'humanité, l'humanité seule, celle qui avait pourtant tout expliqué à ses yeux jusqu'à présent, lui paraissait tout d'un coup incapable de recueillir la soudaine diversité qui

prenait chair : diversité des sentiments, des pensées, des désirs, des espoirs, des attentes de tous les êtres humains engagés dans cette situation. L'humanité – une certaine définition de l'humanité – se révélait insuffisante à tout expliquer. Car malgré l'humanité qui les unissait, elle était différente des ragazzi. Et malgré leur commune humanité, elle n'avait non plus rien à voir avec les partisans de Maurizio Mangialepre qui s'opposaient à l'accueil des ragazzi. Trop lâche, trop mince, imprécise, l'humanité ne disait plus rien.

Elle s'était toujours figurée que parler d'humanité revenait à nommer en l'homme ce qu'il portait de bon et de généreux. Cette façon de voir s'avérait sinon fausse, du moins obsolète. Car elle supposait qu'il y eût une inhumanité, une part maudite située hors l'humanité et appartenant à la barbarie, à la sauvagerie, à la monstruosité, à toutes ces catégories de l'horreur, à toutes ces arrière-cours de l'immonde dans lesquelles chaque homme rejette, avec cette moue de répulsion qui le conforte et l'élève dans sa bonne conscience, ce qui n'était pas de son usage moral. Or Carla se rendait soudain compte d'un fait, peut-être banal, mais qui ébranlait les assises les plus profondes de sa vision du monde et des hommes : les actes les

plus horribles eux-mêmes étaient toujours le fait
d'êtres humains. Il n'y a pas d'inhumains, se disait-
elle (et cette pensée l'effrayait tout autant qu'elle
s'insinuait implacablement dans son esprit) ; il n'y a
pas d'inhumains : il n'y a que des hommes. Il n'y a
que des hommes, capables du meilleur et (non pas
« ou ») du pire. Qu'est-ce qu'un homme qui a fait
le Mal ? Jadis, Carla eût immédiatement, et sans
hésitation, répondu : un monstre. À cet instant,
pourtant, une autre réponse lui venait, simple,
d'une douloureuse banalité : un Homme malgré
tout, un Homme qu'on pouvait haïr, punir, combattre, mépriser, mais un Homme qu'on ne pouvait déchoir de son humanité. Au nom de quoi ?
Comment ? Qui est certain d'avoir assez de pureté
en lui pour prétendre châtier ceux qu'il estime en
avoir moins ? Où commence l'humanité et où s'ar-
rête-t-elle ? On ne l'a jamais clairement dit, mais
tout le monde fait mine de le savoir implicitement.
Comme par convention. C'est faux. Dans l'absolu, personne ne sait. Si on organisait une grande
enquête, dans laquelle on demanderait à chacun de
définir les limites de l'humanité telle qu'il la conce-
vait, il y aurait de grandes surprises. Complexe,
mêlée, belle et laide à la fois, tantôt baignée par
la lumière des cieux, tantôt plongée dans l'abjecte

fosse au cœur de toute âme. Voilà ce qu'était l'humanité. Rien d'autre. Carla tenta de penser à autre chose. Elle n'aimait pas ces réflexions qui la traversaient. Ce n'était pas dans sa nature. Elle était optimiste, elle croyait en l'essentielle bonté de la nature humaine. Elle ne devait pas sombrer dans le pessimisme ou le cynisme.

Le problème du calendrier lui revint à l'esprit. En réalité, que plusieurs ragazzi n'aient pas accepté de se faire photographier ne l'avait pas vraiment surprise. Ce refus n'était qu'une expression, parmi d'autres, d'une amertume qu'elle sentait monter depuis quelques semaines chez plusieurs d'entre eux. À des degrés divers, dans des formes variées, ceux-ci exprimaient une frustration que jamais auparavant Carla n'avait perçue ; jamais, du moins, avec cette intensité.

Avec sœur Maria et Jogoy, elle devait, trois fois par semaines, effectuer le *giro case*. C'était la ronde que les médiateurs de l'association faisaient dans les appartements des ragazzi afin de s'enquérir de leurs problèmes, voir leurs conditions de vie, discuter avec eux. Puis, leurs doléances, questions, désirs et besoins notés, elle les transmettait à Sabrina. Après dix ans de médiation culturelle, quatre accueils, des centaines de *giro case*, Carla avait appris à reconnaître les signes de l'amertume chez les ragazzi. Avec la dernière promotion, pourtant, ces signes révélaient quelque chose de plus profond et de plus violent. Les visages des hommes étaient plus durs ; leurs questions, plus insistantes ; leurs attitudes, plus distantes, moins chaleureuses. Cette attitude ne les concernait pas tous, bien sûr ; mais chez beaucoup d'entre eux, elle la remarqua. Ils semblaient brûlés de l'intérieur, rongés par l'impatience, par l'incompréhension.

Elle repensait à ces visages, à ces atmosphères, et la question de Veronica prenait tout son sens : ces hommes attendaient bien quelque chose que manifestement on ne leur donnait pas. Mais quoi ? Elle n'en savait rien. Carla se souvint alors de la discussion que sœur Maria, Sabrina et elle-même avaient eue avec Pessoto devant le hangar, le premier jour. Peut-être que c'était Toto qui avait raison, se dit-elle. Peut-être qu'en effet elle ne pouvait rien comprendre aux aspirations de ces hommes.

— Ça va, Carla ?

Jogoy s'était approché d'elle.

Elle le regarda, surprise. Elle ouvrit la bouche, hésita, sembla un temps renoncer à ce qu'elle voulait dire, mais finit par se lancer :

— Il y a une chose que je voulais te demander, Jogoy. Toi qui as fait partie de… Je veux dire, toi qui as été…

— Moi qui ai été un des ragazzi. Et qui le suis toujours.

— Oui. Toi qui as d'une certaine manière été à leur place il y a quelques années, je voudrais que tu me dises, je voudrais savoir : qu'est-ce que ça signifie pour toi, être accueilli ?

Jogoy réfléchit quelques instants. Carla, le visage levé vers le sien, le regardait avec une sorte d'avidité, comme si sa réponse devait décider du sort du monde. Jogoy regarda longuement son beau visage.

— Je crois, finit-il par répondre, que c'est se voir offrir autre chose qu'un toit et du pain. C'est se voir offrir autre chose que l'hospitalité. C'est égoïste, peut-être. Manger et avoir un toit sont deux choses importantes. Vitales. Mais pas essentielles. Ça ne suffit pas. Les hommes, tous les hommes, ont besoin de raisons de vivre plus profondes.

> lié à ce qui
Bemba a dit

24

En début d'après-midi, alors qu'ils reprenaient
à peine le travail après le déjeuner, les membres de
Santa Marta reçurent une visite inattendue. Ce fut
Veronica, la première, qui vit le visiteur alors qu'il
entrait dans leurs locaux. Elle fut si surprise qu'un
seul mot, étouffé, sortit de sa bouche :

— Maestro…

Carla, Pietro, sœur Maria, Rosa et Jogoy levèrent
la tête et virent l'homme qu'ils n'eurent point
besoin de reconnaître : Giuseppe Fantini. Ils se
levèrent tous spontanément, comme l'aurait fait
une classe d'enfants à l'entrée de leur professeur.
Plus jeunes, ils avaient tous – à l'exception de
Jogoy – récité ses poèmes, fredonné ses vers ; Fantini,
c'était par cœur qu'ils le connaissaient. C'était la
première fois, depuis qu'il était à Altino, que Jogoy
rencontrait le grand poète dont on lui avait tant

parlé et que Rosa vénérait au point d'avoir collé nombre de ses poèmes dans la classe où elle donnait le cours d'italien aux ragazzi. Certes, il se rappelait l'avoir déjà aperçu de loin un jour ; et Carla, qui était alors avec lui, lui avait dit que l'homme là-bas que devançait le chien, l'homme qui marchait d'un pas tranquille les mains croisées dans le dos et le visage sévère, cet homme-là était le grand poète italien. C'était sa première rencontre avec lui. S'en étaient suivies bien d'autres, mais toujours à distance. Fantini, pour Jogoy, n'avait jusqu'alors été qu'une silhouette solitaire devancée par un chien. Et voici, pour la première fois, qu'il l'avait devant lui, si près. Qu'il voyait son visage de poète et ses mains de poète. Qu'il entendait sa voix de poète, une voix claire et nette, sans fioritures :

— Bonjour. Ce n'est pas dans mes habitudes de déranger les gens. Je ferai vite. Je suis Giuseppe Fantini.

— Maestro… Maestro… souffla Rosa, qui était au bord de la pâmoison.

— Nous sommes honorés, Monsieur Fantini. Très honorés, dit Pietro.

Le visage de Fantini demeurait imperturbable. Il était même empreint d'une certaine dureté, comme insensible aux compliments.

— Je ne voudrais pas vous retarder longtemps dans votre travail, qui est important, dit-il. Est-ce qu'il me serait possible de rencontrer la personne qui dirige cette association ?

Sabrina sortit à ce moment de son bureau et se dirigea vers le poète, ravie. Elle lui tendit la main, mais Fantini ne la prit pas. Il se contenta simplement d'un petit mouvement de la tête. Une infranchissable distance le séparait des autres, qu'il semblait vouloir maintenir voire creuser. Sabrina finit par baisser la main, gênée.

— Je suis Sabrina. Présidente de l'association Santa Marta. Je suis honorée. Voici les membres de l'association.

Elle les présenta un à un à Fantini, qu'un tel cérémonial agaçait manifestement au plus haut point. Il se contint cependant. Mais sitôt que Sabrina eut terminé, il reprit la parole, d'une voix sèche :

— Je voudrais rencontrer les jeunes hommes que vous accueillez. Est-ce possible ?

— Bien sûr, bien sûr Maestro, dit Sabrina. Nous allons organiser une grande conférence, nous allons…

— Non, l'interrompit le poète, d'une voix sèche. Surtout pas. Je voudrais les rencontrer simplement.

— Pourquoi ne pas plutôt demander au Maestro Fantini de nous accompagner au *giro case* s'il le souhaite?

La proposition de Carla surprit tout le monde.

— Ce sera peut-être un peu compliqué, répondit Sabrina, que l'attitude désagréable du poète déstabilisait. Monsieur Fantini ne pourra peut-être pas…

— Qu'est-ce que le *giro case*? demanda le poète.

— Une ronde que nous effectuons pour voir si les ragazzi n'ont besoin de rien, répondit Carla.

— Cela se fait chez eux?

— Oui.

— À quelle heure et quand?

Il y en a un demain à vingt-heures. Nous partons d'ici à dix-neuf heures et demie.

— J'aimerais y prendre part, dit le poète. Inutile de changer le déroulement de la ronde. Faites comme d'habitude. Je ne ferai que regarder. Merci et bonne fin de journée.

Avant qu'aucun des membres de Santa Marta n'ait pu répondre ou même bouger, le poète quittait déjà la pièce sans un regard pour personne. Pas une seule fois, son visage ne s'était détendu et encore moins attendri. Même Sabrina, qui pourtant ne se laissait jamais faire, avait subi la sauvagerie du poète.

— Ce n'était donc pas une légende, dit Jogoy. Il est aussi distant et dur qu'on le dit.

— Et encore, il m'a paru bien courtois aujourd'hui. On a eu droit à un « bonne fin de journée », dit Pietro en imitant la diction du poète.

— Oui, il est particulier… Mais c'est Giuseppe Fantini, dit Rosa d'une voix émue.

25

Dans une formidable ambiance, comme chaque soir, la salle principale de la *Tavola di Luca* refusait du monde. L'emplacement du bar était certes le meilleur qui fût : il était au cœur de la cité, au carrefour de ses préoccupations, ragots, manigances, saynètes, comédies, tragédies, épopées de petite envergure, mensonges bénins, grands simulacres et simples vérités. Qui voulait connaître Altino, qui voulait saisir un coin de l'âme sicilienne devait être là. Il s'y passait toujours quelque chose.

Mais cela ne suffisait pas. Son emplacement seul ne saurait justifier la popularité de la *Tavola* : encore fallait-il que le service y fût bon.

Il l'était.

Il l'était d'une part grâce à Concetta, la cuisinière du restaurant, une fille du pays, robuste, brave, au rire sonore, aux joues rondes et un peu

215

rouges, excellente aux fourneaux. Les hommes qui venaient manger là savaient ce qu'ils lui devaient et ne manquaient pas, parfois, de le lui signifier bruyamment. Aussi était-il fréquent que le soir, à la fin du service, une poignée d'hommes rassasiés et un peu ivres entonnent la chanson qui lui était dédiée et dont tout familier du bar se devait – question d'honneur – de connaître les paroles :

> *Concetta ci ha nutriti*
> *Meglio delle nostre donne*
> *Vorremmo fargli cosi*
> *L'amore meglio che alle nostre donne*
> *Ma Concetta è una dea*
> *Fa l'amore come una dea*
> *Cucina come une dea*
> *E noi solamente poveri imbecilli*
> *Ubriachi et nutriti*
> *Ö Concetta!*[4]

Lorsque son chant de gloire retentissait, Concetta sortait de la cuisine, grondait en dialecte ses laudateurs avec un sourire humble et

---

4. « Concetta nous a nourris/ Mieux que nos femmes/ Nous voudrions lui faire ainsi/ L'amour mieux qu'à nos femmes/ Mais Concetta est une déesse/ Elle fait l'amour comme une déesse/ Elle cuisine comme une déesse/ Et nous ne sommes que de pauvres imbéciles/ Ivres et repus/ Ö Concetta ! »

tendre, puis leur disait qu'ils feraient mieux d'aller dormir. Ensuite elle rentrait dans la cuisine et pleurait, triste qu'aucun de ces hommes ne soit réellement prêt à l'épouser. Car la brave Concetta était célibataire et n'avait même jamais vécu les joies d'une relation amoureuse.

Avec Concetta, la Signora Filippa était l'autre pilier du service. C'était elle la grande patronne des lieux. Luca, qui avait bâti l'endroit et lui avait donné son nom, était son défunt mari. À sa mort, la Signora Filippa avait repris l'entreprise familiale d'une main de fer. Madone sicilienne, géante malgré sa taille qui dépassait à peine le comptoir du bar, elle vociférait comme un capitaine sur le gaillard d'arrière pendant une manœuvre délicate. Elle prenait les commandes, les envoyait d'une voix forte vers la cuisine où Rustico, le commis de Concetta, un petit homme maigre et moustachu, les notait. Signora Filippa était énergique, maquillée, fort rousse. Lorsque le bar devenait trop silencieux, elle entonnait soudain une vieille rengaine sicilienne connue de tous ; et les clients, tirés de leur torpeur, reprenaient alors gaiement le chant. Il arrivait même que, lançant le chant, elle exécutât quelques pas de danse sous les vivats ; et ses gros seins sautillaient dans sa camisole comme des gamins sur un trampoline et ballottaient.

Toutefois, le plus convaincant atout de la *Tavola di Luca* n'était ni son emplacement, ni le talent de Concetta, non plus que la dansante opulence de la poitrine de l'inimitable Signora Filippa. À la vérité, c'était plutôt à la présence de ses deux filles que la Signora Filippa devait la plus grande part de sa clientèle. Serena et Francesca. Jumelles par le sang, jumelles par leur insolente beauté, également hypnotiques. Lorsqu'elles passaient entre les tables pour servir, les clients s'arrêtaient de manger, de boire, de parler, de respirer, subjugués par cette beauté également répartie entre deux êtres. Signora Filippa, qui n'ignorait pas la séduction que ses filles exerçaient sur ses clients, regardait tout cela d'un œil sévère et protecteur derrière le comptoir (en se mettant sur la pointe de pieds).

Ce soir, cependant, il manquait quelques centimètres à la Signora Filippa pour voir, par-dessus son comptoir, que l'homme qui se trouvait au fond de la salle avait les yeux rivés sur les fesses de l'une de ses filles. Mais qui aurait pu soupçonner le respectable Francesco Montero, maire bien-aimé d'Altino, mari d'une ravissante femme et père de jolis enfants, de s'adonner à de si basses œillades ? Personne. Alors le maire jouissait de cette immunité morale en attendant l'heure de son rendez-vous. La Signora Filippa, comme il le lui avait demandé quelques heures plus tôt, lui avait réservé sa table habituelle, celle du fond. Malgré son flair terrible, elle ne se doutait pas que de tous les clients qui dévoraient ses filles du regard, Monsieur le Maire était le plus gourmand. Il avait commandé une bouteille de vin qu'il goûta après s'être enivré de la vue que l'une des sœurs venait, malgré elle, de lui offrir en se penchant généreusement pour nettoyer une table voisine. Bon cru. Rond en bouche.

La ville commençait à devenir trop petite pour les ambitions de Francesco Montero. Il se sentait de plus en plus à l'étroit après trois mandats successifs à Altino. Il s'y était fait les dents ; celles-ci n'étaient désormais plus seulement longues, elles étaient aussi aiguisées, prêtes à déchirer tous les obstacles qui pourraient l'empêcher de donner la pleine mesure de ses talents politiques. Il rêvait d'entrer au Parlement italien, dans les travées duquel il se voyait déjà en tribun magnifique, exposant sa vision de l'Italie et ses solutions contre la crise que le pays traversait depuis de si nombreuses années.

Après tout, il n'était pas si âgé que cela : un demi-siècle, sur le champ politique, signifiait qu'on était seulement mûr. Il avait fait ses preuves. Altino était la seule commune de toute l'île où l'accueil des ragazzi avait été voté trois fois de suite. Cela lui donnait la légitimité nécessaire pour se présenter, au plan régional, comme le champion de l'ouverture et de la magnanimité. Il avait cela pour lui et était fier d'avoir fait de sa commune la seule qui n'ait pas succombé aux appels nauséabonds de la Ligue du Nord et du fascisme. Fier, aussi, d'avoir été « l'artisan politique de l'ouverture », comme l'avait surnommé le *Corriere della Sera* dans un grand portrait s'étalant sur une pleine double page. Il comptait s'appuyer sur cette marche médiatique, sur cette réputation qui naissait, pour accéder à de plus glorieuses fonctions, lui, Francesco Montero, fils d'un paysan sicilien, qui, par la force de sa volonté et l'adresse de ses alliances, avait vaincu le destin auquel son humble naissance semblait le destiner. Ce n'était que par stratégie qu'il avait d'abord voulu commencer par une modeste fonction de maire. Et il avait eu raison : nombre de ses camarades trop impatients, qui avaient confondu ambition et arrogance, étaient retombés avec lourdeur dans les profondeurs de l'anonymat, brisés par la cruauté du jeu politique. Lui, fut patient, prudent, prévoyant, rusé; il gravit les échelons avec l'agilité d'un jeune singe. Les vieux loups du système appréciaient cette ambition sans précipitation, cette volonté sans hâte ; tous lui prédirent une belle carrière s'il restait si fin dans son ascension. Il le resta. Peut-être trop longtemps. À plusieurs reprises, l'occasion d'occuper un poste plus prestigieux s'était présentée. Mais à chaque fois il avait refusé. C'est qu'il voulait d'un poste plus proche de la tête de l'État. L'opportunité ne s'était pas encore présentée, mais il la désirait.

Francesco Montero remplit son deuxième verre. Un client, qui l'avait reconnu, le salua. Montero lui répondit par un sourire officiel, mécanique et un peu niais. Le client leva sa bière en sa direction, but, puis disparut dans la foule du bar.

Francesco Montero sourit – c'était, cette fois, un sourire dur. Il s'amusait de cette fausse naïveté qu'il adoptait devant ses citoyens. Il savait que nombre d'entre eux le considéraient comme un simple édile de campagne, un peu mou, qui connaissait la chose politique mais n'y ferait jamais une grande carrière. Il se gaussait de l'image qu'il avait bâtie auprès d'eux : petit maire débonnaire, bon chrétien, humaniste, favorable à l'accueil des ragazzi et heureux avec sa petite femme, sa petite maison, ses mignons enfants blonds, sa petite auto. Ils croyaient tous qu'il n'aspirait qu'à être maire d'Altino. Qu'il ne travaillait qu'à voir son nom, plus tard, être donné à un stade, une bibliothèque, un parc ou une rue de la commune. Nul ne le soupçonnait d'être un féroce, grand et cynique animal politique, bientôt propulsé dans les hautes sphères du pays. Ses discours faussement naïfs étaient moqués, ses poses un peu ridicules dans le calendrier de l'association Santa Marta aussi ; nul, cependant, n'imaginait que tout cela fût volontaire. Son vrai visage, il le réservait pour l'heure décisive où il lui faudrait s'employer en vue d'un poste de prestige. En attendant, il continuait à être un bon petit maire inoffensif.

Vingt et une heures sonnèrent. Maurizio Mangialepre arriva exactement à ce moment-là, vêtu avec une élégance qu'une touche de fantaisie arrachait de justesse — mais rien de beau en ce monde ne s'obtient autrement que de justesse — à une trop classique perfection. Ils se serrèrent froidement la main puis s'assirent sans un mot. Le maire d'Altino servit son hôte ; ils trinquèrent et burent en silence.

Ils se connaissaient déjà. Aux deux dernières élections municipales, Maurizio Mangialepre avait été le principal adversaire de Francesco Montero. Et si la campagne fut facilement remportée par le second lors du premier scrutin qui les opposa (c'était alors la première fois que Maurizio se présentait), la dernière, deux ans auparavant, fut plus disputée. Maurizio, qui avait gagné en popularité, usa de son éloquence pour rallier de plus grandes masses. Il avait été pour Montero plus qu'un adversaire : un rival. Montero ne dut sa victoire qu'à la solidité du noyau historique de ses électeurs. De justesse. Depuis lors, les deux hommes s'étaient parfois croisés dans les rues ou dans certains événements d'Altino ; une cordiale inimitié, de celles que la politique seule savait créer et entretenir, les liait.

— C'est un bon cru, dit Maurizio. Je ne savais pas que vous aviez du goût pour autre chose que la politique.

— Que me voulez-vous, Mangialepre ? Je suis pressé.

— Vous ne l'êtes pas, Francesco, dit doucement Maurizio en reposant son verre. Un homme pressé n'arrive pas à l'avance à un rendez-vous où il attend tranquillement son invité en dégustant un bon vin. Il arrive en retard et s'excuse de n'avoir que dix minutes à lui accorder.

— Je vous en accorde cinq. Au-delà, je m'en vais.

— Ce serait dommage, vu ce que j'ai à vous dire. J'ai quelque chose à vous proposer.

— Seriez-vous en train d'essayer de me corrompre, Mangialepre ?

— Évitons les grands mots un peu éculés.

Maurizio Mangialepre jeta alors un regard brillant et effrayant sur le maire, qui restait impassible, bien que l'expression démente de son rival le frappât.

— J'ai seulement un marché à vous proposer, Francesco.

— Vous pourriez aller en prison pour ça, Mangialepre. Vous le savez.

— Je le sais. Mais je n'irai pas. À moins que vous ne soyez pas celui que je crois que vous êtes au fond de vous. Ne feignez pas l'étonnement, Francesco, je vous connais. J'ai été et suis toujours votre adversaire politique. Presque votre ennemi. Vous pouvez duper tout le monde, sauf votre ennemi. La haine dénude l'âme.

— Cessez vos creuses sentences. Je ne vois toujours pas où vous voulez en venir…

— Continuez à jouer à la comédie si cela – pouf! pouf! – vous chante. C'est à votre véritable nature que je m'adresse pourtant. C'est à elle que je veux proposer – pouf!…

— Crachez, tuberculeux!

— … un siège au Sénat italien.

Maurizio Mangialepre se tut et regarda Francesco Montero dans les yeux. Ce dernier ne cilla pas, ce qui était le signe, habilement dissimulé d'un grand intérêt.

Maurizio reprit une gorgée de vin sans quitter le maire d'Altino des yeux. Il venait de gagner son attention. Dans son regard, il lisait peu à peu le désir sauvage, d'autant plus sauvage qu'il était voilé par les feintes de l'indifférence, de la bête politique alléchée par l'odeur forte, ensanglantée et obsédante du pouvoir.

— Non seulement vous fautez gravement en tentant de corrompre un maire, mais vous le faites en plus sur la base d'un mensonge. Vous devriez avoir honte, Mangialepre. Vous avez menti pendant les campagnes. Vous le faites encore ici. Vous n'avez pas le pouvoir de m'offrir quoi que ce soit. Et quand bien même vous l'auriez, vous savez très bien que je refuserais toute corruption. Vous mentez.

— Vous savez très bien que non. Dites-moi franchement que vous voulez en savoir plus plutôt que d'user de ces grosses ficelles rhétoriques pour m'obliger à parler. Je ne suis pas un amateur, Francesco. Vous le savez.

Pour toute réponse, Francesco Montero posa ses deux coudes sur la table et croisa ses doigts.

— Bien, fit Maurizio Mangialepre. Tout ce que vous aurez à faire, dit Maurizio, c'est vous présenter aux prochaines élections législatives de la Région de Sicile. Je me charge du reste.

— Comment ferez-vous ?

— Cela me regarde. Vous n'aurez qu'à vous présenter. Acceptez-vous ?

— Vous ne m'avez pas donné tous les termes de votre contrat. Je suppose que si j'acceptais, je devrais quand même faire quelque chose en échange. Qu'est-ce ?

— Dans deux mois, le conseil régional de Sicile doit élire le nouveau président de la commission qui décide du sort des réfugiés…

— Nous y voilà ! C'est donc cela, votre obsession, j'aurais dû m'en douter…

— Laissez-moi finir…

— Toute cette haine… Ce n'est pas seulement politique ou culturel. C'est viscéral, et nous savons tous deux pourquoi, Mangialepre, dit Franscesco avec un sourire narquois.

— … tout ce que vous aurez à faire, continua Maurizio, dont la voix était de plus en plus aiguë, c'est donner votre voix à Sandro Calvino.

Francesco Montero souriait. Maurizio Mangialepre haletait. Son visage, déjà écrasé, s'effondrait davantage. Il était littéralement en train de se décomposer, de couler, comme une glace sur les doigts de l'enfant dans la chaleur d'un été. D'un seul coup, l'avantage avait tourné en faveur du maire. Il poursuivit l'assaut.

— Ce sont donc les ragazzi, votre grand problème. Ce n'est pas contre moi, mais contre eux que vous vous battez. Ce n'est pas pour Altino ou pour la Sicile que vous luttez, mais pour vous, pour calmer votre haine. Ils hantent vos nuits, n'est-ce pas ?

— Acceptez-vous ? souffla Maurizio.

— Vous savez que je sais ce qui explique cette haine… Je n'ai pas oublié.

— Vous ne savez rien. Acceptez-vous, Francesco ? dit Maurizio, que la colère asphyxiait.

— Vous savez que je sais. Pitoyable. Vous êtes pitoyable.

— Francesco, je vous en prie, dit-il d'une voix où la colère avait cédé place à la supplication. Arrêtez…

— Voilà donc votre faiblesse, voilà donc votre talon…

— Acceptez-vous ?

Francesco Montero se tut, stupéfait. Alors qu'il avait vu la rage et la douleur monter peu à peu en Maurizio et le submerger, alors qu'il espérait qu'il allait craquer et s'humilier, ce dernier avait soudain repris une effroyable contenance. Sa voix, tremblante quelques secondes auparavant, était redevenue maîtrisée. Ses yeux rouges seuls indiquaient qu'un feu avait failli le consumer. Le duel basculait de nouveau. Francesco Montero retrouvait le terrible adversaire qu'il avait eu tout le mal du monde à vaincre lors des dernières élections municipales.

— Comment me feriez-vous élire si j'acceptais ?

— Cela me regarde, dit Maurizio Mangialepre. Je le ferai. Votez pour Sandro Calvino et vous serez Sénateur de la République. Acceptez-vous ?

— Et si je n'accepte pas ? Si je refuse ? Hein, Mangialepre ? Si je refuse ? Si je vous fais arrêter pour tentative de corruption ? Je vais mourir, c'est ça ? Comme dans la mafia ? Comme une réplique d'un film mafieux ? Allez-y. Dites-la comme un bon parrain de la mafia sicilienne : « si tu n'acceptes pas tu vas mourir, Francesco ».

— Non, Francesco. Vous ne mourrez pas. Vous resterez simplement à jamais petit maire d'une insignifiante commune sicilienne. Pour quelqu'un comme vous, c'est pire que la mort. Si vous refusez, je ferai en sorte que vous restiez ici à jamais.

— Cela ressemble à une menace, Mangialepre.

— C'en est une. Et soyez sûr que contrairement à vous avec vos promesses politiques, je tiens mes menaces. Je les exécute.

— Vous ne m'impressionnez pas.

— Acceptez-vous, Francesco ?

— Non.

Le ton du maire d'Altino était ferme. Maurizio Mangialepre le regardait fixement.

— C'est hors de question, reprit Francesco Montero.

— J'attends donc votre appel, dit Maurizio d'une voix doucereuse. Vous avez jusqu'au réveillon du nouvel an, à minuit. Après, il sera trop tard. Merci pour le vin.

Il se leva et partit en souriant. Francesco Montero vida son verre. Au bar, cinq ou six hommes ivres tentaient laborieusement d'articuler les premiers vers de l'hymne à la brave Concetta.

26

Giuseppe Fantini marchait derrière Carla et Jogoy. Sa présence, qu'il s'efforçait de rendre la plus discrète possible, faisait néanmoins peser sur le *giro case* un lourd et inhabituel silence. D'habitude, ces rondes étaient les moments où Jogoy et Carla se retrouvaient en toute décontraction. C'étaient leurs retrouvailles après le travail. Mais ce soir, l'ombre mutique du poète dans leur dos les avait comme pétrifiés. Ils n'avaient échangé que peu de mots.

Le *giro case* se terminait : ils avaient pu visiter plusieurs appartements, et se dirigeaient vers le dernier logement inscrit dans la ronde. La présence du poète n'avait pas paru troubler les ragazzi qu'ils avaient vus. Quelques-uns d'entre eux lui avaient demandé en italien qui il était. Fantini s'était alors présenté et avait dit qu'il était poète. Cela n'avait produit aucun effet sur les ragazzi.

Ceux-ci avaient pourtant déjà entendu son nom, car Rosa leur avait fait lire certains de ses poèmes en cours d'italien, mais ils ne le vénéraient pas. Ils ne le tenaient pas pour le grand poète. Fantini en avait ressenti une secrète joie. Dans le dernier appartement qu'ils avaient visité cependant, celui qu'ils venaient de quitter, Fantini avait eu la surprise qu'on lui récitât un de ses poèmes.

— Comment s'appelle le jeune homme qui a dit tout à l'heure le poème ? demanda-t-il a soudain aux deux médiateurs qui l'accompagnaient.

— Ah ! Lui, c'est Fousseyni Traoré, répondit Carla. C'est un Malien. La mascotte de l'association, cette année. Il est adorable, touchant et ses yeux…

— Je vois. Merci, la coupa un peu rudement le poète, qui replongea aussitôt dans le silence.

Le souvenir de ce jeune Fousseyni Traoré l'occupa un temps. Il était vrai qu'il avait un regard désarmant, un de ceux qu'on ne croisait pas sans qu'un sentiment de tristesse légère vous remplît l'âme. Il avait récité ses vers de la manière la plus naturelle qui fût, d'une diction simple et nue. En l'écoutant, Fantini avait cru retrouver, quelques secondes, la parole première qui avait coulé en lui quarante ans auparavant, lorsqu'il avait composé ce poème.

Ils arrivèrent devant le dernier appartement qu'ils devaient superviser. Jogoy donna trois petits coups secs à la porte. Celle-ci demeura fermée. Il toqua encore, plus sèchement. Personne n'ouvrit.

— J'entends leurs voix, dit Jogoy. Ils savent bien que c'est nous. C'est pour ça qu'ils ne veulent pas ouvrir.

— Trois Nigérians et quatre Ghanéens habitent ici, dit Carla en se retournant vers Fantini. Ils sont un peu difficiles.

Le poète ne répondit rien. Jogoy tapa une autre fois contre la porte, plus lourdement, non plus avec la jointure des doigts, mais avec le bord de son poing fermé. Ils entendirent des pas traînants qui se rapprochaient.

La porte s'ouvrit, un large torse d'homme en remplit l'embrasure. Jogoy parla directement en anglais :

— Bonsoir, Stephen. *Giro case.*

L'homme qui avait ouvert ne prit pas la peine de répondre clairement – à peine un grognement – et les devança dans une grande pièce d'où provenaient éclats de voix et de rires, fortes odeurs d'alcool et de tabac, lueurs tamisées. Fantini, Carla et Jogoy entrèrent dans un grand salon plongé dans le désordre. D'un côté, affalés dans un canapé, deux hommes regardaient un match de football. Stephen, l'homme qui avait ouvert, les y rejoignit et ne prêta plus attention aux visiteurs. À l'autre bout de la pièce, quelques hommes jouaient aux cartes sur une table où des mégots de cigarettes débordaient de leurs cendriers. Déchets et cendres froides se répandaient entre les bouteilles et les canettes de bière vides ; et, dans des assiettes, traînaient les restes d'un repas à la couleur douteuse et à l'odeur qui l'était davantage. Carla reconnut Bemba parmi les joueurs attablés.

Dans un coin de la pièce, comme s'il trouvait au cœur du bruit ambiant une atmosphère propice à la lecture, ou qu'une bulle invisible l'en isolait, l'air tranquille, un homme était assis, un grand livre entre les mains. Il ne leva pas la tête lorsque Carla, Jogoy et Giuseppe Fantini entrèrent. Il était loin d'être le seul : aucun des huit hommes qui se trouvaient dans le salon ne semblait prêter attention à leur présence. Les trois ragazzi devant la télé, avec des attitudes désinvoltes, gardaient les yeux rivés à l'écran ; les joueurs de cartes, en anglais, parlaient, riaient, s'accusaient de tricherie, annonçaient des coups décisifs ; et dans ce brouhaha, seul gardait le silence, le visage impénétrable et penché sur les pages ouvertes devant lui, le lecteur assis au fond de la pièce.

Carla prit la télécommande et baissa le son du téléviseur ainsi que le chauffage, dont la température trop élevée transformait la pièce en sauna. On fit enfin mine de remarquer leur présence à ce moment-là. Jogoy se dirigea vers la table des joueurs de cartes et leur dit qu'ils devraient peut-être nettoyer leur lieu de vie.

— Payez quelqu'un pour ça ! répondit un des hommes.

— Tu n'es pas dans un hôtel, Appiah Mohamad. C'est ta maison. Prends-en soin.

— Ce n'est pas ma maison. Et ne me dis pas ce que je dois faire. Tu es qui ? Tu es qui pour me dire ce que je dois faire ? Tu ne sais rien de ce qu'on vit et ressent !

Il avait le crâne chauve et la mâchoire large. Au milieu de son front une petite tache brune était visible ; c'était la marque de certains musulmans, ceux qui s'étaient si fervemment prosternés durant la prière que leur corps en avait gardé une trace distinctive, presque élective. Cet homme, donc, Appiah Mohamad, avait parlé sur un ton brutal. Le silence s'abattit comme une carte victorieuse. Tout le monde, à l'exception du lecteur solitaire, regardait Jogoy. Il dominait de sa grande taille Appiah Mohamad, mais ce dernier ne paraissait pas impressionné.

Jogoy jugea inutile de répondre. Il avait l'habitude, surtout dans cette maison, qu'on l'accusât de ne rien comprendre à la situation et qu'on l'y interdît de juger ceux dont les sentiments, lui disait-on, lui étaient étrangers. Il en ressentait une grande peine, mais avait appris à ne plus réagir. Qu'aurait-il pu répondre, du reste ? Que lui aussi, avait connu cette situation ? Que lui aussi, comprenait leur frustration ? Que lui aussi, avait dû attendre et patienter dans l'incertitude, l'amertume, la colère ? Sans doute. Mais Jogoy savait que dire cela n'aurait rien changé ; on lui aurait répondu que s'il avait un jour été un migrant, désormais, il ne l'était plus. Il avait obtenu ses papiers, il était passé de l'autre côté de la peur. Il n'avait plus le droit de dire qu'il les comprenait. Il incarnait ce qu'ils désiraient devenir mais détestaient puisqu'ils ne l'étaient pas encore et n'étaient pas certains de pouvoir jamais l'être : un homme qui avait ses papiers. Il était la personnification de leur paradoxe : à la fois objet de leur désir et objet leur jalousie – voire de leur haine.

— Je ne suis pas venu pour me disputer avec toi, finit-il par répondre.

L'homme à la mâchoire large continua de regarder Jogoy avec un visage de défi. Carla vint à la rescousse et prit la parole. Bien qu'elle ne parlât pas parfaitement anglais, elle se débrouillait. On pouvait la comprendre.

— On veut simplement savoir si vous avez besoin de quelque chose. L'association fait tout ce qu'elle peut pour accélérer les procédures de…

L'homme qui lisait au fond de la salle venait de refermer son livre dans un claquement. Il se leva. Il était presque aussi grand que Jogoy et portait une espèce de long habit qui tenait du caftan et du suaire. Il déposa le livre qu'il venait de fermer sur la chaise – c'était la Bible – et s'avança lentement vers Carla et Jogoy. Ce dernier avait toujours été troublé par l'extrême ressemblance que cet homme avait avec Hamady Diallo, l'imam de la barque. Le même visage sec, les mêmes joues creusées. Seuls leurs yeux étaient différents. Ceux d'Hamady étaient grands et généreux, alors que ceux de l'homme devant lui…

— Bonsoir Salomon, dit Carla d'une voix sans enthousiasme, comme si elle eût préféré que l'homme qui s'avançait vers elle demeurât plongé dans sa lecture.

— Bonsoir, Carla, dit Salomon d'une voix lente et calme. Je t'ai interrompue alors que tu disais que l'association faisait tout pour accélérer les procédures. Tu nous répètes cela à chaque fois que tu viens ici. Chacun de nous pourrait te dire de mémoire le discours que tu t'apprêtes à nous servir. La vérité est que l'association ne fait rien. Nous ne sommes même pas encore passés devant les commissions, même pas! Et je suis convaincu qu'après les commissions, nous allons encore attendre de longs mois… Vous ne nous offrez aucune possibilité de mouvement, aucune perspective. Ni travail… ni argent… ni papiers… On ne peut pas bouger… Des agneaux dans un enclos, un troupeau de stupides agneaux qui bêlent et tournent en rond… Et la nuit tombe et le loup s'avance et le grand serpent rampe vers nous… Si vous étiez un peu observateurs, vous auriez vu que tous les ragazzi sont en train de devenir de plus en plus tristes et agressifs. C'est votre faute…

Salomon, qui marchait toujours très lentement vers les deux médiateurs, se tut un instant. Nul ne répondit. La parole était à lui. Satisfait, il continua :

— Vous nous demandez de poser pour votre calendrier… Nous refusons… Nous ne poserons plus. Nous ne sommes pas là pour poser pendant que la détresse tue nos familles. Trouvez-nous du travail au lieu de nous faire poser, donnez-nous les papiers. Plus on attendra, plus on sera malheureux.

Dangereux. Pour nous-mêmes… Pour vous… Ici, nous sommes privés de respect, de dignité… Nous sommes là, inactifs, il n'y a rien, rien! Ça c'est dangereux pour l'esprit. Donnez-nous du travail.

— Nous cherchons, Salomon. Nous cherchons du travail pour vous. Il est difficile d'en avoir pour vous tous. Altino est une petite ville.

— Pourquoi nous avez-vous amenés ici alors?

Carla demanda à Jogoy s'il pouvait traduire ce qu'elle allait dire. Elle préférait répondre en italien pour être plus claire.

— Dans une grande ville, dit-elle, vous auriez eu plus de mal. On ne se serait pas mieux occupés de vous. Altino est une petite ville mais vous y êtes à l'abri et vous avez plus de chances d'avoir vos papiers même si c'est plus long. Tu me dis, Salomon, que je répète toujours la même chose à propos de la procédure qui avance. Mais toi? Que fais-tu, toi? Que faites-vous tous ici? Vous répétez toujours la même chose aussi : l'association ne fait pas assez de ceci, l'association ne fait pas assez de cela… Je connais aussi par cœur votre discours. Nous faisons de notre mieux! Arrêtez de ressasser et participez à la vie de la ville. Allez en cours! Faites connaissance avec les habitants! Proposez votre aide aux ouvriers sans forcément attendre de l'argent!

Jogoy traduisit en anglais. Bemba lui demanda de le dire aussi en français ou en bambara pour qu'il comprenne mieux. Jogoy redit le discours de Carla en bambara.

— Nous ne sommes plus au temps de l'esclavage où le nègre n'était qu'une force de travail, corvéable et battable et tuable par l'homme blanc, répondit Bemba dès que Jogoy eut fini de traduire.

— Mais qui a parlé de ça? dit Jogoy. Carla n'a jamais dit ça, Bemba.

— Elle a parlé de travail sans rémunération. Ou alors t'as mal traduit. Tout travail mérite salaire.

— Qu'est-ce qu'il dit? demanda Carla.

— Rien d'important, lui répondit Jogoy, las.

— Nous devons nous serrer les coudes, reprit Carla, en anglais cette fois, d'une voix brisée par la fatigue et la tension. Nous sommes embarqués dans la même situation…

Salomon émit un ricanement sarcastique.

— Nous ne serons jamais dans la même situation, Carla. Et nous ressassons parce que le ressassement est la seule chose que vous nous offrez.

— Que préférez-vous? dit Carla, que l'épuisement gagnait. Être ici et être tranquilles en attendant d'avoir vos papiers ou être dans une grande ville et courir le risque d'être broyés par elle, sans être sûrs que vous aurez vos papiers ?

Dans les petits yeux terribles de Salomon, qui était maintenant à leur hauteur, Jogoy vit aussitôt, avant même qu'il ouvrît la bouche, le flamboiement intense et brutal qui allait accompagner la réponse à venir :

— Préférerais mille morts à la vie que vous me donnez ici. La vraie mort, c'est Altino. La vraie mort pour nous, c'est la tranquillité. Votre association… Vous nous tuez. Nous vous tuerons. Crois-moi. Croyez-moi : vous partagerez bientôt notre enfer.

Dans le profond silence qui accueillit ces mots, Salomon se dirigea vers un petit couloir sombre qui menait aux chambres de l'appartement. Mais avant qu'il ne s'y fût engagé, Fantini, qui avait jusque-là observé le silence, parla. Sa voix était nette, calme et limpide :

— Alors soit. Nous partagerons l'enfer en autant de parts que d'hommes. Nous l'émietterons. Nous le déchirerons puis nous soufflerons ensemble ses morceaux au vent. Et notre grand souffle éteindra son grand feu comme la flamme d'une bougie.

Il avait parlé en italien, mais tout se passa comme si ses mots s'étaient adressés directement aux cœurs, et qu'il n'était pas besoin de traduction pour que chacun les comprît. Salomon, surpris par la soudaine voix du poète, demeura immobile un temps ; puis, sans se retourner, il s'enfonça dans la pénombre du couloir tel un spectre dans une brume.

27

Avant d'aller à l'assaut des grandes villes du Nord, Vera et Vincenzo Rivera réservèrent à Altino l'honneur insigne d'y dévoiler *Vanitas Vanitatum*.

Le musée d'Altino accueillait le vernissage de l'exposition. Francesco Montero et sa femme Isabella étaient naturellement présents : Monsieur le Maire et son épouse étaient un couple très ami des Rivera. Isabella Montero, petite femme toujours impeccable, lèvres pincées, brushing parfait, était une passionnée d'art contemporain. Et lorsqu'elle arrivait à échapper au doux empire que lui faisait subir son mari, auquel elle manifestait une dévotion et une admiration absolues, la timide Isabella savait tenir sur les œuvres de justes propos. Hélas cela arrivait trop rarement ; et sa fine sensibilité était souvent recouverte par l'encombrante ombre de son mari ; lequel, ne s'y connaissant pas beaucoup en art, en parlait donc le plus. Ainsi, la plupart du temps, quand bien même elle savait le propos de son mari approximatif ou même faux, Isabella, par admiration et par amour, le soutenait. Ils formaient, pour le dire vite, un de ces couples, trop nombreux aujourd'hui, où l'un admirait en croyant aimer et où l'autre n'aimait qu'en se sachant admiré.

Il y avait aussi quelques figures connues de la ville, un certain nombre d'habitants, une poignée de lycéens forcés d'être là par leurs professeurs, quelques membres de l'association Santa Marta ainsi que des ragazzi. Sous le regard terrible de la statue d'Athéna, Vera et Vincenzo Rivera, un verre de champagne à la main, un petit four dans l'autre, déambulaient entre les invités avec un art exceptionnellement maîtrisé des mondanités.

Dans un coin de la grande salle, Jogoy s'efforçait, au milieu des quelques ragazzi qui avaient accepté de venir au vernissage, de déchiffrer un des tableaux accrochés sous une intense lumière blanche. C'était en réalité, moins qu'un tableau, un simple cadre sans toile. Il y avait l'armature, dorée, richement décorée avec des reliefs baroques et, dans l'espace carré qu'elle découpait, se trouvait le mur éclairé par la lumière. Il n'y avait ni toile ni peinture. Un cadre et des cimaises nues : telle se présentait l'œuvre achevée et offerte au regard du public. Vera et Vincenzo l'avaient intitulée « Hors-châssis, hors-l'art, hors-champ ». Jogoy éprouvait déjà toutes les peines du monde à traduire le titre.

Un autre groupe observait les ragazzi qui observaient « Hors-châssis, hors-l'art, hors-champ ». Ce groupe était composé de Francesco Montero, sa femme Isabella, Sabrina et du couple Rivera. Ils discutaient à voix basse en ne quittant pas les réfugiés des yeux.

— Je me demande ce qu'ils sont en train de dire au sujet de cette œuvre, dit Isabella Montero.

— Ils ne doivent rien y comprendre, les pauvres, dit Vera Rivera d'un ton maternel.

— Il faut en passer par là, Vera, affirma Vincenzo Rivera. Devant l'œuvre, la compréhension débute là où la non-compréhension commence.

— On devrait peut-être aller leur dire quelques mots, non? répondit Vera. Certains d'entre eux voient peut-être un tableau pour la première fois.

— Vous seriez étonnée, dit Sabrina d'une voix agacée, de voir ce qu'ils savent de notre culture. Ils comprennent vite. Et je crois qu'ils sont plus riches que nous de ce point de vue. Ils connaissent notre manière de vivre et notre art, une partie au moins, alors que nous, nous ignorons presque tout des leurs…

— En même temps, tempéra le maire Montero avec ce ton qu'adoptait un homme qui s'excusait de devoir rappeler de banales évidences, l'œuvre qu'ils regardent n'est pas la plus difficile à comprendre. Il me semble même que c'est, de tout ce puissant cycle, la plus transparente de toutes, malgré son caractère spectaculaire…

Et il laissa alors sa phrase rouler dans un inachèvement rempli d'une mystérieuse et sibylline profondeur que toute explication aurait vidée. Le petit groupe médita quelques secondes les trois points de suspension du maire.

— Je suis d'accord, dit Isabella Montero de sa petite voix. Ce tableau a un caractère spectaculaire et provocateur, mais il répète un geste qui a beaucoup été fait en histoire de l'art, surtout à l'époque moderne… C'est une installation et une performance à la fois, dont l'œuvre est le seul acteur, l'unique corps. Mais…

Les yeux d'Isabella croisèrent ceux de son mari, où commençaient à rougeoyer d'ardents tisons de colère.

— Mais… Mais je suis d'accord avec toi, chéri.

— En réalité, reprit le maire, dont le regard était redevenu doux et attendri, j'ai été plus frappé par l'autre, là-bas…

— Ah, *La Table de la vie*! dit Vincenzo.

— Oui, c'est ça. Ce crâne humain et ce sexe mâle en érection séparés par cette bougie dont la flamme semble sur le point de s'éteindre; tout cela posé sur un grand sablier dont on croirait entendre s'écouler les grains… Le symbolisme est puissant!

— N'est-ce pas? gloussa Vera.

— Et dire que vous ne vous êtes pas concertés!

— N'est-ce pas? ronronna Vincenzo.

— Toutes ces… vanités! rugit le maire, n'y tenant plus.

(Fancesco Montero insista bien sur « vanités », si fortement que le mot semblait avoir été mis en italique, entre guillemets, et souligné en sortant de sa bouche).

— Toutes ces… vanités! répéta le maire, comme personne n'avait réagi.

— C'est bien le thème du cycle, Francesco, non? demanda Sabrina. *Vanitas vanitatum*?

Quelques secondes de silence suivirent.

— Mais… Et le sexe en érection? reprit Sabrina. Il fait aussi partie des vanités?

— Pas exactement, dit Isabella. Je crois…

Elle jeta un regard vers son mari dont les yeux flamboyaient de nouveau, mais décida de continuer malgré tout :

— Le sexe figuré si clairement n'est pas à proprement parler une vanité, même si la vanité de la sexualité a longtemps été traitée, dénoncée dans ce type de nature morte. Mais je crois qu'ici, la présence du sexe dressé et prêt à se déchaîner, comme une pulsion de vie, ne peut être comprise que si on la met en rapport avec le reste du tableau, qui illustre plutôt la proximité de la mort.

— Ah… *Memento mori* ! s'exclama encore Montero, fier de sa trouvaille, reprenant contenance et couleurs.

— Euh… Oui, oui, chéri. *Memento mori*, mais pas seulement. C'est plus que cela. Le tableau ne dit pas uniquement : « souviens-toi que tu mourras », mais bien, « souviens-toi que tu mourras, mais profite de la vie ».

Les yeux du maire d'Altino lançaient des flammes. Isabella continua néanmoins, sans égards à la mine contrite de son mari qui se sentait contredit :

— *Memento mori sed carpe diem.* C'est à la fois le rappel de l'angoisse de la mort et l'injonction à une pleine attention portée à la densité de l'instant, dit-elle d'une douce voix.

— Souviens-toi que tu mourras… commença Vera.

— Mais baise avant… finit Vincenzo. C'est peut-être bien ça que nous avons voulu dire, Isabella.

Vincenzo et Vera Rivera rirent tous deux. Isabella faillit intervenir encore, pour dire aux Rivera qu'ils hâtaient sa conclusion. La travestissaient même. Ce n'était pas du tout cela qu'elle voulait dire. Mais le rire gras des Rivera la dégoûta et la découragea. Elle renonça.

***

Francesco Montero souriait mécaniquement, cachant de plus en plus mal sa colère. Isabella regrettait de lui avoir volé la vedette. Elle gardait les lèvres pincées et la chevelure parfaite. Les ragazzi se désintéressaient peu à peu des tableaux. Ils parlaient plutôt des commissions pour les papiers, et des répétitions avec le vieux curé Bonianno qui avaient commencé la veille. Sœur Maria regardait d'un air distrait une des œuvres en tripotant sa croix. Sabrina la rejoignit bientôt, et elles se demandèrent toutes deux ce qu'elles fichaient là. Les lycéens s'emmerdaient. Fousseyni tentait encore de manifester quelque intérêt pour les tableaux ; il posait de naïves questions. À ses côtés, Lucia riait et essayait de lui répondre sur ses bouts de papiers. Le silencieux Gianni, dans un coin, leur jetait un regard sombre. Jogoy s'inquiétait pour Carla. Elle lui paraissait abattue depuis leur échange avec Salomon. Vera et Vincenzo portaient des toasts à leurs succès futurs. Ils étaient convaincus que *Vanitas Vanitatum* allait faire un tabac : ils exposeraient bientôt à Rome, Florence, Turin, Milan, dans le grand monde qu'ils savaient être le leur – et le seul à mériter pleinement leur génie. La statue d'Athéna regardait tout cela d'un œil terrible.

***

La découverte de cette grande statue, plus d'un demi-siècle auparavant, avait donné lieu à une rude querelle de spécialistes dont les héritiers s'affrontaient encore dès qu'ils le pouvaient à coups d'articles dans de grandes revues (et de poings lorsqu'ils se croisaient). Cette terrible querelle avait pour objet l'épiclèse[5] à apposer à cette représentation de la fille de Zeus. Sur cette redoutable et

---

5. L'épiclèse est le nom par lequel, dans la Grèce antique, on qualifiait un dieu en soulignant ses attributions et sa fonction dans une circonstance, un rite ou un lieu précis. Un dieu pouvait ainsi avoir plusieurs épiclèses selon l'endroit et l'occasion.

fondamentale question, en effet, deux clans scientifiques s'affrontaient dans une guerre parfaitement théorique donc tragiquement meurtrière : le clan américain et le clan allemand.

Le camp américain soutenait, depuis que le professeur James H. Hogdson, qui avait découvert la statue, en avait émis l'hypothèse, qu'il s'agissait indubitablement là d'une figuration d'Athéna Πρόμαχος / *Promakhos*, « qui combat en première ligne », d'une Athéna guerrière, donc. À l'inverse, le clan allemand tenait, à la suite du professeur Hermann B. Recht, qui avait lui aussi découvert la statue (les honorables professeurs Hogdson et Recht avaient co-dirigé les recherches au moment des fouilles), le clan allemand tenait donc, d'après Recht, que c'était là, incontestablement, une Athéna Παλλάς / *Pallàs*, « déesse de la Sagesse, gardienne des Arts et des Sciences ».

La dispute avait commencé à l'automne 1955, quelques semaines après que James Hubert Hogdson et Hermann Benedikt Recht eurent découvert la statue. Les deux savants s'étaient entendus pour que celle-ci fût gardée par les États-Unis, l'Allemagne étant, à l'époque, encore un peu affaiblie par les séquelles économiques de la guerre. Hogdson ramena donc la statue dans son pays, et on l'entreposa dans la plus belle salle d'un grand musée new-yorkais. Il avait cependant fallu, avant de l'ouvrir au public, organiser une cérémonie de présentation officielle au cours de laquelle les deux professeurs parlèrent de leur découverte. Ce fut précisément au cours de cette cérémonie que le désaccord survint. Tout était parti d'une malheureuse incise du savant allemand alors qu'il venait de prendre la parole :

— L'Athéna d'Altino – il me semble même qu'on peut la spécifier en disant : l'Athéna Pallàs d'Altino – nous est apparue, à moi et à mon collègue et non moins ami James Hogdson, comme un miracle…

— Excusez-moi de vous couper la parole, mon cher Recht, mais sauf votre respect, je crois que vous vouliez dire « Promakhos ». Athéna Promakhos d'Altino, et non Pallàs. Pardonnez-moi de vous avoir interrompu, mais laisser subsister « Pallàs » aurait, je suis sûr que vous serez d'accord avec moi, laissé entendre tout autre chose au sujet de cette merveilleuse statue…

— Ah *nein, nein,* Herr Professor Hogdson, cher ami, *entschuldigung,* mais sauf votre respect, c'est bien « Pallàs » que j'ai voulu dire, car il est évident que c'est d'elle qu'il s'agit ici, et en aucun cas « Promakhos » comme vous semblez le croire…

— Pardon, Hermann, *really sorry my dear*, mais je ne peux te laisser dire une chose pareille. Il est impensable que tu puisses croire un instant que c'est Pallàs ici. J'ai vu dès que nous avons réussi à dégager nettement son visage que c'était « Promakhos », je croyais que tu l'avais vu aussi. Allons! Pallàs, Pallàs, mais quelle idée, Hermann! *You cannot be serious, come on!* Quelle idée!

— Et moi je te dis, James, que c'est Pallàs! *Mein Gott!* C'est toi qui es complètement à l'ouest – mais j'imagine que ce tropisme géographique est naturel chez un type dont le pays s'est bâti sur le mythe du *West* – pour songer sérieusement à « Promakhos », enfin! *Unglaublisch.* C'est Pallàs! Je peux le prouver…

L'échange avait ainsi continué, de plus en plus vif, de plus en plus tendu. Les mots « offense », « *fucking disgrace* », « incompétence », « *Wissenschaftler von Scheisse* », « amateurisme » et « erreur tragique » furent jetés dans des phrases courroucées et irrévocables. Peu s'en fallut que « nazi » et « esclavagiste » ne fussent prononcés. Hermann B. Recht avait quitté la salle dans un grand mouvement rempli de colère, de jurons et d'emphase, sans serrer la main que, du reste, James H. Hogdson refusa de lui tendre.

Rentré à Berlin, Recht usa de toute son influence pour que son gouvernement réclame aux États-Unis la garde de la statue. La bataille diplomatique s'invita dans la guerre académique. Des lettres ouvertes furent écrites dans des journaux ; l'on signa de part et d'autre des articles arides mais érudits sur la question ; le monde scientifique fut en ébullition ; les experts de toutes les disciplines se pressèrent aux pieds de l'Athéna promakho-pallasienne pour se faire leur idée et choisir leur camp. Ceux qui ne choisirent pas le leur furent méprisés par les deux tranchées ennemies. Au bout de nombreux mois, l'Allemagne obtint que la garde de la statue fût partagée.

Hermann B. Recht et James H. Hogdson moururent tous deux en 1977, à quelques jours d'intervalle. L'on racontait que Hogdson, mort le dernier, aurait, pour ultimes mots, dit : « Je ne peux rester là à vivre alors que Recht est peut-être en train de persuader Lucifer que c'est une Athéna "Pallàs". Je ne peux pas le laisser faire. *It could be dangerous. I shall go* ». Et il mourut. Les deux savants, malgré l'impressionnante énergie intellectuelle déployée pendant vingt ans, disparurent sans qu'on sût si l'Athéna était Pallàs ou Promakhos.

Quelques années plus tard, après que l'Italie eut entrepris des démarches pour qu'on la lui rende, la garde de la statue échut au petit musée archéologique d'Altino. Cela contenta tout le monde. Les Allemands étaient heureux que les Américains ne l'aient pas. Les Américains étaient contents que les Allemands ne la gardent pas. Les Italiens étaient ravis de la retrouver. L'Athéna d'Altino, après avoir siégé sur les piédestaux les plus prestigieux des musées new-yorkais et berlinois, était ainsi revenue chez elle, sur la terre de laquelle on l'avait tirée. Dans le petit musée, elle perdit en prestige ce qu'elle gagna en paix. Elle était cependant encore assez attractive pour que de nombreux spécialistes, amateurs d'art, touristes, de toutes nationalités, viennent l'admirer. À côté du monument, une plaque montrait une photo en noir et blanc, prise le jour même de la découverte de la statue. Sur ce cliché on voyait, bras dessus bras dessous à côté du visage encore un peu recouvert par les argiles de la déesse, les éminents et infiniment honorables professeurs Hogdson et Recht.

28

Les répétitions des commissions allaient bon train. Chaque jour, quatre ou cinq hommes passaient sous le regard fixe mais impitoyable du Padre Bonianno. Hormis lui, seuls Jogoy et Pietro étaient autorisés à assister à ces séances de travail. Jogoy traduisait s'il le fallait ; Pietro prenait des notes et n'intervenait quasiment jamais. Le curé seul menait l'entretien. De son habitude des confessions, il avait tiré un certain métier, le métier des âmes, qu'il savait obliger à l'aveu nu et sincère de leur dernière vérité. Ses questions étaient précises et sans ménagement, mais jamais elles ne tombaient dans la brutalité ou l'intimidation. Il cherchait seulement à entendre quelque chose de leur cœur.

À travers ces répétitions, le Padre Bonianno n'écoutait pas seulement des récits, des aventures, des histoires ; il écoutait aussi des hommes,

des voix humaines dans les intonations, hésita-
tions et silences desquels il décelait les échos mêlés
de mille sentiments. Il ne s'agissait pas seulement
pour lui de savoir quel avait été leur itinéraire, leurs
péripéties, leurs rencontres, leurs fortunes, les raisons ou les buts qui les avaient poussés à quitter
leur pays ; il voulait aussi savoir ce qu'ils étaient
devenus comme hommes après toutes ces épreuves.

Il écoutait le récit des causes du départ, le récit
des frustrations en terre natale, le récit des horizons
bouchés, le récit de l'avenir sacrifié, du chômage
promis, des perspectives mortes, des espoirs morts,
des rêves brisés, de la tentation du grand voyage,
des dilemmes moraux, de la décision prise aux
confins de l'insupportable ; ensuite ils se taisaient
pour reprendre leur souffle, avant de continuer
avec le récit du voyage, le récit de la peur, le récit
des violences subies, le récit des violences infli-
gées, le récit des violences vues, des hontes bues,
des humiliations tues, des privations, de l'incertitude, du désespoir, du doute, de la faim, de la soif,
de l'hallucination, du soleil, de l'étourdissement,
des évanouissements, des vomissements, de la fièvre,
de la maladie, des insolations, des désolations,
des diarrhées, de la vénalité des passeurs triplant les
prix, de la corruption de policiers fermant les yeux,

de l'inhumanité des gardiens fouettant leurs chairs, des dizaines de corps harassés, recroquevillés, serrés, assis les uns contre les autres, couchés les uns sur les autres, dans la poussière, la pisse, la merde, le sang ; puis, en ce point, le souvenir ravivant la douleur, le récit s'interrompait, mais pas longtemps, jamais longtemps, quelques secondes à peine ; et ensuite se poursuivait, raconté d'une voix triste et dure à la fois, une voix peinée et lucide, le récit des sueurs mêlées, le récit des salives sèches, le récit des bidons d'eau presque vides, le récit des infinies heures dans l'interminable désert, le récit du tournoiement des charognards dans le ciel du désert, de la chaleur mortelle du désert, du froid mordant du désert, des bruits sans origines du désert, des vents scalpant les dunes du désert, des hurlements de tambours battant une invisible charge, des souffles des Djinns frôlant leurs corps, de la voracité cannibale des mauvais esprits, du conclave maléfique des divinités, des démons guettant leur blesse et leur trépas, du froissement invisible des linceuls qu'on étendait sur eux, des lambeaux de chairs accrochés aux fémurs humains qui émergeaient des sables, des crânes d'hommes semés sur leur route comme des balises pour l'outre-monde, des compagnons tombant de soif et abandonnés, des odeurs de charognes humaines en décomposition, de l'insoutenable blancheur des ossements décharnés ; et à ce stade des histoires, Bonianno, qui était pourtant si rompu à l'exercice, voulait se boucher le nez et les oreilles, fuir, bâillonner les bouches, mais, l'acculant, l'obligeant à écouter, le récit ruait vers lui : récit de l'impossibilité du sommeil, récit du désir de sommeil, récit de la peur de l'assoupissement, récit de la méfiance envers les voleurs d'eau, récit de la suspicion de chacun envers chacun, récit de l'essentielle solidarité entre tous pourtant, récit des rêves de plus en plus rares, des cauchemars de moins en moins rares, du souvenir du départ, des dernières paroles du père, des dernières bénédictions de l'oncle, des pleurs des sœurs et des frères, de la douleur digne de la mère aux larmes silencieuses, des amis abandonnés, des projets abandonnés, des amours abandonnées, des retours brusques à la réalité du désert, de l'irrémissible solitude, du silence profond qui roulait dans leur cœur, de l'arrivée en Libye, du cercle infernal de la Libye, du gouffre sans fond de la Libye, des bombardements aveugles et meurtriers des croisés démocratiques, de l'insécurité totale, du racisme quotidien, de l'esclavage admis, des geôles dont on ne sort pas, de la grande géhenne

humaine, du rabaissement, des négations, des tentatives de traversée de la mer, de l'océan hostile,
de l'océan féroce, de l'océan denté, de l'océan hanté,
de l'océan de fer ganté, de l'immense bouche d'eau,
des vagues blanches comme des crocs, des bateaux
surchargés, des canots en panne, des flots infinis,
du fracas des vagues aussi dures que des murailles
d'airain, du grondement assourdissant des tempêtes, des errances dans l'espace sans géographie
de la mer, de l'anxiété, des cieux vides, de la mer
vide, des cœurs presque vides, des dieux absents,
des sauvetages au seuil de la mort, des cris désespérés, des yeux révulsés de ceux qui s'enfonçaient
dans les profondeurs...

Et où tout cela – ces sacrifices, ces peurs, ces cou-
rages éperdus, ces risques inconsidérés – les avait-il
menés? Sur cette froide chaise, devant lui, racon-
tant leur traversée et la manière dont ils avaient
lutté pour survivre. Lorsqu'il leur demandait en
quoi consistait leur projet, ils se taisaient tous,
réfléchissaient et finissaient par répondre au bout
d'un temps que leur seul projet, pour l'instant,
était de réussir à obtenir leurs papiers. Là se trouvait l'absurdité : dans le fait qu'après avoir traversé l'enfer, ces hommes se retrouvent le cul sur
une foutue chaise en métal aussi mortelle que sa

cousine électrique, devant une commission dont les membres, chargés de décider de leur destin, n'auraient jamais la plus petite idée de ce qu'ils avaient réellement vécu.

Pour la première fois depuis qu'il avait commencé à travailler avec l'association, le Padre Bonianno se sentait impuissant à changer quelque chose à la situation des *ragazzi*.

Celui qui entrait à ce moment-là ressemblait à un oiseau de proie. Ce faciès effilé, ces yeux comme deux chas d'aiguille sur son visage, ces grands bras pendant le long de ce corps mince mais athlétique : Jogoy jeta sur Salomon un regard empli d'animosité tandis qu'il s'asseyait. Le souvenir du *giro case* était encore vif dans son esprit, et il en voulait à Salomon d'avoir proféré ce soir-là des paroles dont la brutalité avait bouleversé Carla. Le curé engagea la conversation directement en anglais.

— J'avais hâte de te rencontrer. C'est toi, Salomon ?

— C'est moi.

— D'où viens-tu ?

— Du Nigeria.

— Quel âge as-tu ?

— J'ai trente-trois ans.

— L'âge du Christ.

— L'âge de Sa Mort.

— Pourquoi es-tu parti de chez toi?

— J'habitais dans le Nord du pays. Boko Haram a tué toute ma famille. Je suis parti.

— Tu n'avais pas d'autre famille au Nigeria?

— J'ai vu mes parents, mes frères et mes sœurs mourir. Je n'ai plus aucune famille.

— Parle-moi des circonstances de leur mort.

— Je ne le souhaite pas.

— Très bien. Quelle est ton histoire? Comment es-tu arrivé ici?

Salomon garda le silence un temps. Le visage du Padre Bonianno restait impassible.

— Mon histoire, finit-il par dire, c'est que ma famille a été tuée. Je n'ai rien d'autre à vous dire. Je n'ai aucune envie de parler du voyage, de la traversée, de la barque. Vous savez déjà tout ça. L'essentiel, c'est la mort de ma famille.

— Comme tu voudras. Pourquoi es-tu ici?

Salomon ne dit rien et le curé eut l'impression que ce n'était pas tant par entêtement que par une réelle impossibilité à trouver un langage à ses sentiments.

— Ce n'est pas ici que tu trouveras la force de ta vengeance, dit le curé. Car je sais que c'est ce que tu veux. Te venger. Venger la mort de ta famille.

Et ne nie pas… Je l'entends à ta voix, dans laquelle je devine tes traits et ta colère. Ce n'est pas ici qu'il faut nourrir ta colè…

— Si, mon père, c'est ici. C'est en Europe… Ce continent est responsable de tout. C'est l'Europe… Elle est mêlée à toutes les guerres qui déchirent l'Afrique. Elle fait mine de regarder de loin, de débouler pour nous sauver, mais elle est mêlée jusqu'au cou à tout ça, jusqu'aux os… Elle ne doit pas rester impunie… Je suis là pour le rappeler… Je n'ai plus rien à perdre.

— Je ne sais si l'Europe a causé la mort de ta famille. Ce n'est pas elle qui a tiré ou découpé à la machette. Mais quand bien même ce serait elle, sache que tu ne trouveras pas l'Europe ici. Tu n'auras que des hommes et des femmes en face de toi…

— Ils paieront alors. Ce continent ne doit pas rester indifférent aux conflits qu'elle cause parfois indirectement. Auxquels elle assiste toujours.

— Je ne sais toujours pas ce que tu veux exactement. Mais cherche la paix, mon fils.

— « Ne croyez pas que je sois venu apporter la paix sur la terre ; je ne suis pas venu apporter la paix, mais l'épée… »

— *Matthieu, 10:34*, le coupa Bonianno. Mais, *Romains, 12:19*, « ne vous vengez point vous-mêmes,

mes bien-aimés, mais laissez agir la colère ; car il est écrit…

— … À moi la colère, et à moi la rétribution… », finit Salomon.

Ils se turent quelques secondes, puis le curé poursuivit :

— Je ne jugerai pas ta cause, Salomon. Mais ce n'est pas avec des versets de la Bible et des Évangiles que tu convaincras les membres de la commission. Et ton histoire de vengeance n'arrangera pas les choses. Ce sont des réfugiés qu'on accueille ici, pas de futurs seigneurs de guerre ou des frustrés.

— Alors tant pis.

— Tant pis quoi ? Que feras-tu, si tu n'as pas de papiers ?

— Les papiers ne m'intéressent pas tant que ça. Ce sont surtout mes camarades qui en ont besoin. Ce désir leur ronge l'âme et les hante. Ils ne vivent plus à cause de ça. Plus on leur parle des commissions, plus ils sont mortifiés. Et l'association n'aide personne. Le spectacle d'un homme tourmenté est laid, et l'association participe à ce tourment parce qu'elle incarne l'espoir, le dangereux espoir qui tue à petit feu. Je souhaite que mes camarades obtiennent leurs papiers. Quant à moi, si je ne les ai pas, je saurai que c'était là mon destin et j'irai l'accomplir ailleurs. Autrement. La seule chose certaine, c'est que rien ne m'empêchera de faire ce que j'ai à faire.

— Pas même Dieu ?

— C'est Lui qui me guidera, je ne serai que son bras armé. « Ne tremble pas devant eux, car Il est au milieu de toi, le Seigneur ton Dieu, un Dieu grand et terrible. Le Seigneur ton Dieu chassera ces nations devant toi peu à peu : tu ne pourras pas les achever aussitôt, car autrement les animaux sauvages deviendraient trop nombreux contre toi. Pourtant le Seigneur ton Dieu te livrera ces nations et jettera sur elles une grande panique jusqu'à ce qu'elles soient exterminées. Il livrera leurs rois entre tes mains, tu feras disparaître leur nom de sous le ciel ; aucun ne tiendra devant toi, jusqu'à ce que tu les aies exterminés… »

— *Deutéronome*, *7:20*, murmura Pietro.

— Tu viens de le dire : le spectacle d'un homme tourmenté est laid. Cela vaut pour toi. Ta colère te mènera à la mort, dit le curé.

— Vous aussi vous irez à la mort. En colère ou pas. La mort nous appelle tous. Il faut répondre.

Salomon se leva sur ces paroles et sortit sans rien rajouter.

— Inutile, dit le curé après quelques secondes, de rapporter son projet à Sabrina, ou d'essayer de

le raisonner ou de le sanctionner. Cela ne change-
rait rien. Rien ni personne ne le fera changer d'histoire. Celle-là, on peut être sûr qu'elle est vraie.

— Vous croyez qu'il dira la même chose à la
commission. ? demanda Jogoy.

— Il ne sait pas mentir, répondit Pietro. Il ne
changera pas un mot de son histoire.

— C'est le signe de sa détermination, dit
Bonianno. Il réussira sa vengeance ou mourra en
essayant. Dans la chair de son cœur, il y a une
écharde profondément enracinée. Seule la mort
la retirera. La sienne ou celle d'ennemis.

— Je crois, murmura Pietro, qu'il ne veut pas
seulement se venger de Boko Haram. Du moins,
pas uniquement. Ce n'est pas non plus à la seule
Europe qu'il en veut. C'est l'Humanité entière qu'il
accuse. Ceci dit, c'est quand même curieux : j'ai
l'impression qu'en même temps qu'il hait profondément l'Europe, il nourrit à son égard une espèce
de fantasme, de désir profond. Je ne comprends
pas qu'on puisse haïr un continent, le critiquer
sans cesse, en faire le signe absolu de la décadence
du monde, et s'y précipiter à la première occasion.
C'est un schizophrène.

— Il n'est pas seul dans ce cas, conclut Jogoy.

29

Enfin calmé, Salvatore Pessoto put aller au bout d'une cigarette. Il était fier de ses joueurs. Ceux-ci venaient, sur le terrain d'une équipe rivale, de se qualifier pour la finale du tournoi. Il commençait à croire que la victoire finale était possible. Les ragazzi l'étonnaient de plus en plus. La rage joyeuse qui les avait animés lors des entraînements était parvenue à lui faire oublier leur situation.

Il avait quatre points forts dans son équipe. Le premier était Leone, son capitaine. Jogoy était capable de jouer à peu près à tous les postes. Il avait choisi, cette année, de le faire évoluer en défense centrale.

Le deuxième point fort était Bemba, le latéral gauche, qui compensait son manque de vitesse par une puissance, une agressivité et une hargne, qui faisaient de lui un guerrier sur la pelouse. Il recevait beaucoup de coups, mais en donnait deux fois plus.

Le troisième pilier de l'équipe se trouvait au milieu de terrain. C'était Gianni, son assistant. Les ragazzi, au départ, eurent un peu de mal à l'accepter, lui le petit Blanc, parmi eux. Mais Gianni avait vite fait ses preuves, et très vite, et il s'était révélé meilleur que tous ou presque. Comme Eminem dans le rap US. Les ragazzi le surnommèrent « Chrono », car il était l'horloger du jeu ; ses passes arrivaient toujours dans le temps le plus juste.

Le dernier point fort de l'équipe était le petit Fousseyni Traoré. Un gaucher génial. Il jouait au poste de second attaquant, et possédait un style tout en délicatesse. On eût dit une ballerine qui se refusait à toute forme de brutalité envers le ballon. Sa technique léchée lui permettait, sur un contrôle, d'éliminer un ou plusieurs adversaires, et sur une passe, de déstabiliser les défenses les plus solides. Il n'était pas un joueur d'éclat permanent, mais un joueur d'éclipses intelligentes. Dans certains de ses gestes, Salvatore Pessoto revoyait son idole Roberto Baggio.

Ils avaient remporté la demi-finale sur le score de deux buts à un. Salvatore Pessoto s'en réjouissait avec modération, mais pour la première fois, il avait noté un problème de transmission entre ses deux leaders techniques : il lui avait en effet semblé que Gianni, pendant tout le match, et de manière très curieuse, avait le plus possible évité de faire la passe à Fousseyni, préférant des solutions moins évidentes, voire bêtes. L'essentiel en tout cas était là : la finale.

***

Il arriva chez lui. Personne. Il consulta son téléphone, que dans la tension du match et l'euphorie de la victoire, il n'avait pas songé à regarder. Treize appels en absence, et un SMS d'Angela : « *Nous sommes à l'hôpital de Piazze, aux urgences. Erica a eu une crise d'asthme.* » Salvatore Pessoto roula à tombeau ouvert jusqu'à Piazze, la ville la plus proche d'Altino, qui disposait d'un hôpital mieux équipé. Ses longs cheveux défaits, sa grande chemise à carreaux ouverte sous son manteau, il arriva livide aux urgences. C'était la première fois que sa petite Erica manifestait des signes d'asthme. Angela et Ricardo, son fils, étaient assis sur un banc, dans un couloir. Dès qu'il le vit, Ricardo accourut et se jeta dans ses bras. C'était lui qui avait vu sa sœur s'étouffant dans le salon, les yeux révulsés, l'écume aux lèvres. Angela ne se leva pas. Elle le regarda et il vit qu'elle avait pleuré. Pessoto lui demanda, d'une voix tremblante et affolée :

— Où est Erica ? Comment va-t-elle ?

La voix de sa femme était brisée ; elle murmura sans le regarder :

— Une minute de plus et elle était morte, on s'occupe d'elle. Elle va s'en sortir.

Il s'assit et une furieuse envie de fumer le prit. Il lui fallut un grand effort pour la réprimer. Ricardo lui tenait la main. Il regarda son fils et lui fit le sourire le plus rassurant qu'il put. Angela, à côté de lui, gardait le regard fixe devant elle. Ses mains tremblaient et, de profil, il voyait ses traits tirés par l'angoisse et la tension qui n'étaient pas encore dissipées. Il hésita un temps entre lui parler ou laisser s'éterniser le silence. Il fit un choix, le mauvais : il parla.

— Angela…

— Où étais-tu ? dit-elle avec une froide colère en se tournant vers lui.

Le docteur Pessoto baissa les yeux. Il sentit la main de Ricardo qui serrait plus fortement la sienne. Angela continua :

— Tu étais encore au terrain, avec ces jeunes, à jouer au football.

— Angela, tenta-t-il pitoyablement.

— J'ai essayé de t'appeler… Plus d'une dizaine de fois. Tu ne répondais pas. Tu ne répondais pas

269

parce que tu étais avec tes ragazzi, avec Jogoy, avec tous les autres, au terrain de foot. Plus de dix fois !

— Chérie…

— Non, laisse-moi. Une minute de plus et elle était morte. Tu as entendu, une minute, c'est ce que le docteur a dit. Et toi, tu jouais au foot et tu ne répondais pas !

— Mon téléphone était en mode silencieux.

Il n'avait rien trouvé d'autre à dire que cette phrase vraie, donc calamiteuse en de pareilles circonstances. Sa lente et nonchalante diction achevèrent de donner à Angela l'impression qu'il se fichait d'elle. Elle hurlait :

— Notre fille a failli mourir, tu n'étais pas là pour la conduire à l'hôpital ou lui donner les premiers soins, il a fallu que je prenne un taxi avec Erica qui allait mourir entre mes bras, et tu me parles de façon si détachée de ton téléphone qui était en je ne sais quel mode… ! Et si je n'avais pas eu de taxi ! Elle serait…

Angela ne put retenir un gros sanglot. Ricardo aussi se mit à pleurer.

— … morte ! acheva-t-elle, non plus dans un hurlement, mais dans un faible murmure.

Entre son fils et sa femme, Salvatore Pessoto ressemblait à une statue de cire, pâle et figée.

— Je ne supporte plus cette situation, Toto, reprit Angela au bout de quelques minutes. Je ne la supporte plus. Tu ne peux plus te permettre d'être absent chaque soir pour tes entraînements. Il va falloir choisir ta vraie famille. Je n'en peux plus… Je me fiche de savoir si ces entraînements sont les seules bouées de ces hommes que tu entraînes… Nous, on coule déjà.

Salvatore Pessoto voulut expliquer, se défendre, dire qu'il ne cherchait à sauver personne, qu'il tentait simplement de ralentir la course des ragazzi vers une amère déception, et qu'il était désolé. Mais il décida, et il fit bien cette fois, de garder le silence. Une dizaine de minutes plus tard, un médecin de l'hôpital sortait, Erica dans les bras.

— Elle a eu de la chance, dit-il. Une minute de plus…

Ils remercièrent le médecin, prirent leur fille et repartirent vers Altino dans un silence lourd. Erica s'endormit dans les bras de sa mère. Angela n'avait pas dit un mot depuis l'hôpital. Une fois chez eux, elle donna à manger aux enfants, puis coucha Erica. Elle embrassa Ricardo et alla aussi au lit, sans un mot ni un regard pour son mari. Celui-ci mit Ricardo au lit et, avant de sortir de sa chambre, entendit son fils lui demander s'ils avaient gagné leur match.

— Oui, nous avons gagné, répondit-il. Mais j'ai failli tout perdre.

Il revint au salon et y passa une grande partie de la nuit à fumer et à boire. La solitude des ragazzi était trop grande pour qu'il l'affrontât. Il avait déjà bien assez à faire avec la sienne propre. Avoir l'ambition de sauver les hommes était une affaire de dieu, et il n'était qu'un homme. Il fallait qu'il s'en souvienne. Les hommes qui se prennent pour des dieux finissent bien souvent coincés entre les deux, à l'étage du Diable.

Le football ne sauvait pas les ragazzi. Au contraire, c'était leur échafaud, et lui, l'un de leurs bourreaux, le plus cruel sans doute : celui qui leur faisait croire que la grâce était encore possible alors qu'il n'en avait jamais été question. Le marchand d'illusions. Tout ceci devait s'arrêter. Qu'importait la honte de ne pouvoir venir à bout de cette misère. Elle était toujours plus supportable que l'autre honte, celle qui consistait à faire croire aux ragazzi qu'ils étaient en train de s'en sortir. Cette honte-là était doublée d'un odieux mensonge. Et il ne voulait plus mentir.

30

D'un pas sans hâte, Giuseppe Fantini marchait dans l'allée centrale de la nef. Amedeo Bonianno, assis à la grande table de l'autel, un livre ouvert sous les yeux, l'interpella tandis qu'il approchait :

— Ah ! Enfin, te voilà ! Je t'attendais depuis quelques jours. Mais je t'avertis, je n'ai pas beaucoup de temps, j'ai la messe de Noël à préparer, c'est dans trois jours.

— Original, comme toujours. Me dire que tu avais hâte de me voir et presque me congédier dans la même phrase. Que lis-tu ?

— La Bible.

— Ça, c'est moins original.

— Avec l'âge, tu sais, on est moins aventurier, moins curieux du reste, moins infidèle... Comme avec les femmes. On finit toujours par repenser ou revenir à la première, la fidèle.

— Vous devenez misogyne, curé Bonianno.

— Ça aussi, c'est l'âge. Enfin, enfin… Comment s'est passé ton *giro case* ?

— Comment sais-tu, pour le *giro case* ?

— J'ai des yeux partout dans cette ville.

— Commence par en avoir sur toi.

— Prévisible, comme je le pensais. Je creuse un piège, tu y plonges tête la première. Ton humour s'érode, vieux poète. Bon. Assez de bavardages de vieillards enfantins. Raconte.

Bonianno redevint sérieux et grave. Fantini le regarda quelques secondes. Avec son visage creusé, sa soutane et ses lunettes noires, sa pâleur, le curé, que surplombait le grand retable baroque, avait l'air d'un gardien de l'au-delà. Des vers de *La Divine Comédie* revinrent à l'esprit du poète, qui semblaient tant décrire Charon, le nocher de l'Achéron que le curé d'Altino à cet instant précis :

> « *Ed ecco verso noi per nave*
> *un vecchio, bianco per antico pelo*
> *gridando : "Guai a voi anime prave !…"* »[6]

---

6. « Et voici s'avancer vers nous dans un bateau
   un vieillard blanc d'antique poil,
   criant : "gare à vous, âmes méchantes…" ».
Dante, *La Divine Comédie*, Enfer, III, v. 82-84, Trad. Jacqueline Risset, Garnier-Flammarion, 2010.

— Je ne suis sûr que d'une chose, dit le poète après ces quelques secondes. Je vais écrire. Je vais essayer de m'y remettre.

— Je le savais. J'ai toujours été convaincu au fond de moi qu'être au contact de ces hommes te ferait sortir de ta retraite.

— Pourquoi n'as-tu pas insisté toutes ces années alors, pour que je les voie?

— *Premio*, parce que tu aurais refusé. Tu es aussi têtu qu'un méchant âne. Et *secundo*, je crois qu'on ne presse pas un poète d'écrire. Je voulais que ça vienne de toi, que tu voies ça tout seul. Quand j'ai commencé à être au contact de ces jeunes, le phénomène n'avait pas encore cette ampleur. Mais je savais que ça pouvait te faire écrire. J'ai senti qu'il y avait en eux une énergie qui remuerait les assises de l'Europe.

— Ce n'est pas seulement l'Europe, Amedeo. C'est l'Homme entier qu'ils interpellent.

— L'Homme entier, l'Homme abstrait n'existe pas, tu le sais. L'Homme est toujours quelque part. En Europe, dans notre cas. C'est ce que je voulais dire. J'ai eu l'impression que pour la première fois depuis longtemps, ce continent où toute idée de sacré semble disparue, où Dieu râle et agonise sur un vieux lit de chiffons et d'immondices – ce qui est, tu en conviendras, une vision plus effrayante que Sa Mort –, où la jouissance solitaire est le seul horizon, où tout est relatif, même la vie humaine, où il n'est presque plus possible de prier ou de se recueillir dans le silence, où ce n'est plus l'Homme qui compte, mais son nombril j'ai eu l'impression, oui, que pour la première fois depuis longtemps, ce continent avait une formidable occasion de redevenir grand. De redevenir grand sinon en retrouvant le sens du sacré, au moins en regagnant celui du courage. Le courage humain de se replonger dans le cœur de l'Homme, de ne pas fuir sa ténèbre dans le divertissement perpétuel. Le courage de se plonger en soi, d'y affronter le Mal, l'ombre, la peur… L'arrivée de ces jeunes hommes, c'était une chance pour les Européens de se redresser et de répondre comme des Hommes à ceux qui arrivaient, avec une vraie énergie…

Le Padre Bonianno disait cela d'une voix basse et, tandis qu'il parlait, il semblait à Giuseppe Fantini que son ami devenait de plus en plus sombre, de plus en plus désabusé, presque inquiétant. Lui, qu'animait d'ordinaire une sorte d'inépuisable et féroce énergie positive, cédait pour la première fois à la noirceur.

« *...non isperate mai veder lo cielo*
I'vegno per menarvi a l'altra riva
Ne le tenebre etterne, in caldo e'n gelo... »[7]

Cependant le curé continuait :

— ... mais j'ai été déçu. Une fois de plus, l'Europe sans forces n'est pas à la hauteur. Ce continent n'est pas prêt à accueillir ces hommes. Vitalement, il n'est pas prêt. Il n'a rien à leur proposer qui les grandisse essentiellement, je veux dire : en tant qu'hommes. L'Europe est pauvre, spirituellement pauvre et vidée. On accueille ces gens grâce à notre richesse. Mais aucune de nos propositions humaines – si on en fait ! – ne sera retenue. L'Europe ne peut pas accueillir toute la misère du monde, oui, c'est vrai, mais j'ajoute : parce qu'elle est elle-même misérable. La valeur de la vie humaine même lui échappe, l'effraie... Nous sommes les premiers à prêcher la morale aux autres, nous sommes les premiers à parler de Droits de l'Homme, mais regardons-nous ! Humanisme dégénéré. Phare brisé d'une civilisation en pleine tempête... Et l'Église... La Sainte-Église même...

---

7. « ...n'espérez pas un voir un jour le ciel :
   je viens pour vous mener à l'autre rive
   dans les ténèbres éternelles, en chaud et gel... »
Idem, v. 85-87.

Elle se trompe… Elle accueille pour la grâce de Dieu là où il faudrait accueillir pour le salut des Hommes… Sa charité est un dogme, pas un élan du cœur. Et ça, les ragazzi le sentent, le savent. Ça les tue. Depuis le temps que je fréquente et écoute ces hommes, j'ai appris que ce qui les attristait le plus, Giuseppe, c'est le vide de notre continent. Ils sont déçus par les conditions de vie, qui sont certes moins éclatantes que dans leurs illusions mortelles d'un continent économiquement surpuissant. Mais je sens qu'ils sont surtout déçus par les hommes européens… Ce continent est fini, voilà ce qu'ils nous apprennent.

— Je te trouve dur avec l'Europe, Amedeo, l'interrompit Fantini. Partout, dans le monde, cet affaiblissement de la grandeur humaine est à l'œuvre. Peut-être qu'il va plus vite ici, qu'il fait plus de ravages. Ou qu'il est plus visible.

— Indiscutablement. En tant qu'hommes, ces garçons valent tellement mieux…

— Ils ne sont ni meilleurs ni pires. Ne les sacralise pas. Ils n'ont pas besoin de ça.

— Je ne les sacralise pas. Je dis mon désespoir devant leur sort.

— Je ne t'ai jamais vu désespérer de quoi ou de qui que ce soit.

— *Bôh*! fit le curé.

— Une chose que tu as dite est vraie, et rien que pour ça, tu n'as pas le droit de désespérer : l'arrivée de ces ragazzi est l'occasion de gagner plus d'humanité.

— Là est justement le problème, Giuseppe, dit calmement le curé dont le visage était désormais complètement dépourvu de lumière. Je ne suis plus certain de savoir ce qu'est l'humanité, ce qui la définirait. Tous ces mots à majestueuses majuscules sur lesquels on croit bâtir… Humanité, courage, liberté, fraternité, solidarité… Si relatifs… si incertains… Des illusions.

— C'est toi qui les emploies.

— Rien que désillusions, je te dis. Je n'y crois plus.

— C'est parce qu'ils restent pour toi de grands mots de la morale. Il faut les voir dans la vie quotidienne, dans le réel, dans ce qui est en acte. Dans ce qui est concrètement en train de se passer. Si tu ne crois plus en l'Humanité, regarde vers – je ne leur mets pas de majuscule – les hommes.

— Ce sont les pires.

— Tu ne peux dire ça. Des gens ici se dédient à rendre l'accueil réel. Regarde Carla…

— Une fille intelligente et sensible. Mais elle est encore un peu tendre…

— Jogoy…

— Courageux et un peu perdu. Entre deux eaux…

— Sabrina…

— Un bulldozer de charité. Combative et impitoyable dans ses admirables engagements. Mais je ne pense pas qu'elle comprenne toujours tout…

— Parce que tu crois tout comprendre, toi ?

— Non, loin de là. Mais au moins j'en suis conscient. Pas elle. Tu as d'autres noms ?

— Oui : tous les autres membres de l'association qui essaient de lutter. Et tous les habitants, nombreux, qui ne sont pas hostiles aux ragazzi. Tu en fais partie, quoi que tu en penses. Quel que soit ton désespoir devant tout ça, tu agis.

— Diable ! Je ne pensais pas que ce *giro case* allait te transformer à ce point. Tu te mets à causer comme un bon chrétien. Comme un homme de gauche. Comme… un humaniste !

— Tu ne m'injurieras pas avec un tel mot, mon ami, ne te fatigue pas. Je parle comme un homme qui veut lutter, comme toi tu luttes. De petites actions. Mais elles sont déjà le refus d'une faillite totale. Il y a des choses ratées. Des incompréhensions. Des frustrations d'un côté comme de l'autre. Des haines, des colères, de la violence, du ressentiment, de l'ennui, de la peur, de la méfiance. Il y a la tentation du repli, de l'entre-soi, de l'abandon. Oui il y a tout ça. Mais tout ça est l'enfer de toute rencontre humaine. Il faut en passer par-là pour en sortir.

— Ou y mourir, Giuseppe. Ou y mourir. On n'en sortira pas… Si c'est un enfer… Si c'est un enfer alors on est fichus. L'enfer, quand on y est, c'est qu'on est déjà mort… Ou qu'on va mourir… Nous mourrons tous dans l'incompréhension de chacun pour l'autre, dans l'incompréhension que chacun ressent pour lui-même.

> « … *Per altra via per altri porti*
> *verrai a piaggia…* »[8]

— Pourquoi continues-tu à aider ces Hommes, si c'est ce que tu penses vraiment ?

C'était une question assez simple, mais elle parut, pour Amedeo Bonianno, être aussi épineuse que la couronne de ronces du Christ. Un long moment s'écoula avant sa réponse :

— Même le Seigneur a brièvement désespéré des Hommes qu'il tentait de sauver.

---

8. « … Par d'autres voies, par d'autres ports
      tu viendras au rivage… »
Idem, v. 91-92

Ayant dit cela dans un murmure, le curé parut se confondre à la pénombre qui l'entourait, traverser le retable vers l'autre monde, devenir lui-même de l'ombre. Fantini ne le vit plus, comme s'il était à son tour devenu aveugle. Le Padre Bonianno finit par reparaître. Il soupira. Ses quatre-vingt ans pesèrent soudain sur son corps comme le joug sur la tête du vieux taureau. Il y avait fort longtemps qu'Amedeo n'avait paru si affaibli à Fantini.

— J'ai besoin de calme, dit le curé de la même voix fatiguée. Cette messe ne se préparera pas toute seule. Mais avant que tu ne partes, je voudrais te poser une question à mon tour. Tu devines laquelle. Le temps a passé. Tu peux me le dire maintenant.

Fantini ne répondit pas immédiatement. Il savait qu'un jour viendrait où il ne pourrait plus fuir cette question. Quelques instants passèrent, puis il se lança :

— Pourquoi j'ai arrêté d'écrire il y a quinze ans, n'est-ce pas? C'est tout simple, Amedeo. J'ai cessé d'écrire parce que j'avais l'impression que tout le monde écrivait. Tout le monde croyait pouvoir écrire et être digne de l'écriture. Aux rencontres où l'on m'invitait, dans les colloques que l'on consacrait à mon œuvre, ou même dans la rue, de plus en plus de gens, hommes ou femmes, de tous âges, me confiaient qu'ils écrivaient ou avaient écrit et cherchaient un éditeur. Ils avaient tous, qui un roman, qui une poésie, qui un recueil de nouvelles, tel autre un essai. Ils pensaient tous que leur travail allait remuer l'art et le monde dans leurs profondeurs. Ils pensaient avoir quelque chose à dire. Certains m'envoyaient leurs manuscrits. Les premiers temps, par politesse ou par malsaine curiosité, je ne sais pas, je les lisais. Mais ça m'est devenu vite insupportable, non seulement parce que la plupart de ces textes étaient mauvais sur tous les plans et que leur lecture m'accablait, mais pour une raison plus essentielle encore : j'avais le sentiment, devant toute cette masse qui prétendait écrire, que mon engagement comme poète perdait soudain tout son sens. J'étais dégoûté. À la portée de tous, même du premier imbécile venu qui, sans avoir rien lu, veut « s'exprimer », « raconter sa vie », « faire quelques vers sans prétention », « divertir les gens », « dire de jolies histoires », « partager une tranche de vie » ou « dénoncer » je ne sais quelle « injustice », écrire n'avait plus sa raison d'être. J'ai arrêté. Dans ces conditions, c'était la seule chose à faire. Avec la certitude inébranlable de la bêtise, chacun croyait pouvoir faire de la littérature. Moi, moi qui y avais consacré ma vie sans avoir jamais été sûr d'en avoir fait une seule fois, pas même dans un seul vers, je ne pouvais plus continuer à écrire. C'était au-dessus de mes forces. On traînait toute ma vie dans la boue, d'un coup.

— Ce que tu dis là est tout sauf simple, dit le curé. Ta conception de l'écriture pourrait passer pour…

— De l'intolérance. De l'arrogance. De la prétention. De la hauteur. Du mépris. De l'élitisme. De la réaction. Oui, si on veut. Je l'assume. Il n'y a rien de pire que ces gens qui pensent qu'ils écrivent quand ils n'ont pas même descendu la première marche de l'escalier qui va au fond d'eux-mêmes, tout en bas, dans le noir absolu où on est seul, mais où une vérité est enfin possible. Ce n'est pas fait pour tout le monde.

— C'est ton avis. Mais une chose m'échappe : tu vas te remettre à l'écriture. Pourtant, je n'ai pas l'impression que les gens écrivent moins aujourd'hui.

— C'est vrai. Je crois même que c'est pire qu'il y a quinze ans. Écrire, malheureusement, n'a jamais été aussi démocratique.

— Pourquoi veux-tu de nouveau écrire alors ? reprit immédiatement le curé, d'un ton où perçait une féroce ironie. Ta vie de poète n'importe plus ?

— Si je n'écris pas sur ce qui se passe, ce n'est pas seulement ma vie de poète qui n'aura plus de sens. Je perdrai plus que ma vie : mon honneur de poète.

— Quelle belle phrase grandiose. Bonne pour les journaux et tes biographes. Ou ton épitaphe. Mais je vais te dire ce que je crois, Giuseppe, et c'est bien moins glorieux.

— Vas-y.

— Il y a certes eu l'influence des ragazzi et de la situation qu'ils vivent, mais je persiste à croire que ça ne suffit pas. Il y a autre chose. Cette autre chose, c'est que tu n'en pouvais plus du silence. L'écriture te manquait. Ta rencontre avec les ragazzi arrive au bon moment : ils te donnent l'occasion de renoncer à ton adieu pour une raison moralement noble, une bonne raison. Mais la vraie raison, c'est que tu n'étais plus assez fort pour supporter le silence poétique. Voilà.

— Peut-être, dit Fantini. J'ai été faible. Je n'ai pas eu la force de me taire pour de bon.

— Heureusement.

— Ou hélas. Je ne sais pas, Amedeo. Je ne sais pas.

Le curé sourit. Fantini lui dit qu'il viendrait l'écouter à la messe de Noël, puis partit.

31

Fousseyni Traoré

« Il n'y a pas entraînement ce soir, comme lors
des derniers jours. Jogoy a dit qu'il n'y en aurait
plus pour l'instant parce que le docteur Pessoto
ne pouvait plus nous entraîner.

Il fait un peu froid ; mais je ne veux pas rester seul à la maison. Je m'ennuie, et je repense
à mon passé et au pays. Je préfère le froid à ça.
Tous les autres sont sortis. Bemba se trouve chez
les Ghanéens et les Nigérians. Ismaïla et Kanté
passent aujourd'hui devant le curé pour les répétitions des commissions. Fallaye passe son après-
midi avec les autres Maliens. Je voulais aller saluer
mon grand-frère Jogoy, mais j'avais oublié qu'il
travaille avec Padre Bonianno pour les répétitions.

Je ne sais pas pourquoi le docteur Pessoto a
annulé les prochains entraînements. C'est peut-
être à cause du *Natale*, la fête des Chrétiens. C'est

l'anniversaire de leur Prophète, Jésus-Christ.
Ils vont tous aller demain soir à l'église pour le
lui souhaiter. J'espère en tout cas qu'on pourra
recommencer l'entraînement bientôt. Si on veut
gagner la finale, il faudra être plus fort.

Je vais aller marcher du côté de la *villa*. Tiens,
voilà le musée d'Altino. J'y étais il y a quelques
jours. On nous a montré les tableaux des deux
artistes fous-là. Je n'ai rien compris à leurs dessins!
Il y en avait même un où il n'y avait rien, aucun
dessin. Lucia m'a dit qu'il coûtait très cher! Mais
qu'est-ce qui coûte cher? C'est ça que je lui deman-
dais. Qu'est-ce qui coûte cher puisqu'il n'y a rien?
Elle a beaucoup ri. Elle me disait que c'est ce rien
qui coûte cher. Vraiment, il n'y a que les Blancs
pour acheter rien, et l'acheter très cher. Ils veulent
posséder, toujours posséder. Et comme ils ont déjà
tout, il leur manque rien. Donc ils l'achètent aussi. »

***

Gianni

« Elle est particulièrement belle aujourd'hui.
Elle est toujours particulièrement belle. Comme
si pour chaque jour, elle avait un type spécial de
beauté en réserve. Elle change de beauté comme de

vêtements. Mais je n'ai jamais osé lui dire. Pourtant, je dois être la personne qui passe le plus de temps avec elle. Mais au lieu de parler, je me tais. Je ne sais que me taire. Des deux, le vrai muet, c'est moi. J'aimerais être plus bavard, même pour dire des bêtises. Au moins ça pourrait la faire rire. Au lieu de cela, je suis là, assis derrière mon bureau, à faire semblant d'être concentré sur mes dossiers alors que je ne vois qu'elle.

Parfois, quand il nous arrive de discuter, elle me parle de son père, qui tient un petit restaurant au centre-ville. C'est un homme simple, honnête. Il essaie de faire survivre son entreprise malgré la concurrence écrasante, non loin, de la *Tavola di Luca*. Le restaurant a souvent peu de monde, mais il se débrouille. Je vais souvent manger là-bas. C'est le père de Lucia qui cuisine et sert lui-même. Ce qu'il propose est simple et bon ; c'est la cuisine du terroir. Lorsque Lucia n'est pas de garde ou qu'elle a un peu de temps libre, elle va l'aider au restaurant. Elle est tout ce qu'il lui reste.

Il y a quatre ans, la mère de Lucia s'est suicidée. Le père a mis deux ans à s'en remettre. Lucia, elle, a perdu la parole suite au traumatisme. J'étais avec elle quand on lui a annoncé la nouvelle. Elle a poussé un hurlement horrible qui

bavard = talkative

a duré longtemps… Et lorsqu'il a fini, Lucia n'a plus jamais parlé. Elle avait vingt ans à l'époque. Pendant vingt ans, elle a parlé. Puis plus rien : le silence abyssal. Les plus grands spécialistes ont tout tenté. Rien : la parole refuse de lui revenir, comme si elle s'était enfoncée si profond en elle, si profond dans le labyrinthe de l'être, qu'elle s'y est définitivement perdue.

Mais je ne l'ai pas oubliée. Je n'ai pas oublié sa voix, fluette et mélodieuse comme un chant d'oiseau à l'aube. Elle était si bavarde… Elle parlait, riait, chantait tout le temps. Mais depuis quatre ans, c'est le silence. Pourtant, elle n'est pas sombre. Le moment de deuil passé, elle a retrouvé la lumière en elle. C'est désormais son corps tout entier qui parle, d'une voix joyeuse et neuve. La plus petite ride qui se creuse au coin de ses yeux quand elle sourit est une voix. Mais malgré tout cela, malgré toute cette beauté, il m'arrive de surprendre en elle une espèce de tristesse infinie. Comme si, pendant quelques secondes, elle se rendait compte qu'elle était à l'étroit dans son corps privé de voix. J'aimerais tellement trouver les mots pour la consoler dans ces moments-là… J'aimerais tellement lui dire qu'elle est belle et que j'entends encore sa voix ! Mais je ne dis rien. Ma timidité est une malédiction. J'aimerais pouvoir parler, être une explosion de paroles et de mots, pouvoir parler pour deux…

L'inviter. Je dois l'inviter chez moi. C'est le moment ou jamais. La journée est presque finie. Je la vois qui commence déjà à ranger ses affaires. J'ai envie de passer du temps avec elle hors du cadre du travail. Je ne suis pas encore prêt à lui avouer mes sentiments, mais au moins l'approcher, essayer de vaincre ma timidité, tenter de lui montrer que je ne suis pas seulement le timide Gianni…

Deux minutes. Je m'accorde deux minutes. Le temps de respirer, de rassembler mon courage, puis je me lance. Encore deux minutes, et je l'invite. »

***

Lucia

« J'ai été très surprise qu'il m'invite, lui qui est si timide, à aller boire un thé. J'ai dit oui tout de suite avec plaisir. Déjà, cela m'a fait plaisir qu'il soit venu nous voir. Mais qu'il ait proposé en plus d'aller chez lui, ça, c'est assez nouveau. Fousseyni est décidément d'une gentillesse exceptionnelle. Il nous a dit qu'il était parti faire une promenade et que comme il passait près du centre médical, il a eu l'idée de passer nous saluer et nous demander si nous voulions boire un thé dans sa maison. Gianni a décliné l'invitation. Il a dit qu'il avait quelque chose à faire. Je peux me tromper, mais je crois qu'il avait un regard noir, presque hostile, quand il a vu Fousseyni. Pourtant c'est son coéquipier au football. Je ne sais pas ce qui lui arrive. Depuis ce matin je le sentais un peu tendu, comme s'il portait un secret qu'il voulait me confier sans trouver les bons mots. Venir avec nous aurait pu le détendre, mais il a préféré rentrer. C'est dommage. Ça me fait de la peine de le voir ainsi, si tourné vers lui-même. J'aimerais pouvoir l'aider…

Fousseyni non plus ne parle pas beaucoup, mais j'aime aussi sa compagnie. Peut-être que c'est parce qu'il dégage une aura de timidité mêlée de mystère. J'ai toujours l'impression, quand je suis avec lui, d'être sur le point de découvrir un secret. Depuis le tout premier jour, quand nous avions discuté après la répartition, cette sensation ne me quitte pas. On a échangé peu de mots pendant le trajet. On a reparlé de l'exposition très déroutante des Rivera, les deux peintres d'Altino. On a encore plaisanté et ri à propos du cadre vide exposé. Il m'a aussi parlé des entraînements de football arrêtés depuis quelques jours parce que le Docteur Pessoto leur avait dit qu'il ne viendrait plus pour l'instant. Lui non plus n'a pas l'air en grande forme depuis peu. Il semble triste.

On arrive chez Fousseyni. C'est un grand appartement, au premier étage d'un immeuble. Je me rappelle cet appartement. J'ai aidé Carla à l'aménager un jour avant l'arrivée des ragazzi. Depuis, je n'y suis jamais retournée. La grande pièce qui leur sert de salon et de cuisine n'a pas vraiment changé. Il y a un peu de désordre, mais la pièce est propre et bien entretenue. Une odeur particulière y flotte. Fousseyni me dit que c'est l'odeur du mafé, un plat à base de pâte d'arachide qu'Ismaïla Camara, un de ses camarades, a préparé. Il me dit que la prochaine fois il m'invitera à en manger.

Je suis assise à une table et je le regarde s'affairer autour d'une théière. De son téléphone, s'échappe une musique dont je ne comprends pas la langue. Mais la mélodie est douce. La voix qui l'accompagne invite au rêve ; c'est une voix de conteur, profonde, enchanteresse imposant une écoute immédiate. Je lui demande qui c'est. Il me répond que c'est Ali Farka Touré, un grand chanteur de son pays. Il me dit qu'il chante la beauté de sa terre natale. Ça m'attriste. Les larmes me viennent aux yeux. Je les essuie rapidement. Il revient vers la table avec son plateau de thé et me sert.

Il n'y a personne dans l'appartement. Je lui demande où sont les autres. Il lit – comme il a beaucoup progressé, je lui écris directement en italien – puis me répond que Bemba est certainement chez les Nigérians et les Ghanéens, que Fallaye est parti voir les autres Maliens et qu'Ismaïla Camara et Kanté passent leur répétition avec le Padre Bonianno. J'avais complètement oublié de lui demander comment la sienne s'était déroulée. Il m'avait dit quelques jours avant qu'il allait la passer.

Il me répond que tout s'est bien passé. Que le curé a été très gentil. Qu'il l'a simplement écouté. Ça me soulage. Padre Bonianno est la plus bienveillante personne que je connaisse, mais la forme de cette bienveillance peut effrayer. Il se tait un peu et goûte le thé. Je l'imite. C'est délicieux. Le morceau d'Ali Farka Touré prend fin sur des notes sublimes. Je regarde Fousseyni. Ses yeux, si beaux, si tristes, si vieux, me touchent encore. Je veux savoir leur secret. »

32

pourquoi le changement du style [handwritten annotation]

Scène 1 : Lucia et Fousseyni.

Appartement de Fousseyni, dans le salon. À gauche, une grande table à manger, à laquelle Fousseyni et Lucia sont assis. Dans le silence, un stylo court nerveusement sur une feuille de papier. Alors que Lucia écrit, on entend sa voix :

La voix de Lucia

Que t'a demandé le Padre Bonianno ?

Fousseyni, *après avoir lu*

Que je lui dise mon histoire. Pourquoi je suis parti.

Lucia ne dit rien, mais une question lui brûle les lèvres. Quelques secondes passent. Fousseyni ne dit

rien non plus. Lucia se décide à lui poser la ques-
tion. Elle veut savoir. Le stylo recommence à courir
sur le papier.

La voix de Lucia

Pourquoi es-tu par…

Fousseyni, *l'interrompant*

Je sais ce que tu vas me demander. Toi aussi tu
veux savoir pourquoi je suis parti. Je vais te le dire.
C'est ma mère…

Lentement, la pièce plonge dans le noir. Lucia
et Fousseyni disparaissent dans l'ombre. Une petite
lumière s'allume, et éclaire la partie droite de la cuisine.
Une grande femme noire s'y avance, un pagne ceint
au-dessus de la poitrine. Sa beauté est d'une grande
noblesse, malgré la souffrance qu'on perçoit dans ses
traits et dans sa voix. C'est la mère de Fousseyni Traoré.

Scène 2 : Rokia Traoré, mère de Fousseyni.

Rokia Traoré

Mon Fousseyni, je pense à toi pour ne pas
vomir. Ton oncle vient de rouler sur le côté du

295

lit. Il souffle comme un vieux phacochère. Il pue l'alcool. Il ronfle déjà. Son désir bestial est provisoirement satisfait. Depuis ton départ, c'est pire. Il s'acharne. C'est comme si des épines avaient poussé le long de son gros sexe. J'ai mal chaque fois que c'est mon tour. Il me déchire le ventre. Tes tantes, mes coépouses, me disent qu'elles ont aussi mal, mais répètent qu'une femme ici doit être courageuse et supporter le désir violent de son mari. Je n'ai jamais pu supporter ni comprendre ça. Tant que tu étais là, je n'osais rien faire, j'avais peur pour toi, j'avais peur de lui. Mais maintenant que tu es parti, je n'ai plus peur de rien. Un jour, je lui couperai son sexe épineux.

Il est l'inverse de son frère, ton père. Il avait des défauts, mais il m'aimait. Où que tu sois, mon Fousseyni, n'aie honte de rien, tu es le fils d'un amour vrai. Ça te donne toute ta place dans l'humanité. Ton père était un homme brillant. Il est mort jeune. Un extraordinaire musicien. Guitariste de génie. Il commençait à se faire un nom dans la région. On l'invitait partout : aux baptêmes, aux mariages, aux soirées de lutte, à toutes les fêtes. Il gagnait un peu d'argent et aidait la famille. Il était sa fierté, contrairement à ton oncle, qui ne foutait rien et n'a jamais su rien foutre. Mais ton

père l'adorait, lui son petit-frère. Il lui donnait
de l'argent, le gâtait, lui passait tout, le défendait
devant leurs parents. Ton oncle a presque vécu à
nos crochets pendant trois années. Quand tu étais
plus jeune, alors que ton père était encore vivant,
il jouait beaucoup avec toi, tu l'aimais. J'avais
même commencé à l'apprécier, alors que j'avais
longtemps gardé mes distances. Je me disais finalement que c'était un homme perdu, mais pas mauvais dans le fond. Je surprenais ses regards sur moi
parfois, je me disais qu'ils n'étaient rien…

Je me trompais. Je l'ai su quand ton père a été
retrouvé mort à la sortie d'un bistrot. Mort comme
ça, subitement. On l'a enterré vite. Et comme il
n'y avait aucun testament, rien pour nous, rien
pour toi, on a appliqué la loi traditionnelle : tout
est revenu à son jeune frère. Tout. Même toi et
moi. Et c'est comme ça que notre vie est devenue
un enfer. Il ne nous a rien laissé. Même la gui-
tare de ton père, il l'a vendue. Il a dit qu'un véritable homme ne devait pas chanter comme une
bonne femme, et devait s'occuper de sa famille.
Il a épousé deux autres femmes, et est devenu
un tyran pour nous toutes. Toi, qui l'aimais tant,
tu t'es mis à le craindre comme un dieu. Et moi,
j'ai vu que ses regards d'auparavant n'étaient pas

innocents : ils étaient remplis de désir. Un désir animal qu'il s'est empressé d'assouvir dans la violence, sans vergogne alors que le corps de ton père n'était pas encore froid sous terre. La sacralité de mon deuil était souillée.

Mon corps a toujours refusé de lui donner un enfant. Le ventre ne peut pas enfanter ce que l'âme ne supporte pas. Il m'a détestée pour ça. Il t'a détesté pour ça. Tu étais non seulement l'enfant qu'il ne parvenait pas à faire avec moi, mais tu étais en plus l'enfant de son frère, l'enfant qui avait hérité de la délicatesse, de la sensibilité, de l'intelligence qu'il n'aurait jamais. Il t'a encore plus haï de ne pas être, comme lui, une brute. Tu as toujours été, et tu resteras, ma revanche sur lui. Sa plus formidable honte.

Mais tu ne pouvais pas rester ici. Il n'y avait rien pour toi. Seulement la violence. Tu devais partir. Et j'ai fait en sorte que tu partes. Ne me demande pas comment j'ai fait pour réunir la somme dont tu avais besoin pour partir. Non, tu ne pouvais pas rester. Il aurait fini par te tuer et me tuer par la même occasion.

Quand il a su que tu étais parti, ton oncle a été fou de rage. Il t'a cherché partout, il t'a fait chercher. Jusqu'en ville, il a envoyé ses cousins te chercher, car il était sûr que tu étais là. Heureusement que tu étais parti dès le lendemain de ta fugue… Cette nuit-là, une rage infinie l'a habité. Il a tout reporté sur moi. Il a dit que j'étais complice de ta fugue. Tout mon corps tremble encore quand je repense à cette nuit…

Je me rappelle encore notre adieu. Évidemment, tu ne voulais pas partir, et j'ai dû pleurer pour que tu me comprennes et acceptes de partir. Tu m'as dit que tu mourrais si on se quittait, je t'ai répondu que c'était plutôt moi qui mourrais si tu restais. Je te revois encore, en larmes, t'enfoncer dans la nuit pour rejoindre la ville. Mieux valait que tu partes. Il n'y avait rien pour toi ici.

Mes prières ont été exaucées : tu es maintenant loin de cet enfer, dans ce petit village d'Italie, après toutes ces épreuves. Les rares fois que tu m'appelles en cachette, on parle très peu, l'émotion est trop forte. À chaque fois que je te demande comment tu vas, tu me réponds que tout va bien, que tu attends la commission pour recevoir tes papiers. Tu ne me dis rien de plus précis. Je ne sais rien de ta traversée, rien de ce que tu vis là-bas au quotidien, rien de ce que tu as vécu. J'espère que tu me raconteras un jour. Je suis ta mère. J'ai besoin de connaître ta souffrance et tes angoisses pour pouvoir les prendre sur moi.

Je vois ton visage dans le plafond de la chambre.
Je sais encore à quoi tu ressembles, dans les moindres
détails, après tout ce temps sans te voir. Tu es si
beau, avec tes yeux si tristes…

*La voix de la mère s'éteint doucement, comme
la petite lumière qui l'éclairait. La pièce replonge
quelques instants dans le noir le plus complet. Puis,
peu à peu, elle s'éclaircit de nouveau, légèrement.
La mère n'est plus là. Lucia et Fousseyni réapparaissent.*

Scène 3 : Lucia, Fousseyni

La voix de Lucia, *tandis qu'elle écrit*
C'est donc à cause de ta mère que tu es parti
de chez toi ?

Fousseyni, *après avoir lu*
Non Lucia, non. C'est pour elle que je suis parti.

*Ils se taisent. Lucia tremble. Ses yeux sont mouil-
lés de larmes. Elle regarde fixement Fousseyni. C'est
une supplication déchirante. Elle veut qu'il continue
son récit. Elle veut tout entendre. Fousseyni comprend,
mais ignore s'il pourra aller au bout. Il détourne le*

regard, se lève, va au frigo, l'ouvre, n'y prend rien,
et revient à la table, mais ne s'assoit pas. Il regarde
par la fenêtre. La nuit est déjà là.

Fousseyni, *le regard perdu au dehors*

J'ai marché toute la nuit à travers la brousse,
de mon village à la ville. J'ai toujours eu peur de
cette brousse, car il y avait beaucoup de légendes
qui l'entouraient. Mais j'étais tellement triste que
ce n'était pas la peur qui m'habitait cette nuit-là.
Quitter ma mère avait été terrible. Si je rencontrais
un mauvais génie, je n'aurais pas eu peur. Dans
mon cœur, il y avait seulement de la place pour
la tristesse. Et rien d'autre. J'ai marché des heures
et des heures en entendant les bruits et des souffles autour de moi. Mais j'ai avancé. Peu avant de
sortir de la brousse et de suivre le goudron qui
menait droit à la ville, j'ai rencontré un serpent.
Il était couché en travers du sentier. C'était un
petit serpent, il faisait la taille de mon bras et était
très mince. Je pouvais l'enjamber ou le contourner.
Mais je savais ce que c'était. C'était un génie. Ma
mère m'avait déjà raconté des histoires sur ce petit
serpent qui se couche sur la route. Beaucoup de
gens l'ont rencontré. Elle m'a raconté que ceux qui
avaient essayé de le contourner avaient été aspirés

par la brousse et s'étaient perdus. Ceux qui avaient
essayé de l'enjamber avaient été propulsés dans le
ciel et étaient lourdement retombés, brisés et morts.
Même des voitures, des camions, qui avaient tenté
de rouler sur son corps avaient été renversés. Ma
mère m'avait dit que quand on le croisait, il fallait
s'asseoir, et attendre autant de temps qu'il le fallait. Il ne fallait surtout pas essayer de le dépasser.
Je suis donc resté assis une heure entière, devant le
serpent, aussi immobile que lui. Ensuite, il a commencé à bouger. Il a rampé lentement. Et avant de
disparaître dans les buissons, j'ai entendu une voix,
comme un sifflement, qui m'a dit : « tu prépares un
long voyage. Enjambe par le pied droit ». Puis il a
disparu. Quand je suis arrivé à l'endroit où il était
couché, j'ai vu la trace de son corps. Je l'ai enjam-
bée avec le pied droit et j'ai continué.

Quand je suis arrivé en ville, le soleil venait à
peine de se lever. Je suis allé dans le quartier de
la gare routière, le plus bruyant et le plus animé.
Dès le matin, tout le monde criait : les hommes,
les animaux, les voitures. Ils criaient d'une seule
voix : la voix de la ville. Ça sentait le gasoil, ça sentait l'omelette, ça sentait aussi la pisse humaine et
l'excrément d'animal. Je ne savais pas encore où
j'allais, mais il fallait d'abord que je mange. Ma

mère m'avait préparé beaucoup de provisions pour mon voyage, mais je ne voulais pas encore les toucher. Si j'avais mangé ce que ma mère avait fait, je serais rentré au village immédiatement. Je suis donc entré dans un tangana, une gargote populaire de chez moi. Il y avait une grosse femme assise derrière une grande table. Elle était entourée de clients affamés qui passaient commande ou mangeaient déjà. La petite gargotte était pleine à craquer. Tout le monde parlait en même temps. Il faut que tu imagines l'atmosphère. Je ne sais pas comment la dame qui vendait arrivait à gérer tout ça. Elle restait calme et s'occupait de tout.

Quand une place s'est libérée, je me suis assis et j'ai attendu pour commander. C'est à ce moment-là qu'un homme est entré. Il était petit, avec une grosse tête. Il portait un grand boubou Ses yeux étaient vifs, brillants, malins. Il a jeté un rapide coup d'œil pour voir ce qu'il y avait à manger. Ensuite il s'est éclairci la gorge. Puis il a commencé à parler fort. Tout le monde a été obligé de l'écouter. Il a dit…

À ce moment, un petit homme vêtu d'un bel habit trois-pièces fait une entrée fracassante, d'une théâtralité majestueuse et un peu comique. Il prend la parole.

303

Scène 4 : les mêmes, Adama Kouyaté

Adama Kouyaté, Prince des poètes

Je vous salue, mangeurs du matin, mangeurs de l'aube, affamés de la nuit! Salut à vous, travailleurs acharnés, salut à vous, que vos femmes ont fatigués cette nuit. Mangez! C'est la preuve que la nuit a été belle! Dans le temps, la vigueur d'un homme se mesurait à son désir au lit et à son appétit au matin! Malheureusement, peu de femmes savent encore contenter un homme pour l'un et pour l'autre! Mangez, mes amis! Salut à vous! Ce qui est sûr, c'est que vous avez fait le bon choix en venant ici, chez Dame Téné Tandjigora! Écoutez, que je vous dise sa légende, écoutez, que je vous récite sa gloire! Oui, Téné, maîtresse du goût, maîtresse de nos estomacs, maîtresse de la vie, je vais te dire l'honneur de ton sang! Toi, fille de Bintou Tandjigora, petite-fille de Ramata Tandjigora, arrière-petite fille de Kadi Tandjigora, et ainsi de suite jusqu'à Sanou Tandjigora, qui appartint à la cour de Sogolon Djata, mère du Lion, mère de Kaya-Maghan! Elle fit partie de celles qui aidèrent Sogolon à préparer le couscous avec les feuilles du baobab que son fils déracina d'un seul bras pour venir le planter dans la cour de sa mère. Elle fit partie de celles qui remontèrent le moral des guerriers après une rude bataille en leur donnant les plats les plus délicieux ! Nul hôte n'eut faim en sortant de chez elle ! Jamais elle n'eut à baisser le front de honte parce qu'un invité n'avait pas bien mangé ! Et toi, Téné, tu es son héritière ! Tu es l'héritière des secrets des aliments, tu es la reine des compositions les plus subtiles ! Immense est ton savoir ! Infini est ton talent ! Ô toi, cuisinière de tous les Hommes ! Qui en doute m'écoute encore un peu ! Qui en doute prête l'oreille à l'histoire que je vais raconter, l'histoire du face-à-face entre Téné Tandjigora, que vous voyez ici, et Sidi Diabaté, le plus grand gourmand que notre pays ait jamais vu passer. Qui ? Je dis Sidi Diabaté ! Qui ? Je dis le ventre du Mali ! La panse percée ! L'estomac absolu ! L'ogre du Manding ! La terreur de toutes les cuisinières renommées ! Rappelez-vous Sidi Diabaté et ses exploits ! Il se déplaçait dans tous les pays, et partout les cuisinières se bousculaient pour l'avoir à leur table. Car chacune voulait le défier, chacune voulait remporter l'honneur sacré d'avoir réussi à le faire manger à satiété avec de bons plats. Diabaté, c'était un examen ! Diabaté, c'était un concours ! Toutes les cuisinières qui le croisaient savaient que parvenir à apaiser sa faim terrible, c'était accéder à la gloire éternelle et avoir à jamais le titre de maîtresse d'estomac. Longtemps, deux femmes seules avaient réussi à calmer l'appétit immense de l'estomac absolu, à dompter la voracité de l'ogre du Manding! La première était sa propre mère, Fanta, qui sut le nourrir pleinement de son jeune âge jusqu'à l'âge d'homme. La seconde était une sorcière que Sidi Diabaté croisa dans l'une de ses tournées : une femme dotée de pouvoirs surnaturels, qui multipliait à l'infini les plats. Et encore, même la sorcière eut du mal : elle dut multiplier mille fois avant que Diabaté n'admît qu'il avait bien mangé! Voilà, c'est tout : sa mère et une sorcière! Voilà les deux femmes qui vinrent un jour à bout du ventre du Mali! Et je peux vous dire qu'elles furent nombreuses, parmi les plus célèbres et talentueuses cuisinières, à avoir essayé! Nombreuses! Tenez! Un jour, Sidi Diabaté arriva dans une petite ville dans laquelle je me trouvais par hasard. Et j'ai pu voir de mes yeux ce qu'il était capable de faire! Il a demandé quelle était la meilleure table de la ville. On lui indiqua celle de Ramatou Koné, fabuleuse cuisinière s'il en fut. Diabaté s'installa. Ramatou se mit au travail. On assista au combat. Et je vous jure sur ma mémoire et ma langue, qui sont les choses les plus précieuses que je possède, que j'ai vu ce jour-là le

ventre du Mali engloutir sans pause ni effort onze
poulets de chair entiers en broyant les os, sept kilos
de riz généreusement arrosé de sauce mafé, trois
kilos d'une lourde purée d'ignames, soixante œufs
durs, soixante autres cuisinés en omelette, dix-sept
miches de pain complet, treize paires de couilles
de moutons grillées, trois grandes calebasses de
bouillie de mil nappée de lait caillé, sans oublier
les salades, les tomates, les oignons, les pommes
de terre rôties, cuites, frites, les choux, les patates
douces, les innombrables bolées de beignets de mil,
les haricots, les farces, les alokos, les quartiers de
viande, les cuissots de phacochère, les cuisseaux
de veau, les rouleaux de tripes de brebis, tout ça
accompagné de moelles substantifiques, de soupes
de jarrets, de ngurbaan lourds, et le laax, et le saame,
et le nanji, et le tô, et, ô, que dire du céré bassé,
du laaxu caaxan, du cebu goor-jigéen, du ndambé,
du saka-saka, du foufou, des cervelets, du ndolè,
sans oublier les poissons frais, les poissons frits,
les poissons secs, le manioc, le sorgho, le gombo,
les pâtes, les pastèques, les melons, les mangues
dont il rongeait scrupuleusement les noyaux à blanc,
et je vous épargne le reste ! Vous doutez ? Walay ne
doutez pas ! Sidi Diabaté n'était pas comme nous.
Ce jour-là, il a mangé tout ce que Ramatou Koné

avait pu lui proposer ! Tout. Lorsqu'il partit en disant qu'il avait encore légèrement faim, Ramatou s'est effondrée en larmes et, le lendemain, désespérée et humiliée par cet échec, elle a fermé boutique. Diabaté a continué ainsi ses ravages dans tout le pays, comme l'armée de Soundjata a conquis et unifié l'empire du Manding. Et un jour, il est arrivé ici, chez Téné ! J'y étais aussi. Téné était encore jeune, mais avait déjà une grande réputation. C'est chez elle que Diabaté le ventre percé vint lorsqu'il arriva ici. La lutte commença à l'aube. J'étais là. Et malgré tout mon talent, je serais incapable de vous dire tout ce que le gourmand absolu mangea. Ce serait même souhaitable que je ne le dise pas. Ça pourrait sembler indécent ou mensonger. Mais j'y repense et je tremble ! Comment un homme, fût-il l'estomac absolu, a-t-il pu manger tant de nourriture ? Je l'ignore, et je préfère l'ignorer, car certains mystères humains doivent le demeurer. En tout cas j'y étais. Téné a alors livré sa prestation la plus légendaire. Ce qu'elle a fait ce jour-là était historique. Elle a tenu tête. L'affrontement a duré un jour et une nuit. À l'aube du jour suivant, j'étais toujours là. Et toute la nuit, Diabaté avait mangé. Toute la nuit, Téné avait cuisiné. Ce n'est que le lendemain, à l'approche de midi, alors que Téné tombait de fatigue et allait abandonner, que Diabaté, après une millième boulette de viande engloutie, rota. Et ce rot! Ce rot de Sidi Diabaté! Un rot monumental, un rot terrible, dont les effluves sont encore là, portant l'odeur de tout ce qu'il venait de manger! Ô éructation grandiose et sublime! Ô gaz glorieux! Le rot de l'estomac du monde! Il était repu, il avait roté d'un rot titanesque, monumental, colossal, cosmique! Et Téné, émue et épuisée, s'est évanouie! Elle venait de devenir, après la mère et une sorcière, la troisième et dernière femme à pouvoir se glorifier devant l'éternité d'avoir satisfait l'appétit légendaire de Diabaté l'Estomac, Diabaté le Ventre, Diabaté la Panse, Diabaté l'Appétit! Après ça, après cet ultime festin, après ce dernier rot qui consacrait une cuisinière, Diabaté, heureux, s'est levé et a pris sa retraite. Aujourd'hui, il vit au bord du fleuve, chez lui, où il raconte ses exploits et rend hommage aux trois femmes qui l'ont rassasié. Il ne mange plus beaucoup. Il dit qu'il a mangé pour toute sa vie. Sachez donc, chers mangeurs du matin, que vous avez l'honneur suprême d'être servis par celle qui vint à bout de Diabaté! Prêtez allégeance! Rendez grâce!

L'homme sort, un peu essoufflé, sous les vivats.

Scène 5 : Lucia, Fousseyni

Fousseyni

Après avoir parlé comme ça, cet homme est venu s'asseoir à côté de moi sous les applaudissements. Téné Tandjigora l'a servi. Il me salue et me demande mon nom. Nous avons discuté un peu. Lui aussi voulait voyager. Il m'a dit qu'il connaissait la route, et qu'on irait ensemble. Je lui ai fait confiance tout de suite. C'est comme ça que j'ai connu Adama Kouyaté, Kouyaté le prince des poètes. Après avoir mangé on prend la route. Kouyaté avait voyagé dans de nombreux pays africains. Je lui demande pourquoi il veut partir définitivement. Il m'a répondu que c'est parce qu'il ne servait plus à rien dans une société qui ne prend plus soin de sa mémoire. Il m'a dit que les griots ne servent plus à rien. On les garde pour faire croire qu'on n'a pas oublié le passé, les mythes, les légendes, les morts, mais au fond, on ne les considère plus. Il m'a dit qu'il était triste : il se sentait inutile dans la société. Et pendant qu'il me disait ça, j'ai pensé que Kouyaté était comme moi : il était parti parce que son présent était une humiliation et que son avenir n'existait pas.

C'était la deuxième fois que Kouyaté essayait de rejoindre l'Europe. La première fois, il était arrivé en Italie. On l'avait accueilli dans un petit village près de Palerme. Il était resté là-bas plus d'un an, mais à la fin il n'avait pas obtenu les papiers. On l'avait renvoyé au Mali. Il avait décidé de repartir. Mais comme on avait déjà pris ses empreintes et qu'on les avait mises dans le grand fichier européen où il y a les empreintes de tous les *ragazzi* accueillis par des associations, Kouyaté avait brûlé le bout de ses dix doigts avant de partir. La peau de ses doigts était noire, avec des plis et des lambeaux. C'était mal cicatrisé. Kouyaté voulait changer de peau comme un serpent. Avoir une autre identité. Il voulait devenir un autre homme et avoir une autre vie. Tous les *ragazzi* veulent être quelqu'un d'autre.

Kouyaté connaissait la route. Il fallait passer par le Burkina Faso, puis arriver au Niger. Là, on devait rester dans la capitale, Niamey. Ensuite, on devait aller à Agadez, une autre ville. C'est de là qu'il fallait partir pour la Libye, en traversant le désert. C'était ça la route. J'ai fait confiance à Adama. Il m'a protégé. Il m'a conseillé. Il m'a raconté des histoires. Il me consolait quand j'étais triste. Il est devenu mon ami. Il était très débrouillard aux frontières. Il savait parler, marchander, corrompre les gens. C'est comme ça que nous sommes arrivés jusqu'à

Niamey. On a attendu quelques jours là-bas avant que le passeur vienne nous chercher.

En l'attendant, nous étions rassemblés dans un quartier pas très propre, pas très sûr. Ça puait, c'était pauvre, sale. Des tas d'ordures entouraient d'autres déchets, les déchets humains : nous. Nous étions cinquante comme ça, tous jeunes ou presque. Des Maliens, des Guinéens, des Sénégalais, des Nigérians, des Libériens, des Nigériens, des Camerounais, des Ivoiriens aussi.

Au début, on ne se parlait pas trop. Ce n'était pas de la timidité ou de la méfiance. C'était la peur de ne pas se comprendre. La peur de ne pas parler la même langue. Pourtant, après quelques heures, on savait qu'on parlait la même langue : la langue de la honte. Alors on a commencé à parler, à construire notre fraternité comme une case autour de la honte. Quand un Libérien ou un Nigérian parlait en anglais, tous les autres comprenaient. Pourquoi ? Parce que ce Nigérian ou ce Libérien était avant tout un homme honteux qui s'adressait à d'autres hommes honteux. Ce n'est pas la honte de partir, c'est la honte de ne pas avoir pu rester, de ne pas avoir pu trouver sa place dans son pays. On ne part pas pour les mêmes raisons, mais chacun de nous a une raison qui est liée à ça, à la honte que la société lui a fait subir. Mais nous avons quand même parlé. Et plus nous parlions, plus la honte disparaissait. Comme si nos hontes se réconfortaient et se consolaient les unes les autres. Alors petit à petit la honte a laissé la place au Rêve. Parce que ça aussi, ça nous liait, le Rêve.

Oui, on a parlé du Rêve. Partir, fuir la honte, réaliser notre Rêve, puis revenir pour tuer la honte. Pouvoir enfin la regarder dans les yeux. Regarder la honte et la société dans les yeux. Leur rendre leur insulte, leur rendre leur crachat. Ne plus jamais avoir honte, mais être celui qui est arrivé à faire de son Rêve une réalité. Oh, oui, nous avons parlé beaucoup et longtemps de ça. Nous étions des ordures et nous rêvions au milieu des ordures, au milieu de la grande ordure où patauge le monde. Mais en faisant cela, on était des hommes comme les autres, parce que tous les hommes de la terre font ça : rêver alors qu'autour d'eux il y a des ordures, des mouches, de la saleté et des morts. Tous les autres font ça. On avait le droit aussi, nous. Il faut rêver pour avancer, sinon on pourrit. C'est Adama qui m'a dit ça. Pendant des nuits entières, nous avons chacun parlé de notre Rêve.

Parfois, quelqu'un rappelait qu'on devait d'abord traverser le désert et la mer pour arriver au Rêve. Quand ça arrivait, on revenait brusquement dans la réalité, dans les ordures. Certains racontaient des histoires : un frère mort en mer, un père perdu dans le désert, un cousin devenu fou après la traversée. Tout le monde avait une histoire à ce propos. Mais ça ne durait jamais. Notre Rêve était trop fort. Notre désir de partir était tellement fort qu'on n'avait pas peur. On ne pouvait pas se permettre d'avoir peur. On devait penser à l'Europe et pas à la mort, même si le chemin vers l'une passait par l'autre, même si le chemin de l'une était l'autre. Quelqu'un faisait une blague pour détendre l'atmosphère et on riait, on oubliait la mort.

Un jour, des policiers nous ont trouvés. Ils sont arrivés et ont commencé à crier pour nous faire peur. Leur chef a dit qu'il allait nous renvoyer dans nos pays. Il a aussi dit que nous devions avoir honte d'abandonner l'Afrique. Qu'on était lâches, et qu'on fuyait le continent au lieu de le bâtir. Il a dit qu'il y avait la pauvreté, la corruption, l'absence d'emploi, mais que si tous les enfants du continent partaient, plus personne ne resterait pour le développer. Il nous a parlés comme si nous étions des enfants coupables d'une faute. Il nous ramenait à notre honte. On a appelé notre passeur. Il est venu et a discuté avec le policier à l'écart quelques minutes. J'ai vu notre passeur glisser des billets dans la main du policier. Après ça, le policier est parti sans rien nous dire avec ses hommes. Des hommes vraiment intègres, ces policiers, prêts à développer l'Afrique, à lutter contre la corruption.

C'est à ce moment-là que j'ai compris que personne ne pouvait plus nous juger. Partir comme nous, c'était être des hommes qu'on ne pouvait pas juger, car nous avions déjà été jugés par le plus sévère tribunal du monde : nous-mêmes. Faire le choix de partir, c'était accepter qu'on ne valait plus rien chez soi. Qu'on ne valait plus rien tout court.

Notre passeur a dit qu'il reviendrait le lendemain avec les voitures pour partir vers Agadez. Cette nuit-là, Kouyaté m'a pris à part pour me dire que les voitures étaient des pick-up et qu'on devait se serrer à l'arrière, dans la caisse. Il m'a dit que les meilleures places étaient celles du fond de la caisse, contre la cabine. Sur les côtés, on risquait de tomber. Et tomber, c'était mourir, car la voiture ne s'arrêtait pas quand quelqu'un tombait dans le désert. Il m'a dit qu'il fallait tout faire pour avoir une bonne place. Mais quand les trois pick-up sont arrivés, il y a eu une telle bagarre que Kouyaté m'a finalement demandé d'attendre. Les autres avaient oublié la camaraderie : tout le monde se battait pour une place qui permettait de survivre. Chacun pour soi. Forcément, Kouyaté et moi, on a eu des places sur les côtés, au bord du vide, les jambes pendantes. Kouyaté a tenté de me rassurer en me disant que c'était mieux d'avoir la mort à l'œil durant tout le voyage au bord du vide que de la perdre de vue, croire qu'on est en sécurité, et ne pas la voir nous prendre par surprise. Ça ne m'a pas trop convaincu, mais bon... Nous sommes montés. Le passeur a donné à tous ceux qui étaient sur les bords un gros bâton. Il fallait le coincer entre ses jambes et le caler contre les parois du véhicule pour avoir une meilleure prise et ne pas tomber quand il y aurait des secousses. Je me suis cramponné à mon bout de bâton. C'était lui ma vie à partir de ce moment. J'ai serré mes cuisses et mes mains autour de lui. Chacun de nous a aussi reçu un turban. Il fallait le faire passer tout autour de la tête, pour se protéger de la poussière et des tempêtes de sable dans le désert. Et c'est comme ça que nous sommes partis. On a fait une brève escale à Agadez pour remplir nos réserves d'eau et prendre de la nourriture. J'avais peur. Kouyaté l'a vu et m'a récité devant tout le monde un poème à la gloire de mes ancêtres

Tarawélé. Des guerriers. Je ne sais pas si ça m'a vraiment rassuré, mais ça m'a permis de m'intéresser à autre chose qu'à ma seule peur.

Puis nous sommes entrés dans le désert, vers la Libye, vers le grand Rêve…

Fousseyni parle longtemps, sans reprendre son souffle. Il fond en larmes après cet effort. Lucia se lève, et vient le prendre dans ses bras. Elle l'étreint avec une grande tendresse.

La voix de Lucia

Cela fait plusieurs minutes qu'il pleure silencieusement. Je n'ose pas l'interrompre. Je crois qu'il n'a jamais pris le temps de pleurer malgré tout ce qui lui est arrivé. Il n'a jamais eu l'occasion de pleurer son ami Adama Kouyaté, dont il vient de me raconter la disparition pendant le voyage. Alors qu'Adama était en train de lui conter le mythe de la création du désert, un groupe de touaregs armés, des vendeurs d'esclaves, les ont pris en chasse. Le pick-up a été obligé d'accélérer, de faire de spectaculaires embardées pour échapper aux cruels chasseurs d'hommes et de morts. Il y a eu de fortes et brusques secousses. Adama Kouyaté est passé par-dessus bord, mais a tenté de se raccrocher à l'arrière du pick-up. Ses pieds pendaient hors du véhicule, et il tentait désespérément de ne pas tomber tandis que la fuite obligeait le chauffeur à rouler à fond. Adama, les coudes sur le rebord du coffre, le bas du corps expulsé du véhicule, a supplié Fousseyni de l'aider. Mais Fousseyni était si tétanisé, il avait si peur de lâcher son bâton qu'il n'a d'abord pas esquissé un mouvement pour venir au secours de son ami. Dans la confusion, les autres hurlaient au chauffeur d'accélérer encore, l'imploraient pour qu'il les sauve des vendeurs d'esclaves… La voiture menaçait d'éclater sous la pression de l'inhabituelle vitesse à laquelle on la soumettait. Adama poussait des hurlements démentiels, il ne tenait plus. Ses forces l'abandonnaient. Déjà ses jambes pendantes frottaient violemment contre le sol chaud et sablonneux. Il appelait Fousseyni, il lui demandait de lui tendre la main, mais ce dernier m'a dit qu'il n'arrivait pas à lâcher son bâton, paralysé. À un moment, pourtant, les cris désespérés de son ami ravivèrent son courage. Il tendit une main pour saisir celle d'Adama. Il y parvint. Mais au moment où il voulut tenter de le hisser pour le ramener dans le véhicule, il y eut un cahot plus violent que les autres, qui les sépara. Adama tomba. A-t-il survécu à sa chute ? A-t-il été capturé par les vendeurs d'esclaves ?

Qu'importe. Dans l'un ou l'autre cas, il était perdu. Tel est le récit de sa mort. Fousseyni pleure. Il pleure parce qu'il a perdu son ami. Mais il pleure surtout parce qu'il se sent coupable. Il s'en veut d'avoir eu si peur, d'avoir cédé à la lâcheté. Il s'en veut de ne pas avoir pu aider l'ami qui l'appelait. Il se dit que s'il avait immédiatement tendu la main à Adama au lieu de se cramponner au bâton, il aurait peut-être eu une chance de le sauver. Ils se seraient peut-être sortis ensemble du désert.

Je sais maintenant pourquoi ses yeux sont si tristes. Il pleure sans bruit, en essayant de garder sa dignité. Son récit est fini. C'est un héros : non pas un surhomme, mais quelqu'un qui a été forcé de supporter ce qu'il y avait de plus noir en lui-même. Et qui a été brisé par ça. Brisé, mais pas tué. Tu as le droit de pleurer. Tu as le droit de penser à ta mère. Tu as le droit, enfin, de pleurer ton ami Adama Kouyaté. Je ne voudrais pas te consoler en te disant que tu n'as rien à voir avec sa mort. Toi seul sais. Tu dois faire face à ce souvenir. Mais tu n'es pas seul. Tu n'es pas obligé de porter ça seul. J'aimerais retrouver ma voix pour te le dire.

Les deux s'étreignent toujours. La lumière baisse lentement, jusqu'à l'obscurité. Rideau.

33

La messe de Noël se déroulait depuis deux heures, interminable comme toute messe de Noël honnête. La tempête qui s'apprêtait au dehors n'avait pas empêché les fidèles de venir communier.

Le Padre Bonianno avait dirigé l'office avec une précision et une rigueur militaires. Aux effusions un peu désordonnées des fidèles en transe, il avait opposé sa fermeté rigoriste ; dans le rugissement fervent des voix, la sienne se détachait, dépouillée et dénuée d'effets. Il n'avait pas cédé à la tentation de l'excessive théâtralité de la foi. Il vint à la chaire. Un chant de louanges à la Vierge s'achevait. Lorsqu'enfin les fidèles se turent, et que dehors la tempête elle-même baissa la voix, le curé resta longtemps sans rien dire, immobile à la tribune, en face du monde qui attendait son sermon ; puis, au moment où l'on allait douter qu'il fût encore

le terme du migrant

vivant, sa parole hiératique s'éleva dans le silence de l'église comme celle de Saint Jean-Baptiste dans celui du désert :

« Je parlerai encore de ceux que nous appelons migrants, faute d'un meilleur mot, car je crois que même si leur voyage n'est pas fini, même s'ils migrent toujours, ils sont pour l'instant ici, parmi nous. Je les appelle migrants, mais j'aurais bien pu dire immigrés, immigrants, déplacés, exilés, réfugiés… Comme nous tous, j'ai du mal à les nommer, et je crois d'ailleurs que c'est l'une des raisons pour lesquelles il y a à leur propos tant de polémiques. Avoir du mal à nommer précisément un homme est le début du malheur… Enfin, passons. J'ai désespéré de leur situation il y a peu. L'idée qu'ils doivent affronter ici la tragédie de l'ennui et la peur de ne pas avoir leurs papiers après leur traversée au bord de la mort m'était insupportable. Je ne voyais plus d'avenir pour eux ici, sur cette terre qui n'a rien à leur offrir. J'ai désespéré. Mais je m'en repens. Mon erreur était que je cherchais un coupable. Ne vous demandez pas qui est coupable. Tout le monde l'est dans cette affaire. D'abord, leurs pays d'origine. Ensuite, nos pays. Eux. Nous. L'histoire. Le système. Les passeurs. La géopolitique. Le capitalisme mondial. La colonisation. Tout cela a sa part de vérité et sa part de culpabilité. Mais il reste qu'à la fin, quel que soit le coupable, ça se termine ainsi : ils sont là, devant nous. C'est ce qu'on doit faire maintenant qui compte. Qu'on ne pense pas qu'un jour ils auront peur de mourir pour mieux vivre. Aucune mer n'est assez large et assez profonde pour recueillir la détermination et la pulsion de survie de ces hommes. Quoi que nous fassions, ils continueront de venir. Qu'on bâtisse des murs, ils les escaladeront ou les abattront. Qu'on érige des barbelés électrifiés et ils creuseront des tunnels par-dessous ou viendront s'y écraser et griller comme des mouches sur une ampoule, jusqu'à ce que l'ampoule elle-même grille, et qu'ils passent. Qu'on les expulse et ils reviendront. Qu'on les tue et ils ressusciteront ou leurs enfants viendront. Alors, oui, les accueillir est peut-être un enfer collectif, où personne ne comprend personne. Mais ne pas les accueillir est un enfer solitaire, où on ne se parle pas, où l'on n'a donc aucune chance de se comprendre. Entre ces deux enfers, je préfère celui où nous sommes tous ensemble en se parlant, même sans se comprendre. Car c'est l'enfer qui offre le plus d'espoir. L'espoir qu'un jour, une nouvelle langue commune naisse. Tout le monde a sa place au paradis. Tout le monde a sa place en enfer. C'est la seule chose

que le paradis et l'enfer ont peut-être en commun :
l'on n'y est jamais seul. L'on n'y est jamais entre
soi. Partout, il y a des gens avec soi, qu'on n'a pas
choisis, et avec lesquels il faut bien composer. Ça
s'appelle vivre. »

Le curé se tut. On attendait qu'il reprenne la
parole. Le silence perdura. Et c'est au moment où,
surpris, les fidèles se rendaient compte que le sermon venait de prendre fin, que le Padre Bonianno
s'effondra au pied de la chaire. Au fond de l'église,
ceux qui n'avaient pas vu le curé tomber se levèrent
et entonnèrent gravement un psaume. Au premier
rang, Giuseppe Fantini, présent seulement pour
étonner son vieil ami qui était sûr de ne pas le voir
à la messe, fut le premier à se précipiter vers le corps.
Il s'agenouilla et prit la tête dans ses bras. Le vieux
curé était encore conscient, mais sa voix s'élevait
déjà d'outre-tombe. Autour d'eux, un attroupement se formait. Les chants s'interrompirent. L'on
fit silence devant la gravité de l'instant. La tempête se fit de nouveau entendre, mais elle ne hurlait plus ; son souffle, faible, paraissait s'accorder
à celui du curé à l'agonie.

Dans la chute, il avait perdu ses lunettes.
Les yeux, grand ouverts, semblaient avoir retrouvé
une dernière lumière. Ses nombreuses et profondes

rides ne tissaient plus cette complexe et labyrinthique toile d'araignée sur son visage ; elles trouvaient là comme une harmonie secrète. Les minces lèvres s'ouvraient avec peine tandis qu'il murmurait sous le visage de Fantini. Et quoique le poète seul entendît clairement ce qu'il disait, toute l'église écoutait ce souffle qui s'en allait, de plus en plus bas, de plus en plus inaudible. Tout le monde écoutait la mort embrasser sa voix.

« Giuseppe… c'est toi, Giuseppe… ? Comment m'as-tu trouvé… En petite forme, n'est-ce pas… Oui… j'ai fait mieux… Mieux… Enfin, j'ai fait ce que j'ai pu. Au moins la scène de ma sortie était grandiose. La messe de Noël… Quand même… Il y aura ce panache-là… Ce que j'ai dit, pour les ragazzi… Pas suffisant… C'est toi qui avais raison… Mais ce n'est plus mon affaire… Promets-moi que tu les aideras… Promets… Oui, c'est ça… Maintenant, bon débarras… Retrouver F… mon village, retrouver le ngel… Et surtout, la retrouver… Gnilaan Juuf… Jamais pu l'oublier… Mais tu pleures, tu pleures… Un poète ne doit pas… C'est donc ça… Dieu… Dieu… Ce sera mon dernier mot… quelle originalité… Dieu… »

Il leva sa main ouverte, comme s'il cherchait à attraper un objet invisible ou à bénir un fidèle imaginaire. La manche de sa soutane glissa vers son épaule, dévoilant un bras maigre. Il dit encore quelques mots insensés. Son bras demeura ainsi dressé quelques secondes ; il se balança, hésita entre chuter et rester droit, comme entre la vie et la mort, puis finit par doucement retomber sur sa poitrine. Sœur Maria, en larmes, se signa la première, imitée par tous ceux qui étaient présents. Fantini seul n'avait pas bougé. Son ami était toujours entre ses bras, le regard fixe. Il semblait au poète que rien, sur ce visage souriant et malicieux, n'avait changé. Pour la première fois depuis plus d'un demi-siècle, Giuseppe dit en silence un *De Profundis*. Puis il ferma pour de bon les yeux d'Amedeo, tandis que les siens s'emplissaient de larmes.

***

Conformément à ses ultimes volontés, que révéla un testament rempli de fantaisie, Amedeo Bonianno fut enterré quelques jours plus tard en Suisse, entre son père Giorgio Borghese Bonianno et sa mère Sylvie Morand. Fantini et quelques autres membres de l'association s'occupèrent de toutes les formalités et accompagnèrent sa dépouille. Le poète lut la plus belle oraison funèbre que l'on n'eût jamais prononcée depuis celle que Victor

Hugo dit à l'enterrement de Balzac. Le défunt curé légua une moitié de sa fortune à l'association, pour aider les ragazzi. Quant à l'autre moitié, il demanda qu'on en fît don au village de F..., qu'il n'avait jamais oublié. Il précisa qu'il fallait offrir sa Bible, annotée, à Salomon, le Nigérian qu'il avait rencontré quelques jours auparavant. Sa grande bibliothèque fut partagée entre quelques membres de l'association Santa Marta. Il avait un chapelet très ancien, aux magnifiques perles de nacre, que lui avait offert le Pape Jean-Paul II ; il le légua à sœur Maria. Enfin, à son ami Fantini, Amedeo Bonianno donna, sans qu'on sût ce qu'elle contenait, une enveloppe où il avait fait mettre, par un notaire, « la chose la plus précieuse » qu'il avait au monde. « Au cas où », avait-il laconiquement rajouté dans son testament, à l'intention du poète.

On veilla aussi à ce que ses consignes quant au déroulement de sa cérémonie mortuaire fussent respectées : « Je ne me priverai pas du plaisir d'entendre Giuseppe Fantini dire du bien de moi, et magnifiquement. Alors laissez le poète parler longtemps. Pour le reste, faites court. Les prières, court. Les sermons, court. Les chants, court. Les pleurs aussi, si possible. Pas trop de fleurs ; j'étais allergique à presque tout. Mettez de la musique, ça me détendra avant d'aller rencontrer le Bon Dieu ou le Démon. L'*Ave Maria* de Schubert, interprétée par Maria Callas. Là, vous pourrez pleurer en abondance. Pas pour moi, mais pour la musique. Ciao. »

Sur sa tombe, il demanda qu'on gravât l'épitaphe suivante : « *Moins homme d'église qu'homme* ».

34

23 h 38. Entre le foie gras et le caviar, Francesco Montero prit quelques minutes pour réfléchir intensément au dilemme moral qui le hantait depuis plusieurs jours. C'était à minuit que le délai de Maurizio Mangialepre prenait fin. Accepter sa proposition, voter pour quelqu'un qui refuserait d'accorder les papiers à de nombreux réfugiés, renier tout ce qu'il avait fait en vingt ans pour eux, mais être sénateur ? Ou refuser, continuer à œuvrer pour l'accueil, courir le risque d'être à jamais maire de cette petite ville, et ne jamais réaliser ses ambitions ? Il avait réfléchi. La morale ou le pouvoir ? L'honneur ou la gloire ? L'idéal ou l'ambition ? Il n'avait pu se décider, trop faible, trop indécis. Il lui restait vingt minutes pour le faire.

23 h 44. Il avait obligé ses deux enfants à aller se coucher, mais il savait bien qu'ils ne dormaient pas, qu'ils attendaient le feu d'artifice. À côté de lui, Vera, Vincenzo et Isabella parlaient encore de *Vanitas Vanitatum*. Vera expliquait qu'un collectionneur très fortuné de Milan avait proposé d'acheter *Hors-châssis, hors-champ, hors l'art* au prix qu'ils voudraient. « Il nous a tendu un chèque blanc et nous a dit de mettre le montant que nous souhaitions », disait-elle. « Ce que nous avons évidemment refusé, rajouta Vincenzo. Cette vieille technique est un piège : sur un chèque, il n'y a pas assez de place pour tous les chiffres que vaut un chef-d'œuvre ! » Ils éclatèrent de rire. Lui-même, pour ne pas paraître absent, rit bêtement. Mais il n'avait toujours pas choisi. Isabella servit la dinde fourrée. Vincenzo ouvrit une autre bouteille.

23 h 49. Il pensait à son père, Orlando Montero. Un brave paysan qui avait toujours choisi de rester digne et intègre dans une relative misère. Qu'aurait fait son père à sa place ? Il aurait à coup sûr choisi de décliner et de rester humble. Qu'aurait dit sa mère ? Elle lui aurait dit qu'elle lui pardonnerait et l'aimerait quoi qu'il fît. La dinde était un peu sèche, mais avec le vin, elle passait.

23 h 54. Il s'excuse, sort de table, va aux toilettes. Le brushing de sa femme est légèrement imparfait pour la première fois depuis dix ans au moins.

Il voit au fond de son œil de brillantes et cochonnes lueurs. Vera et Vincenzo mangent la dinde avec appétit. Ils commencent à être complètement ivres.

23 h 56. Il appelle Maurizio Mangialepre mais son « correspondant est momentanément indisponible ». Il jure.

23 h 57. Fancesco rappelle. Maurizio décroche.

— Je commençais à douter de votre bon sens et de votre ambition, Francesco. Vous savez vous faire attendre. Acceptez-vous ?

— Oui, répond-il. J'accepte. Mais il y a encore un problème. Elena Rossi. C'est elle qui se présente face à Sandro Calvino. Elle est très appréciée et plus compétente que Sandro pour ce poste. Elle a fait carrière à l'ONU, mais aussi dans les grandes instances européennes. Elle a dirigé de grandes organisations humanitaires. Pour être présidente d'une commission qui s'occupe de la régularisation des immigrés, elle est la personne désignée. Même si je donne ma voix à Sandro, il n'est pas sûr qu'il soit élu.

— Ne vous en faites pas pour Elena Rossi, Francesco. Contentez-vous de voter pour Calvino. Je dois vous laisser…

— Attendez… Vous n'avez pas oublié votre promesse ?

— Je ne l'ai pas oubliée. Et comme je vous l'ai déjà dit, je les tiens toujours. Bon réveillon et bonne année, Monsieur le Maire. Pardon, Monsieur le futur Honorable Sénateur.

Il raccrocha. Francesco Montero revint au salon au moment précis où les feux d'artifice retentissaient dans Altino. Il embrassa ses amis. Il était beaucoup plus léger maintenant. Il vida son verre et reprit encore un peu de dinde. L'année commençait très bien.

35

Il fallut quelques jours aux habitants d'Altino en général, aux membres de l'association en particulier, pour ressentir pleinement la douleur d'avoir perdu Amedeo Bonianno.

Carla le regrettait énormément. À chaque fois qu'elle lui avait parlé, il lui avait semblé – et elle repensait à ce beau passage qu'elle avait lu dans une œuvre de Proust – que le Padre Bonianno aussi appartenait « à cette famille magnifique et lamentable qui est le sel de la terre » : les Nerveux. Elle avait l'impression, avec la mort du curé, d'avoir perdu l'une des rares personnes qui pouvaient l'aider à comprendre leur situation grâce à l'intensité qu'il mettait à la vivre. Elle était allée le voir le lendemain de l'altercation avec Salomon lors du *giro case*. Elle lui avait expliqué la situation, puis demandé : « Que faut-il faire, si tous nos efforts pour les rendre heureux n'attirent chez eux que frustration et colère ? » Le Padre Bonianno avait gardé le silence quelques secondes, puis lui avait répondu qu'il ne fallait peut-être pas essayer de les rendre heureux selon sa propre idée du bonheur, parce que c'était là une erreur responsable de bien des malheurs humains. Il avait rajouté qu'il ne savait pas précisément ce qu'il fallait faire, mais veillait en tout cas à ce que l'indifférence ne l'emporte pas. « Il faut faire face, ma petite Carla. Non pas résister, car nous ne sommes pas dans une lutte, sinon contre notre propre Démon intérieur, mais littéralement faire face, je veux dire : faire visage. Devant ces visages en détresse, veiller à avoir un vrai visage humain, une vraie face, car c'est dans le visage que se trouve ce qu'il y a de plus haut et de plus noble. La plus grande des humiliations, pour n'importe quel homme, c'est de n'avoir aucun visage en face de lui, ou de ne rien voir sur le visage qu'il regarde. Alors fais face. »

Les autres membres de l'Association Santa Marta souffraient aussi beaucoup de la perte du curé. Chacun d'eux, il était vrai, avait bâti avec lui une relation singulière, et gardé de lui un souvenir précis. Sabrina, sœur Maria, Pietro, Gianni…

Chacun repensait à une leçon que le curé lui avait un jour donnée dans son style inimitable. Pietro, par exemple, gardait à l'esprit chaque mot des longues et passionnantes discussions qu'ils avaient eues à propos de psychologie – le curé soutenait que cette dernière était au cœur de la religion, et que l'acte de la confession, pour un fidèle, n'était pas si différent que cela d'un tour chez un psychologue ou un psychanalyste. À la seule différence, rajoutait-il, que lui, curé, était plus efficace pour soulager l'âme humaine tout en étant moins bien payé.

Lucia avait pour le curé la tendresse d'une petite-fille pour son grand-père. Il lui avait souvent dit qu'ils étaient jumeaux par le handicap : lui l'aveugle et elle la muette. Mais il lui rappelait toujours que, de la même manière qu'être aveugle ne le privait pas d'avoir un regard, voire une vision, être muette ne devait pas l'empêcher d'avoir une voix, voire une parole.

Jogoy revoyait quant à lui toutes ces heures passées en sa compagnie, à traduire les propos des ragazzi. Et il se rappelait ces moments où ils parlaient sérère, et prenait conscience que le vieux curé avait été le dernier lien concret qu'il avait gardé avec ses origines.

Une sorte de souvenir collectif se formait ainsi, nourri par chaque individu qui conservait du défunt une réminiscence précise. Amedeo Bonianno subissait cette loi humaine qui veut que la mort d'une personne soit en même temps la subite concentration de sa vie dans la mémoire de chaque individu qui l'a connue, comme si les milliers d'actes, de décisions, de paroles, d'engagements, d'amours, de gestes, de regrets, d'erreurs, de coups d'éclat et d'ombre de toute l'existence du défunt étaient condamnés à être réduits à quelques faits. Comme si ce dernier n'avait en somme vécu qu'à travers une dizaine de moments qui demeureraient dans le souvenir de ceux qui l'avaient connu. Comme si, enfin, vivre et mourir étaient les deux mouvements d'un grand accordéon : vivre étant celui où l'individu écarte, déplie, étend l'instrument à s'en arracher les épaules, et mourir, celui où les autres le resserrent, produisant alors un son parfois grinçant ou plus souvent harmonieux, mais qui correspond rarement à ce qu'aura vraiment été une vie d'homme, avec son poli et ses aspérités, ses sommets et ses plaines, son incandescence et son ennui, ses hauteurs et ses abîmes.

Giuseppe Fantini s'enferma dans sa maison. Il fit son deuil dans le silence et la solitude. Peut-être même écrivit-il, quelque nuit, un poème *in memoriam*. Il venait de perdre son meilleur ami parmi les hommes.

Les ragazzi, enfin, lorsqu'ils apprirent sa mort, repensèrent à ses conseils. Le Padre Bonianno n'avait pas eu l'occasion de terminer le travail qu'il avait commencé avec eux sur leurs récits, mais ils avaient tous pu le voir une fois au moins, et il avait eu le temps de leur faire quelques remarques. Les seules qu'on leur ferait avant les vraies commissions, lesquelles, leur disait-on, allaient « très bientôt » commencer. Le jour où Jogoy lui remit la vieille Bible annotée du défunt curé, Salomon y resta plongé de longues heures ; et ses petits yeux flamboyaient alors qu'il parcourait le texte sacré et les commentaires que son ancien lecteur en avait faits.

36

La tristesse dans laquelle la disparition du curé plongea l'association, ainsi que la suspension prolongée des entraînements de football, accentuèrent chez les ragazzi ce tragique sentiment d'ennui dont ils avaient déjà commencé à souffrir. Ils attendaient.

On les voyait, en groupe, assis sur quelque banc, buvant l'air et bayant aux corneilles. Ils parlaient des mêmes choses chaque jour : de la famille, de l'argent qu'ils voulaient envoyer mais qu'ils n'arrivaient point même à gagner, des velléités de départ, de la colère contre l'association inactive, etc. Ainsi, tout le long des jours, ils faisaient le monde, le défaisaient, le refaisaient, le décousaient, puis le retissaient encore, à l'identique, modernes et masculins Pénélope, occupés à un ouvrage-monde sans fin et plongés dans une attente dont l'horizon reculait. Tout cela entre deux tasses de thé et quelques bouffées d'un mégot collectif qui passait de main en main et d'une bouche à l'autre. Même les femmes siciliennes semblaient les avoir abandonnés : peu d'entre elles s'approchaient désormais de leurs conciles d'oisifs ; et la réaction toute mâle de faire quelque commentaire grivois au passage d'une jolie femme en riant grassement, ce plaisir-là même, leur était ôté, refusé. Ils attendaient.

Les dates précises des commissions pour les papiers ne leur avaient toujours pas été annoncées ; elles semblaient n'être qu'une lointaine oasis qu'ils avaient désespéré de jamais atteindre. Leur mer intérieure était calme. Aucune vague ne l'animait et elle ne redoutait aucune tempête. Cette mer était vide et son soleil couvert par un ciel gris, si bas sur l'eau qu'il semblait en être le sinistre chapeau. Et le bateau dans lequel ils voguaient n'était plus celui qui avait mené la plupart d'entre eux sur une côte sicilienne. Non : ce bateau-ci n'essuyait pas d'orage, et il était plus affreux encore en cela même. Ils attendaient toujours.

Et les froids devinrent plus vifs, et les jours plus courts, et les humeurs plus maussades, et les silences plus amers. Le soir, les appels des proches restés là-bas se chargeaient de gravité. On s'enquérait de leur situation, on leur demandait comment cela se passait. Et eux, fatigués de toujours devoir répondre la même chose, changeaient de sujet, demandaient des nouvelles d'une tante éloignée dont ils n'avaient en réalité que faire, ou se taisaient. Ils n'avaient provisoirement plus grand-chose à raconter. Leur récit s'était interrompu au milieu d'une grande phrase. Brisé net. Ils ne savaient pas quand ils pourraient le reprendre, l'achever. Mais quoi ! C'était comme ça : attendre. Il fallait attendre. Alors ils attendaient, bouche ouverte face aux vents, pareils à ces gros sauriens que l'on voit parfois sur la berge d'une rivière. Et l'air avait un goût de pourriture au fond des gorges qu'il avait raclées. Ils attendaient quelque chose, qui pouvait indifféremment être les papiers ou la mort.

Parfois, ils psalmodiaient des airs tristes durant de longues heures. Un jour qu'ils chantaient ainsi, les frères Calcagno étaient passés par là et les avaient raillés. Ils leur avaient dit que ce n'était pas en chantant qu'ils échapperaient à la violence, à l'attente et à l'oisiveté. Ils n'avaient donc rien compris aux raisons qui poussaient les ragazzi à chanter.

37

Maurizio Mangialepre exultait et il y avait de quoi : la situation à Altino n'avait jamais paru si favorable pour en chasser les immigrés. La chance avait fini par lui sourire, il devait la saisir. Dieu lui faisait enfin l'honneur de Ses applaudissements, il fallait donc qu'il dansât en diable. En attendant, il se réjouissait. Il avait accueilli la nouvelle de la mort du curé d'Altino avec grand soulagement, voire avec joie. Car avec lui, s'effaçait cette embarrassante entrave qui empêchait les croyants opposés à l'accueil d'exprimer clairement leur refus de voir leur terre assiégée. Il avait bien fini par comprendre que le défunt curé était la dernière digue qui bridait les élans patriotiques de certains de ses sympathisants. Longtemps, il avait cherché les moyens de la rompre. Le plus sûr moyen, la mort, s'en était finalement chargé pour lui.

Francesco Montero aussi avait fini par céder. Maurizio avait un moment désespéré qu'il accepte sa proposition, tant et si bien que le temps d'un doute, il crut que le maire d'Altino était réellement honnête et intègre. Mais c'était faux bien sûr, et cette incertitude ne dura que fort peu. Les choses revinrent à la normale, et son intuition première, à savoir que Francesco Montero était comme la plupart des hommes politiques, maladivement ambitieux et assoiffé de sa propre gloire, avait fini par s'avérer exacte. Il tenait désormais la certitude, presque absolue, que Sandro Calvino serait élu.

D'un côté, sur le plan social, les scrupules religieux de plusieurs Siciliens allaient disparaître maintenant que le curé aveugle était mort ; de l'autre, sur le plan politique, un des hommes de sa famille, qui lui devait de surcroît une vieille dette, allait être élu. Tout était bien. Les ragazzi s'en iraient bientôt.

Il s'en convainquait d'autant plus qu'il remarquait que l'association Santa Marta avait du mal à se remettre de la disparition du curé. Cela leur avait porté un grand coup au moral. Il fallait désormais leur asséner celui de la fin.

Aussi, les jours qui suivirent, Maurizio Mangialepre demanda t-il à son camp de durcir son discours, de se montrer plus agressif, au grand bonheur de Fabio et Sergio. La mort du curé avait libéré les deux frères ; désormais, ils ne craignaient plus de blasphémer.

Ils s'en donnaient à cœur joie depuis que Maurizio leur avait ordonné d'être plus mordants. Il ne passait plus un jour sans qu'ils aient provoqué, intimidé, insulté plusieurs réfugiés. Vulnérables, esseulés depuis que le décès du Padre Bonianno avait désorganisé l'association, les ragazzi subissaient ces brimades avec un mélange de peur et de légère stupéfaction. Fabio et Sergio jubilaient à chaque fois qu'ils les trouvaient assis sur un banc public, dans le froid, serrés les uns contre les autres comme une nouvelle portée d'oisillons, et qu'ils leur jetaient au visage les pires insanités sans qu'ils réagissent. Parfois des pierres. Et même alors, au lieu de riposter, les ragazzi se contentaient de partir. Les deux jumeaux tenaient ce manque de réaction pour de la terreur, et cela leur donnait le sentiment qu'ils regagnaient leur honneur perdu : de nouveau, ils inspiraient à d'autres, à leur seule apparition, les frayeurs les plus irrationnelles. Du moins, c'est cela qu'ils croyaient. Cela suffisait à soulager leur orgueil blessé depuis qu'ils s'étaient éloignés des viriles luttes des curvas. Les Calcagno étaient de retour. Ils terrorisaient, semaient le désordre parmi les ragazzi. Maurizio en était ravi.

Dans le reste de la ville, ses autres amis jouaient aussi leur partition. Gennaro Orso, le boucher qui voulait un affrontement radical, et plusieurs autres habitants, gagnaient de l'influence. De plus en plus de commerçants se mirent à refuser d'échanger leurs produits contre les pocket-money, les tickets que l'association donnait aux réfugiés pour leurs besoins. Ils prétextaient la lenteur des remboursements en espèces sonnantes pour justifier leur choix. Ils accusaient l'association de ne pas prendre en compte leurs propres difficultés, et de les défavoriser par ce système d'assignats. Certains d'entre eux se mirent à dire que les migrants les volaient régulièrement. Quant aux commerçants qui, malgré la tendance inverse, continuaient à accepter les pocket-money et à faire preuve d'une certaine bienveillance à l'endroit des ragazzi, ils retrouvaient régulièrement leurs boutiques vandalisées ou recouvertes de tags injurieux et de menaces.

Maurizio sentait que la mâchoire se resserrait. Et cette fois-ci, elle se refermerait, clac, brutale et impitoyable sur la gorge offerte de l'association. Il se vengerait enfin. Et ni un réfugié, ni le maire Montero, ni Matteo Falconi, le capitaine de gendarmerie, n'y pourraient rien. Tous les feux étaient au vert. Il allait enfin se venger de l'humiliation – il suffoqua en y repensant – qu'il avait subie dix ans auparavant.

la vengeance

38

Assis à la *Tavola di Luca*, Le docteur Pessoto et Jogoy attendaient le coup d'envoi du match de la Juventus.

— Comment va Erica ? dit Jogoy.

— Elle va bien. C'est comme si rien ne s'était passé. Et Dieu sait pourtant que cette histoire a failli tout changer.

— Et Angela ?

— Elle m'en veut toujours. Et je crois qu'elle a raison. Il faut que je consacre plus de temps aux enfants. Ma famille est la chose la plus chère que j'aie.

— Je sais, Toto. Je crois qu'Angela le sait aussi.

— Peut-être. Mais cet incident m'a ouvert les yeux.

— Sur quoi ?

— Tu sais que je ne suis pas un grand optimiste, surtout pour les ragazzi. Je trouve qu'ils courent à la catastrophe.

— Tu ne m'as pas répondu, Toto. Sur quoi l'incident de ta fille t'a-t-il ouvert les yeux ?

— Sur une réalité très déplaisante. C'est très dur à entendre. Même pour moi. Surtout pour moi. Mais je crois que j'en suis arrivé – il marqua un temps d'arrêt, puis continua – j'en suis arrivé à en avoir marre des ragazzi et de leurs problèmes. Je ne pense plus à autre chose depuis qu'ils sont arrivés. Je ne le supporte plus.

— Et eux ? dit Jogoy d'une voix dure. As-tu une idée de ce à quoi ils pensent, eux ? Tu crois qu'ils ont la possibilité de penser à autre chose ?

— Ne t'énerve pas, Leone. Ce n'est pas à eux, à eux personnellement, que j'en veux.

— À qui ou à quoi alors ?

— À tout ce qui est fait autour d'eux. Tout ce bruit. La haine qu'on leur destine. La pitié qu'ils suscitent. Les discours xénophobes et haineux comme les discours paternalistes et creux sur la solidarité ou le vivre-ensemble, ou l'accueil. Tout m'énerve. Tout le tintamarre autour de la situation. J'en peux plus.

— Ce que tu dis est choquant, Salvatore. Je savais que tu étais pessimiste. Pas égoïste.

— Ce n'est pas ça… Ce n'est pas de l'égoïsme. Je dis simplement que je suis fatigué. Eux aussi, je sais.

— Et donc? Qu'est-ce que tu en tires comme conséquence? Qu'est-ce que tu vas faire? Tu vas militer au près de Mangialepre et de ses deux gorilles?

— Ne dis pas de bêtises. Tu fais semblant de ne pas comprendre ce que je dis.

— Je ne fais pas semblant. Je ne te comprends pas. Je pense même ne t'avoir jamais compris.

— Un ami autre que moi aurait trouvé ce que tu viens de dire dur. Mais moi, je ne vais pas m'en plaindre. C'est peut-être vrai. Il est possible qu'on ne se soit jamais compris. Je ne suis obsédé comme tous les autres par le fait de comprendre celui que j'ai en face de moi. Je trouve ça vain. Enfin, je m'égare. Ce que je vais faire : j'arrête les entraînements avec les ragazzi. Définitivement. C'est fini.

— Comme ça, à quelques jours de la finale? dit Jogoy Tu nous laisses tomber, Toto?

Pessoto porta son regard vers la télévision. Les deux équipes entraient sur le terrain. Sa cigarette avait un goût de merde chaude et de trahison froide. Du coin de l'œil, il voyait Jogoy, qui le fixait toujours des yeux, d'un air à la fois révolté et dépité.

— Oui, finit-il par dire en affrontant sans courage le regard de son ami. Je vous laisse tomber, oui. Inutile de chercher d'autres termes pour atténuer la simple vérité. C'est ça.

Ils restèrent silencieux de longs instants. Le match commença.

— C'est ta décision, dit finalement Jogoy d'une voix enrouée, sans regarder le médecin.

— Je sais que ça te déçoit. Mais je veux sortir de tout ça. C'est trop pesant.

— Je ne veux pas plus d'explications. Parlons d'autre chose.

— Je viendrai regarder la finale, insista Salvatore Pessoto. Je vous ai dit tout ce que j'avais à vous dire. Il suffit simplement que vous y alliez avec de l'insouciance. Je regrette de ne pas être sur le banc, mais...

— Ça suffit, vraiment. Parlons d'autre chose. Tu n'es pas obligé de te justifier. Tu fais ce que tu veux.

Salvatore Pessoto comprit qu'il devait en effet arrêter d'évoquer les ragazzi. Il alluma une cigarette alors que qu'il avait à peine entamé celle qu'il venait d'écraser dans le cendrier.

— As-tu sérieusement parlé à Carla ?

Pessoto regretta immédiatement d'avoir dit cela. Ce sujet allait compliquer la discussion, déjà tendue. Il se sentit idiot, voire un peu méchant. Il avait posé la question sans réfléchir. Elle lui avait échappé de la bouche, en même temps qu'un nuage de fumée. À sa grande surprise, pourtant, Jogoy répondit calmement, même s'il perçut tout le chagrin dans sa voix :

— Lui dire quoi ? Elle est amoureuse de Roberto depuis plusieurs années. Elle me voit et me considère comme son grand-frère depuis qu'on se connaît. Même ses parents me traitent comme ça. Je n'ai rien à lui dire. Ce serait irrespectueux. Et inutile.

Pessoto faillit lui dire qu'il devrait s'ouvrir à elle, mais préféra finalement se taire pour ne pas sortir d'autres méchancetés. Il n'était pas doué pour parler de ce type de sujets. Le ton de son ami avait été froid et triste. Il était le seul à savoir les véritables sentiments que Jogoy éprouvait depuis longtemps pour Carla, sans pouvoir les lui avouer. Sans oser, du moins.

Le docteur Pessoto repensa un moment à sa propre décision d'arrêter les entraînements. Elle était peut-être lâche, mais tout au moins correspondait-elle à son sentiment profond. Après tout, se dit-il, il arrive que la lâcheté soit notre nature du moment, et il ne sert à rien, quand c'est le cas, de la réprimer au nom d'une noblesse superficielle. Il ne voulait plus feindre l'héroïsme ou la bonté.

Il n'avait pas menti à Jogoy : il n'avait plus rien à dire aux ragazzi – ou plutôt, ne savait plus quoi leur dire. Il avait épuisé toutes ses réserves, qui certes n'étaient pas très élevées au départ, de bienveillance, d'espoir, de phrases de réconfort. Il s'avouait vaincu. Il avait honte de céder à la faiblesse devant une situation difficile, mais une chose surpassait ce profond écœurement qu'il s'inspirait en ces instants : la conscience qu'il arriverait à vivre avec ses lâchetés. La vie continuait malgré tout. Il songea à cette phrase digne d'un mauvais roman ou d'un médiocre feuilleton de début d'après-midi. Les gens pensaient que c'était une phrase qui disait l'espoir ou un sentiment apparenté, positif. Ils ne mesuraient pas à quel point elle était terrible et absolument désespérante, bien au contraire. La vie continuait malgré tout. « Elle devrait s'abstenir parfois, pensa-t-il. Nous ne devrions pas être capables de tout supporter. Mais si : nous sommes en mesure de tout supporter. Ou beaucoup. Vraiment beaucoup. D'autres trouvent ça courageux. Je crois, moi, que c'est l'ultime preuve que nous sommes monstrueux ».

Il prit une gorgée de bière. Elle lui parut être la soupe tiède de son propre cœur. Il l'avala sans grimaces.

La Juventus ouvrit le score au quart d'heure de jeu. Salvatore Pessoto ne put retenir un geste de joie. Il composait déjà avec le dégoût de lui-même. La vie continuait. Jogoy se leva à ce moment-là et sortit du bar en lui disant à peine au revoir. C'était la première fois, depuis qu'ils se connaissaient, qu'ils ne regardaient pas ensemble, jusqu'à la fin, un match de leur équipe préférée.

Chapitre V

Oui, Valeria : on part tous parce qu'on doit partir.

Pour moi, rester c'était mourir. Symboliquement. Socialement. De honte. D'amertume. Mourir tout à fait. C'est pour éviter ça qu'un beau jour, sans rien dire à personne, je suis parti. J'ai simplement laissé une lettre où j'expliquais les raisons de mon départ. Avec le temps, les miens ont appris à pardonner. Peut-être même à comprendre. L'argent du voyage ? J'ai vendu mon unique bien : un ordinateur neuf que j'avais reçu après avoir remporté un concours de dissertation philosophique organisé par l'université.

Après deux semaines chez Mario et Valeria, ils m'ont présenté leur unique fille, qui travaillait dans une association d'accueil de réfugiés. J'ai rencontré Carla ainsi. Je ne suis pas immédiatement tombé sous son charme. Je l'ai certes trouvée belle. Mais je crois qu'elle est l'une de ces femmes qui savent vous laisser le temps de tomber amoureux d'elle. C'est un charme que peu de femmes possèdent aujourd'hui. Il m'a fallu près d'une année pour l'aimer. Une année au cours de laquelle je ne la voyais qu'une fois toutes les deux semaines, lorsqu'elle venait me voir à Catane.

Carla n'avait en effet pu me recevoir à Altino, où l'association Santa Marta venait

à l'époque d'accueillir le maximum de ragazzi qu'elle pouvait. Elle m'avait donc trouvé
une place dans l'association de Catane, plus
grande, mieux équipée. Cette année à Catane
fut difficile. Je ne connaissais pas grand-monde,
malgré la solidarité qui liait les migrants
originaires du même pays. La communauté sénégalaise comptait de nombreux membres, et une
forte propension à l'entraide la caractéri-
sait. Pourtant, je me sentais étranger à leur
façon d'être. Je cherchais autre chose ; j'avais
besoin d'autre chose que je ne trouvais pas.
Les Sénégalais de Catane étaient bien organisés.
Ils se débrouillaient pour que chaque nouvel
arrivant puisse gagner un peu d'argent tout en
étant utile à la communauté. Je me retrouvai
ainsi avec tout un stock d'affûtiaux. Il fallait les écouler dans la ville par un commerce
clandestin, mais officieusement admis par les
policiers de Catane. Ceux-ci ne pouvaient gérer
tous ces étals mobiles de migrants essaimant
dans toutes les rues de Catane. Épuisés, débor-
dés par tout ce qu'ils avaient à faire dans
cette ville que contrôlait la mafia, les flics
nous laissaient généralement tranquilles, pour
peu que nous ne nous fassions pas trop remarquer. Ainsi se développait notre petit commerce, modeste mais florissant à défaut d'être
honnête. De toutes les manières, nous étions
migrants : notre détresse nous donnait bien
des droits, même ceux qui violaient la loi.

L'avantage d'être un marchand ambulant était
que je pouvais explorer la ville à pied. Je la

connus d'autant mieux que j'avais un guide privilégié : Thialky Boy Hawaï! Je n'ai jamais su son vrai nom; seulement ce sobriquet improbable qu'il portait pourtant comme une seconde peau, avec naturel, élégance voire panache! Thialky Boy Hawaï! Voyez-le plutôt : quarante ans, petit, moins de cinquante kilos tout trempé, maigre, mais une de ces gouailles! Cette faconde! C'était un mélange de Wolof Njaay et de Kocc Barma, de Balla Fasséké et de Soundjata, de Diogène et de Démosthène, à la fois mendiant et orgueilleux, errant et magnifique, cynique et noble, grotesque et sublime, bonimenteur et orateur, bretteur et philosophe, bouffon et roi, griot et empereur, parrhésiaste et sage. Il me disait qu'il avait appris tout cela dans les rues de la banlieue dakaroise de Guédiawaye (transformé en Hawaï), où il avait grandi et exercé tous les métiers du monde : menuisier, coxeur, apprenti, faussaire, chauffeur de taxi clandestin, vendeur ambulant, coiffeur, nervi de parti politique, mécanicien, boucher, cuistot, tailleur, gardien d'immeuble, photographe, gardien de cimetière, balayeur de rue, éboueur, entraîneur de foot, fossoyeur, poissonnier, pêcheur, cordonnier, *bujuman*[9], maître coranique, cireur, lutteur, dealer, charlatan, tisserand, maraudeur, écrivain public, vendeur de charbon, tradipraticien. Thialky Boy Hawaï était tenu pour un original par les autres

9. Recycleur d'ordures.

immigrés sénégalais de Catane. Lui non plus ne semblait pas les apprécier. « Ils pensent qu'à gagner de l'argent. Ils savent pas profiter de la vie, my boy… Ils aiment tellement afficher leur image de courageux migrants qui se battent pour être dignes qu'ils ont oublié de vivre… Ils font de la comédie… Du théâtre… Mauvais… Des personnages ! Faux… Savent pas **vivre… Et puis, ils font tous leurs vertueux, mais j'les connais, j'les connais tous…** Les plus vertueux en apparence ne te diront jamais ce qu'ils font pour survivre… Drogue, prostitution… Ils sont dans tout… Mais je juge pas hein ! Faut avoir le cul propre avant de dire à l'autre qu'un bout de merde pendouille du sien… Et mon cul, je le sais, est pas net. Chacun pour soi et Dieu pour moi ! Et pour toi my boy ! Et pour toi ! ».

Je m'entendais bien avec le Thialky. J'ai beaucoup traîné avec lui. Dans l'ennui et la solitude de cette première année à Catane, il a été, avec Carla (lorsqu'elle venait me voir), ainsi que Mario et Valeria (lorsque je retournais les voir), parmi les personnes qui m'ont permis de ne pas dépérir. Il avait un léger handicap : il lui manquait trois doigts à la main droite : l'auriculaire, le pouce et l'annulaire. On les lui avait coupés dans le désert libyen, où des trafiquants d'esclaves arabes l'avaient capturé. Ils lui demandaient une rançon qu'il ne pouvait donner en échange de sa libération. Ils prirent ses doigts pour le décider à appeler sa famille et leur demander de l'argent.

Thialky refusa. On l'abandonna alors dans le désert — ce qui était un châtiment pire que l'exécution sommaire. Mais Thialky survécut et parvint à continuer son voyage. Il n'avait pas l'air d'être gêné par l'absence de ses doigts. « Les deux qui me restent sont les plus utiles dans la vie, my boy! L'index et le majeur! Pour se gratter les fesses, dire non, tenir une cigarette, faire des doigts d'honneur et filer du plaisir aux femmes avec. Ça m'suffit largement, petit! » Il était vrai qu'il voyait beaucoup de femmes. D'innombrables fois, dans différents quartiers, alors que nous étions en train de vendre nos babioles, il me demandait de l'attendre au pied d'un immeuble. Il y montait et y restait longtemps. Et à chaque fois qu'il ressortait de ces immeubles, une femme à la mine réjouie, l'accompagnait : « *Torna presto, Amore!* », « *Ciao bello Senegalese* », « *Grazie, vigoroso stallone nero!* » Je crus d'abord qu'il se prostituait, mais le grand Thialky me dit qu'il ne percevait rien en échange de ses services : « *Bilé baneex amul njëgg, sama rakk!* » (Ces plaisirs n'ont pas de prix, jeune frère) disait-il, avec un sourire effroyablement coquin. Parfois, il me demandait de venir avec lui dans les appartements où on l'attendait. Nous opérions alors à deux...

De tous les endroits qu'il m'a montrés à Catane, cependant, le plus extraordinaire pour moi reste le marché aux poissons. Il avait lieu chaque matin, invariablement, entre six heures et neuf heures, sur une petite place entourée d'immeubles, et à laquelle on accédait en descendant quelques marches d'un escalier. C'est que ce marché était légèrement en contrebas par rapport au niveau du centre-ville, comme s'il cherchait à échapper aux appareils photos indiscrets des touristes qui bourdonnaient dans les grandes artères.

Quittez la Piazza dell' Duomo, au centre de laquelle se dresse l'éléphant de Catane, taillé dans une noire pierre volcanique et portant sur son large dos un grand obélisque. Abandonnez les cafés mondains et très élégants qui entourent cette place. Résistez à la fascination que la monumentale façade baroque de la cathédrale Santa Agata exerce sur votre esprit. Fermez les oreilles à l'appel que vous lance l'infinie Via Etnea, qui semble conduire au volcan. Éloignez-vous un peu et regardez vers l'angle sud-ouest de la grande place, vers ce coin par lequel les revigorants effluves de la mer vous parviennent. Voyez-vous une étrange fontaine de pierre blanche, au milieu de laquelle des personnages sculptés se tiennent en d'étranges attitudes, dans une scène qui vous est inconnue? La voyez-vous? Oui, vous la voyez. Rapprochez-vous-en. Cette fontaine est l'entrée du marché. Elle est bâtie sur deux niveaux. Sur la première vasque, se tient la statue d'un beau jeune homme nu à la chevelure bouclée. Sur la seconde, deux grands tritons sont agenouillés, portant chacun une grande jarre à l'épaule. Des deux vasques, l'eau tombe, limpide et régulière comme un voile blanc, et se jette ensuite dans un cours qui s'écoule plus bas : la fontaine est bâtie sur un petit pont en-dessous duquel serpente une source. Une plaque vous apprend que cette source, nommée Amenano, vient de l'Etna. Elle fut jadis un puissant fleuve, si furieux, si destructeur, qu'on dut le dévier pour sauver Catane de la catastrophe. La fontaine marque le lieu précis où l'impétueux Amenano, dont la statue du jeune garçon est l'allégorie, a été dévié. Le marché de Catane, où bat le cœur de la cité, se tient au lieu même où la ville fut sauvée de la mort. Quelque chose d'immémorial refuse de mourir ici, vous le sentez.

Vous avancez enfin vers le marché aux poissons. Au lieu de descendre dans la fosse, vous restez en haut de l'escalier. Sur une sorte de balconnet qui surplombe la cour rectangulaire, de nombreuses personnes se tiennent, accoudées à la rambarde, aussi fascinées que vous par ce qui se passe sous leurs yeux. Vous trouvez une place, et regardez. De grandes tables s'alignent, remplies de poissons de toutes sortes et de toutes tailles qui frétillent, de crabes dont les pinces s'agitent, d'espadons dont les épées scintillent. Soudain une main vigoureuse plonge dans une bassine de crevettes, en saisit une poignée pleine, la brandit au ciel et crie quelque chose que vous ne comprenez pas en regardant dans votre direction. Cette voix s'adresse à vous et au monde à la fois ; elle vante sa pêche, ses produits frais, son expérience. Autour de cet homme ou de cette femme, les autres pêcheurs font la même chose, apostrophant, chantant, gesticulant, gueulant, paradant, exagérant. De leurs mains calleuses, usées par les lignes, le sel et les filets, gantées ou nues, ils saisissent leurs plus beaux poissons, les portent en triomphe comme autant de trophées, racontent le récit épique de leur pêche, vous somment de les acheter si vous ne voulez pas être damné. Et ces hommes et femmes promettent des rabais, assurent la succulence de leur tablée, exagèrent leur talent, hurlent le boniment. Les puissantes odeurs des entrailles de la mer, les remugles du sel, les fortes senteurs de poissons encore en vie, tirés cette nuit-même des profondeurs marines, montent au ciel. Dans l'extraordinaire criée matinale, les harangues en sicilien se mêlent à des onomatopées inspirées. Ce grand chœur populaire et fraternel fait écho à la rumeur proche d'Amenano.

J'ai passé de nombreuses heures là, avec le grand Thialky. Il me disait que cela lui rappelait l'époque où il avait été poissonnier. Pendant ces instants, s'effaçait la solitude de l'exil. J'étais avec des hommes.

Après un an à Catane, Carla me dit que l'association cherchait un nouveau médiateur culturel dans une petite ville — Altino. J'acceptai assez rapidement. Cela signifiait quitter Thialky, Catane, les mystères du marché. Mais cela signifiait surtout gagner un peu d'argent et pouvoir enfin aider ma famille. Je devais certes améliorer ma pratique de l'italien,

mais Carla me promit qu'il y aurait une formation accélérée pour moi, payée par l'association. Je quittai Catane après de brefs mais
touchants adieux avec le viril Thialky. Il me
dit qu'il espérait que je m'en sortirais. Une
grande tristesse passa sur son visage lorsqu'il
fallut partir. Je lui promis que je reviendrai
le voir. Il sourit tendrement puis se ressai-
sit, comme il voyait que j'allais pleurer :
« My boy, ne pleure pas ici, c'est un truc de
femmes. Pleure en cachette. Ça, c'est l'affaire
des hommes. Reviens-me voir très vite, et on
retournera visiter les *bella done* dans les
immeubles ». Un clin d'œil, puis deux doigts
tendus en guise de salut achevèrent de m'émouvoir. Je partis pour Altino avec Carla. Dans
le bus, je ne pus retenir mes larmes.

Un mois plus tard, je revins le voir.
Introuvable. Nul ne sut me dire où était Thialky
Boy Hawaï. Certains me dirent qu'il était rentré au Sénégal. D'autres m'apprirent qu'il
avait épousé une blonde Allemande et vivait
désormais à Munich. Quelques-uns croyaient
qu'il était mort brutalement. En tout cas,
il était parti. Rentré, marié avec une germa-
nique ou mort. Je repartis au marché, à l'endroit où nous avions passé de longues heures
d'une productive oisiveté. Là, je tendis deux
doigts au ciel et criai : « Salut à toi, grand,
où que tu sois : au pays, dans ta blonde teu-
tonne ou sous terre. Salut à toi ! » Ma voix se
mêla à celles des pêcheurs et de la fontaine.

Ma nouvelle vie à Altino pouvait commencer.

39

Sur les soixante-douze, près de la moitié répondit à l'appel de Salomon. Ce dernier, quelques jours auparavant, était passé dans chaque maison pour annoncer qu'il souhaitait bientôt tenir une réunion chez lui sur un sujet de la plus haute importance, qui les concernait tous. Salomon n'en disait pas plus, mais son mystère, sa gravité, ses silences, son regard où éclatait une profonde détermination, inspiraient assez de respect voire de crainte à ses camarades pour que ceux-ci n'en demandent pas davantage. Plusieurs d'entre eux se rendirent donc chez lui le soir convenu. L'appartement pouvait les accueillir.

Salomon avait insisté pour qu'aucun membre de l'association ne fût présent. Eux seuls. Il en fut ainsi. Jogoy, qui avait fini par apprendre la nouvelle, ne tenta pas d'y aller, bien qu'une curiosité un peu inquiète montât en lui. Hormis Carla, il ne mit aucun autre membre de Santa Marta au courant. Ils tombèrent tous deux d'accord pour s'informer sur ce qui se tramait avant d'agir.

Salomon se leva, l'on fit silence, il parla :

« Merci à tous d'être venus. Je voulais vous réunir pour parler d'une chose que chacun de nous ici a pu voir ces derniers temps : ils nous abandonnent. Ils sont tous en train de nous abandonner. Je n'ai pas eu l'occasion de rencontrer récemment ces deux jumeaux qui sèment la terreur et la colère parmi nous depuis quelques jours, mais plusieurs d'entre vous les ont croisés. Ce qu'ils sont en train de faire est clair : ce n'est pas simplement nous faire peur ; c'est nous annoncer qu'ils vont bientôt nous attaquer. Et ils vont le faire sans que personne ne lève le plus petit doigt. L'association ne nous protégera pas. La gendarmerie ne nous protégera pas. Personne ne nous protégera. Nous sommes seuls. Nous sommes seuls depuis le premier jour. Nous ne sommes pas et ne serons jamais des leurs… Nos rêves sont différents. Ils font tous semblants de vouloir notre bien, mais aucun d'eux ne se sacrifierait pour que nous retrouvions notre dignité. Au moins, nous ne perdrons pas le peu qu'il nous reste. Vous vous souvenez de la manière dont on nous a

accueillis à l'entrée de la ville il y a plusieurs mois ?
C'est cela qui va se repasser, mais cette fois, personne ne fera semblant de nous défendre. Cette
fois, ce n'est pas une poupée qu'ils brûleront, mais
des hommes : nous. Nous devons nous défendre ;
nous ne sommes pas des agneaux de sacrifice. S'ils
nous attaquent, nous nous défendrons. Il faut s'y
préparer. S'ils veulent aller sur le terrain de la lutte,
ils nous y trouveront. Nous n'avons pas risqué notre
vie pour être aujourd'hui humiliés par ces gens qui
ne sont que haine. Je regarde ce qui se passe ailleurs,
non seulement dans les autres villes d'Italie, mais
en Europe aussi. Et ce qui se passe, c'est qu'une
grande partie de l'Europe ne veut pas de nous ici,
et ils le disent clairement, de la façon la plus violente qui soit. Ils disent que l'Europe ne peut pas
accueillir toute la misère du monde, alors qu'elle
a contribué à créer cette misère. Qui est le plus
misérable, entre celui qui n'a rien et celui qui lui
a tout volé ? Qui est le plus misérable, entre celui
qui fuit la guerre et celui qui l'entretient ? Cette
Europe arrogante croit encore être le centre du
monde. Elle sera détruite. Elle sera détruite par
sa propre prétention. Tout ce qu'ils ont fait, tout
ce qu'ils font, et la Traite Négrière, et la colonisation, et le néo-impérialisme, et le pillage impuni de

nos richesses, et les conflits qu'ils créent avant de s'en laver les mains et revenir pour prétendre nous sauver, et nos économies qu'ils fragilisent, et l'esclavage monétaire dans lequel ils nous tiennent, et les termes de l'échange qu'ils dévoient lorsqu'ils traitent avec nous : tout cela se retournera contre eux. Ils ont tué, vendu, volé, pillé : ils recevront leur châtiment. Il y a eu des attentats en France il y a quelques semaines. Les coupables, disent-ils, sont arrivés avec des migrants, donc tous les migrants sont dangereux et potentiellement terroristes... Et ici, vous connaissez tous le discours de la Ligue du Nord. Ils nous traitent de singes, de sous-hommes. Comme au temps de l'esclavage. Ils disent ne pas vouloir de nous chez eux. Nous ont-ils demandé la permission lorsqu'ils s'installèrent chez-nous ? Ils ont peur. À leur haine naturelle de ce qui n'est pas comme eux, vient s'ajouter leur peur. Ce qui les dérange en nous, ce qui leur fait peur chez nous, ce n'est pas que nous volions leur travail ou que nous envahissions leur terre ; non, ce qui les effraie chez nous, c'est que nous soyons le souvenir du Mal qu'ils ont fait. Leur mauvaise conscience. Pourquoi croyez-vous que Santa Marta n'a rien fait depuis que ces jumeaux ont recommencé à provoquer ? Pourquoi croyez-vous qu'elle ne fait rien depuis que certains habitants commettent envers nous des actes de violence symbolique ou verbale ? C'est parce qu'inconsciemment ils subissent le climat général européen sur la question de l'immigration, et ce climat est mauvais. C'est un climat de peur, de méfiance, de xénophobie… On ne doit pas se laisser faire. Les commissions pour les papiers arrivent bientôt. On ne doit pas se laisser gagner par la peur. Il faut faire valoir nos droits. Depuis la mort du Padre Bonianno, Dieu ait son âme, plus personne ne nous prépare aux commissions. Au fond d'eux ils n'ont pas envie qu'on ait nos papiers. Tout cela parce qu'il y a un commerce lucratif qui se fait sur notre dos. Ne pas avoir de papiers, c'est demander un recours, vous le savez. Ce recours se fait grâce à un avocat choisi par l'association. Cet avocat, il faut le payer. L'argent pour le payer, c'est l'association qui doit le demander à l'État suivant le nombre de recours. Alors plus il y aura de recours, plus l'association touchera de l'argent, plus elle en profitera. Il faut refuser qu'ils nous traitent comme des déchets, comme des gagne-pains. Voilà ce que je voulais vous dire : unis, nous sommes forts. Il faut rester unis. C'est comme ça que nous serons sauvés, avec l'aide du Seigneur. Les prochaines fois qu'ils nous attaqueront, nous leur répondrons… Il faut montrer que nous sommes là, que nous comprenons ce qui se passe. Que nous ne nous laisserons pas faire. Il le faut ».

Lorsqu'il se tut, il y eut un silence chargé d'on ne savait quel sentiment. Puis des murmures : ceux qui n'avaient pas tout compris demandaient des précisions sur l'essentiel du discours. Cela perdura quelques secondes, jusqu'à ce qu'un applaudissement retentît, hésitant. Deux, trois, quatre autres paires de mains, timidement, se joignirent au concert. Puis ce furent des dizaines de mains qui battirent les unes contre les autres. Et ce fut bientôt un triomphe. Salomon se rassit tranquillement. Ses camarades continuaient à applaudir. Ils ne l'applaudissaient plus tellement lui, mais le fait, plutôt, que, dans ce discours où tant de thèmes avaient été brassés, des choses qui leur tenaient à cœur, des choses qu'ils ressentaient sans vraiment arriver à l'exprimer, aient été dites. Leur amertume venait d'être flattée. Non, ils ne se laisseraient plus faire.

À côté de Bemba, qui battait furieusement des mains en faisant de petits bruits semblables à des cris de guerre, Fousseyni Traoré n'applaudissait pas. Il n'avait pas voulu venir à cette réunion, car Salomon lui faisait peur. Mais ses camarades de maisonnée l'avaient poussé à les accompagner, puisqu'il n'y avait plus grand-chose à faire. De tout ce que Salomon venait de dire, il avait retenu qu'il faudrait désormais se battre. Or, lui, Fousseyni, ne souhaitait se battre contre personne. Il voulait simplement survivre, poursuivre l'apprentissage de l'italien, rejouer au football, préparer sa commission, appeler sa mère, continuer à voir Lucia et à humer son odeur d'orange.

40

Un matin, les habitants d'Altino se réveillèrent dans une épouvantable odeur de pourriture. Toutes les rues empestaient une senteur méphitique d'entrailles et de corruption organique. La puanteur écœurait tant que personne, dans les premières heures, ne put ou n'osa sortir. Les gens demeurèrent cloîtrés entre leurs murs, portes et fenêtres closes, masques ou morceaux de tissus recouvrant leur nez, saisis d'horreur, de dégoût et de nausée. L'odeur les agressait jusque sous leurs couvertures ; elle semblait émaner des murs de la ville, ou du sol, comme si c'était le corps même d'Altino qu'une immense lame avait sauvagement éviscéré dans la nuit, mais sans l'achever, le laissant à l'air libre, charogne infâme au ventre ouvert, plein d'exhalaisons, de miasmes morbides, de nuages de mouches grosses et noires.

Vers midi, n'en pouvant plus de subir son souffle putride, quelques habitants sortirent pour chercher le mal et tenter, sinon de l'affronter, au moins de le voir avant qu'il ne les tue. Un petit groupe de hardis se forma et s'aventura dans les rues, manquant, à chaque pas, de succomber à l'atmosphère viciée qu'ils respiraient.

Bien que l'odeur parût n'avoir aucune origine précise, comme si elle était suspendue dans tout l'air, l'héroïque groupe d'habitants sentait qu'il y avait une direction de laquelle le mal semblait provenir avec plus de densité. Lorsqu'en effet ils se tournaient vers le sud de la ville, ils sentaient bien que l'odeur, par là, n'était plus seulement pestilentielle ; elle leur arrivait dans sa pure substance chimique, concentrée et drue, habitée par autre chose. Les éclaireurs surent que le mal était tapi là. L'odeur qui en venait n'était plus une simple odeur : elle était à la fois un esprit et une matière, elle s'incarnait et devenait physique ; elle vivait.

Tandis qu'ils s'approchaient du lieu qu'ils devinaient être le cœur de la chose, les habitants étaient pris d'une sorte de terreur immense qui n'était plus du seul fait de l'odeur. C'était une peur viscérale et lointaine, liée à la simple idée que là, dans le sud de la ville, quelque part, les attendait quelque chose de sacré et de terrible, qu'ils ne devaient pas voir et qui pouvait les écraser. Cette idée, mêlée à l'odeur qui, naturellement, devenait de plus en plus oppressante, prit au cœur plusieurs habitants, lesquels s'arrêtèrent, non parce qu'ils le voulurent, mais parce que leurs jambes refusèrent d'aller plus loin.

Le groupe s'étiola ainsi et, lorsqu'il arriva devant une ruelle du sud d'Altino, une longue ruelle sombre au bout de laquelle, c'était presque une évidence, se trouvait la chose, il n'était plus composé que de huit membres. Il s'agissait de Matteo Falconi, le capitaine de la gendarmerie d'Altino, de Francesco Montero, le maire d'Altino, de Gennaro Orso, le boucher radical, de Vera Rivera, la peintre, de Jogoy, de Sabrina, de Carla et de la Signora Filippa.

— On se croirait dans l'anus du Diable, dit Falconi sous son masque.

— Et je parierais que même là il ferait meilleur, dit Vera Rivera, dont le mari avait été incapable sortir de leur grande maison.

— Quelqu'un sait ce qu'il y a au bout de cette ruelle ? demanda Sabrina.

— Je ne suis jamais venu par ici, dit le maire Montero.

— J'y vais, dit Carla. On va bien savoir.

Elle s'avança résolument. Jogoy la suivit aussitôt. Les autres hésitèrent, puis Sabrina se décida et rejoignit ses deux employés. La Signora Filippa se signa puis leur emboîta le pas.

— Vous devriez… Vous… devriez… y aller, capitaine Falconi, souffla Gennaro Orso, qui ahanait comme un vieux pachyderme essoufflé. Vous avez une arme.

— J'allais y aller, naturellement. Mais l'arme est inutile ici. Les balles ne peuvent rien contre une odeur, à part y mêler celle de la poudre.

Le capitaine s'engagea dans la ruelle, dans laquelle avançaient déjà les quatre qui l'y avaient précédé. Gennaro Orso, après une dernière hésitation, y alla aussi d'un pas alourdi par la crainte. Le maire et Vera Rivera restèrent à l'entrée de la ruelle.

— On va surveiller, ma chère Vera. Il faut que quelqu'un puisse venir à leur secours ou aller en chercher si ça tourne mal.

— Qu'est-ce que c'est, à ton avis ? D'où vient cette insupportable odeur ?

— Je l'ignore. Mais on va le savoir bientôt.

Ils attendirent tous deux à l'extérieur de la ruelle, dans l'ombre profonde de laquelle ils regardèrent leurs compagnons s'enfoncer. Les secondes passèrent. L'odeur était toujours là, confondue à l'espace. Le maire suait à grosses gouttes. Vera avait fini par s'asseoir à même les pavés, presque terrassée. Les mouchoirs qu'elle tenait contre son nez étaient également imbibés d'une sueur poisseuse et tiède. Au bout de cinq minutes, les deux guetteurs virent des silhouettes se dessiner dans l'ombre de la longue ruelle, et devenir de plus en plus nettes au fur et à mesure qu'elles en émergeaient. Ce fut Gennaro Orso qui revint le premier. Tous les autres vinrent à sa suite, un par un. Ils semblaient revenir de l'enfer. Leurs yeux étaient injectés de sang, et plusieurs d'entre eux étaient pâles.

Alors? dit le maire.

— Ce… Ce n'est rien, dit Falconi en tentant de retrouver son souffle.

— Comment ça? Et l'odeur? dit Vera. D'où vient l'odeur?

— En fait, au bout de cette ruelle, dit Sabrina, il y a le cœur des canalisations d'Altino. C'est la grande fosse septique de la ville, en quelque sorte. Je n'avais jamais su qu'il y en avait une.

— Il y a eu un incident, poursuivit le capitaine Falconi en regardant le maire. La fosse septique a été ouverte et les canalisations ont été trouées. Il y a eu de grosses fuites. C'est un vrai merdier, là-bas, c'est le cas de le dire. Tous les flots de déchets domestiques et de chiottes sont mêlés et coulent à l'air libre. Ce n'est pas l'anus du Diable, c'est pire encore, c'est l'anus de notre ville. Ce sont nos propres déchets que nous sentons.

— Ce n'est pas un incident, dit Gennaro Orso, qui semblait avoir retrouvé son courage. C'est un sabotage. Il suffit de voir la forme des trous dans les tuyaux. Ça a été fait au pic. C'est du travail de maître ou je ne m'appelle pas Orso. Mon père était plombier. Je sais un peu ces choses-là. Quelqu'un a méthodiquement détruit les canalisations et ouvert la fosse.

— Qui pourrait bien faire ça ? Dans quel but ? dit Jogoy.

— Le but, je sais pas, dit Orso en éjectant un gros crachat. Mais qui, c'est évident. Y a que les migrants qui vivent dans le sud d'Altino.

— Cela ne prouve rien. Je t'interdis de porter des accusations pareilles, rugit aussitôt Sabrina.

— Elle a raison, Orso, dit Montero. Ça ne prouve rien. Ils habitent là en majorité, mais ils ne sont pas seuls. Et même s'ils l'étaient, ça ne suffirait pas à les arrêter.

— En tout cas, dit Gennaro Orso, qui ne se démontait pas, je remarque qu'ils sont pas là. Aucun d'eux n'est sorti. Suis prêt à parier qu'ils sont tranquillement chez eux, et que cette odeur les gêne pas le moins du monde. Ils ont l'habitude. Seuls eux ont pu faire ça tranquillement. Personne aurait pu supporter de détruire cette canalisation et de recevoir l'odeur en pleine gueule. Personne. Sauf eux.

— Francesco, je te prends à témoin. S'il continue, je porterai plainte pour diffamation.

— On se calme, on se calme, Sabrina. Maintenant qu'on sait d'où tout ça vient, le plus urgent est de réparer les dégâts. Je vais prendre les dispositions nécessaires. Il faut dire aux gens ce qui se passe. Retournez chez vous et rassurez les vôtres.

— Quel dommage, dit Vera Rivera en s'éloignant. J'espérais quelque chose de plus excitant. De plus… monstrueux.

Dans l'après-midi, les canalisations furent promptement réparées et l'on referma la fosse. À la tombée de la nuit, l'odeur avait presque disparu, même si un résidu de sa pestilence flottait encore un peu dans l'air et dans les cœurs.

***

Dès le lendemain, cependant, la rumeur se répandit, aussi persistante que l'odeur de la veille : c'étaient les ragazzi qui avaient été à l'origine du sabotage des égouts. La proportion d'habitants hostiles à leur accueil s'accrut. Des sacs de poissons morts ou de viande pourrie commencèrent à être déposés devant leurs logements.

Et ni la bonne volonté et le courage de l'association Santa Marta ni la bienveillance des habitants qui étaient favorables à la présence des réfugiés ne réussit à renverser cette dynamique de la défiance. Ceux qui la nourrissaient l'emportaient pour une raison toute simple : rejeter un autre homme est la chose la plus simple qui soit pour un esprit humain. Il ne suffit que d'éteindre ce dernier, de le disposer tout entier au relâchement intellectuel. L'inverse, qui consiste à tenter de comprendre, coûte toujours trop d'efforts. C'est en ce sens que la paresse, la paresse au sens fort, la paresse intellectuelle donc, est la mère de tous les péchés capitaux. La source de la haine se trouve moins dans le cœur que dans l'esprit qui abandonne sa première prérogative, penser ; ce qui n'empêche nullement, bien entendu, qu'il y ait de pures haines fondées sur de grandes machines d'intelligence.

Toujours est-il qu'à Altino, depuis l'épisode de la fosse septique, un méchant relent de méfiance et de colère flottait dans l'air. On ne sut jamais qui avait saboté la canalisation.

41

À compter de cette histoire, les ragazzi entrèrent
de plain-pied dans le cercle de méfiance que continuaient à tracer les Calcagno, Gennaro Orso et
d'autres habitants qui voulaient les chasser. À la
vérité, il serait injuste de dire que c'étaient ces
derniers qui entretenaient la violence. Celle-ci,
au bout d'un temps, finit par s'entretenir elle-
même ; elle proliférait *sui generis* ; elle s'engendrait,
comme l'odeur de la fosse avait semblé naître de
l'air même de la ville. L'origine de la violence était
perdue et, désormais, elle s'exerçait, aveugle, brutale, puissante, sans dieu ni maître. Il ne s'agissait pas, comme on le dit souvent, d'une escalade
dans la violence. Ce n'était pas une violence verticale, mais une violence horizontale, qui se propa-
geait plus qu'elle ne montait. La violence verticale,
visible, peut toujours retomber ; mais la violence

la violence horizontale

horizontale, elle, ressemble à une gigantesque et invisible coulée d'huile. Elle se glisse sous les choses, nappe les êtres, les trempe jusqu'aux cellules sans qu'ils puissent rien faire. Cette violence se niche dans les regards, dans les comportements, dans les pensées intimes, dans les gestes quotidiens, dans le langage. Elle s'exprime moins dans le combat, dans la bavure, dans le corps-à-corps, que dans la méfiance, dans la distance, dans l'être-à-l'être. C'est la violence qui murmure comme un mauvais génie aux oreilles de ce qu'on porte de plus noir en soi.

C'était cette violence que l'on commençait à percevoir à Altino. Les ragazzi – nombre d'entre eux – la subissaient, mais l'exerçaient aussi, parfois avec une plus grande cruauté que tous les autres. Ils devenaient plus durs, plus sauvages, sur le qui-vive permanent. Leurs regards luisaient d'âpres éclats qui n'étaient plus ceux du Rêve, mais ceux de la survie à tout prix. Toute l'amertume qu'ils avaient accumulée, tous leurs espoirs déçus, toute l'anxiété de leur interminable attente, toute leur peur, s'agrégeaient en une boule de rancœur. Leur être tout entier brûlait d'une profonde et lointaine colère qu'ils ne cherchaient plus à contenir. Elle éclatait, grenade de haine, grenade de ressentiment, ulcère crevé ; mais avant tout ça, elle rongeait d'abord les mailles de leur intimité. Avant d'être un geyser de sang dans le monde, leur violence était une hémorragie interne.

Plus que jamais, les ragazzi allaient en groupes, jetant de terribles regards à tous, puisque tous étaient de potentiels ennemis. Dans les boutiques, mêmes les commerçants qui étaient jadis souriants et bienveillants n'échappaient pas à leur méfiance. La violence gagnait ainsi les cœurs et du terrain. Tout le monde en souffrait.

La violence comme maladie

42

Furieuse, Sabrina sortit de la mairie sans réellement savoir ce qu'elle allait faire. « Ça ne va pas s'arrêter là, on ne se laissera pas écraser sans réagir » avaient bien été les derniers mots qu'elle jeta au visage de Francesco Montero, mais il lui fallait reconnaître qu'elle n'avait aucune idée de la forme que cette réaction prendrait.

Elle se dirigea vers les bureaux de l'association, qui devaient être vides à cette heure tardive. Peu à peu, comme elle marchait, une grande tristesse se mêla à sa colère. Ainsi donc, Francesco Montero avait fini par choisir le camp de la lâcheté ; il fermait les yeux, cédait à la peur, feignait de ne rien voir de la tension qui pesait sur la ville depuis quelques jours. À grands recours d'arguties, il niait que les ragazzi fussent menacés, et refusait par conséquent de demander à la gendarmerie d'intervenir. Elle avait eu beau crier, le traiter de corrompu, de lâche, d'irresponsable : rien n'y fit. Elle sut dès lors que, d'une façon ou d'une autre, derrière ce soudain revirement de Francesco Montero, se trouvait Maurizio Mangialepre. Encore lui. Toujours lui.

Pour la première fois depuis près de dix années qu'elle lui faisait face, Sabrina se sentit lasse, impuissante devant cet homme dont la détermination à la détruire – car c'était bien cela qu'au fond Maurizio voulait – semblait inépuisable.

Elle s'étonna de trouver les bureaux de l'association ouverts. Elle entra. Sœur Maria était toujours là, à son bureau, de nombreux documents étalés devant elle. Sabrina, qui avait désiré être seule, fut pourtant heureuse de trouver sa vieille amie.

— Tu es encore là, Maria ?

— Sabrina… Pardon, je ne t'ai pas entendue entrer… Oui, toujours là. Avec les commissions qui approchent, il y a mille choses à faire pour les dossiers des ragazzi. Et depuis la mort du Padre Bonianno, ils sont pénibles… Et les provocations des Calcagno n'arrangent pas les choses. C'est très difficile en ce moment, vraiment. Il faut faire attention à tous les détails. Que Dieu nous protège. As-tu pu parler au maire ? Va-t-il enfin réagir ?

— Je viens de le voir. Il a abandonné l'association. Il a abandonné les ragazzi.

Sœur Maria se leva. La défaite était non seulement dans la voix de son amie, mais elle frappait aussi son visage tout entier.

— Que se passe-t-il?

Sabrina se mit à pleurer à ce moment-là. Et tandis que sœur Maria se précipitait pour la prendre dans ses bras, elle murmurait entre deux sanglots qu'elle était la principale responsable de tout ceci.

***

Ils s'étaient connus près de vingt ans auparavant, à la sortie de l'université. Tous deux brillants étudiants en Droit, d'abord rivaux intellectuellement, ils s'étaient peu à peu rapprochés. Sabrina était une espèce de grande force de la nature, vive, gaie, emportée, passionnée; Maurizio, un homme méticuleux, posé et réfléchi. Ils finirent donc par s'aimer. Arrivés ex-aequo au concours du barreau, ils prêtèrent serment côte à côte; et aucun de ceux qui les virent ainsi, ce jour-là, ne put s'empêcher de songer que bientôt, toujours côte à côte, devant un autre personnage en robe, ils se feraient pour la vie une autre forme de promesse solennelle. Ils formaient un couple que l'on admirait : amoureux, brillants, complémentaires, engagés. Lui, sémillant avocat d'affaires ; elle, redoutable avocat pénal.

Ils créèrent, avec quelques autres amis, leur propre cabinet d'avocats. Sabrina, à cette époque, fut beaucoup sollicitée pour défendre des sans-papiers, bien que ce ne fût pas sa spécialité. Mais la chose lui plut. Elle trouvait chez ces hommes vulnérables des raisons de s'engager, de donner à sa vie un sens. Elle commença peu à peu à se faire un nom dans le milieu des associations d'accueil de réfugiés et de sans-papiers, qui faisaient souvent appel à ses services. Certes, elle ne gagnait pas toujours ; mais l'on pouvait être certain, en la choisissant, que l'homme ou la femme qu'elle défendrait aurait les meilleures chances. Sa profonde empathie pour la détresse de ces gens lui donnait une formidable énergie ; son talent faisait le reste. Peu à peu, sa passion contamina Maurizio, qui se mit aussi à défendre des immigrés. Leur talent combiné fit des étincelles : alors que les plaidoiries enflammées de Sabrina touchaient aux émotions les plus enfouies, les argumentations rationnelles et minutieuses de Maurizio, la solidité de ses dossiers, son souci maniaque du détail, son talent rhétorique, faisaient mouche par leur évidente clarté. À deux, ils levaient une impressionnante force de conviction. Il n'y eut jamais autant de régularisations et d'accueils de sans-papiers qu'au temps où ils officiaient ensemble. Leur cabinet d'avocats ploya sous les demandes. Cela dura de nombreuses années. Leur amour s'en trouva renforcé. Ils se promirent de prendre du temps pour eux – comprendre : songeraient à leur mariage – aussitôt que leur travail le leur permettrait. Maurizio acheta une bague qu'il cacha, en attendant le grand jour où il ferait sa demande.

Ils finirent par quitter le cabinet pour travailler exclusivement avec la plus grande association d'accueil de Catane, dont ils devinrent les avocats attitrés. Ils travaillèrent tant et si bien que lorsque cette association décida d'ouvrir un nouveau bureau dans une petite commune au centre de l'île, tout le monde trouva naturel qu'on en confiât la direction à Maurizio et Sabrina. Cela tombait bien : ils commençaient à avoir l'envie de quitter la ville pour un environnement plus calme. Ainsi se retrouvèrent-ils à Altino, co-directeurs de la toute nouvelle antenne que Santa Marta venait d'y ouvrir.

Comme ils n'avaient pas encore recruté d'équipe, Santa Marta n'envoya d'abord que quelques ragazzi à Altino. Maurizio et Sabrina parvinrent à les prendre en charge en attendant d'avoir les fonds nécessaires pour engager des suppléants. Mais pendant près d'un an, ils ne furent que deux à s'occuper de l'arrivée et de l'accueil de cette dizaine de ragazzi que la petite commune accueillait. Celle-ci, au départ, ne sut trop comment réagir à ce phénomène totalement nouveau. Peu à peu, cependant, Maurizio et Sabrina parvinrent à la rallier à leurs convictions. Ils furent aidés en cela par le tout nouveau maire de la ville, Francesco Montero, qui se montra favorable à l'accueil des ragazzi. Ainsi les dix premiers réfugiés reçus par Santa Marta à Altino furent-ils peu à peu acceptés, malgré quelques réticences tout à fait naturelles et compréhensibles dans ces profondes contrées de Sicile.

À l'époque, parmi les ragazzi, se trouvait un homme qui s'appelait Hampâté. C'était un géant splendide et fort, dont le physique avantageux et puissant contrastait vivement avec sa nature, d'une grande douceur. C'était un de ces hommes si bienveillants qu'on se demandait s'ils avaient une part d'ombre. Il rajoutait à cette profonde bonté une humilité grave et secrète, qui se manifestait par une volonté de s'effacer en toute circonstance, alors même que son physique comme son caractère le distinguaient naturellement. Ce paradoxe, aux yeux de tous, l'auréolait d'un certain mystère, réel ou fantasmé. Les habitants l'appréciaient, ses camarades réfugiés le respectaient. Il devint, à son corps défendant, la première mascotte de l'association à Altino. Maurizio et Sabrina l'aimaient beaucoup. Il était la réfutation incarnée de tous les clichés intolérants auxquels on associait les immigrés pour ne pas les accueillir. Hampâté était leur plus éclatante réussite. Tous deux se concertèrent, puis lui offrirent le premier poste de médiateur culturel de Santa Marta à Altino. Ce fut Sabrina qui le lui annonça. Hampâté, comme à son habitude, eut une joie très intérieure, très humble, d'une grande noblesse. Sabrina l'admirait. Un jour, alors qu'elle l'avait accompagné pour un *giro case*, Hampâté, avec cette bouleversante simplicité dont savent faire preuve les âmes pures devant les questions graves, lui dit qu'elle lui plaisait beaucoup et qu'il pensait très souvent à elle. Il rajouta qu'il n'espérait rien en retour, mais avait eu besoin de s'ouvrir à elle pour être en paix. Sabrina en fut troublée et touchée, mais lui répondit qu'elle était fiancée à Maurizio. Hampâté dit qu'il respectait la fidélité.

Les semaines passèrent sans qu'il fût à nouveau question de cet aveu. Et bien que, souvent, Sabrina ressentît encore un profond trouble en songeant aux mots sincères et beaux de Hampâté, elle ne doutait pas un seul instant de son amour pour Maurizio. Celui-ci, pourtant, commença bientôt à montrer de plus en plus de signes de nervosité. Sabrina ne lui avait rien dit de la déclaration de Hampâté ; mais, comme s'il l'avait devinée ou qu'il en avait eu la mystérieuse intuition, comme si, par magie, il avait eu accès à l'esprit de sa fiancée en ces instants, de plus en plus fréquents, où elle repensait, l'air absent et enchanté, aux mots d'Hampâté, Maurizio devint possessif et méfiant. En lui, bouillonnait une conscience en éternelle surchauffe à force de déployer une énergie prodigieuse pour imaginer, surinterpréter, surveiller, douter, fouiller, angoisser, s'inquiéter, harceler, s'abîmer dans un amour pitoyable, grandiose et aussi tyrannique pour Sabrina que pour lui-même. Ce moment où le jaloux ne sait pas encore qu'il l'est, où il s'approche de cette grande porte noire sans savoir qu'elle ouvre sur son enfer intérieur, où il souffre et ne sait pas encore qu'il est la cause de sa propre souffrance, c'était ce moment que Maurizio, jour après jour, vivait.

Sabrina supportait de moins en moins ce qu'elle avait d'abord pensé être une simple crise passagère. Maurizio commençait à l'étouffer, à l'écraser de sa pesante angoisse et de sa permanente suspicion. Elle avait tenté de le rassurer, lui jurant qu'elle n'aimait personne d'autre. Ce qui, dans une certaine mesure, était vrai. Mais ce qu'elle ne voyait pas, c'était que sans cesser d'aimer Maurizio, elle vivait souvent, plus souvent qu'elle ne voulait l'admettre ou qu'elle ne s'en rendait compte, dans le doux souvenir des mots d'Hampâté. Ceux-ci étaient devenus son refuge naturel ; elle y retournait de plus en plus, parfois sans en prendre conscience, comme à une apaisante chambre à soi. Plus Maurizio devenait jaloux, plus elle songeait aux paroles d'Hampâté. Et plus elle songeait aux paroles d'Hampâté, plus Maurizio s'enfonçait dans la jalousie en voyant qu'elle n'était plus là, qu'elle ne l'écoutait plus, qu'elle s'était retirée en elle dans une contrée à laquelle il n'aurait jamais accès, une contrée où non seulement elle semblait heureuse sans lui, mais dans laquelle elle semblait heureuse parce qu'il n'y était pas. Elle lui échappait. Il devenait de plus en plus jaloux pour la retenir. Sabrina courait alors plus vite encore vers les paroles d'Hampâté. Maurizio enrageait et passait une vitesse dans sa jalousie. Comme de petits animaux de laboratoire, ils se poursuivirent ainsi dans ce grand cercle qui n'était ni vicieux ni vertueux, mais qui se contentait simplement d'être un cercle, c'est-à-dire un labyrinthe sans sortie possible donc parfait, la projection géométrique de la folie ou de l'enfer. Sans le savoir, ils devinrent chacun le monstre de l'autre tout en s'accusant mutuellement d'en être un. À qui la faute ? Peu à peu, toute communication devint impossible. Ainsi mourut doucement l'amour. Sabrina finit par avoir le courage de partir. Elle s'installa dans une petite maison, laissant Maurizio seul dans celle qu'ils avaient jusqu'alors partagée.

Dans les premiers temps qui suivirent leur séparation, ils avaient malgré tout tenu à continuer leur travail pour l'association et les réfugiés qu'elle avait accueillis. Difficile et de plus en plus tendu, leur engagement commun pour Santa Marta réussit néanmoins à tenir quelques mois pour une raison toute simple : contrairement à ce que Maurizio avait cru, Sabrina ne se remit pas en couple avec un autre homme immédiatement après leur rupture. Elle prit le temps de traverser la douleur de la séparation. Maurizio commença même à penser qu'il avait eu tort, et que sa jalousie n'avait eu aucun fondement.

Hélas pour lui, ce fut au moment où il songeait à s'excuser, où il se mit à rêver à une nouvelle chance pour leur relation que Sabrina, complètement remise de cette douloureuse séparation, se rapprocha de Hampâté. Ce dernier lui avait laissé le temps de faire son deuil. Maurizio retomba dans une indicible douleur. L'on eût aimé dire à son propos qu'il toucha à cette époque le fond de la souffrance. Mais ce serait mentir : son chagrin n'avait pas de fond, il n'était qu'un puits infini où il chutait. Il en apprit une chose : la douleur est interminable. Cette phrase (la douleur est interminable) devint une certitude, presque une devise. Maurizio ne put supporter de voir la femme qu'il aimait, avec laquelle il avait partagé dix années de vie commune, fût avec un autre homme, un homme qu'il avait aidé. Il démissionna de Santa Marta, quitta Altino et revint à Catane. Il jeta la bague.

Sabrina resta seule responsable de l'association à Altino. Quelques mois s'écoulèrent. Les papiers et l'asile furent accordés à Hampâté. Sabrina l'accompagna à Catane pour les récupérer. Lorsqu'il sortit des bureaux de la commission, papiers en main, Hampâté fut si ivre de joie qu'il se mit, ce qui était inhabituel chez lui, à courir, éperdu, heureux. Une voiture le renversa. Étourdi et ému par son nouveau statut, celui pour lequel il avait bravé la mort et sacrifié tant de choses, il n'avait pas fait attention. Le chauffard ne s'arrêta pas et prit la fuite ; on ne le retrouva jamais. Hampâté agonisa dans l'ambulance qui le menait à l'hôpital, serrant d'une main celle de Sabrina, de l'autre ses papiers, du privilège desquels il n'avait joui que quelques secondes. Tous deux pleuraient. Il lui demanda un baiser et mourut dès que les lèvres de Sabrina quittèrent les siennes. Ses doigts se relâchèrent, les papiers qui l'avaient conduit à la mort s'éparpillèrent sur le plancher de l'ambulance qui le menait à la morgue.

Sabrina aussi souffrit son lot, peut-être même plus que Maurizio. L'antenne de Santa Marta à Altino fut temporairement fermée, le temps que Sabrina se remît de ce deuxième drame affectif qui la frappait quelques mois après le premier. Sa force d'âme lui permit d'en revenir. Elle recruta Carla à cette époque-là et, quelques jours plus tard, fit appel au Padre Bonianno.

Lorsqu'il apprit que l'association allait recommencer à fonctionner et à accueillir des ragazzi, Maurizio décida de revenir s'installer à Altino. Il avait espéré que s'éloigner de cette ville le guérirait. Il n'en avait rien été. Bien au contraire, sa haine s'était accrue. Elle brûlait son cœur, l'habitait avec une jalousie qui ne pouvait souffrir qu'une autre passion y pénétrât. Il haïssait Sabrina autant qu'il l'avait aimée. Il haïssait aussi les ragazzi, qui lui rappelaient tous Hampâté. La première fois qu'il revit Sabrina à Altino, il lui dit qu'il se réjouissait de la mort d'Hampâté et qu'elle n'avait encore rien connu ou vu de la souffrance. Il lui jura qu'il ferait tout pour qu'aucun migrant ne puisse encore être accueilli par cette association qu'il avait un temps co-dirigée.

Depuis ce jour, ils se menaient une lutte à mort.

***

Après sa confession, Sabrina pleura encore long-temps. Sœur Maria la serra dans ses bras avec l'inimitable tendresse d'une grande amie.

Immigration :
la CRISE se dote d'un nouveau Président

Hier, à l'Hôtel de Ville de Catane, l'élection du nouveau Président de la Commission de Régulation de l'Immigration en Sicile et Environs (CRISE) s'est tenue. Vu l'importance, l'actualité et l'enjeu d'un tel organe administratif, ce vote était très attendu. Il détermine en effet la politique de la Sicile sur la question des réfugiés au cours des quatre prochaines années. C'était donc une lourde responsabilité qui pesait sur les épaules des vingt-quatre membres du Conseil.

Et contre toutes les attentes et toutes les prévisions, c'est Monsieur Sandro Calvino qui a été élu par treize voix contre onze dès le premier tour de scrutin. Il l'emporte ainsi face à celle que tous les observateurs désignaient comme la grandissime favorite de l'élection, Madame Elena Rossi. Cette dernière faisait figure de candidate naturelle à ce poste. Ses responsabilités antérieures, aux Nations Unies, ou encore au sein de plusieurs gouvernements italiens, constituaient des atouts majeurs. Malgré tout cela, c'est pourtant l'outsider Sandro Calvino, qu'elle a élégamment « félicité » et « encouragé » qui a été choisi. Elena Rossi a déclaré qu'elle ferait de son mieux pour aider le nouveau président élu de la Commission.

Sandro Calvino, cinquante-quatre ans, accède donc à un premier poste d'envergure régionale, après avoir été préfet et président du conseil municipal de Messine. Il a en outre déjà posé à deux reprises sa candidature pour le Sénat italien, en vain. Fils d'un ancien apparatchik du parti conservateur dans lequel il a milité dès sa plus tendre enfance, Sandro Calvino n'est pas très connu du grand public. Mais ceux qui le suivent se rappellent ses déclarations fracassantes sur l'immigration de masse, qu'il a maintes fois comparée aux « conséquences d'une plomberie mal fichue et qu'il faut réparer ». Plus récemment, alors préfet de Messine, il avait été à l'origine d'un arrêté interdisant aux immigrés non répertoriés dans le fichier européen l'accès à la ville. Autant dire clairement qu'il n'est pas franchement favorable à l'accueil.

« Mais c'est un poste différent, il saura faire preuve d'intelligence. Sa grande force, c'est qu'il sait rassembler malgré les différences, vous verrez, il surprendra tout le monde », nous confie l'un des élus qui a voté pour lui. Un autre, encore abasourdi par le résultat du vote, assure que « si l'Union européenne n'est pas vigilante, Calvino mènera une politique désastreuse et tiendra des discours qui feront écho aux plus sombres heures du fascisme de notre pays. »

Une élection surprenante et controversée donc, dont le gagnant divise. Sandro Calvino appelle toutefois à « ne pas céder à l'hystérisation du débat sur une question si sensible ». Il affirme *qu'il travaillera en toute transparence, « en dialogue avec l'Union européenne, mais à l'écoute des premiers concernés : les Siciliens. "Les Siciliens d'abord" n'était pas mon slogan de campagne pour rien. » Sandro Calvino prendra ses fonctions la semaine prochaine. Il prend la suite de Ricardo Barzaglio, très apprécié par Bruxelles, mais dont le dernier mandat avait été marqué par plusieurs scandales financiers et des critiques de plus en plus dures de sa politique jugée trop « lâche » par la droite.*

Le tout nouveau Président de la CRISE aura en tout cas du pain sur la planche. Selon les chiffres de l'Observatoire Mondial des Migrations, 1 132 migrants seraient morts au cours des trois derniers mois en essayant d'arriver aux côtes siciliennes, et près de 1874 autres seraient en attente d'une régularisation de leur situation un peu partout sur l'île. Tout cela pendant qu'il en arrive toujours, au quotidien, dans les barques de la mort.

43

Carla se reprenait petit à petit. Après quelques jours passés à Noto, chez ses parents, elle avait retrouvé des forces pour faire face aux ragazzi. Ces derniers, depuis la réunion qu'ils avaient tenue chez Salomon et l'épisode de la fosse sabotée, se montraient plus agressifs. Fousseyni était l'un des rares à être demeuré sans histoires, bien que Carla sentît qu'il n'échappait pas totalement à l'ambiance délétère de la ville. Lorsqu'ils lui demandèrent ce qui s'était dit à cette réunion, il répondit que les ragazzi avaient décidé de se prendre en main seuls. Ils n'attendraient plus que l'association ou la gendarmerie les protège des provocations qu'ils subissaient. Celles-ci se multipliaient, sans que rien ne paraisse devoir les arrêter. Les forces de l'ordre, que Francesco Montero maintenait sous sa coupe, ne faisaient rien malgré les sollicitations outrées de l'association. La ville entière, elle le sentait, s'enfermait dans un immense piège.

La finale du championnat de football pouvait être l'occasion de sortir de cette spirale de la tension. Carla espérait que le football arriverait à redonner un peu de joie aux ragazzi et à dissiper, le temps d'un match, cette flottaison de grisaille au-dessus de la ville. Mais pour gagner, il fallait jouer. Et pour jouer, s'entraîner. Or l'équipe ne s'entraînait plus. Depuis plusieurs semaines. Elle semblait s'être dissoute dans la méfiance et l'absence de dialogue des derniers jours. Mais Carla refusait de s'y résoudre. Pour une fois que l'équipe était en finale, elle devait, sinon gagner, au moins jouer avec toutes ses chances.

Elle tenta de convaincre le docteur Pessoto de reprendre les entraînements. En vain. Elle eut beau lui rappeler l'influence morale que le football exerçait sur les ragazzi, il demeura intraitable, répondant invariablement qu'il ne pouvait plus rien faire. Carla savait qu'il arrivait au médecin, parfois, de sombrer dans un pessimisme profond, mais jamais elle n'aurait cru qu'il en ferait preuve pour ce qui avait trait au football. Elle évita cependant de le juger trop sévèrement : Angela, sa femme, était une de ses amies, et Carla se doutait, même si elle ne lui en dit que fort peu, que Salvatore avait abandonné les entraînements pour être plus proche d'elle et de leurs enfants. Naturellement, elle en parla à Jogoy, mais il lui répondit que cela ne servirait à rien qu'il tentât, lui, de remobiliser l'équipe, puisque tous les ragazzi ou presque le considéraient comme un traître.

Carla ne perdit pas courage. Elle décida de jouer sa dernière carte : demander de l'aide au terrible Giuseppe Fantini. Elle se rendit chez lui, et sonna à la porte de la grande maison du poète. Elle n'avait pas revu Fantini depuis l'enterrement du Padre Bonianno. Il fallait pourtant, malgré le peu de chances qu'elle croyait avoir, qu'elle essaye… Elle sonna. Un aboiement lui répondit, suivi d'un bruit de pas qui empruntaient un escalier. Quelques secondes plus tard, on ouvrit.

Fantini, comme échappé d'une peinture du Greco, se tenait devant elle : son visage au teint cireux, sur lequel une barbe drue avait poussé comme de la mauvaise herbe, accusait une immense fatigue. Il enleva les grandes lunettes noires qui dissimulaient ses yeux. Son regard vide ressemblait à celui de quelqu'un que la mort vient de visiter – à moins ce ne fût lui, Fantini, la mort incarnée! Ses yeux sans feu balayaient l'horizon. Il ne semblait pas voir Carla. Cette dernière allait sortir de sa torpeur quand il parla soudain :

— Amedeo… ? C'est toi… C'est toi ?

La raucité de la voix, le ton halluciné qui l'habitait, l'adresse qu'elle faisait au curé mort, produisirent sur Carla un effet effroyable. Elle faillit fuir ou s'évanouir.

— Monsieur Fantini… ? risqua-t-elle.

Giuseppe Fantini sembla émerger d'une profonde nuit. Il battit bêtement les paupières.

— Maestro Fantini… ? dit Carla d'une voix légèrement plus assurée.

Le poète baissa le regard sur Carla et, pendant quelques secondes, sembla se demander si c'était bien une personne ou une hallucination. L'éternité passa. Fantini revint enfin du lieu inconnu où il se trouvait.

— Vous ? Je… Je suis en plein travail. Que puis-je pour vous ?

— Maestro… On a besoin de vous. Les ragazzi ont besoin de vous. La finale de la coupe de football approche. Notre équipe doit la disputer. Mais… Mais elle n'a plus d'entraîneur. Les ragazzi sont très difficiles en ce moment. Gagner ce match leur ferait du bien…

— Oui, certainement. Mais je ne vois toujours pas pourquoi vous êtes là.

Le poète avait retrouvé son ton sec et distant. Carla balbutiait :

— Je me disais… Je me disais que vous pourriez… Que vous pourriez devenir leur… Leur. Leur *Mister*. Leur entraîneur.

Fantini demeura silencieux. Il répondit au bout d'un temps, perplexe :

— Si c'est une plaisanterie, elle ne m'amuse pas. Je ne sais pas du tout ce qui vous fait venir ici, Carla. Je ne connais rien à ce sport. Et même si j'y connaissais quelque chose, je n'aurais pas eu le temps. Je suis en plein travail. Au revoir…

Et il s'apprêtait à fermer la porte quand Carla joua son va-tout :

— Le Padre Bonianno m'a dit, quelques jours avant de mourir, que je devrais venir vous voir si j'avais besoin d'aide au sujet des ragazzi. Je vous jure que c'est vrai. Je n'oserais jamais souiller sa mémoire d'un mensonge. Je le craignais déjà vivant. Imaginez mort. Je sais que ce n'est pas votre spécialité, mais…

Carla laissa sa phrase en suspens. Fantini ne disait toujours rien. Elle fut sur le point d'ouvrir la bouche pour s'excuser et renoncer. Le poète l'interrompit d'un geste de la main. Un long moment passa, puis Fantini dit qu'il acceptait.

— Vous… Vous acceptez ? murmura Carla.

— J'accepte. Je comprends le football encore moins que l'art des Rivera. C'est dire. La seule chose que je sache à propos de ce sport, c'est que tous ces joueurs se fatigueraient moins si chacun d'eux avait un ballon au lieu de tous en poursuivre un seul.

Carla, décontenancée, ne sut dire si le grand poète, si désagréable, venait de faire deux plaisanteries dans une seule phrase. Par prudence elle ne rit pas et se contenta de répondre sobrement :

— Je vais avertir les ragazzi que les entraînements reprennent avec vous… Oh, merci Maestro, merci.

— Ne me remerciez pas. Ce n'est pas pour vous que je le fais. Ni même pour les ragazzi.

La porte de la grande maison se referma sèchement sur ces mots.

44

Aussi invraisemblable qu'il parût, le fait était là : quatre jours après que Carla lui eut demandé de l'aide, Giuseppe Fantini convainquit quelques ragazzi de revenir à l'entraînement. Certains avaient refusé, rappelant qu'ils suivaient Salomon, lequel leur conseillait d'éviter de replonger dans le football (« instrument pour nous abêtir, nous faire oublier la misérable condition qu'ils nous infligent »). Mais il y avait assez de joueurs pour reformer une belle équipe. Même Bemba, qui avait applaudi Salomon, était revenu parce que l'équipe, avait-il dit, ne gagnerait rien sans lui.

Ainsi, les jours qui suivirent, malgré les provocations qui continuaient, et la violence qui se répandait toujours, ils s'entraînèrent. Ils acceptèrent que Jogoy dirigeât les entraînements. Fantini n'avait pas exagéré : il ne connaissait vraiment rien au football; cependant, il assistait toujours aux entraînements, de loin, les yeux cachés derrière ses lunettes. Il écrivait de temps en temps sur un petit carnet. Complexes notes tactiques? Poésie? Nul ne sut.

De temps en temps, Carla venait les encourager. Elle l'ignorait, mais depuis qu'elle avait réussi à relancer les entraînements, Jogoy éprouvait pour elle un désir encore plus ardent, qui n'était pas lié au football, mais au fait qu'elle lui paraissait encore plus forte et déterminée.

La finale approchait.

***

L'arbitre siffla la fin du temps réglementaire sans que les deux équipes aient pu se départager. Après quatre-vingt dix minutes, suivies de trente autres pour les prolongations, le score était toujours de zéro à zéro, bien que le match fût très animé et disputé. Le stade tout entier laissa échapper un souffle barbare et rauque lorsque les trois coups de sifflets retentirent. L'excitation avait atteint ces sommets de sauvage plaisir auxquels la pure passion seule savait encore la porter. Dans les gradins, des goujats enflammés juraient que le plaisir du football surpassait celui de la femme.

Le spectacle avait été grandiose et épique ; les joueurs s'étaient damnés, puisant on ne savait où une détermination et des forces qu'on ne les soupçonnait plus d'avoir, et dont on se demandait s'il leur en resterait pour aller au bout de la seule vraie tragédie qui restât encore aux hommes : la série de pénalties. Les parieurs s'affolaient. Les cardiaques, par précaution, dictaient leur testament. Dieu Lui-même daignait – exceptionnellement – accorder un peu d'attention à Ses turbulentes créatures.

La séance commença par les cinq premiers tirs réglementaires. En bon capitaine, Jogoy frappa le premier. Il exécuta une audacieuse Panenka qui ricocha sur la barre avant de rentrer. Dans les gradins, Carla criait son nom, debout à côté de son fiancé Roberto.

Piazze aussi marqua. 1-1.

Bemba s'avança ensuite étrangement, d'une course bancale, comme s'il allait tomber. Mais sa frappe du gauche nettoya la lucarne du gardien, qui n'esquissa pas même un mouvement. Aux supporters adverses qui le houspillaient, Bemba adressa un doigt d'honneur et quelques mots doux : « *Vaffanculo ! Vi ho purgato ! Vaffanculo a tutti !* »

Mais Piazze égalisa. Ismaïla Camara, le gardien des *ragazzi*, avait pourtant effleuré le ballon. Mais sa main n'avait pas été assez ferme. Deux partout.

Musa Ngom, un Gambien, discret, pas très talentueux mais besogneux joueur de devoir, se présenta ensuite et tira sans grande préparation. La balle fila plein centre. Mais heureusement, le gardien anticipa sur sa gauche. But. 3-2

Une fois de plus, pourtant, Piazze marqua. Égalité.

Ismaïla Camara décida de tirer. Sang-froid absolu. La frappe fut précise, envoyée vers le petit filet, à mi-hauteur. Imparable.

Mais, inlassable poursuivant, Piazze, de nouveau, avec un peu de chance – la balle frappa les deux poteaux avant de franchir la ligne de but – égalisa. 4-4.

L'oxygène en vint à manquer dans le stade. On entendit des soupirs d'évanouissement.

Fousseyni, pour le dernier tir, se leva. Il fallait que ce soit lui. Il posa le ballon calmement. Recula de deux pas. S'élança. Mais juste avant de tirer, une fulgurante contraction lui lancina l'arrière de la cuisse gauche. Déséquilibré par la soudaine douleur, il ne put retenir son élan. Le geste était déjà enclenché. Il frappa, mais si mollement que le gardien arrêta le ballon avec son pied. Humilié, pris de crampes, Fousseyni s'écroula. Gianni, intérieurement, brûla à la fois de rage et de joie, en cherchant des yeux Lucia, qui était au bord du terrain. « *Tu vois ? Il va nous faire perdre ! Tu vois, ce n'est pas l'homme parfait que tu crois* ». Les supporters d'Altino gardèrent le silence, sous le choc. Ceux de Piazze rugirent de joie. Fousseyni fondit en larmes. Jogoy alla le relever et le réconforter. Ils n'avaient pas encore perdu, après tout. Il restait un tir adverse.

Si le dernier tireur de Piazze marquait, la gloire serait à lui, la victoire à son équipe. Le silence écrasait le petit stade. Le joueur prit un grand élan, fit une énergique course, et frappa en force vers la lucarne droite. Ismaïla Camara se détendit. Lança désespérément sa main gauche. La balle la heurta. La main, cette fois, fut ferme, mais la frappe, puissante, ne fut que détournée. Vers le poteau. La chance souriait enfin au gardien. Altino resta dans le match. Fantini se leva de son banc, sans rien dire. Même lui, qui méprisait profondément l'épaisse et brute passion du foot, semblait pris dans ses effets.

L'on arriva à la mort subite : chaque tir était un couperet. Gianni posa le ballon, presque sans élan. Posture d'assurance. Signe de confiance. L'arbitre siffla. Gianni, avec désinvolture voire arrogance, expédia la balle en lucarne, hors d'atteinte du gardien adverse, qui plongea pourtant du bon côté. 5-4 en faveur d'Altino. Gianni chercha immédiatement le regard de Lucia et le trouva. Elle était aux anges… Elle l'admirait. Elle l'aimait. Il fallait qu'elle l'aimât. « *J'ai marqué le mien, moi, et tu vas voir, ce sera le penalty décisif, car ils vont rater* ».

Le tireur de Piazze, un joueur détestable qui avait passé tout le match à commettre d'horribles fautes, se présenta devant Ismaïla Camara.

« S'il y a un Dieu et une justice divine, il doit rater », priait sœur Maria qui avait passé tout le match à dire des obscénités aux joueurs adverses et à invoquer l'aide du Seigneur. « Allez, Padre Bonianno, vous qui êtes maintenant là-haut, faites quelque chose ».

Il sembla qu'Amedeo Bonianno entendit le vœu pieux de sœur Maria, car la balle s'envola vers lui, vers le ciel, complètement hors-cadre, très haut. La pression avait eu raison de l'ultime tireur, qui s'effondra à genoux et en larmes, seul et brisé. Altino remportait le match au bout d'une irrespirable rencontre.

Il fallut quelques secondes aux fans locaux avant de se rendre compte que leur équipe venait de triompher. Une formidable déflagration de joie couvrit l'espace après ce moment de silence incrédule.

Tous ceux qui avaient de la sympathie pour les ragazzi entrèrent sur la pelouse, qui devint bientôt un vaste théâtre d'embrassades. On étreignait les joueurs, on les félicitait, on les portait en triomphe. Sabrina rayonnait, débordait d'allégresse. Cette victoire symbolisait à ses yeux la plus formidable réponse que l'association eût pu apporter aux provocations. Aux Calcagno. À tous les xénophobes. À Maurizio. Dans l'ivresse du moment, elle invita tous ceux qui le désiraient à venir boire un verre à la *Tavola di Luca* pour fêter la victoire ainsi que l'annonce des commissions après ces longs mois d'attente. Car oui : les dates exactes – enfin, enfin ! – du lancement des commissions avaient été dévoilées quelques jours auparavant ; elles débutaient une semaine plus tard.

45

Fantini était déjà en route vers chez lui. Il considérait sa promesse tenue, et pouvait désormais se consacrer à son grand poème, loin de la fête qui s'annonçait après le match.

Cela n'avait pas été une tâche si compliquée que de reformer l'équipe : la plupart des ragazzi, malgré leur peur et leur méfiance, voulaient rejouer au football. Il l'avait vite senti, et il lui avait simplement suffi de les pousser un peu pour les convaincre. Un moment, cependant, s'était avéré plus difficile que les autres : affronter Salomon. Il se souvenait de chaque réplique de leur discussion qui, à la grande surprise du poète, s'était faite en italien. Salomon avait progressé dans la maîtrise de la langue.

— Vous avez réussi, avait-il dit au poète dès qu'il était entré chez eux, à retourner le cerveau vide et sans volonté des autres. Mais ici, pas la peine d'essayer. Personne ne vous suivra. Personne ne retournera jouer au football.

— Je sais, lui avait-il répondu, que je ne serai pas entendu ici. Mais j'aimerais simplement te dire une chose : la voie que tu proposes est aussi un piège. C'est même pire : tu tombes dans le piège de la haine, et tu entraînes avec toi d'autres qui ne la ressentent pas.

— La haine est saine pour nous. Je ne la crains pas. La haine permet de ne pas devenir fou. Tout est violent autour de nous, alors ne nous demandez pas d'être sans violence.

— Tôt ou tard, cela mènera à une tragédie.

— Vous les Européens, vous croyez que la tragédie n'est pas encore arrivée. Nous, nous vivons déjà la tragédie. C'est vous qui l'avez créée, et c'est nous qui la subissons. La tragédie n'est pas probable, elle n'est pas éventuelle, elle est certaine. Elle est notre quotidien.

Fantini l'avait longuement regardé avant de répondre.

— Tu as raison sur un point, Salomon. La tragédie est déjà là. Mais la grande différence entre toi et moi, c'est que je refuse de la nourrir de haine. J'essaie d'en sortir, je ne suis pas fasciné par elle. Je ne consacre pas mes forces à trouver des coupables. Contrairement à toi. Tu appelles la mort.

— Non, c'est elle qui m'appelle.

— Ne réponds pas.

— Vous ne comprenez pas. Ce n'est pas moi seul qu'elle appelle, mais nous tous. Je ne cherche pas de coupables. Nous le sommes tous. Certains plus que d'autres. Pensez-y, au lieu d'aller jouer au football. Pensez à ça, au lieu d'aller écrire. Vous êtes inutile, comme tous les poètes. Vous ne pouvez rien devant ce monde qui s'effondre.

Le poète avait voulu répondre à ces deux dernières phrases, qui étaient terribles. Mais il avait fini par renoncer, non par désespoir ou résignation, mais parce qu'il s'était soudain rendu compte que Salomon ne faisait plus aucune différence entre vivre et mourir.

***

Il arriva chez lui. Bandino l'accueillit avec de joyeux aboiements dès qu'il passa la porte. Le vieil homme caressa la bête, mais s'excusa de ne pouvoir rester plus longuement en sa compagnie. Il devait, de tout son être et malgré la fatigue, se tenir disponible à la poésie. Les grands Maîtres le regardaient.

Ils l'attendaient à l'orée de la forêt obscure où il s'apprêtait à rentrer.

Se remettre à l'écriture après quinze longues années d'interruption lui rappelait ce qu'être poète signifiait. Le monde redevenait ce qu'il fallait traduire. Car qu'était-ce qu'un poète, sinon l'ultime traducteur d'un sens non point perdu – car alors le poète serait inutile – mais toujours près de se perdre ? Qui est-il, sinon celui qui, au bord du grand vide où il veut tomber, retient la possibilité d'un sens d'une main, et tente, de l'autre, de le transmettre aux humains ? Il aurait dû répondre à la terrible phrase de Salomon. C'est vrai : le poète ne peut empêcher le monde de s'effondrer, mais lui seul est en mesure de le montrer dans son effondrement. Et, peut-être, de le rebâtir aux endroits où il s'effondre en premier, et le plus lourdement : la parole et la langue.

Il regarda par la fenêtre. La nuit était très claire. L'Etna portait une fine écharpe de nuages blancs. Loin d'être massive, sa silhouette était ciselée, comme libérée de la pesante et brute matière du monde par un sculpteur divin. Elle semblait plus encline à lui confier un secret ce soir. Le cratère du volcan était un immense encrier. Le poète prit sa plume, l'y plongea et, d'un geste sûr et fragile à la fois, commença à écrire.

46

Dès vingt et une heures, la *Tavola di Luca* fut prise d'assaut. Ragazzi, membres de Santa Marta, simples habitants : tous buvaient, mangeaient, fêtaient. C'était une parenthèse de joie au cœur de la tension des dernières semaines. Les ragazzi qui avaient joué avaient pris le temps de se doucher et de se changer avant de revenir. La Signora Fillipa offrait des tournées, s'égayait, dansait, lançait des chants. La victoire l'avait mise dans un état d'infinie bonne humeur. Elle soutenait l'association Santa Marta depuis très longtemps et militait encore pour que l'on accueillît autant de réfugiés que possible dans les petites villes siciliennes. Contrairement à d'autres, la Signora Fillipa ne pensait pas que l'immigration massive fût la cause du chômage des jeunes Italiens ; au contraire, elle croyait qu'elle créait les conditions favorables à une relance économique.

La soirée avançait et l'on continuait à boire, à danser, à fêter. Bemba parlait fort, s'échauffait : « Vous avez vu mon penalty ? La frappe du tonton ! Dans le coin. Si le gardien avait essayé de la toucher, sa tête fracassait la barre ou le poteau ! Je vous avais dit que sans moi, l'équipe ne gagnerait rien ! » Et il riait en engloutissant d'un trait la moitié d'une énorme chope de bière. Il semblait n'avoir aucune limite de volume : certes, son gros ventre pouvait sans doute contenir une quantité non négligeable d'alcool, mais il alignait les grands verres débordant de mousse avec une stupéfiante constance, sans jamais faiblir, comme si ce gros ventre avait un double fond, une trappe secrète où toute la boisson disparaissait dans un univers parallèle. En le regardant ainsi boire, Fousseyni songea à Diabaté l'estomac absolu. Autour de lui, quelques ragazzi, ainsi que les membres de Santa Marta, buvaient aussi, mais un tout petit peu moins que Bemba, ce qui était déjà beaucoup. Veronica et Rosa, pour une fois, riaient aux éclats en se tapant dans les mains. Pietro écoutait sœur Maria lui raconter, légèrement grisée, l'histoire d'une tentation charnelle à laquelle elle avait failli céder, quelques années auparavant. Carla, dans un coin, discutait avec son fiancé Roberto, en jetant de temps en temps un regard étrange, mi-inquiet mi-courroucé à Jogoy. Il semblait à la jeune femme que celui-ci l'évitait, préférant passer du temps avec l'une des filles de la Signora Filippa. Il tenait une sorte de carnet noir qu'il ouvrait de temps en temps, lorsque la fille Filippa lui laissait un moment de répit.

Gianni, élu « homme du match », profitait aussi de la soirée. Tout le monde le félicitait régulièrement, et il finit par ne plus compter le nombre de fois où quelqu'un (généralement Bemba) porta un toast : « À Gianni, le sauveur ! » Et toute la salle levait son verre pour lui. En temps normal, une telle attention l'eût terriblement gêné. Mais ce soir n'était pas un soir comme les autres : ce soir, il assumait tous les regards, car dans celui qui comptait le plus pour lui, celui de Lucia, il croyait avoir vu de douces promesses. Dès la fin du match, elle s'était jetée à son cou. Elle l'avait embrassé sur la joue et ses yeux exprimaient une grande admiration. Gianni faillit s'évanouir. Elle voyait enfin qu'il l'aimait... Ce soir, il conclurait. Il devait conclure. Pour l'énième fois depuis le début de la soirée, il la chercha des yeux. Était-elle revenue ? Elle lui avait dit qu'elle devait repartir chez elle pour se changer et voir son père, mais qu'elle reviendrait.

Enfin elle se montra. Entre des silhouettes euphoriques, des verres levés, des flots de boissons et des corps qui dansaient, Gianni la vit qui entrait. Il ne fut pas le seul à perdre le souffle lorsque Lucia entra. Soit qu'ils se rendissent compte qu'elle était plus belle qu'ils ne l'avaient pensé, soit qu'ils découvrissent à l'instant cette beauté, ceux qui étaient présents, qui pourtant, pour la plupart, la connaissaient, semblèrent, quelques secondes, s'arrêter pour la contempler. Qu'avait-elle fait, pour que sa beauté parût ainsi éclater d'un seul coup, comme une subite et inattendue percée de grand soleil en pleine nuit ? Elle avait simplement détaché ses cheveux, légèrement maquillé ses yeux et transformé sa bouche en un fruit rouge et mûr. Cela avait suffi à produire une de ces merveilleuses métamorphoses qu'Ovide n'eût pas reniées.

Lucia s'arrêta, hésitante. Elle donnait l'impression de chercher un visage connu dans la masse des danseurs virevoltant devant elle comme une nuée d'étourneaux. Gianni, du fond de la salle, leva la main pour lui faire signe, mais Lucia ne le vit pas. Au lieu d'aller vers l'homme du match, elle se dirigea vers Fousseyni, resté seul à la table que Bemba et quelques autres ragazzi avaient quittée pour aller danser. La main toujours en l'air, bêtement immobile, Gianni sentit monter en lui un monstrueux sentiment dont les trois têtes, Peine, Jalousie et Colère, s'entredévoraient, formant un Cerbère ensauvagé et dément qui gardait son enfer intérieur. C'était pourtant lui, le héros du match. Lui, qui avait sauvé l'équipe. Lui, qui avait guidé l'équipe. Lui et personne d'autre. Il ne comprenait pas pourquoi Lucia allait vers Fousseyni plutôt que vers lui.

Insensible à tous ces drames intérieurs qui se jouaient dans le bar, la soirée se poursuivait.

Elle était affamée de chants, désireuse de frottements de corps, assoiffée d'euphorie et d'ivresse, roulant irréversiblement vers la jouissance, le débridement de toutes les retenues, l'exhumation des passions enfouies, comme si la tension des dernières semaines trouvait en ce moment un déversoir que chacun devait remplir de son énergie et de sa rage enfin libérées ;

et Sabrina dansait en pleurant avec les ragazzi, qui crurent que c'était de joie, alors qu'elle pensait surtout à Hampâté, dont c'était l'anniversaire de la mort ;

et sœur Maria avouait à Pietro qu'elle avait finalement cédé à l'appel diabolique de la chair, et qu'elle s'était confessée pendant des jours après ça ;

417

et dans un coin, Rosa et Veronica dansaient un flamenco ;

et Carla embrassait fougueusement Roberto en regardant du coin de l'œil Jogoy ; lequel lorgnait aussi vers elle tandis que l'embrassait une des filles de la Signora Filippa ;

et sur la piste des ombres aux mouvements obscènes s'agitaient et se frottaient, plus longuement, plus langoureusement, comme si elles allaient se confondre, surchargeant la piste de danse d'un désir immense ;

et aux oreilles se murmuraient des propositions pour finir la nuit ;

et la Signora Filippa dansait derrière le comptoirs, ses seins ballottaient,

et la fête devenait une odeur d'haleines alcoolisées, de frites, de sudations ;

et la musique délicieusement infernale rugissait et couvrait tout l'espace, et

> *Concetta ci ha nutriti*
> *Meglio delle nostre donne*
> *Vorremmo fargli cosi*
> *L'amore meglio che alle nostre donne…*

bramait Bemba avec un parfait accent italien alors que Concetta et lui faisaient passionnément l'amour contre un des murs de l'arrière-cuisine ;

et Fousseyni était toujours à sa table, tout près, vraiment tout près du fruit qui sentait plus que jamais l'orange, mais une orange rouge : les lèvres de Lucia ; et puis tout ça n'eut plus vraiment d'importance lorsqu'elle se pencha vers lui, et qu'il ne fut plus lui-même qu'une pure orange sanguine dont la douceur le terrassa ; c'était donc ça, embrasser, c'était donc ça, sentir la bouche et les lèvres et l'âme d'une femme ; c'était donc ça, cette chaleur, cette tendresse ; oui c'était ça, mais il y songerait plus tard, il réfléchirait plus tard, lorsqu'il reviendrait au monde, il chercherait à retrouver son cerveau plus tard, s'il survivait à ce baiser ;

ce baiser auquel Gianni, lui, ne survivait pas, car il les voyait s'embrasser et il mourait, ô oui, il crevait, et son cœur explosait, Peine, Jalousie et Colère s'entretuaient.

Et, ainsi, la fête continua de ruer vers le grand déversoir, de rouler plus lourdement encore dans les profondeurs de la nuit, emportant dans son grand torrent, indifféremment, désirs, peines, amitiés, jalousies, amours, cris de joie, vociférations ivres, flots d'alcool, tourbillons de néons, danses du diable, ballet des ombres, et tout le reste, et tout le reste.

Nuit macabre à Altino

C'est une funeste découverte qu'ont faite les habitants de la petite ville d'Altino en se réveillant ce matin. Dans ce charmant petit bourg sicilien où il n'arrive habituellement rien, il s'est passé au cours de la nuit dernière quelque chose de proprement épouvantable : des corps sans vie ont été retrouvés sur la place centrale de la ville. Parmi eux, se trouvaient trois femmes sauvagement défigurées, dont deux, selon les premières informations qui nous sont parvenues, auraient été violées. Les corps semblent tous avoir été soumis à une grande violence.

Nous avons pour l'heure très peu d'informations sur les circonstances de cet affreux drame. Le caractère sinistre de l'événement semble avoir plongé les habitants et les autorités locales dans un mutisme horrifié. Personne ne veut parler de l'horreur ; personne ne semble encore le pouvoir. Voire y croire. Nous avons pourtant réussi à joindre le capitaine Matteo Falconi, commandant de la gendarmerie d'Altino, qui, tout en refusant « de faire tout commentaire de cet acte sauvage alors que les corps ne sont pas encore froids », a confirmé qu'en vingt années d'exercice à Altino, il n'avait « jamais rien vu d'aussi horrible ». À la question de savoir si l'on pouvait dès maintenant en conclure à des homicides, Matteo Falconi a répondu que les premiers éléments de l'enquête allaient le déterminer. « Mais c'est très probable, je le crains », a-t-il rajouté, ému.

L'identité des victimes ne nous est pas encore connue. Le capitaine Falconi n'a pas souhaité communiquer à ce sujet. Mais cela ne saurait être qu'une question d'heures avant que les premières déclarations soient faites. Une première prise de parole officielle devrait être assurée dans les prochaines heures par Monsieur Francesco Montero, maire d'Altino, que nous avons en vain tenté de contacter. Nous vous tiendrons informés dans nos prochaines éditions.

Les circonstances de ces morts horribles restent encore à élucider. Sans nous avancer, nous pouvons néanmoins rapporter ici un témoignage qu'un habitant d'Altino, qui vit non loin de la place de la ville (et qui a souhaité gardé l'anonymat) a bien voulu nous confier. Nous précisons que ce commentaire n'a pas valeur de vérité ; il vaut ce que vaut une rumeur, et il revient à chacun d'en évaluer la teneur en attendant l'avancement de l'enquête. Le voici, reproduit en intégralité :

« Ce qui s'est passé est horrible. Je n'ai rien vu et je ne sais pas qui a tué ces gens ni comment... Paraît qu'il y a eu des viols, c'est affreux, j'espère qu'on trouvera les coupables et qu'ils auront ce qu'ils méritent... J'ai rien vu, mais j'ai entendu.

Y avait beaucoup de bruit qui venait du bar d'en face, à la Tavola… Mais c'est pas nouveau, ça, y a toujours du bruit qui vient de chez la Filippa. Mais hier soir, y'en avait plus que d'habitude. Y avait plus de monde. Ils étaient tous venus pour fêter la victoire des ragazzi de l'association contre Piazze. Un grand match, avec une série de penalties incroyable… J'y étais. Hier soir, ils ont fêté ça. Quand je me suis endormi, y avait beaucoup de bruit, de la musique, tout ça… Puis au milieu de la nuit, je me suis réveillé car j'ai entendu des cris… Oui, des cris et aussi des bruits de bagarre… Des bouteilles brisées. Mais je me suis pas inquiété, car ça arrive aussi parfois chez la Filippa. Rarement, mais ça arrive quand même, quand les gens ont trop bu. Alors je ne me suis pas inquiété et j'ai essayé de me rendormir. Et au réveil, comme tout le monde, je découvre cette horreur… Ces pauvres gens… Dieu ait leur âme. Surtout ces pauvres femmes. C'est vraiment un désastre, jamais vu ça ici… »

Après une rapide enquête nous avons au moins pu confirmer certains dires de ce témoin. Il y avait bien eu hier, dans la soirée, une fête organisée en l'honneur de migrants. Car si rien qui sorte de l'ordinaire n'arrive habituellement à Altino, il y arrive cependant depuis une dizaine d'années des réfugiés. Ceux-ci sont pris en charge par une antenne locale de l'association d'accueil Santa Marta. C'est elle qui avait

SILENCE DU CHŒUR

organisé ladite fête après que ces migrants eurent gagné une finale de football. Nous n'avons malheureusement pas pu joindre Madame Filippa, la propriétaire du bar où cette victoire fut célébrée.

L'enquête de la gendarmerie devra en tout cas déterminer s'il y a un quelconque lien entre cette fête et la tragédie macabre survenue la même nuit à Altino. S'il devait bien y en avoir un, comme cela est « probable », d'après le capitaine Falconi, cela donnerait raison aux nombreuses voix qui considèrent que les immigrés sont des dangers pour les valeurs de l'Europe.

423

LA LANGUE DE PIERRE

l'irreprochable-monde morale

47

La sonnerie du téléphone – Pavarotti exécutant
Nessun dorma – retentit, l'arrachant aux griffes d'un
cauchemar. Encore bouleversé par son mauvais
rêve, Sandro Calvino, le tout nouveau président
de la CRISE, mit quelques secondes à trouver
son Iphone perdu entre les replis de la couette.
La grande voix de l'herculéen ténor arrivait déjà à
la fin du premier couplet. Sandro Calvino trouva
enfin l'appareil et décrocha, l'esprit ensommeillé.

— Allo ? Sandro ? C'est moi. Je ne te réveille
pas, j'espère.

— Maurizio ? Non… Non, tu ne me réveilles
pas… Enfin, oui, si, mais j'allais me lever. Mais…
Que puis-je… ?

— Je n'ai pas pu résister à l'envie de t'appeler.
Je viens d'apprendre une bonne nouvelle. Je ne sais
pas encore tout, mais il s'agit exactement de ce que

nous n'aurions même pas osé rêver. Un coup de chance, un miracle. Il s'est passé quelque chose de terrible cette nuit à Altino. Il y a eu des morts, à la suite d'une bagarre. Je ne connais pas tous les détails, je vérifierai auprès des autorités dès que j'aurai raccroché, mais une chose est certaine, Sandro : ils sont en train de se mener seuls à l'abattoir !

— Qui ça, ils ? De quoi parles-tu, enfin ?

— Des Nègres, voyons ! Ils sont mêlés, de près ou de loin, mais mêlés quand même, à ce qui s'est passé cette nuit. Pour l'instant j'ignore les faits. Chacun y va de sa version. Mais il y a eu quelque chose. Des morts. Des hommes, mais aussi des femmes. Quelques-unes violées. Et selon toute vraisemblance, des migrants seraient mêlés à l'affaire. Certaines rumeurs disent même que ce sont eux les coupables. L'important, c'est qu'ils vont être impliqués dans cette sombre affaire ! On ne pouvait avoir meilleur prétexte pour leur refuser le passage devant la commission. Voilà la justification officielle que nous cherchions en vain ces derniers jours. Elle nous tombe entre les mains comme un fruit trop mûr. Dire qu'ils devaient commencer à passer dans quelques jours ! Dire ! La providence nous sourit, s'excita Maurizio.

— On ne pouvait rêver mieux, en effet, répondit Sandro Calvino. S'ils sont impliqués, c'est tout bon pour nous. S'il y a eu des morts, ça va faire un scandale, et personne ne pourra plus soutenir qu'ils sont capables de vivre dans notre civilisation.

— Exactement ! J'espère de tout cœur qu'ils ont tué ! Ce serait une aubaine !

— Oui, sans doute.

— Je te rappelle très vite. De ton côté, commence déjà à écrire ton communiqué. Annonce que la CRISE, après la nuit d'horreur d'Altino, ne peut pas accepter le passage des ragazzi devant la commission. Invoque des raisons de sécurité, des raisons liées à l'enquête, et tout le blabla politique de circonstance. Pouf ! Réjouissons-nous, mon ami !

Maurizio raccrocha. Sandro demeura un temps immobile, bien réveillé désormais. Il éprouvait un certain soulagement, moins pour lui que pour Maurizio dont toute l'énergie, ces dernières semaines, avait été employée à la recherche d'une justification officielle au refus que la commission allait opposer aux demandes d'asile de la plupart des ragazzi d'Altino. Mais ce refus devait être argumenté : c'était cela, l'obsession de Maurizio Mangialepre. Il voulait que la CRISE, après sa décision, sût à l'avance ce qu'il lui faudrait répondre à l'irréprochable-monde-moral. Lequel réagirait violemment aux refus massifs.

Maurizio Mangialepre, Sandro Calvino le savait, tenait aux apparences. Ce fut par amitié et par égard pour une vieille dette qu'il lui devait – Maurizio avait, quelques années auparavant, sauvé sa carrière politique en le tirant d'une sale affaire – que Sandro accepta de participer à cette mascarade. Mais au fond il trouvait cette idée de justifier un refus assez ridicule. La commission qu'il dirigeait restait souveraine ; elle ne devait rendre de compte à personne. Pas même au tout-puissant irréprochable-monde-moral, celui des belles âmes tièdement humanistes drapées dans leur charité tolérante, et qui s'indigneraient qu'on refusât l'asile à deux tiers des ragazzi qui le demandaient. L'irréprochable-monde-moral les traiterait évidemment de xénophobes, d'intolérants et – c'était prévisible – de fascistes. Certains oseraient même nazis. Comme d'habitude. Cela ne le gênait plus.

Maurizio lui assurait que lui non plus ne faisait pas cas de ces anathèmes qu'on lui jetait à la figure. Mais alors, pourquoi tenait-il tant à se justifier ? Il lui avait un jour posé la question, et se rappelait la réponse que Maurizio lui donna : « parce que, cher Sandro, l'irréprochable-monde n'est jamais aussi aveugle que quand il s'indigne. Son indignation a valeur d'action. Ça lui suffit.

Agir lui importe peu s'il a condamné moralement.
Alors laissons-le condamner et continuons d'agir.
L'irréprochable-monde se prend pour une grande
démocratie. Et comme toutes les démocraties,
elle meurt de l'idée qu'elle se fait d'elle-même :
être l'empire du Bien ».

Sandro Calvino repensa de nouveau à l'étrange
appel de Maurizio. N'eût été l'insistance de ce
dernier pour qu'ils fournissent un argument officiel, Sandro aurait appuyé son refus sur ce qui lui
semblait être la plus juste et simple des raisons :
l'Italie, l'Europe en général, ne pouvait plus accueillir l'afflux massif des réfugiés sans se condamner
au désastre. Recevoir des hommes sans avoir les
moyens de les prendre en charge revenait à condamner tout le monde, ceux qui sont reçus comme
ceux qui reçoivent. Du reste, à cette irresponsabilité, les politiques de l'irréprochable-monde-moral
ajoutaient une telle hypocrisie ! Qu'il les détestait,
ces responsables qui, pour les migrants, s'empres-
saient de débloquer des fonds, de trouver du travail, de bâtir des logements alors que des centaines
de pauvres gens, chômeurs, sans domicile fixe,
mendiants, travailleurs précaires, survivaient et
souffraient depuis des années sous leurs yeux indifférents ! Qu'il haïssait ces dirigeants qui tendaient à

l'Autre une main charitable qu'ils refusaient pourtant aux damnés de leur propre peuple!

Il finit par se lever. Sous la douche, il chanta – faux – *Nessun dorma*, en songeant déjà, comme Maurizio le suggérait, au communiqué que la CRISE pourrait bien publier si jamais les nègres d'Altino se retrouvaient bel et bien mêlés à cette histoire de meurtres. Et, d'ailleurs, qui était mort? Qui avait-été violée? Ces questions disparurent de son esprit aussi vite qu'elles lui vinrent. Au fond, Sandro s'en fichait. Qui qu'ils fussent, ces morts étaient avant tout – quel terme Maurizio employait-il déjà? – oui, c'était ça, il s'en souvenait : des aubaines.

Il prit son souffle pour lancer l'ultime « *vincero*! ».

48

Matteo Falconi, le capitaine de la gendarmerie d'Altino, regarda s'éloigner les trois ambulances qui emportaient à la morgue de l'hôpital de Piazze les six corps dont les odeurs persistaient, plus nauséeuses. Odeurs de corps défigurés, odeurs de chairs brisées, pures exhalaisons de la mort dans tous ses états. Matteo Falconi, entouré de quelques-uns de ses hommes que la proximité de l'horreur avait comme foudroyés, ne trouva rien à dire pour les réconforter. Au milieu de la place, à l'endroit où les corps se trouvaient quelques minutes auparavant, une grande tache, d'un rouge embruni, maculait les pavés.

Falconi, subitement malade, se retira dans une ruelle voisine et vomit dans la première poubelle qu'il vit. Il vomit jusqu'à ce que ses boyaux émissent de douloureuses protestations. L'odeur des corps morts et défigurés le pourchassait jusque dans la ruelle. Des mouches s'étaient déjà engluées dans son vomi et y mouraient doucement.

Il ne savait par où commencer. En matière de fait divers tragique, Altino n'offrait aucun anté-cédent de cette ampleur. Des crimes… ! Il savait que jusqu'au lendemain au moins, il devrait se débrouiller seul. Il avait bien sûr déjà appelé ses supérieurs de la gendarmerie de Catane pour signaler le drame, et demander qu'on lui envoie une police scientifique ainsi que des enquêteurs plus qualifiés, spécialisés dans les procédures cri-minelles. Mais on lui avait répondu que jusqu'au lendemain, au moins, il ne pourrait pas recevoir d'aide. Toutes les équipes étaient engagées dans des enquêtes sur des règlements de comptes san-glants entre familles mafieuses qui agitaient Catane depuis plusieurs semaines. On lui avait bien fait comprendre qu'à côté de ça, quelques meurtres dans son petit bourg pouvaient patienter un peu. En attendant, il devait enquêter.

Lorsque, vers six heures du matin, les gen-darmes de garde l'avaient appelé alors qu'il dor-mait encore, il crut qu'ils parlaient en état d'ivresse. Ce qu'ils lui disaient relevait du charabia : six morts, du sang, des blessés, des gens sans visage, une bagarre, le bar saccagé et désert… Cela n'avait pas de sens. Il s'était levé en hâte. En arrivant sur la place, il avait vu ses deux hommes debout à côté des six corps. Il faisait encore sombre ; l'odeur des morts le saisissait déjà à la gorge. Il avait demandé à ses hommes comment cela était arrivé. Ils lui dirent en tremblant qu'ils n'en savaient rien : la nuit, pendant leur patrouille, il y avait une belle ambiance dans le bar mais rien de suspect. Ils étaient allés de l'autre côté de la ville et c'est à leur retour qu'ils avaient trouvé ça : six cadavres sur la place et, à l'intérieur de la *Tavola di Luca*, un désordre complet : des verres brisés, des chaises cassées, des tessons de bouteille, et quelques autres corps inconscients.

Falconi s'y était aussitôt précipité. Il y avait trouvé les corps, une dizaine, par terre, blessés, parfois grièvement, mais vivants.

Falconi avait immédiatement appelé le docteur Pessoto. Celui-ci répondit après plusieurs tentatives, d'une voix terrassée par le sommeil, mais que les nouvelles de Falconi réveillèrent aussitôt. Une demi-heure plus tard, aidé par les gendarmes et les pompiers, il prenait en charge dans le petit dispensaire d'Altino les neuf corps inconscients du bar. Quant aux autres, étendus comme des chiffons rouges sur la place, il n'eut même pas besoin de confirmer leur mort. Celle-ci se voyait.

Ensuite, le jour s'était levé et, avec lui, le rideau sur une scène particulière : celle d'une ville qui s'éveille dans l'horreur. Sinistre ballet. Il y eut, dans un premier temps l'hébètement, l'aphasie, la peur, l'incapacité à penser. Puis, peu à peu, giclèrent les premiers commentaires, les premières hypothèses, les premières rumeurs, des accusations… Déjà des mots indexaient. La sidération cédait la place à l'impudeur. On bâclait le recueillement. Debout à côté des morts encore tièdes, Falconi avait vu le peu de dignité qui leur restait être rongée par l'obscène et immense Bouche des vivants.

Falconi se décida à quitter la petite ruelle où il s'était réfugié pour vomir. Il savait qu'à côté, sur la place, on attendait son retour. Oui, là, à deux pas, béait la Bouche de la foule. Elle se foutait que ses entrailles se fussent tordues de douleur tandis qu'il dégueulait. Il fallait un autre candidat au sacrifice social, un autre candidat à la morsure médiatique, une autre proie à la Rumeur, un autre corps pour assouvir le bavardage de la Bouche. Bavardage sans lequel la communauté devrait se résoudre à penser vraiment au lieu de céder à la brutalité des pulsions faciles. Il fallait des boucs émissaires pour empêcher l'avènement de la complexité. La communauté voulait des coupables, là, tout de suite, *hic et nunc*. Falconi savait qu'il devait être le premier d'entre eux.

Il prit un mouchoir et essuya les entours souillés de sa bouche. Puis, essayant de marcher droit, il se dirigea vers la place. Six personnes venaient d'être sauvagement tuées dans sa ville. Neuf autres étaient au dispensaire, blessées. La Bouche attendait des commentaires à sensation. Les proches des victimes réclamaient la vérité et la justice. Le maire demandait des éléments avant sa conférence de presse. Et lui, Matteo Falconi, modeste capitaine de la modeste gendarmerie d'Altino, ne savait pas grand-chose.

Les journalistes l'attendaient avec fièvre. Avant de leur faire face, il alla parler aux proches des victimes. Il eut l'impression que tout ce qu'il leur disait était dérisoire devant leur peine, mais il le dit cependant, car il le fallait : ne rien dire eût été pire. Après son discours, il demanda à son adjoint, le lieutenant Federico, de s'occuper d'eux. Puis il respira un bon coup avant d'affronter les journalistes. Ceux-ci le criblèrent de questions dès qu'il fut à portée de tir :

— Savez-vous qui a commis ces meurtres ?

— Avez-vous des hypothèses?

— Il paraît que Madame Filippa fait partie des victimes. Vous confirmez?

— Il paraît qu'il y a eu des viols!

— Peut-on faire un lien entre les migrants et cette affaire? Allez-vous les arrêter?

— Où en êtes-vous dans l'enquête?

— Monsieur le Maire va-t-il s'exprimer?

Il répondit aussi calmement qu'il le put. Plusieurs fois, on lui demanda s'il pensait que des ragazzi pouvaient être coupables. Il répondit à chaque fois qu'à ce stade de l'enquête, ils pouvaient l'être, comme n'importe quel individu qui se serait trouvé dans le bar hier soir. Cette réponse ne sembla pas satisfaire certains journalistes, qui insistèrent. À la fin, harassé, fatigué, pressé, tendu, il dut dire, pour se tirer de là, que vu que les ragazzi étaient plus nombreux hier dans le bar, la probabilité que l'un d'eux ait tué au moins une personne était plus forte que les autres. Il eut beau rajouter que ce n'était qu'une hypothèse idiote, et qu'il ne pensait pas ce qu'il venait de dire, les deux ou trois journalistes qui restaient parurent satisfaits, le lâchèrent et même, ce qui était toujours mauvais signe, le remercièrent. Falconi s'en voulut. Il venait de plonger allègrement, comme les mouches dans son vomi, dans la Bouche. Mais qui pouvait prétendre lui échapper ?

Il donna des ordres pour qu'on nettoyât les taches de sang, puis partit en direction du bureau du maire, où d'autres infatigables journalistes attendaient.

49

Aidé par quelques sapeurs-pompiers, Salvatore Pessoto passait d'un lit à l'autre, vérifiant, avec des gestes précis et méticuleux, que les neufs corps qui y reposaient respiraient encore. Il ne cherchait pour l'heure pas à comprendre ce qui était arrivé cette nuit. Seule importait la vie. Les corps inconscients qui s'alignaient devant lui dans la grande salle du dispensaire, quoique blessés, n'avaient pas perdu la leur. Contrairement aux six autres personnes dont les dépouilles venaient d'être acheminés vers la morgue de Piazze. Avoir le geste maîtrisé et sûr, délié mais ferme, rapide mais juste : Pessoto avait l'impression qu'en certaines occasions, comme celle-ci, la pratique de la médecine n'était pas différente de celle d'un art martial.

— Il y en a un ici qui semble dire quelque chose, docteur, dit soudain l'un des pompiers penché sur le corps qui était le premier des neuf en partant de l'entrée.

Salvatore Pessoto se précipita vers lui. Il ouvrait en effet péniblement les lèvres, marmonnant des phrases incohérentes ou inaudibles.

— Leone, dit doucement le médecin au bout de quelques secondes d'écoute, c'est moi, Toto. Leone, est-ce que tu m'entends ? Leone…

Jogoy retomba dans une muette inconscience. Mais ses paupières bougeaient imperceptiblement, comme si, quelque part en lui, dans une contrée inconnue et profonde où il n'avait aucun allié, il luttait pour revenir à la lumière et à lui-même. Salvatore Pessoto se redressa, impuissant. Il regarda les huit autres corps étendus à côté de celui de Jogoy. Parmi eux, à l'extrémité de la rangée, se trouvait, la tête couverte d'un grand bandage qui lui recouvrait complètement les cheveux, Carla, dont Jogoy – c'est du moins ce que Salvatore Pessoto croyait – venait de marmonner le nom. Le médecin avait aussi cru discerner deux autres mots, répétés au milieu du délire, des souffles et de la fièvre. « Carnet » était le premier, Pessoto en était certain. Quant au deuxième, il ne le connaissait pas. Ça devait être un mot d'une des nombreuses langues que Jogoy parlait. Quelque chose comme « nut », « ndût », ou « ngut ».

— Ça ressemble à un cauchemar dit Pessoto, à voix basse.

— Ça n'y ressemble pas seulement, Salvatore, dit l'adjudant Caruso, le chef de pompiers, qui l'avait entendu. Ça n'y ressemble pas seulement. C'est un cauchemar. Je ne sais pas si je pourrai un jour repasser sur la place centrale. Les scènes que j'y ai vues ce matin ne me quittent pas. Jamais vu ça. C'est horrible. C'est vraiment horrible. Horrible.

Salvatore Pessoto ne sut dire si l'adjudant Caruso, un homme d'une cinquantaine d'années, au visage bon, voulait le réconforter, être réconforté, ou simplement dire quelque chose. Pessoto se contenta de répéter que, oui, c'était horrible. Il pensa qu'à part cela (« c'est horrible »), il ne leur était pas encore possible de dire autre chose. L'horreur avait restreint les possibilités de la langue, réduit le vocabulaire à quelques termes, aspiré dans un trou noir presque tous les mots. Elle n'avait laissé que quelques locutions (comme « c'est horrible »), lambeaux sanguinolents de ce carnage du langage. Lambeaux sur lesquels les gens se jetaient tous, s'y agrippant comme à d'ultimes chances de survie. Stupéfaits, presque entièrement dépossédés de leur langue jadis si étendue, marmonnant les rares mots d'épouvante, de douleur, de communion, l'horreur — l'existence

de compassion que la tragédie avait daigné leur épargner, les hommes réapprenaient ainsi à parler. L'horreur est ce qui leur confisque la parole, mais elle est aussi ce qui les contraint à rendre aux quelques mots dont ils disposent encore leur force, cette force dont l'usure du langage, son effondrement dans la banalité, son ossification dans le cliché, leur avaient fait perdre la mesure et la conscience. Il n'y a que dans la catastrophe, dans ce qui leur ôte d'abord la parole, que les hommes parviennent paradoxalement à en retrouver une qui soit pleine. Le reste du temps, lorsque tout va bien ou presque, ils ne disent rien, ou si peu. Peut-être est-ce parce que le bonheur, ou ce qui s'y apparente, n'a pas besoin d'être toujours dit.

En les regardant, Salvatore Pessoto se dit qu'il aurait pu être à la place de chacun de ces corps s'il avait accepté d'aller fêter la victoire des ragazzi. La veille en effet, après le match, Sabrina avait insisté pour qu'il se joignît à eux. Il avait décliné. La honte de se retrouver face aux joueurs qu'il avait abandonnés, et qui étaient pourtant parvenus à gagner sans lui, l'avait refroidi. Et lui avait peut-être sauvé la vie. Son téléphone sonna.

— Allô, Salvatore... ? murmura sa femme à l'autre bout du fil.

— *Si*, Angela, je suis désolé de ne pas avoir appelé plus tôt. J'allais le faire.

— Ne t'excuse pas, je viens d'apprendre… On en parle déjà à la radio. Six morts. Neuf blessés. C'est horrible.

— Oui, tragique. Les informations vont vite à ce que je vois.

— Où es-tu ?

— Au dispensaire. Devant les neuf blessés en question. Comment vont les enfants ?

— Ils dorment. Qui est devant toi ? Qui est mort ? Qui est blessé ? Tu les connais ?

— On les connaît. Altino est petit.

— Qui est-ce… ?

Pessoto resta silencieux au bout du fil.

— Je t'en prie, dis-moi, Salvatore.

Pessoto inspira longuement, comme s'il préparait une apnée, puis, mécaniquement, il commença à dire les noms de ceux qui étaient devant lui. Cela ressemblait à un appel macabre.

— La Signora Filippa, sa fille Francesca Filippa, Veronica, la communicante de Santa Marta, Pietro, leur psychologue, sœur Maria, que tu connais, Bemba, un des ragazzi, il a été sérieusement blessé au couteau…

Sa gorge était sèche. Il se tut.

— Ça fait six, murmura Angela.

— Les trois derniers, déglutit Salvatore Pessoto, sont Jogoy, Lucia, mon assistante, et ton amie Carla.

Salvatore Pessoto, pendant un moment, ne perçut plus que le souffle de sa femme, auquel finirent par se mêler des sanglots. Elle parvint néanmoins à parler.

— Comment va-t-elle ? Comment vont-ils tous ?

— Carla est inconsciente, comme tous les autres, dit Pessoto. Ils ont chacun reçu des coups violents. Mais je crois qu'ils se remettront. Je te tiendrai au courant.

Un petit silence passa encore, puis Angela posa la question fatidique :

— Et les morts… ?

50

— Savez-vous qui est mort, Montero ? dit Maurizio.

— Pas encore, Mangialepre, répondit Francesco Montero. Mais ça ne va pas tarder. J'attends d'un moment à l'autre le capitaine Falconi. Il va nous faire un premier point après l'horreur de cette nuit. Je ferai un communiqué immédiatement après.

— C'est quand même incroyable que vos – pouf ! – équipes ne soient pas encore en mesure de vous donner des informations plus précises !

— Ce qui est arrivé affecte tout le monde. Personne ne s'attendait à une telle tragédie. Tout est un peu désorganisé. Le fait que cela se soit passé la nuit n'arrange pas les choses. Se réveiller et découvrir un spectacle pareil assomme. Entre les rumeurs, les hypothèses, les sources non vérifiées, c'est difficile…

— Vous ne vous êtes pas rendus sur les lieux des crimes?

— Pas encore. On m'a prévenu un peu tard. Les corps étaient déjà évacués. En plus, je ne supporte pas la vue du sang. Mais je m'y rendrai tout à l'heure. C'est de là que je ferai ma déclaration. Dire qu'on a tous deux mangé à la *Tavola* il y a quelques semaines…

— Ce qui est arrivé est terrible, Montero, mais ce n'est pas le moment de vous laisser submerger par l'émotion. J'espère que vous voyez ce que je veux dire… Pouf! Pouf!

— Comment… Je… Je crains que non, Mangialepre.

— J'ai besoin que vous laissiez entendre que les désordres de cette nuit…

— Les désordres? s'indigna le maire. Bonté divine, Maurizio! Il y a eu des morts! Six morts brutales et des viols, ici, à Altino! Et vous parlez de désordres! Indécent!

— Très bien, mais, de grâce, épargnez-moi votre baratin politique et vos sermons sur la décence et le respect. Vous êtes mal placé. Mais mettons tragédie, si vous voulez. Pouf! J'aimerais donc que vous laissiez entendre que la tragédie – je peux même rajouter horrible – de cette nuit a été partiellement l'œuvre des migrants…

— Seigneur, Mangialepre, vous ne pouvez pas me…

— Pouf pouf pouf! Laissez-moi finir, je vous prie. La tragédie de cette nuit a probablement été, en partie, voyez toutes les précautions rhétoriques que je prends, l'œuvre de migrants, et une enquête va s'ouvrir pour situer toutes les responsabilités. C'est tout ce que je veux que vous disiez. Que vous laissiez entendre qu'ils sont mêlés à ça. De toutes les manières, c'est la rumeur qui circule. Vous êtes assez fin politique pour savoir que dans notre métier, il faut toujours suivre la rumeur populaire. C'est ce que veut croire le peuple… Après l'émotion, qui va passer très vite, et je crois même qu'elle est déjà passée, le peuple voudra des coupables. Ou du moins, des suspects. Ceux qui sont tout désignés, ce sont les ragazzi.

— Mangialepre… Maurizio… Ce n'est pas vrai. C'est… c'est indécent et immoral.

— Allons, allons, Francesco. Reprenez-vous. Je vous demande simplement de le laisser entendre. Vous le direz mieux que moi, plus habilement. Vous tournerez la phrase autrement. Mais dites-le. On ne vous accusera pas de xénophobie, après tout ce que vous avez fait pour ces gens. On louera votre sens de la justice, vous qui, par amour pour votre ville, aurez été prêt à combattre ceux que vous avez toujours défendus. Vous serez l'intègre chevalier pur.

— Je ne peux pas faire ça, dit Francesco Montero d'une voix chancelante.

— Si vous pouvez, asséna Maurizio Mangialepre. Vous le pouvez car vous serez sénateur après. Vous ne serez pas mouillé. Tout ce que vous avez à faire, c'est introduire. Le reste, on s'en occupe.

— Je ne peux pas. C'est indécent, en ces moments, de lancer des accusations.

— C'est l'émotion qui vous gagne, mon vieil ami. Rappelez-vous que je tiens toujours mes promesses.

— J'ai tenu la mienne, j'ai voté pour Calvino. Et même plus, j'ai fait en sorte que la gendarmerie n'intervienne pas alors que vos hommes n'arrêtent pas d'embêter les ragazzi depuis plusieurs semaines. J'ai fait plus que ce que j'avais promis.

— Alors vous pourrez faire quelque chose en plus. Dans l'émotion générale, nul ne remarquera. Dites simplement qu'il est probable que les ragazzi soient mêlés à ça. Ce qui est – pouf! – objectivement vrai.

— Vous vous rendez compte? C'est salir la mémoire des morts! Je n'aurais jamais imaginé que vous puissiez un jour aller jusque-là par vengeance personnelle.

— Eh bien, je le peux.

Ils se turent. Francesco Montero respirait bruyamment. Cela faisait une heure à peine qu'on lui avait appris la nouvelle, et la stupeur l'engourdissait encore. Il était prêt à beaucoup de choses pour être sénateur, mais ce que lui demandait Maurizio était au-dessus de ses ambitions. Souiller la mémoire des morts d'une calomnie, d'un mensonge... Il n'était pas certain que le jeu en valût la chandelle.

— Montero ? dit Mangialepre, d'une voix impatiente.

— Je... Je ne peux pas, Maurizio. Je crois à l'Enfer.

— Vous resterez à jamais dans celui d'Altino si vous ne faites pas ce que je vous demande. Reste à savoir lequel vous préférez. L'enfer terrestre, ou l'autre, dont l'existence, soit-dit en passant, est encore très incertaine.

— Ne rajoutez pas le blasphème à l'immoralité, Mangialepre. Je crois en Dieu.

— Vous avez toujours été bon dans l'art des sentences graves, Montero.

— Je dois vous laisser. On frappe à la porte. Je dois préparer mon discours.

— J'espère que vous ferez le bon choix.
J'écouterai votre discours, tout à l'heure. Je veux
y entendre les mots qui feront de vous un futur
sénateur, Francesco. Un sénateur!

51

Cette fois-ci, Salomon n'eut même pas besoin de lancer d'appel aux ragazzi. Dès qu'ils avaient été au courant des événements de la nuit, ils s'étaient spontanément tous dirigés vers son appartement. Les premiers étaient arrivés alors que l'aube pointait à peine. Les autres suivirent assez vite. La nouvelle des derniers événements fit vite le tour de toutes les maisons. Et ils avaient peur. Ils avaient peur de ce qu'on dirait à propos de la nuit. Ils craignaient ce que l'on pourrait dire d'eux. Même s'il était grand, l'appartement, cette fois-ci, était bondé.

Silencieux, ils attendaient les premiers discours officiels. Salomon se tenait au milieu d'eux. Il leur dit qu'ils devaient s'attendre à ce qu'on les accuse de tous les crimes, et qu'on vienne les chercher pour les mener en prison. Il rappelait qu'ils n'étaient pas d'ici, et que s'il y avait des coupables à trouver, c'était vers eux qu'on se tournerait. Il prophétisait des rapatriements, convaincu qu'après la prison, on les mettrait dans des cargos, des bateaux, des charters pour les ramener de force chez eux. Il disait qu'il fallait s'attendre au pire. Qu'il allait falloir lutter pour défendre leur vie. À ses mots, ne faisait écho que le silence apeuré et tendu de ses camarades. Salomon, lui, semblait n'avoir jamais été si vivant. Son regard brillait. Il avait des allures de général tentant de remobiliser une armée démoralisée à la veille d'une bataille décisive.

Dans un coin, Fousseyni Traoré était assis, les bras entourant ses jambes repliées sur sa poitrine. Il semblait totalement absent ; non pas indifférent, mais absent, comme si son âme tout entière s'était retirée, ne laissant plus qu'un triste corps sans souffle. Son regard errait, incapable d'accrocher quoi que ce soit ; il glissait sur les êtres et les choses, les traversait comme s'ils n'avaient eu aucun volume. Mais à vrai dire, en cet instant, celui qui manquait d'épaisseur c'était bien lui. Il ne réagissait pas même aux mots enflammés de Salomon, ni à l'accueil enthousiaste qu'ils finirent par recevoir chez les ragazzi, qui sortaient de leur torpeur et reprenaient peu à peu contenance.

Salomon vint s'accroupir à son côté, mais Fousseyni ne le remarqua pas d'abord. Il sursauta quand Salomon, après l'avoir regardé quelques secondes avec une inhabituelle tendresse, commença à lui parler dans un français alourdi par l'accent caractéristique des africains anglophones.

— Fousseyni… Comment ça va ?

Il ne répondit pas, mais ses yeux le firent. Le regard qu'ils jetèrent à Salomon n'était que détresse. Étrangement, Fousseyni trouva dans le regard de Salomon un réconfort inattendu, peut-être une tendresse, quelque chose, en tout cas, qui ne s'effondrait pas, qui savait soutenir un homme.

— Pas de peur, Fousseyni. Personne ne te touchera. Personne ne viendra te chercher. Je suis là pour te protéger. Tu es un homme avec du courage. Tu n'as rien fait de mal.

Fousseyni leva encore les yeux vers Salomon. Il songea à sa mère et éclata soudain en sanglots. Il aurait tout donné en ce moment pour être à son côté, blotti contre elle. Salomon le prit contre lui, et murmura des paroles de consolation. Fousseyni pleura longuement ainsi, songeant tour à tour à sa mère, à son père qu'il connut à peine, à son oncle, à Adama, à Jogoy et, bien sûr, à Lucia. Où es-tu, orange sanguine ? Il eut l'impression qu'ils s'étaient embrassés des siècles auparavant. Et pourtant, la sensation de ses lèvres était fraîche ; il les sentait presque encore à travers les larmes, et malgré la rugueuse tunique de Salomon, douces, infiniment douces. Non, il n'avait pas rêvé, et leur baiser n'avait eu lieu ni dans son esprit ni des siècles auparavant. Ils s'étaient embrassés hier seulement.

— Viens, lui dit Salomon en se détachant de lui. Je crois que Monsieur le Maire va parler. Mais quoi qu'il dise, nous ne nous laisserons pas faire. Tu es des nôtres, personne ne te touchera.

Il l'aida à se lever, puis tous deux se frayèrent un chemin parmi les ragazzi massés dans le salon. Il y avait la télé, mais la radio aussi diffusait l'allocution de Francesco Montero. Ceux qui n'arrivèrent pas à voir l'écran se rabattirent sur l'un ou l'autre des quelques postes de radio disséminés dans la pièce. Ils ne reconnurent pas immédiatement la voix du maire. Elle leur semblait changée, non parce que la radio ou la télé la déformait, mais plutôt parce que le maire dégageait une impression de totale impuissance, comme si ce qu'il allait dire ne servirait à rien. Il commença à parler.

52

Mes chers concitoyens,

Une insoutenable émotion m'étreint ce matin et me serre le cœur, comme elle doit alourdir le vôtre. L'horreur a frappé. L'horreur nous a frappés. Cette nuit, dans ce bar qui est le symbole de la joie de vivre et de l'amitié dans notre petite ville, six personnes sont mortes, sauvagement assassinées, et deux d'entre elles, des femmes, auraient été violées. Neuf autres personnes ont été blessées durant la nuit et sont en ce moment-même entre la vie et la mort au dispensaire d'Altino. Ma pensée la plus forte et la plus émue va aux familles et proches des victimes. Je leur adresse mes plus sincères condoléances, et la solidarité de toute la ville. Comment imaginer que dans un endroit aussi paisible qu'Altino, une telle tragédie ait pu avoir lieu ?

— C'est à toi de nous le dire, Montero ! cria quelqu'un dans la foule.

— On veut les noms des victimes et ceux des coupables ! dit un autre.

Je… Je vous demande, mes chers concitoyens, un peu de retenue. Je sais votre douleur, je sais votre émotion, je sais votre colère. Mais je vous prie d'avoir de la retenue pour la mémoire des victimes et le deuil de leurs proches. Aussi voudrais-je, avant de continuer, que nous respections une minute de silence, de prière et de pensée pour les personnes qui ont trouvé la mort cette nuit.

— Nous finirons tous dans le silence, dit Salomon, chez lui, écoutant le discours à la radio.

…merci, chers compatriotes. Et maintenant,

— Abrège Montero, trépigna Maurizio Mangialepre qui écoutait lui aussi sa radio. Parle des migrants !

…quelques informations sur les circonstances de ce drame. Nous n'en sommes pour l'instant qu'à des suppositions. L'enquête, qui a déjà commencé, les confirmera ou les infirmera. Nous savons que cette nuit, dans la Tavola di Luca, *il y a eu une fête pour célébrer la victoire, hier, de nos ragazzi lors de la finale du tournoi de football. Cette fête était organisée par l'association Santa Marta. Nous pouvons sans trop de doute affirmer que c'est cette fête qui a dégénéré. Comment ? Pourquoi ? L'enquête le*

dira. Nous savons cependant qu'il y avait peu de monde au moment des faits. La plupart des gens qui étaient là au début de la soirée étaient déjà rentrés. Nous ne disposons pas encore de témoins oculaires, mais plusieurs personnes vivant dans les environs du bar auraient entendu, tard dans la nuit, presque à l'aube, des bruits de bagarre. Une bagarre violente. Tout porte à croire, selon toute vraisemblance, qu'il y avait encore de nombreux migrants dans le bar au moment des faits.

— Bravo, Montero ! Je pensais que tu te dégonflerais ! cria Maurizio Mangialepre en se renversant de soulagement sur son fauteuil.

— Et merde, dit Matteo Falconi, qui était non loin du maire.

— Et pourquoi ne les a-t-on pas encore arrêtés, hein ? cria une voix de la foule ?

— J'étais sûr qu'ils étaient dans le coup, les salauds ! On les accueille gentiment et voilà comment ils nous remercient ! Ils vont le payer, dit un autre.

…chers concitoyens, chers concitoyens… Je comprends vos inquiétudes et vos questions. Je les partage. L'enquête nous édifiera sur ce point. Si des réfugiés sont coupables, ils seront arrêtés. Mais je vous invite à ne pas céder à la haine et…

— On va tendre l'autre joue maintenant ? Combien de temps va-t-on rester en adoration devant ces satanés réfugiés ? Jusqu'à présent, ils volaient notre travail, et maintenant, ils tuent et violent nos femmes !

Cette fois-ci, Falconi repéra l'homme qui venait de parler. C'était Gennaro Orso, l'un des bouchers d'Altino, opposant notoire à la présence des *ragazzi*.

— Il faut les débusquer de leur trou et leur faire payer ! dit Orso, vers lequel les caméras et les radios se tournèrent.

— Je suis d'accord ! Je suis d'accord ! scandèrent çà et là des voix.

… mes chers concitoyens, je vous prie de garder un peu de décence. C'est le piège de la haine que vous tendez. Il y a des gens dans cette ville qui aiment ces hommes. Qui ne les diabolisent pas.

— C'est vrai ! C'est vrai ! C'est honteux d'alimenter la xénophobie ! dirent des voix.

… il faut savoir garder la tête froide et le cœur juste dans cette affaire, chers concitoyens. Je laisserai au capitaine Falconi, de la gendarmerie, toute latitude pour mener à bien l'enquête. Il nous dira ce qui s'est passé. Il trouvera les coupables, j'en suis certain. Je refuse, ici, de désigner un coupable.

— Vous êtes habile, Monsieur le Maire. Vous venez de nous accuser, dit Salomon.

— Tu crois vraiment que ce sont les migrants qui les ont tués ? dit Vincenzo Rivera, qui écoutait avec Vera Rivera le discours du maire, dans leur atelier.

— Tu sais bien que ce n'est pas important. Ne tombe pas dans le vulgaire, mon chéri. Ce qui est excitant ici, ce n'est pas de savoir qui a tué, mais de sentir le geste éternel de la mort qui frappe. Ça a quelque chose de beau.

— Tu as raison, fit Vincenzo. L'art est là. L'art, c'est la mort.

— Éteins la télé et allons peindre. *Vanitas Vanitatum* est plus important que ça. Notre seule liberté, c'est de pouvoir être indifférent, dans le présent, aux malheurs des hommes. C'est à cette seule condition qu'on pourra en faire de l'art dans le futur. Nous devons être scandaleux.

…mes chers concitoyens, j'appelle à l'unité, à la solidarité. Mais surtout, j'appelle à la prière et à l'apaisement. La mémoire des six victimes en a besoin. Priez pour eux.

Priez pour Concetta Montella, qui travaillait comme cuisinière ici-même, et qui a été violée. Pour Serena Filippa, qui était la fille de la Signora Filippa, la propriétaire du bar, que je verrai au dispensaire tout à l'heure. Pour Gianni Ferrara, qui était un jeune et prometteur médecin. Pour Roberto Rizzoli, brillant anthropologue. Pour Sergio Calcagno, qui travaillait aux Pompes funèbres d'Altino.

Et, enfin, pour quelqu'un qui a beaucoup fait pour que cette ville puisse être un refuge pour les migrants : Sabrina Campagnaro. Elle dirigeait l'association Santa Marta et, comme les cinq autres noms que j'ai cités, elle est morte cette nuit. Elle aussi, a été violée. Elle était mon amie.

— Putain de menteur, dit Salvatore Pessoto en éteignant la télé du dispensaire d'un geste rageur et désespéré. Sabrina nous avait parlé de ton retournement de veste.

…prions pour eux tous. Courage à tous, chers amis. Restons forts et unis.

461

53

Matteo Falconi décida de quitter l'attroupement au moment où les journalistes s'apprêtaient, comme une nuée de mouches sur un excrément frais, à se jeter sur Francesco Montero pour l'assaillir de questions. Le discours du maire ne lui avait pas plu, mais il n'y pouvait rien. De toutes les manières, il ne se rappelait pas avoir écouté parole politique qui lui plût jamais. Maintenant que le maire Montero avait parlé, il faudrait qu'il assume les conséquences de ses mots. En partant, il vit Gennaro Orso avec quelques autres habitants qui discutaient à voix basse avec un air sinistre.

Il marcha un peu sur la place. Le cordon de sécurité délimitait toujours la scène du crime, même s'il savait que les meurtres ne s'étaient pas déroulés là. Les corps y avaient été transportés, déposés et abandonnés. Les deux gendarmes qui l'avaient alerté assurèrent n'avoir touché à rien. Lorsqu'ils étaient arrivés, les corps s'alignaient déjà parfaitement, comme dans un cimetière. Pourquoi cette mise en scène? Qui l'avait orchestrée? Le meurtrier? Les meurtriers? Il ne savait rien du tout. Hormis l'identité des victimes, il n'avait rien. Aucun élément. Aucun indice.

Il se sentait aussi démuni et nu qu'un jeune puceau devant le sexe offert de sa première partenaire. À peine songea-t-il à cela que, fulgurant, le souvenir de sa propre première fois lui traversa l'esprit. Il revit les instantanés de cette lointaine après-midi; ils brillaient et défilaient à vive allure dans sa mémoire, comme des soleils à la queue leu leu. Lui, à la fois tétanisé et électrisé par un sentiment qui n'était pas le désir, mais plutôt une extrême curiosité, une tension insoutenable, comme s'il avait été sur le point de connaître le dernier secret de l'univers ou de rencontrer Dieu en personne – peut-être en effet était-ce de cela qu'il était question. Et elle (impossible de se rappeler son nom), légèrement plus âgée, s'amusant de sa gaucherie à lui et surjouant son assurance qui était cependant réelle. Il la revoyait : son petit nez, sa fossette à la joue gauche, les éclats très roux de sa chevelure, la carte cuivrée de sa peau où les grains de

beauté et les tâches de rousseur dessinaient des iti-
néraires inconnus, des légendes illisibles, des villes
imprenables. Elle avait fait glisser sa robe avec une
aisance surnaturelle : aujourd'hui encore, il aurait
pu jurer qu'elle l'avait enlevée sans la toucher avec
ses mains, simplement en faisant ondulerson corps.
Il faillit songer, en guise de comparaison, à l'image
d'un serpent en pleine mue, ôtant d'une ondula-
tion vive sa peau morte. Mais il s'en défendit pour
deux raisons. D'abord parce qu'il ne savait rien de
la façon dont un serpent muait, et ensuite parce
que réutiliser l'analogie *femme = serpent* (qui plus
est dans ce contexte précis où une femme le sortait du Jardin de son innocence) aurait relevé d'un
manque total d'imagination. La métaphore était
déjà prise. Ils étaient nus, donc, au milieu d'un
champ, sous la chaleur, entre des oliviers, sur les
fourmis. Elle l'avait embrassé. Il lui avait bavé dessus, lui avait mordu la langue ; ses dents avaient
cogné contre les siennes. Mais elle avait supporté
ses maladresses. Évidemment, il bandait depuis
longtemps. Puis *brusquement* – vraiment, il ne
se rappelait plus du tout ce qui s'était passé entre
temps, et peut-être ne s'était-il rien passé – brusquement, donc, il s'était retrouvé entre ses jambes
écartées. Il se revoyait, le cul en l'air, dépassant

légèrement les jeunes oliviers, à quatre pattes devant son sexe qu'entourait une belle touffe non taillée de poils roux. Une sorte de bush sauvage enflammé. Le buisson ardent. Il ouvrit la bouche et attendit la voix du Seigneur. Bon Dieu, parlez, se rappela-t-il s'être dit. Dites-moi ce que je dois faire. Le parfum puissant de la terre bêchée du champ se mêlait à celui, tout aussi affirmé, du sexe, et les deux senteurs en formaient une autre, une odeur de gros sel, de mer, de mer rousse. Il resta plusieurs secondes ainsi, pétrifié et fasciné par la complexe subtilité de la Création. « Seigneur, parlez-moi. » En guise de réponse, Dieu s'était incarné dans la main de sa partenaire (son nom s'était définitivement perdu), qui lui avait empoigné les cheveux avant d'enfouir sa tête plus ou moins délicatement dans le buisson en feu. Il avait tout de suite compris, là, que contrairement au Seigneur, il n'avait pas le droit, lui, de perdre sa langue. Il avait alors fait ce qu'il avait pu.

Un éclat de voix tira Matteo Falconi de ses souvenirs. Il s'en voulut d'avoir songé à tout ça à un moment si grave, alors qu'il y avait des meurtres à élucider. Il tenta de se repentir intérieurement, avec sincérité. Les crimes étaient là, insensés et opaques. Il hésita un peu, ne sachant quelle piste commencer

à suivre. Il avait dans l'idée de voir plusieurs personnes qui, pensait-il, pourraient l'éclairer sur les
événements de la nuit. Devant la *Tavola*, l'attroupement ne se dispersait pas. Il imaginait le maire
au milieu de tout ça, subissant les assauts impi-
toyables de quelques journalistes. Cela le fit sourire
et le décida. Il voulait d'abord aller au dispensaire.

Le docteur Pessoto (qu'il connaissait bien) et
l'adjudant Caruso se trouvaient dans le vestibule
du bâtiment. Ils discutaient à voix basse avec trois
personnes : deux hommes (l'un avait des cheveux
grisonnants et portait de petites lunettes rondes,
et l'autre était petit et maigre, avec un gros nez)
et une femme très grande. Falconi les rejoignit.
En s'approchant du groupe, il reconnut les deux
hommes : celui avec les lunettes tenait un petit
restaurant à côté de la *Tavola di Luca*, où il se
rappelait avoir déjà bien mangé. L'autre homme,
le petit, travaillait lui à la *Tavola* même ; il l'y avait
vu quelques fois. La femme lui dit vaguement
quelque chose, mais il ne se rappelait pas où il
l'avait rencontrée.

Il arriva à leur hauteur et salua.

— Je t'ai vu tout à l'heure derrière le maire pendant son discours, lui dit Pessoto en lui serrant la
main. Tu avais l'air dépité.

— Assez, oui.

— Il y avait de quoi. Il n'a pas été à la hauteur. Enfin, bon… Je te présente Simone Marconi, c'est le père de Lucia Marconi, une des blessées. Voici Rustico, qui est cuisinier à la *Tavola*. Et, enfin, Mademoiselle Rosa Di Livio, la sœur de Veronica Di Livio…

— … qui fait aussi partie des blessés, acheva Matteo Falconi.

— C'est ça, dit le médecin.

— Je suis bien désolé pour vos proches, dit Falconi en regardant les trois à tour de rôle. Vraiment. C'est une tragédie. J'espère qu'ils se remettront vite. Ça n'a pas l'air trop grave, si j'ai bien compris. Sachez en tout cas que je mets tout en œuvre pour éclaircir cette affaire.

Les deux hommes et Rosa bredouillèrent des mercis fatigués mais sincères.

— Comment vont-ils, là-dedans? dit-il en s'adressant à Pessoto. Ils ne se sont pas réveillés?

— Non. Nous avons préféré ne prendre aucun risque, nous leur avons donné de la morphine. Ils ont besoin de repos. C'est surtout pour éviter les fièvres. Ils se réveilleront dans quelques heures, si tout va bien.

— Tout ira bien, dit Falconi.

— Dieu vous entende, dit l'adjudant Caruso.

Ils gardèrent un moment le silence, puis Falconi demanda à Rosa, Rustico et Simone Marconi s'ils voulaient bien répondre à quelques questions. Ils se regardèrent, parurent hésiter, puis murmurèrent chacun que oui, que ça ne posait pas problème. Salvatore Pessoto ne dit rien, mais Falconi remarqua sa moue dubitative et son regard rempli de reproches.

— Merci. Je voudrais simplement savoir si vous étiez présents à la fête hier soir.

— J'y étais, oui, dit Rosa. J'y étais jusqu'à minuit environ. Puis j'ai décidé de rentrer.

— Pourquoi ?

— Parce que j'avais trop bu et que je m'étais fait mal à la tête en tombant d'une table où je dansais du flamenco. J'étais vraiment ivre. Je sens encore la petite bosse suite à la chute, vous pouvez la voir, juste là… C'est pour ça que je suis rentrée dormir. Et au réveil, apprendre ça… J'y étais… Les morts, les blessés. Presque tous des amis, des gens connus… C'est horrible…

Elle éclata en sanglots. Falconi lui tendit un mouchoir. Alors que Rosa se mouchait bruyamment, Rustico répondit que c'était son jour de repos hier, et qu'il l'avait passé dans un petit village des environs, où vivait encore sa mère.

— Comment s'appelle le village ? dit Falconi.

— Pardon ? répondit Rustico.

— Comment s'appelle le village ? répéta Falconi.

— Perdicola. C'est à dix kilomètres d'ici.

— Je connais. Je suis né à Carpolenza.

— Ah, ce n'est pas loin du tout. J'y vais souvent, à Carpo. J'y ai des amis. Un vrai joli village. Surtout les champs. Quand le soleil se couche, quelle lumière sur les champs !

— Je ne vous le fais pas dire. Vous étiez toute la journée avec votre mère alors ?

— Oui. Je suis revenu ce matin avec le premier car. J'ai voulu aller bosser comme d'habitude mais j'ai vu les attroupements devant le bar. J'ai compris qu'il y avait quelque chose de pas net. J'ai demandé à un de vos collègues et il m'a raconté. J'étais inquiet pour la Signora, pour Concetta et pour les deux filles. Je suis directement venu ici comme personne ne pouvait me dire où elles étaient. J'ai trouvé la Signora et Mademoiselle Francesca, en vie… Mais cette pauvre Mademoiselle Serena… Et Mademoiselle Concetta surtout. Oh, Seigneur… Je n'en reviens pas. Elle pouvait être dure en cuisine, mais elle avait un cœur en or. C'était mon amie. Elle ne méritait pas ça. Tout le monde l'aimait. Je ne comprends pas que quelqu'un ait pu lui faire ça. Je ne comprends pas qu'on ait pu lui en vouloir… C'est si terrible, si injuste.

Lui aussi, se mit à sangloter. Rosa s'était calmée entre temps, mais les sanglots de Rustico durent rappeler les siens. Elle se remit à pleurer. Monsieur Marconi affirma quant à lui qu'il était parti vers vingt-deux heures trente, après avoir fermé le restaurant et dit au revoir à sa fille.

— Vingt-deux heures trente? C'est tôt, pour un restaurant.

— Le mien ne marche pas très fort. Il survit. On a une petite clientèle fidèle et régulière. Si on ne les voit pas au-delà de vingt et une heures, je sais que je n'aurai presque personne. Je reste ouvert une heure en plus pour la forme, mais je sais que tous les autres clients iront à la *Tavola*.

— Pourtant, ce que vous cuisinez est aussi bon que chez nous, Monsieur Marconi, dit Rustico en essuyant ses larmes.

— Merci, répondit Simone Marconi.

— Je vois, dit Falconi. Et c'était déjà agité quand vous êtes parti?

— C'était plutôt très animé. Il y avait du monde et du bruit quand je suis parti. Ma fille…

Sa voix trembla, mais il se reprit.

— … ma fille, ma Lucia, m'avait promis de passer me faire un bisou avant d'aller à la fête.

— Parce qu'elle n'y était pas déjà? demanda Falconi.

— Non. Après le match, elle m'a dit qu'elle avait besoin de se changer. Elle est partie se préparer à la maison. C'est ensuite qu'elle est revenue pour me dire au revoir avant d'aller à la *Tavola*… Elle était belle, comme toujours. Je suis heureux qu'elle soit encore là. Je n'ai plus qu'elle. J'ai déjà perdu sa mère dans une tragédie et j'ai eu du mal à m'en relever. Si je devais perdre Lucia… Si je…

Il se tut, les yeux rouges et les lèvres tremblantes.

— Et vous, Mademoiselle Di Livio? Il y avait quelque chose d'anormal quand vous êtes partie?

— Je ne pense pas, dit Rosa. Il y avait de l'animation, mais rien d'anormal. C'était une fête, on chantait, on dansait, on buvait, on flirtait.

— Vous pourriez me dire qui était présent?

— Matteo, l'interrompit le docteur Pessoto, mademoiselle est encore sous le choc. Les questions pourraient attendre.

— Oui, c'est vrai, pardon.

— Non, ça ira, dit Rosa. Ma sœur est blessée et des proches sont morts ou blessés aussi. Je veux que vous arrêtiez les monstres qui ont fait ça.

— Alors dites-moi qui y était, enchaîna Falconi, avec une sorte d'indélicatesse abrupte.

— Oui… Oui, dit Rosa. Des ragazzi. Beaucoup. Mais je refuse de croire qu'ils ont fait ça comme l'a laissé entendre cet insupportable maire. Ça n'aurait pas de sens. Il y avait aussi des habitants d'Altino.

— Vous seriez capables de les identifier?

— Je pense oui… Du moins une partie… Je ne me souviens pas de tout le monde. Et comme je vous l'ai dit, j'étais ivre en partant.

— Je vois. Vous vous rappelez autre chose? Un éclat de dispute? Même un regard inamical…

— Falconi, tu vas trop loin, dit Pessoto.

— Non, dit Rosa. Quand je suis partie, je n'ai rien vu d'inhabituel. Je n'ai rien remarqué d'extraordinaire. Rien qui pouvait laisser deviner la tragédie de la nuit.

— Il y avait des gens ivres?

— Falconi, arrête, dit Pessoto en élevant la voix.

— Oui, des gens ivres, il y en avait.

— Beaucoup?

— Presque tous, dit Rosa.

Falconi sembla sur le point d'attaquer avec une autre question, mais se retint. Salvatore Pessoto enrageait. Il s'excusa, puis lui demanda s'il était possible de voir les blessés.

— Je veux simplement jeter un coup d'œil, au cas où un détail m'aurait échappé les concernant. Je te laisserai tranquille après.

À contrecœur, le médecin l'invita à le suivre dans la grande salle. Ils dormaient encore tous. Falconi eut toutes les peines du monde à réprimer sa déception. Il espérait que, par miracle, l'un d'eux serait réveillé. Le médecin lui demanda de sortir. Falconi lui fit promettre de l'appeler dès qu'un blessé serait réveillé et aurait assez de forces pour parler.

— Je voudrais les interroger assez vite, Salvatore. Pour l'instant, jusqu'à ce que je découvre d'autres éléments, ils sont les seuls à avoir vu ce qui s'est passé hier soir. À savoir. Personne d'autre ne sait.

— Je t'appellerai.

— J'ai un très mauvais pressentiment, Salvatore. Cette histoire sent pas bon. Plus vite elle sera tirée au clair, mieux ce sera. J'aimerais être bien avancé avant la fin de la journée.

— Tu es ambitieux.

— Je sais, je sais... Mais j'ai l'impression que si la journée passe sans qu'on n'en sache davantage, ce sera compliqué. C'est un pressentiment très étrange.

— Que comptes-tu faire maintenant?

— Aller voir ceux dont on parle depuis ce matin, qu'on accuse presque.

— Les ragazzi ?

— Tu ne trouves pas étrange qu'on n'en ait pas vu un seul depuis ce matin ?

Salvatore Pessoto, occupé depuis son réveil brutal, n'avait pas fait attention à ce fait, mais admit que c'était étrange.

Falconi, après avoir remercié Rosa, Rustico et Monsieur Marconi, restés dans le vestibule avec l'adjudant Caruso, partit. Il décida d'abord de passer par le poste de gendarmerie pour y laisser son arme. Il ne souhaitait pas la porter sur lui quand il verrait les ragazzi. Salvatore Pessoto, après l'avoir raccompagné, demanda aux trois proches de rentrer et de se reposer, ou alors d'aller attendre dans une petite salle prévue à cet effet. Tous les trois préférèrent aller dans la salle d'attente. L'adjudant Caruso dit qu'il allait faire un petit tour pour se changer les idées. Le docteur Pessoto trouva curieux qu'il se dirige vers le centre-ville, à l'endroit où les corps avaient été trouvés, pour se changer les idées. Mais il ne dit rien et retourna vers la grande salle pour s'assurer que tout allait bien pour ses patients.

Il ne parvenait toujours pas à croire que ce qu'ils vivaient à Altino depuis quelques heures était réel. Oui, cela ne faisait que quelques heures qu'on avait découvert les corps, mais il lui semblait que cette atmosphère lourde et triste durait depuis plusieurs semaines déjà. Pessoto se sentait usé par les mots, commentaires, questions, interviews, larmes, images autour du drame. La radio en parlait en boucle. La télé l'imitait. Au cours de la nuit, l'horreur, avec ses longues griffes sanglantes, semblait avoir creusé une tombe, une grande tombe sans fond, dans laquelle la ville s'enfonçait doucement, au ralenti, comme dans des sables mouvants, comme dans un mauvais rêve en plein jour, ses yeux grands ouverts regardant impuissants le ciel s'éloigner de plus en plus tandis qu'elle continuait à descendre dans la fosse.

54

Le nom du cousin Sergio dans la liste des victimes le bouleversa. Celui de Sabrina, lorsque Francesco Montero le prononça, lui ôta toute envie de vivre. Son fauteuil l'avalait. Il n'était plus qu'un simulacre d'être vivant, un ectoplasme d'homme. Un tas d'os. Sabrina était morte. Jamais il n'avait voulu cela. Son téléphone se mit à sonner. Sandro Calvino l'appelait. Fabio l'appelait. Francesco Montero l'appelait. Toutes ces sonneries résonnaient dans sa tête, se mêlaient et criaient la même chose : Sabrina est morte. Maurizio Mangialepre se ratatina encore dans son fauteuil, qui ne cessait de l'avaler. Il ressemblait à une boule de papier qu'une main invisible et gigantesque broyait entre ses paumes. Encore des appels, des milliers d'appels. Francesco, Sandro, Fabio, Sandro, Fabio, Francesco, Fabio, Francesco, Sandro *et caetera et caetera.* Les sonneries le noyaient sous leurs trois cris déments, le suppliciaient ; elles n'étaient plus que lacérations d'ongles dans sa chair. Le fauteuil l'avalait. Sabrina ne revenait pas à la vie. Une autre sonnerie remplit son crâne. Maurizio, sans savoir pourquoi, ni qui c'était, décrocha.

— Allô ? Allô ? Maurizio ? Allô ? Ah, tu es là ! Tu es bien difficile à joindre ! J'imagine qu'avec ce qui se passe là-bas c'est normal. Nos vœux – les tiens surtout – ont bien été exaucés, comme tu le disais ce matin. C'est tragique, toutes ces morts, mais c'est un mal pour un bien. J'ai écrit le communiqué, que je vais envoyer sur-le-champ à Santa Marta et à la gendarmerie d'Altino. Je voulais te le lire avant, pour que tu me donnes ton avis. Écoute ça : *Mesdames, Messieurs, c'est avec une immense tristesse que nous avons appris ce matin le drame qui a frappé votre ville. Sachez que la CRISE, par ma voix, vous exprime toutes ses condoléances et tout son soutien. Vous n'êtes pas seuls dans cette horreur.* Tu crois qu'elle est bien cette phrase ? Un peu larmoyante et emphatique, non ? Bon, tu me diras, je finis d'abord : *Vous n'êtes pas seuls dans cette horreur. Nous mesurons bien l'état de choc qui est le vôtre ; par conséquent, nous avons décidé de reporter les commissions des migrants d'Altino, initialement prévues demain. Croyez bien que la décision ne fut pas aisée. Nous savons que ces commissions étaient attendues depuis des mois par ces migrants, et par vous. Mais la situation imposait des décisions rapides et fortes. Nous ne pensons pas que ce soit le moment adéquat pour les entendre. Le drame de cette nuit peut avoir des conséquences psychologiques insoupçonnées et troubler les discours de ces braves hommes.* J'aime beaucoup ce passage… Mais écoute la fin : *du reste – nous ne pouvons écarter cette hypothèse même si nous en doutons – il semblerait que certains de ces hommes soient impliqués dans les événements qui vous endeuillent. Nous ne voulons prendre aucun risque. Nous restons extrêmement attentifs à ce qui se déroule à Altino, et sommes convaincus que tout rentrera bientôt dans l'ordre. En attendant, veuillez recevoir nos condoléances et amitiés renouvelées dans cette épreuve.* Ensuite je fais une obséquieuse phrase de politesse bien comme il faut et je signe : « Commission de Régulation de l'Immigration en Sicile et Environs, par la voix de son président, Sandro Calvino. » Voilà ! C'était un peu long, finalement. Et tu vois ? J'ai été très diplomate. J'ai pensé à toi. J'ai déjà prévenu tous les membres de la commission. Ils étaient tous d'accord avec moi. Même les amis historiques de l'ex-président Barzaglio. Alors qu'en penses-tu ?

Le fauteuil l'avalait toujours, lentement, comme un grand serpent engloutirait une grosse proie.

— Allô ? Maurizio ? Tu es encore là ? Tu ne dis rien. Tu n'as pas aimé, c'est ça ? Je pourrais peut-être modifier ce passage, quand je dis que…

— Envoie-le, ou mets-le dans le premier cul que tu trouveras, Sandro. Ça devrait être le tien, en principe. Ça m'est égal désormais.

Maurizio Mangialepre raccrocha sans laisser à Sandro Calvino le temps de réagir. Et, pour ne plus recevoir d'appel, il lança son téléphone dans le feu de sa cheminée. De plus en plus dévoré par son grand fauteuil de comte scandinave, Maurizio se sentait prêt à souffrir encore, et pour le reste des siècles. Car la douleur, en effet, était interminable. Il voulait aussi mourir, rejoindre Sabrina, l'aimer, la supplier de lui pardonner de l'avoir tant fait souffrir, de l'avoir étouffée avec sa jalousie, de l'avoir poursuivie avec sa haine, d'avoir tué pour reconquérir son amour. Car oui : le chauffard qui avait renversé Hampâté à Catane avant de prendre la fuite, c'était lui, c'était Maurizio.

Sabrina était morte. Il ne restait que lui, tout seul avec sa haine inutile, tout seul avec son amour vain.

55

Lorsque Salvatore Pessoto entra dans la grande salle, il crut d'abord qu'il hallucinait : Jogoy avait repris connaissance. Il était assis sur son lit, immobile.

— Jogoy ! Leone ! Tu es réveillé ! Mais que fais-tu ? Rallonge-toi… Je suis là…

Il s'était précipité vers Jogoy, et l'obligeait à se recoucher. Jogoy, silencieux, se laissait faire.

— Leone… Si tu savais combien je suis heureux de te voir. On a eu si peur… Comment te sens-tu ? Je savais que tu étais robuste, mais pas à ce point. Tu…

Salvatore Pessoto s'interrompit. Le regard de son ami était étrangement vide, vide et profond, comme s'il s'ouvrait sur une immensité obscure. Il lui semblait que Jogoy l'interrogeait et le suppliait à la fois. Qu'il lui disait : « qui es-tu ? » et « sors-moi de là ».

— Leone… Tu m'entends ? Tu me reconnais ?

Jogoy le regarda étrangement. Il semblait faire un immense effort pour se rappeler.

— Toto… C'est toi ? finit-il par murmurer. C'est vraiment toi ? Je… J'ai l'impression que ma tête va éclater, mais c'est mieux que tout à l'heure, quand j'étais là-bas…

— Là-bas ? Au bar ? Hier soir ?

— Non, pas au bar. Là-bas, tout en bas, en moi. Dans mes profondeurs.

Sa voix était toujours rauque. Salvatore Pessoto regarda fixement Jogoy. L'impression de vide infini dans ses yeux avait disparu, mais son ami semblait avoir du mal à en revenir totalement. Il attribua ses étranges propos au choc. À cause du traumatisme vécu et des effets de la morphine, Jogoy, pensa-t-il, délirait un peu.

— Carla ! Où est Carla ? dit soudain Jogoy d'une voix apeurée.

— Calme-toi, Carla est là, dit Salvatore Pessoto en désignant l'autre bout de la rangée. Elle dort. Elle est en vie.

— Elle est en vie, dit Jogoy, sans que le médecin pût affirmer s'il lui posait une question ou exprimait ainsi un soulagement inespéré et incrédule.

— Oui, dit Pessoto.

— Elle est en vie, répéta Jogoy en fermant les yeux.

— Tu as besoin de te reposer encore un peu. Il faut que tu te rendormes. Et lorsque tu te réveilleras de nouveau, tu seras en pleine forme. Carla sera peut-être réveillée elle aussi.

Jogoy, qui paraissait maintenant avoir recouvré tous ses esprits, sourit et lui dit qu'il n'avait plus sommeil.

— Tu as faim ? lui demanda le médecin.

— Non, j'ai soif.

Il lui servit un verre d'eau de la carafe qui était posée sur le chevet. Jogoy se mit sur les coudes et but à grands traits, presque avec une sauvage avidité. Un peu d'eau se renversa sur ses joues, son torse, et sur le lit. Il but ainsi deux autres verres, puis reposa sa tête sur l'oreiller.

— Leone, commença le docteur Pessoto…

— Oui ?

— Tu sais ce qui s'est passé hier soir ? Tu t'en souviens ?

Jogoy le regarda longuement. Un bref instant, Salvatore Pessoto crut revoir s'ouvrir derrière ses yeux l'abîme désolé et infini.

— Oui, je me souviens, dit-il.

Jogoy se tut quelques secondes puis poursuivit :

— Des morts. Des morts et des corps blessés.

— Tu te souviens de tout ?

— Oui, dit Jogoy. Je n'ai rien pu faire. Je suis désolé.

Deux larmes coulèrent de ses yeux.

— Calme-toi, Leone. Calme-toi. Ce n'est pas ta faute.

Salvatore Pessoto se demanda s'il fallait appeler le capitaine Falconi. Mais le souvenir des façons peu délicates qu'il avait eues en interrogeant Rosa l'en dissuada. Jogoy avait besoin de repos. Il raconterait plus tard.

— Qui est-là, avec moi ? dit Jogoy, dont les larmes coulaient toujours.

— Il y a Carla, comme je t'ai dit. Et il y a aussi la Signora Filippa, sa fille Francesca Filippa, Veronica, Pietro, sœur Maria et Bemba.

— Et Fousseyni… ? Fousseyni n'est pas avec eux ?

— Non. Son corps n'était pas parmi les blessés.

— Il faut le retrouver.

Jogoy se prit le visage dans les mains.

— Pardon, Leone, dit Salvatore Pessoto. Je te fais parler alors que tu es fatigué. Tu nous parleras de tout ça tout à l'heure. Le capitaine Falconi sera là. On parlera de Fousseyni. Je vais te donner un calmant. C'est moins fort que la morphine, mais ça te fera dormir un peu.

— Je n'en ai pas besoin, Toto. Je me rendormirai tout seul, ne t'inquiète pas. Peux-tu simplement me donner un carnet noir qui se trouve dans la veste que je portais s'il te plaît ? J'aimerais y noter des détails qu'il ne faut pas que j'oublie. Ils seront utiles au capitaine Falconi. Je dormirai ensuite, promis.

Salvatore Pessoto trouva le carnet et le lui remit. Puis il dit à Jogoy qu'il reviendrait dans deux heures environ.

— C'est à cette heure que les autres devront se réveiller, normalement, rajouta-t-il. Je suis heureux que tu n'aies rien, Leone.

— Moi aussi, Toto. Je suis content qu'on puisse se revoir. Merci d'avoir pris soin de moi. De nous tous.

— Pour la denière fois, dans le bar, je voudrais que tu saches…

Pessoto s'interrompit, gêné. Il ne trouvait pas ses mots.

— Tu es là aujourd'hui, c'est le plus important, lui dit Jogoy.

Il lui tendit la main. Le médecin la serra, et ils se regardèrent avec une grande tendresse. Salvatore

Pessoto esquissa son premier sourire de la journée. Puis il sortit et laissa Jogoy. Ce dernier, le visage grave, se penchait déjà sur son carnet.

56

Le capitaine Falconi frappa à la porte et attendit. Mais comme pour les trois précédents appartements auxquels il était passé, personne ne vint ouvrir. Les logements des ragazzi semblaient vides. Un moment, saisi par le doute, la folle idée qu'ils aient tous pris la fuite lui traversa l'esprit. Mais cela était impossible. Et du reste, pourquoi seraient-ils partis ? « Peut-être parce que vous avez tous commencé à les accuser, et toi le premier », dit une méchante petite voix dans sa tête, qu'il étouffa aussitôt. Il réfléchit un moment, et se dit qu'à bien y regarder, ce qui s'était passé la nuit dernière, bien qu'horrible, n'était pas si surprenant : tout, au cours des dernières semaines, l'avait annoncé.

Sabrina était venue le voir à plusieurs reprises ces derniers temps pour lui demander de protéger les réfugiés. Elle disait qu'on les menaçait, et que cela pouvait se terminer en violences. Il l'entendait bien, mais lui répondait à chaque fois qu'il ne disposait pas des effectifs nécessaires pour assurer une protection spécifique à tous les ragazzi. Cela ne suffisait pas à décourager Sabrina, qui revenait souvent à la charge, aussi combative qu'une mère protégeant ses petits. Un jour, elle lui demanda même d'aller arrêter les Calcagno et Maurizio Mangialepre. « Ce sont eux qui provoquent les ragazzi et vous le savez. Ils n'ont jamais arrêté de leur mener la vie dure depuis qu'ils sont là. Vous le savez. Vous l'avez vu. Vous étiez avec nous lorsqu'ils ont tenté de nous intimider il y a quelques mois. Les affiches, c'était encore eux. Vous savez tout ça, et vous ne faites rien ! Arrêtez-les, Matteo ! Ne soyez pas lâche ! ». C'était cela qu'elle lui avait dit, il s'en rappelait encore parfaitement. Sabrina n'avait jamais craint de le bousculer. Elle n'avait jamais craint de bousculer qui que ce soit.

Mais elle avait raison sur ce point : il savait. Il savait, mais ne pouvait pas agir. Les ordres qu'il recevait lui interdisaient d'aller outre ses fonctions habituelles. Ses supérieurs lui avaient intimé de ne pas écouter Sabrina, qu'ils traitaient d'hystérique. Il obéit. Il ferma les yeux. Mais cela ne l'empêcha pas de voir et, mieux encore, de sentir que l'atmosphère de la ville changeait. Les ragazzi qu'il lui arrivait de croiser se braquaient, comme s'ils craignaient qu'il ne dégaine son arme et ne les abatte sans sommations contre un mur. Lui-même, ces derniers temps, ne pouvait se défendre d'avoir senti monter en lui une grande impression d'insécurité et une agressivité inexpliquée. Le sentiment d'être menacé et le désir de frapper. Mais menacé par quoi ? Et frapper qui ? Ces deux sentiments étaient liés : ce qu'il avait envie de frapper, voire de tuer, était la même chose que ce qui, croyait-il, le menaçait. Et qu'était-ce que cette chose ? Une créature informe et sans visage, tapie dans l'ombre. Une créature qu'il ne pouvait décrire, qu'il ne voyait même pas, mais dont la présence, terrifiante, le remplissait d'une folle inquiétude. Certaines fois, il avait eu l'impression que la créature se cachait en lui, confondue à lui, serrée contre lui, mêlée à lui dans les limites étroites de sa peau et de sa conscience ; et d'autres fois, il la flairait tout autour de lui, qui le regardait, le guettait, jouait avec ses nerfs.

Midi sonna. Il se remit en marche. Il croyait savoir où les trouver. Chez celui qui, semblait-il, était devenu leur champion depuis l'avènement de la peur. Il commença à regretter d'avoir laissé son arme au poste de gendarmerie.

Il vit immédiatement, en arrivant devant l'appartement, qu'ils étaient là. Non parce qu'il le sentit, mais parce que Salomon en personne, entouré de quelques autres ragazzi qui devaient composer sa garde rapprochée, l'attendait devant l'immeuble. Il s'arrêta à quelques mètres d'eux, et tâcha d'avoir une voix neutre, ni trop agressive ni trop amène.

— Salut les gars.

— Bonjour, capitaine. Je me doutais que vous viendriez, mais j'avoue que je suis surpris de vous voir seul. Et sans arme. À moins que vos hommes ne soient en embuscade dans les environs, prêts à intervenir.

— Je ne sais pas de quoi tu parles, Salomon. Y aurait une raison pour que je vienne vous voir armé et accompagné ?

— Vous jouez donc à l'imbécile. Jouons. La question est plutôt : y a-t-il une raison pour que vous veniez seulement nous voir ?

— OK, fit Falconi tandis que ses traits se durcissaient. Causons franchement. Tu sais ce qui s'est passé cette nuit ?

— Nous le savons tous. Et nous savons même que votre maire n'a pas hésité à insinuer que nous en étions les seuls responsables.

— Et c'est vrai?

— Est-ce parce qu'il n'y a pas eu de ragazzi morts que nous sommes forcément suspects?

— Bemba a été blessé.

— Je le sais. Nous avons décidé de le laisser sur place car ses blessures étaient graves et que nous avions peur de ne pas pouvoir les soigner proprement.

— T'étais donc là hier soir?

— Oui, j'y étais, comme beaucoup d'entre nous.

— Et les morts?

— Certains ont eu ce qu'ils méritaient.

— Tu penses à qui?

— À Sabrina et au Calcagno mort, peu m'importe son nom. Les autres m'étaient tout à fait indifférents, à peu près.

— Tu les as tués?

Salomon sourit, et ses yeux se rétrécirent encore, ne devenant plus sur son visage maigre que deux entailles tracées par la pointe fine d'une lame. Falconi demeura impassible.

— Si je les ai tués? Supposons que oui. Que feriez-vous?

— Je suppose que je serais obligé d'appeler des renforts. Armés, eux. Et je t'arrêterais. Alors? Est-ce toi? Est-ce vous?

— Vous aimeriez bien que ce soit nous, n'est-ce pas ? La vérité, capitaine, je vais vous la dire. Que nous ayons ou non tué ces gens, on nous accusera et on nous nuira.

— Y a aucune raison de vous arrêter si vous êtes innocents.

— Le voilà, le problème. Nous ne le sommes pas. Personne ne l'est ici-bas, certes. Mais nous, encore moins. Tout le monde veut nous tuer. Nous tuer de toutes les manières possibles.

— Je ne comprends pas, Salomon. Arrête de parler philosophie. Je cherche simplement des meurtriers.

— Et vous pensez les trouver ici ?

— Ils peuvent être partout. Et arrête de me vouvoyer, c'est chiant.

— Alors allez les chercher partout. Vous pouvez, continua-t-il en insistant particulièrement sur le « vous », vous pouvez aussi vous risquer à venir les chercher ici…

Il s'arrêta un moment. Son visage ressemblait à celui d'un démon.

— … mais alors, poursuivit-il, vous devrez en assumer les conséquences.

— Tu me menaces, Salomon. Tu me menaces, c'est bien ça ?

— Vous pouvez le prendre comme une menace. Mais elle ne sera exécutée que si vous vous risquez ici avec certaines intentions.

— Ce que tu viens de dire pourrait te coûter très cher aux commissions. N'oublie pas que dans votre dossier, j'ai un rapport de bonne conduite à rédiger sur chacun de vous. Et je peux te dire que ma voix compte…

Cette fois-ci, Salomon éclata franchement de rire, un rire où l'ironie était si sèche qu'elle confinait à la brutalité. Ses compagnons, à ses côtés, ricanèrent également.

— Capitaine Falconi, dit Salomon alors que son rire se dissipait avec peine, vous devez sincèrement nous aimer un peu, ou être vraiment naïf, ou les deux, pour croire que ces commissions auront encore lieu. Après ce qui s'est passé, la mort de Sabrina, et les soupçons naturels qui pèsent sur nous, aucune commission ne sera organisée. L'on n'y pense plus. C'est fini. Je suis convaincu qu'avant la fin de la journée, on l'annoncera.

Matteo Falconi serra les dents. Son bluff avait raté. Salomon disait vrai : l'annonce de l'annulation des commissions avait déjà été faite. Lorsqu'il était passé déposer son arme au poste de gendarmerie, il avait trouvé un mail du président de la CRISE qui venait de lui être adressé.

— T'as sans doute raison, Salomon. Il y a peu de chances que vous passiez en commission avec tout ce merdier.

— De toutes les manières, cela nous importe peu pour l'instant. Les commissions sont un autre calvaire. Nous réglerons cette question plus tard.

— Que veux-tu dire ?

— Que jusqu'à ce que vous trouviez les vrais coupables, nous serons menacés. Et soyez sûr d'une chose, capitaine : nous ne nous laisserons pas faire.

— Les vrais coupables ?

Salomon prit alors une expression mi-moqueuse mi-sérieuse :

— N'avez-vous pas trouvé étrange qu'un Calcagno figure parmi les victimes, et pas l'autre ? Que faisait-il là ?

— Il prenait un verre, je suppose.

— Si vous vous imaginez que les Calcagno pourraient tranquillement prendre un verre dans un lieu où ils sont entourés de ragazzi, c'est que vous êtes plus naïf que ce que je croyais.

— Les Calcagno ? Ils n'ont pas pu faire cela à deux, alors qu'il y avait autant de monde dans le bar. Je veux bien qu'ils soient forts et costauds, mais pas à ce point…

— Qui a dit qu'ils étaient deux, capitaine ?

Matteo Falconi resta un instant silencieux, puis répondit :

— Je vais mener mon enquête de ce côté, Salomon, mais quoi qu'il en soit, t'es pas tiré d'affaire. Tu es impliqué avec tes hommes dans cette histoire. On se reverra.

— Je n'en doute pas, capitaine. J'ai hâte d'y être. Et je suppose que vous aurez votre arme cette fois.

— Tu supposes très justement, dit Falconi.

Salomon éclata encore de rire. Et cette fois, Falconi, en s'éloignant, n'y entendit rien résonner, rien, hormis une profonde cruauté. Il se dirigea vers l'appartement des Calcagno.

57

Deux heures plus tôt, au moment où Francesco Montero allait commencer son discours, une dizaine d'hommes étaient rassemblés dans l'appartement de Fabio et Sergio Calcagno. Les odeurs du sang, des cigarettes et de l'alcool empuantissaient l'air de la pièce. Assis sur des chaises ou à même le sol, les dix hommes pansaient leurs blessures en silence. Leurs visages graves étaient recouverts de marques de coups et d'entailles de blessures fraîches. Dans un coin, une télé était allumée.

— Il est mort, je l'ai vu tomber sous les coups, dit l'un d'eux.

— T'es sûr de ça, Cesare ? Sûr que mon frère est mort ? Réfléchis bien.

— Si Sergio était vivant, Fabio, il serait ici, avec nous, répondit Cesare.

Fabio Calcagno ne dit rien. Cesare disait sans doute vrai. Ce dernier, au bout de quelques secondes, continua :

— Il est mort au combat, comme un véritable homme. Comme un véritable guerrier.

— C'était un véritable et valeureux guerrier, dit Fabio Calcagno.

— Il l'était, répéta Cesare.

— Pour sûr, il l'était, dit un autre homme, qui s'appelait Andrea.

— Ils ont eu l'un de nous. Ils ont fait couler du sang pur. Nous le leur ferons payer. Je veux venger mon frère.

— Nous le vengerons, dit Cesare. Dès aujourd'hui.

Quoiqu'une profonde douleur l'étreignît, Fabio Calcagno savait qu'il pouvait compter sur les hommes qui l'entouraient comme s'ils avaient été ses propres frères. Il versa quelques larmes, mais savait qu'elles ne seraient pas interprétées comme des signes de faiblesse. Au contraire, dans le code d'honneur des ultras, pleurer la mort d'un frère était une chose très respectée. À plus forte raison si ce frère était un véritable frère, un frère de sang.

Cesare, Andrea, puis tous les autres vinrent l'étreindre virilement. Fabio leur en fut reconnaissant.

Tous ces hommes qui avaient accepté de les rejoindre le rendaient encore plus fier. Pour la première fois depuis qu'il vivait à Altino, il avait l'impression d'être à sa vraie place, parmi des hommes. Il se dit que cela aurait été beau que Sergio fût là. C'était lui qui avait eu l'idée de contacter Andrea et Cesare, leurs deux anciens rivaux, qui dirigeaient les supporters ultras de l'équipe de Palerme. Il fit appel à la nostalgie de leur belle et virile rivalité pour les convaincre de venir leur donner un coup de main à Altino où, leur avait-il dit, il y avait de la vermine à combattre. Andrea et Cesare répondirent immédiatement, quelques jours plus tard, qu'ils seraient honorés d'être des leurs, qu'ils leur manquaient, et qu'ils s'ennuyaient depuis qu'ils étaient sortis du circuit. « Aucun ne vous arrive à la cheville, leur avaient-ils dit. À côté des Calcagno, les ultras actuels sont de l'alcool triplement coupé à l'eau, de l'eau-de-vie pour femmelettes précieuses ». Les Calcagno furent flattés. Ils rendirent le compliment. Sur les cendres de leur rivalité passée, s'édifia une nouvelle et solide amitié.

Sergio Calcagno leur avait demandé de venir dès qu'ils le pourraient, avec quelques autres hommes de confiance et amateurs de bagarres. Andrea et Cesare ramenèrent leurs fidèles lieutenants. Ils se mirent d'accord pour arriver à Altino la veille de la finale de football, deux jours auparavant, donc. Ce soir-là, ils se soûlèrent à mort au milieu de grands éclats de rires et de verres, de jurons, de vulgarités multiples et diverses, de généralités malveillantes contre la plupart des femmes (ils sauvaient leurs mères du lot), de nostalgies du passé, de diatribes contre la mollesse du football moderne qui ne portait plus aucune valeur.

Le jour du match, à peine remis de leur gueule de bois, ils s'installèrent parmi les supporters de Piazze et tentèrent de les rallier à leur attitude d'ultras. Ils durent cependant se rendre très rapidement à l'évidence : nul, autour d'eux, ne connaissait les codes ou les chants des ultras. Cela les dépita. Ils traitèrent ceux qui les entouraient de mauviettes qui ne connaissaient rien aux vraies valeurs du football. Puis ils quittèrent le stade à la mi-temps, errèrent un peu dans Altino, puis rentrèrent chez les Calcagno, où ils se soûlèrent, mais moins que la veille, en se repassant des vidéos où on les voyait se battre les uns contre les autres lors d'affrontements violents après des derbys qui avaient opposé Catane à Palerme.

Sergio Calcagno fit un discours aux accents semi-fascistes, remercia ses frères d'être là, les

la rhétorique de Giorgia Meloni

harangua. Il leur parla des migrants qui envahissaient l'Italie, troublaient la pureté de son sang, volaient le travail et l'argent des Italiens. Il dit qu'il était temps qu'on les arrête, et que c'était leur devoir, en tant que dignes fils de l'Italie. Il évoqua Maurizio Mangialepre, leur cousin, qui, malgré une bonne volonté, n'arrivait pas à chasser pour de bon les Nègres.

Fabio Calcagno se rappelait chaque mot, chaque intonation, chaque effet de ce discours. Il frémissait encore en y repensant. Il pleura son frère encore longtemps. Sergio ne pouvait pas être mort. Il était invincible, il était fort, c'était un dragon au feu inextinguible. Il fallait qu'il refuse l'idée de sa mort. Et la refuser, c'était la venger.

— Ça y est, dit soudain Cesare. Je crois qu'ils vont enfin en parler. Un officiel qui va prendre la parole.

Quelqu'un augmenta le volume du son du téléviseur. Et les dix hommes, écoutèrent ce que Francesco Montero, debout devant la *Tavola*, entouré d'une foule de conseillers, de badauds, de gendarmes et de journalistes mêlés, le visage meurtri, allait dire.

C'est ainsi que, quelques minutes plus tard, Fabio Calcagno eut la certitude, apportée par

Francesco Montero, que son frère était bien mort. Cela ne fit que décupler sa soif de vengeance. Il s'était levé et, au milieu de ses camarades, avait dit :

— Faut qu'on continue ce qu'on a commencé hier. Pour Sergio.

— Pour Sergio ! avaient crié les hommes en chœur.

Fabio avait ensuite tenté d'appeler plusieurs fois Maurizio Mangialepre pour le tenir au courant des récents événements.

Mais comme on le sait, Maurizio Mangialepre ne répondit pas à ses appels multiples. Fabio Calcagno ne put ainsi rien lui dire des circonstances de la mort de Sergio. Il eût également voulu lui apprendre ce qu'ils avaient prévu de faire, ses amis et lui, dès cet après-midi, pour venger son frère.

Maurizio Mangialepre ne put non plus répondre à Francesco Montero qui, après son discours, avait essayé de l'appeler. Il voulait simplement s'assurer que Maurizio était bien satisfait de ce qu'il avait fait. S'assurer, aussi, qu'il aurait bien son siège au Sénat, car après ses déclarations, il estimait qu'il le méritait amplement. Mais Maurizio Mangialepre n'avait pas répondu. Francesco Montero avait supposé qu'il était trop occupé à arroser sa future victoire pour lui répondre, et qu'il le rappellerait de toutes les manières plus tard. Francesco Montero ignorait évidemment que, loin de festoyer, Maurizio dépérissait depuis qu'il l'avait entendu citer le nom de Sabrina dans la liste des victimes.

Fatigué, Fabio Calcagno avait renoncé à l'idée d'aller voir son cousin. Il préféra tenter de dormir pour préparer sa vengeance.

***

Deux heures plus tard, Fabio Calcagno réveilla ses amis. Il n'avait pas réussi à dormir. Le souvenir de son frère et l'excitation du combat à venir l'avaient maintenu dans une espèce de merveilleux songe éveillé où il écrasait des têtes de Nègres à coups de batte à côté de son frère redescendu du ciel et auréolé d'un halo de pureté, armé d'une épée de flammes. Sergio, ressuscité dans l'hallucination de son frère, était un ange, un de ceux qui allaient chasser les migrants de Sicile, comme les Séraphins chassèrent Adam et Eve de l'Eden.

Ses camarades se levèrent, encore un peu fatigués, mais déterminés à le suivre jusqu'au bout.

— Tu ne voudrais pas attendre qu'on enterre d'abord Sergio ? lui demanda Cesare.

— Ce serait trop long.

— On aurait dû le prendre hier soir avec nous, dit Andrea.

— Oui, dit Fabio. Je regrette. Mais nous n'avions pas le temps. Les deux gendarmes arrivaient. Je pensais que Sergio était seulement blessé.

Ils se turent tous.

— Mais ce qui est fait est fait. Seule compte la vengeance désormais.

— As-tu prévenu ton cousin Maurizio?

— Non. Pas nécessaire finalement. Le connaissant, il voudrait qu'on ne fasse rien. Et ça, c'est hors de question. On va se battre.

Son téléphone sonna à cet instant. Il décrocha sans avoir reconnu le numéro.

— *Pronto*?

— Fabio? Fabio Calcagno?

— C'est moi? Qui c'est?

— C'est moi, Gennaro Orso. Le boucher. Je suis l'un des sympathisants de votre oncle.

— Me souviens de toi, Gennaro. On se tutoie entre nous, hein, pas de manières… Je t'ai vu tout à l'heure à la télé. T'as bien fait de rappeler la vérité à tous. Merci.

— Je voulais d'abord te présenter mes condoléances pour la mort de ton frère. C'est une grande perte. C'était un grand combattant de la cause. Il est mort pour elle.

— Merci, Gennaro. Je vais le venger.

— Je veux le venger avec toi. Nous voulons le venger avec toi.

— Comment ça ?

— Après le discours du maire, tous les partisans se sont réunis chez moi. Ces sauvages d'immigrés violent et tuent. Si le maire ne veut pas nous défendre et les arrêter, nous irons les combattre nous-mêmes. J'ai essayé d'appeler Maurizio, mais impossible de le joindre.

— Maurizio est indisponible. C'est à moi qu'il a confié la lutte, mentit Fabio.

— D'accord. Que fait-on ?

— Combien êtes-vous ?

— Tous les sympathisants sont presque là. Hommes et femmes. On est près de deux cents.

— Prêts à vous battre ?

— Prêts à mourir pour défendre notre terre s'il le faut.

— Je suis heureux de l'entendre, Gennaro. Je m'apprêtais à mener une action de combat avec une petite équipe. Nous étions dix. Avec vous, on les chassera à coup sûr.

— Quand comptes-tu agir ?

— Maintenant.

Gennaro se tut quelques instants. Puis, d'une voix sombre, dit :

— On te suit.

— Retrouvons-nous dans une heure sur la place principale d'Altino. Ils partiront aujourd'hui ou nous mourrons tous.

Il raccrocha. Fabio regarda ses amis, puis, un sourire démoniaque aux lèvres, leur annonça :

— Nous voici à la tête d'une armée. Ce ne sont pas des ultras, mais leur haine des migrants est immense. Avec eux, nous allons les écraser. Pour Sergio et l'honneur de l'Italie !

— Pour Sergio et l'honneur de l'Italie ! crièrent ses compagnons en chœur.

Matteo Falconi, l'oreille collée à la porte de l'appartement des Calcagno, comprit. Après avoir quitté Salomon et son rire cruel, il s'était rendu chez les jumeaux. Par prudence, il avait d'abord préféré écouter à la porte. Il n'avait pas entendu tout ce qui s'était dit, mais assez cependant pour savoir que quelque chose de mauvais se tramait. Il devait réunir tous ses hommes et s'apprêter à passer une après-midi tendue. Ou pire : sanglante. Il courut vers le poste de gendarmerie.

58

Salvatore Pessoto s'éveilla brutalement, le cœur emballé. Il s'était assoupi à son bureau. Une heure ? Deux heures ? Plus ? Combien de temps avait-il dormi ? Il se leva et sortit. La cour du dispensaire était déserte. Les pompiers avaient dû retourner à la caserne, comme il le leur avait demandé. Il se dirigea vers la salle d'attente. Rosa, Monsieur Marconi, Rustico et l'adjudant Caruso, alignés sur les chaises, dormaient d'un profond sommeil. Rustico avait la bouche largement ouverte ; Monsieur Marconi avait du mal à contenir un ronflement. Salvatore Pessoto ressortit et alla vers la salle où les blessés se trouvaient. Il ne put réprimer un cri dès qu'il entra :

— Bemba !

Bemba, le torse recouvert d'un grand bandage, était redressé sur son lit. Le médecin se hâta à son chevet.

— Comment tu te sens ?

— Je suis solide, coach. Je m'en remettrai.

— Depuis quand es-tu réveillé ?

— Une demi-heure environ. J'ai essayé de me lever, mais je crois que je suis encore un peu fatigué. Ce qui s'est passé hier…

— Tu n'es pas obligé d'en parler maintenant.

— Je sais… Dites-moi, coach… Est-ce que la fille qui cuisinait à la *Tavola* est morte ? Elle s'appelait Concetta…

— Oui, elle est morte, malheureusement. Tu la connaissais ?

— On s'est connus hier seulement. C'était bien parti hein… Très bien même. C'était formidable. Elle était faite pour l'amour. Je crois que nous aurions pu…

Il sourit tristement et ne termina pas sa phrase. Au même moment, comme s'ils s'étaient passé le mot, ou que la voix de Bemba, un peu forte, les avait réveillés, les autres corps commencèrent à bouger. Les uns après les autres, ils ouvrirent les yeux. Le docteur Pessoto, abandonnant Bemba, courut réveiller cex qui dormaient dans la salle d'attente, et ils revinrent tous en manquant de tomber, tant ils se précipitèrent. Les retrouvailles entre sœurs, père et fille, amis, furent déchirantes.

Pessoto s'approcha de Carla. Elle toucha le grand bandeau qui lui recouvrait la tête puis ferma les yeux. Le docteur se dit qu'elle devait tenter, en ces instants, de se remémorer le fil des événements, de retrouver le sens du réel. Lorsqu'elle rouvrit les yeux, son regard affolé et horrifié chercha désespérément autour d'elle une voix qui lui dirait qu'elle se trompait et que, non, ce dont elle venait de se souvenir ne s'était jamais passé. Mais son regard vit Lucia que son père embrassait, il vit Bemba et sa poitrine ceinte de blanc, il vit Pietro qui se tenait la tête, il vit sœur Maria qui priait, les joues couvertes de larmes, il vit Veronica et Rosa qui s'étreignaient, il vit Rustico qui consolait les Filippa. Et elle comprit que le souvenir n'était pas celui d'un cauchemar. Ou si, plutôt : c'était bel et bien la mémoire blessée et lancinante d'un cauchemar ; un cauchemar pur et véritable comme seule la réalité savait en générer. Le regard de Carla erra, puis finit, au bout du voyage dans le vide, par rencontrer celui du médecin, qui était presque à hauteur de son lit. Elle tenta d'en sortir, mais ses forces la trahirent ; elle retomba ; et Salvatore Pessoto la retint avant qu'elle ne tentât de se relever.

— Carla, commença-t-il…

— Dis-moi que ce n'est pas vrai, gémit-elle.

Pessoto ne répondit rien et tourna la tête, comme pour fuir le visage accablé de Carla ; mais autour de lui, tout n'était que tristesse et larmes. Les patients, en se réveillant, faisaient face à l'horreur dans laquelle la ville était plongée. Certains apprenaient ou se rappelaient la mort de leurs proches, d'autres ne parvenaient pas à penser.

Une grande lassitude saisit Salvatore Pessoto. Une fois de plus, il eut l'envie, comme lorsque de nouveaux ragazzi, à peine arrivés, s'éveillaient dans le grand hangar, de sortir de la pièce. Il ressentait exactement ce semblable sentiment d'usure, d'immense fatigue face à des scènes qui le désespéraient profondément. Il voulut être loin, à des lieues de toutes ces personnes qui souffraient et dont il ne supportait même plus le visage. Qu'ils aillent souffrir et pleurer ailleurs. Qu'ils…

— Roberto est mort, sanglota Carla, interrompant ses pensées noires.

Il la regarda sans répondre. L'envie de la laisser là, macérant dans sa douleur, lui traversa quelques secondes l'esprit. Il luttait contre lui-même pour ne pas la laisser éclater au visage déjà meurtri de Carla.

— Roberto est mort, répéta cette dernière.

— Oui, finit par dire Pessoto.

Il ne savait si Carla posait une question ou se rendait à une évidence.

— Je suis désolé. Son corps est à Piazze, rajouta-t-il, tentant de se raccrocher à l'ultime trace de bienveillance qu'il sentait encore en lui.

Carla ne dit rien, mais le médecin vit que son corps tout entier tremblait. Elle respira profondément, comme si l'air lui manquait et qu'elle luttait pour ne pas s'évanouir.

— Merci, Toto, dit-elle au bout d'un moment. Sabrina aussi est morte ?

— Oui, dit froidement Pessoto.

— Et Gianni ?

— Oui.

Elle ferma les yeux, prise de vertige.

— Et qui d'autre, réussit-elle à dire après un temps, en rouvrant les yeux.

— Concetta, la cuisinière, Serena, l'une des filles de Madame Filippa, l'un des frères Calcagno…

— Qu'il crève en enfer, celui-là, dit Carla.

— Est-ce lui qui…, commença le médecin.

— Et Jogoy… ? le coupa brusquement Carla, comme si elle venait d'un coup de se souvenir de lui.

— Jogoy est vivant. Il est là. Je lui ai parlé tout à l'heure. Il s'est rendormi. Mais il devrait être…

Salvatore Pessoto s'interrompit alors qu'il tournait la tête vers le lit de Jogoy, foudroyé. Il pâlit, comme si le diable le visitait.

— Toto… ? Ça va ? dit Carla.

Salvatore Pessoto fut incapable de parler. La parole ne lui revint qu'après de longues secondes. Il parvint à articuler, les yeux hagards :

— C'est Jogoy… Il n'est plus là. Il n'est plus dans son lit.

Le premier lit de la rangée était en effet vide, la couche soigneusement refaite. Comment se pouvait-il qu'il n'ait pas remarqué qu'il n'y avait plus personne ? Était-ce la sieste qui lui avait brouillé l'esprit ? Était-ce le fait d'avoir parlé avec lui deux heures auparavant qui avait produit un inexplicable effet sur son inconscient quant à Jogoy ? Était-ce l'émotion de revoir tous ces visages s'animer qui l'avait aveuglé ? Il l'ignorait. Le fait en tout cas était là : Leone avait quitté le dispensaire. Salvatore Pessoto repensa à leur discussion, avant qu'il ne s'endorme. Étrangement, il ne se la rappela pas immédiatement, mais lui revint vite à la mémoire son regard derrière lequel il n'y avait rien, ni désir, ni amour, ni souvenir. Ni vie. Tout à l'heure, ce regard l'avait inquiété ; désormais, il le terrifiait. Instinctivement, il regarda vers le portemanteau auquel toutes les affaires des

blessés étaient accrochées. Les vêtements de Jogoy
ne s'y trouvaient plus.

— Comment ça, il n'est plus là ? dit Carla,
essayant de se redresser.

— Je… Je ne l'ai pas vu sortir, balbutia le médecin. Tout à l'heure il était là. Nous avons parlé.
Puis je lui ai dit qu'il devait dormir. Je l'ai laissé.

Salvatore Pessoto quitta le chevet de Carla et
se précipita vers le lit inoccupé de Jogoy, qu'il ins-
pecta de manière un peu brusque. Qu'espérait-il
trouver ? Lui-même l'ignorait, mais il continua
rageusement à défaire le lit. Tous les autres le regardèrent. L'adjudant Caruso, Monsieur Marconi et
Rosa remarquèrent seulement à cet instant qu'un
des blessés n'était plus là. Eux non plus ne l'avaient
pas noté plus tôt, comme si Jogoy avait laissé un
puissant charme qui le faisait oublier.

— Bemba, tu as été le premier à te réveiller,
n'est-ce pas ? dit Pessoto sans cesser de s'acharner
sur le lit vide.

— Oui coach.

— As-tu vu Jogoy ?

— Non, coach. Sinon je lui aurais présenté des
excuses. Je ne l'ai jamais vraiment aimé, mais c'est
un bon gars. Il m'a sauvé la vie, hier soir. Il était
là, sur ce lit vide ?

— Oui.

— Il était déjà comme ça quand je me suis réveillé. Y avait personne.

Salvatore, pris de peur, d'inquiétude et de colère, tira le dernier drap de lit d'un geste désespéré. Le carnet noir qu'il avait donné à Jogoy tomba à ses pieds. Il le ramassa, tremblant. Il allait le feuilleter lorsque la voix du père de Lucia retentit :

— Docteur, ma fille aurait une question. Savez-vous où se trouve un dénommé Fousseyni Traoré ?

Pessoto se rappela que Jogoy lui avait demandé la même chose. Il répondit que non, et vit le visage de Lucia s'assombrir de peur et de déception. Il rangea le carnet dans la poche de sa blouse et décida de continuer à s'occuper des blessés, malgré l'envie de fuir, de plus en plus forte, qui l'habitait. Jogoy était sans doute encore faible, mais il ne voulait pas s'inquiéter pour lui ; il reviendrait sûrement. Carla le conforta dans cette idée. Tous deux savaient cependant que le Jogoy qu'ils connaissaient n'aurait jamais agi de la sorte.

59

Matteo Falconi mobilisa tous les hommes qu'il avait sous ses ordres ; quarante gendarmes armés traversèrent ainsi la ville sous les regards curieux et se dirigèrent en formation vers le refuge des ragazzi. Ils arrivèrent et s'alignèrent en une double rangée devant l'appartement de Salomon. Ils montraient des visages graves. La plupart d'entre eux sortaient à peine de l'école de gendarmerie, mais l'angoisse voilait et vieillissait leurs traits. L'arme qu'ils portaient en bandoulière leur donnait une allure étrange, fantomatique ; ils n'avaient pas l'air de savoir ni ce qu'ils tenaient ni ce qu'ils devaient en faire. Quiconque les voyait là, ainsi, savait qu'il s'en trouvait fort peu qui fussent prêts à tirer sur un homme ou même au ciel – voire à tirer tout court. Le coup de feu, avant même d'avoir retenti, les pétrifiait.

Matteo Falconi espérait qu'ils n'en arriveraient pas à l'extrême situation où ils devraient tirer. Mais au point où cette journée en était, il ne se faisait pas d'illusions : d'autres hommes mourraient avant la tombée de la nuit.

Il se retourna vers ses hommes. Hormis le lieutenant Federico, ils étaient toujours aussi livides et apeurés. Il jugea inutile de faire un grand discours : le moment venu, lorsqu'il faudrait tirer pour ne pas mourir, chacun de ces hommes, même le plus lâche tirerait, non pas une balle, mais une rafale entière sur la chose qui le menacera, homme, bête ou dieu.

Salomon, toujours accompagné par sa garde rapprochée, sortit alors que les gendarmes finissaient de manœuvrer.

— Vous voilà donc, comme promis, avec vos hommes, et armés.

— Comme promis, dit Falconi.

— Nous ne nous laisserons pas arrêter ou abattre pour des choses que nous n'avons pas faites.

— Je ne sais pas encore qui a tué cette nuit, même si je commence à me faire mon idée. Et je sais que ce n'est pas vous. Du moins, pas vous seuls. Je ne suis pas là pour t'arrêter, toi et les ragazzi. Pas encore en tout cas.

— Que faites-vous ici avec tout votre détachement alors?

— Je suis là pour maintenir l'ordre.

— Et pourquoi? Qu'est-ce qui le menace?

— Les Calcagno. Celui qui est toujours vivant je veux dire. Il va arriver bientôt à la tête d'une armée. Leur objectif est de vous mettre en fuite.

— Ou de nous tuer.

— Ou de vous tuer, oui.

— Nous n'avons pas besoin de votre aide, capitaine. Nous nous défendrons seuls. Nous les tuerons.

— Je ne vous propose pas ma protection. Je ne cherche pas à vous défendre, mais à défendre ma ville. C'est mon devoir que je fais.

— Et quel est-il, ce devoir?

— Je te l'ai dit. Maintenir la paix et l'ordre dans cette fichue ville. Je crois qu'il y aura des affrontements entre eux et vous. C'est cela que je veux éviter. Par la force s'il le faut.

— Vous agissez bien tard. Cela fait des mois qu'il n'y a aucune paix et que le désordre est à l'œuvre à Altino. Vous en avez même été le complice. Le niez-vous?

— Je ne le nie pas. Mais s'il y a encore quelque chose à sauver…

— Trop tard.

Falconi ne répondit pas et ordonna à ses hommes de se tenir prêts à protéger la ville. Salomon rit et parla à l'oreille d'un de ses hommes. Celui-ci rentra dans l'appartement. Lorsqu'il en ressortit quelques minutes plus tard, tous les ragazzi le suivirent. Falconi vit immédiatement que la plupart d'entre eux ressemblaient à ses propres hommes, habités par la peur, mais déterminés à ne pas se laisser tuer sans réagir. Pour toutes armes, ils tenaient, celui-ci un gourdin, celui-là un couteau, l'autre une grosse pierre ou une fourche. Certains serraient les poings et Falconi devinait que c'était à ces derniers qu'ils confiaient leur vie et leur espoir dans la lutte qui s'annonçait. Salomon tenait lui-même un simple bâton en bois d'un mètre environ, qui se tordait légèrement en son milieu et dont l'une des extrémités se recourbait en un pommeau insolite. L'arme, entre les mains de Salomon, ressemblait à un simple bâton de berger et à un thyrse d'augure, à un humble bâton de pèlerin et à un sceptre royal.

La petite place sur laquelle attendaient les ragazzi et les gendarmes avait la forme d'un grand arc. Les ragazzi, massés, en désordre, se tenaient au creux de cet arc et, devant eux, s'alignaient, sur deux rangées, les gendarmes. Les deux groupes faisaient face à la corde de l'arc, que représentait une suite de grands bâtiments dont les fenêtres ouvertes et les balconnets, où séchait le linge, indiquaient qu'il s'agissait d'appartements. Une seule rue rompait la régularité de cette corde ; elle se situait en son exact milieu, à l'endroit précis où un archer aurait placé sa flèche si la petite place avait été son arme. C'est par cette rue, pensait Falconi qu'arriveraient Calcagno et ses hommes. Son idée était de les laisser arriver à la place puis de les acculer contre les bâtisses qui formaient la corde de l'arc, en sorte qu'ils aient l'air de prisonniers dos à un mur, tenus en joue par un peloton prêt à les fusiller tout contre.

Les deux groupes attendirent ainsi, dans le silence le plus complet. L'après-midi tirait à sa fin et le ciel s'assombrissait déjà. Une demi-heure s'écoula, puis, de la ruelle qui séparait les deux grands alignements de bâtisses blanches, de celle-là même d'où Falconi espérait que Calcagno, Gennaro Orso et leurs troupes arriveraient, vinrent des hommes et des femmes. Falconi crut un temps qu'il s'agissait de ceux qu'il attendait. Mais rien, dans leur attitude, ne laissait penser qu'ils venaient pour faire violence aux *ragazzi*, même si une grande détermination se lisait sur leur visage. Ils n'avaient pas d'armes. À leur tête, se trouvait un homme de grande taille aux cheveux blancs. Falconi reconnut Giuseppe Fantini.

— Que faites-vous là, Maestro ?

— Ces hommes et ces femmes sont là pour faire face. Nous ne sommes pas nombreux, mais chacun tient à ce qu'Altino ne devienne pas un cimetière à ciel ouvert.

— Vous êtes venus défendre les ragazzi ?

— Non, certains d'entre eux portent aussi la violence et la désirent. C'est seulement une certaine idée de la vie en communauté que nous sommes venus défendre.

— Je comprends, dit Falconi. Admirable, mais je crois pas que ce type de discours très noble aura sa place ici. Y aura une sacrée pagaille. Des morts. Du sang va couler. Je ne peux pas vous laisser rester.

— Moi, non, peut-être, car je suis un vieillard. Mais vous n'empêcherez pas ces hommes et ces femmes de défendre leur ville.

— Je suis déjà là pour la défendre.

— Je crois que vous aurez besoin de bras. Ceux qui viennent pour se battre sont nombreux et portés par la rage.

— Vous les avez vus ?

— Ils se rassemblent. Ils viendront bientôt.

Falconi s'écarta, et ceux qui étaient derrière Fantini accédèrent à la place. C'étaient des habitants d'Altino, de simples habitants.

— Comment les avez-vous rassemblés ? demanda Falconi au poète tandis que les habitants entraient sur la place.

— Je n'ai rassemblé personne. Ils se sont rassemblés seuls et sont venus me demander si je souhaitais me joindre à eux. Je n'étais pas au courant de ce qui s'est passé cette nuit. Ils me l'ont appris.

— Eh bien, je vous préviens : ce qui va se passer tout à l'heure sera le clou du spectacle. La cerise sanglante sur le gâteau.

— Vous ne nous dissuaderez pas.

— Vous pouvez encore partir.

Fantini répondit qu'il ne partirait pas, et rejoignit les autres. Matteo Falconi comprit que c'était inutile de tenter de le convaincre.

Le poète se dirigea vers les ragazzi, qui n'avaient pas bougé de leur emplacement. Il reconnut quelques-uns des joueurs qui avaient accepté de revenir s'entraîner. Ceux-ci le saluèrent. Parmi eux, il vit Fousseyni, qui ressemblait à un moineau blessé au milieu d'une tempête. Ses yeux, toujours aussi tristes, disaient en plus une détresse infinie, une prière : faites que tout ceci s'arrête.

Il se rappela le jour où ils étaient arrivés et qu'il les avait discrètement regardés marcher dans les rues d'Altino. Plusieurs mois s'étaient écoulés, mais il lui sembla qu'il lisait les mêmes émotions sur leurs visages.

— Encore vous, lui dit Salomon quand il fut devant lui.

— Toujours moi, lui dit Fantini.

— Cette fois-ci, vous ne convaincrez personne de vous suivre. C'est notre vie qui est menacée.

— Je ne suis pas venu vous convaincre, dit-il à voix haute, en italien, pour que tout le monde l'entendît. Je veux simplement vous dire que vous n'êtes pas seuls, et que si vous croyez que tout le monde veut votre mort, ou votre départ, ce n'est pas vrai.

— Ridicule. Trop tard, toujours trop tard, ricana Salomon. Il n'y a plus rien à faire sinon mourir. Et encore une fois, l'Europe sera responsable. C'est ce que pensait votre défunt curé.

— Tu ne savais rien d'Amedeo. Ne salis pas sa mémoire.

— Il a clairement écrit cela sur un petit papier plié et oublié dans la Bible qu'il m'a donnée. Au fond il était d'accord avec moi. Tout est votre faute : vous, Européens, arrogants, violents, incapables d'ouverture, incapables d'accueil… Tout est votre faute.

— Tu ne serais pas là si les Européens avaient été incapables d'accueil. Tu serais mort ou seul.

— Si j'avais su ce qui m'attendait ici, j'aurais préféré ça. Je vous l'ai déjà dit.

— Tu tiens plus que tu ne le penses à la vie. Tu le sauras avant la fin.

Salomon voulut répondre, mais une vive clameur l'en empêcha. Fabio Calcagno, Andrea, Cesare et Gennaro Orso marchaient à la tête d'une masse d'individus qui avançait vers la place. Cette foule se hérissait de pics et de dents de fourches, de bâtons et de tessons de bouteilles, de gourdins et de lames de couteaux dont les lueurs éclataient dans la pénombre du crépuscule. Certains de ses membres brandissaient des torches ; leurs flammes menaçantes vacillaient nerveusement, bavant de grosses étincelles qui voletaient quelques secondes dans l'air comme des lucioles. À la lueur de leurs meurtriers flambeaux, les hommes de la foule chantaient en avançant dans la rue. C'était un chant aux airs martiaux et guerriers, mais ses paroles demeuraient indistinctes, comme si les voix se mélangeaient sans souci d'harmonie en un vaste bourdonnement.

Mais cette rumeur confuse et gutturale, malgré son désordre, tonnait formidablement tandis qu'ils s'approchaient de la place.

Salomon commença à s'agiter. Ses petits yeux ressemblaient à ceux d'un cobra prêt à attaquer. Giuseppe Fantini s'avança et rejoignit le capitaine Falconi à la tête des troupes. Salomon vint aussi à leurs côtés quelques secondes plus tard. À une dizaine de mètres d'eux, Fabio Calcagno, ses amis ultras et Gennaro Orso demandaient à leurs troupes de cesser de chanter.

La place replongea bientôt dans un turbulent silence. Aux balcons et aux fenêtres, des habitants regardaient, mais craintivement. La vue des armes à feu les terrorisait. Une balle perdue pouvait toujours trouver son chemin vers l'un d'eux. Ils ignoraient ce qui se passait, même s'ils pressentaient l'horreur.

— Vous êtes en état d'arrestation pour trouble à l'ordre public et menace à la sécurité des habitants d'Altino, Calcagno, dit Falconi.

— Venez donc m'arrêter, capitaine, répliqua Fabio dans un ricanement.

— Nous n'hésiterons pas à tirer.

— Nous ne serons pas les seuls à mourir ce soir, cria Fabio. Nous avons un travail à finir !

Et nous le finirons! Vous devriez avoir honte de vous tenir à côté d'un Nègre, continua-t-il en regardant Salomon. Je suis là pour le tuer. Nous sommes là pour les chasser de chez nous!

Les hommes derrière lui crièrent comme des bêtes. Falconi renonça à discuter et, déjà très mince, l'espoir que la présence de ses hommes armés dissuadât ceux de Calcagno s'envola. Les hommes qu'il avait devant lui voulaient simplement en découdre. Il les regarda crier et, derrière ce cri, crut percevoir l'aspiration fétide de la grande Fosse, proche, quelque part dans le crépuscule, s'ouvrant tout autour d'eux, prête à les avaler.

— C'est de la folie, murmura Giuseppe Fantini.

— C'est trop tard pour reculer maintenant, dit Falconi.

— Je sais. Cela n'empêche pas que ce soit de la folie. Ne tirez pas.

— Trop tard. S'ils attaquent, mes hommes ont l'ordre de tirer.

— À cette distance, ce sera une boucherie absolue.

— Même sans coups de feu, ce sera une boucherie, Maestro.

Les deux hommes se turent. À côté d'eux, Salomon gardait le silence, mais tout son être exprimait la sauvage excitation qui bouillonnait en lui.

La corde de l'arc atteignit son ultime degré de tension. La flèche vibrait, prête à siffler et à fendre le monde jusqu'à se ficher dans le cœur haletant d'Altino. Le silence appelait la mort, dont le cheval hennissait déjà au loin. Il accourait, rachitique et terrifiante monture, sabots ensanglantés, naseaux fumants, bave meurtrière et robe de flammes, portant en croupe le noir souci, galopant à bride abattue à travers un champ dont les fleurs figées étaient blanches : des crânes humains. Comme un soleil de nuit, immobile, l'œil trônait dans le ciel, et regardait les hommes.

Chapitre VI

Après presque une année d'impuissance littéraire, voici un nouveau chapitre de ce journal. Ce sera le dernier. Après, je ne pourrai
plus écrire. Je ne sais même plus où je serai.
Je sens déjà, en écrivant ces lignes, que je
suis au bord du vide.

J'ai vu six personnes mourir, hier soir.
Six de trop. Ils sont morts devant mes yeux
et je n'ai aucune envie de supporter ça. Tout
homme a des limites ; les miennes ne sont pas
seulement atteintes : elles sont franchies.
J'ai senti hier que je n'en pouvais plus.

Il faisait encore nuit, mais l'aube n'allait
plus tarder quand ils sont entrés. Ils étaient
dix, ou un peu plus. Je n'ai reconnu que les
frères Calcagno. Dans le bar, nous étions nombreux à être restés. Beaucoup de membres de
l'association : Sabrina, sœur Maria, Lucia,
Gianni, Pietro et Veronica. Et Carla, bien
sûr. Nous n'avons pas arrêté de nous épier
toute la soirée. Il était évident que nous
nous attirions, mais nous avons préféré jouer
les imbéciles et continuer à nous blesser.
Elle sait que je l'aime. À chaque fois qu'elle
embrassait Roberto, j'attirais Serena Filippa
à moi. J'ai été cruel. Cette pauvre belle
fille ne méritait pas que je l'utilise seulement pour blesser Carla et me blesser par
la même occasion. J'espère que de là-haut,

elle me pardonnera. Il y avait de nombreux ragazzi aussi.

Calcagno et plusieurs autres hommes sont entrés en gueulant. J'ignore pourquoi, mais tout en criant, ils exhibèrent chacun son sexe pendant quelques secondes. Ils étaient armés de grandes battes de base-ball. Ivres. Je n'ai pas eu le temps de crier que l'un des Calcagno cognait déjà Francesca Filippa, dont la tête fracassa le bar avant qu'elle ne tombe, inerte. Sa mère n'eut pas le temps de crier : un autre homme du groupe lui asséna un coup de poing à la tempe qui l'étala. Des cris retentirent, des verres volèrent en éclats, des tessons de bouteilles brisées brillèrent. Pendant ce temps les Calcagno faisaient des ravages avec leurs battes, qu'ils faisaient tournoyer puis abattaient presque au hasard sur des corps, des têtes, des tables. Des silhouettes s'effondraient et ne bougeaient plus. D'autres parvenaient à se relever et quittaient le bar à toutes jambes. J'ai crié à tous ceux qui étaient encore debout d'aller vers le fond du bar et de s'armer de tout ce qui pouvait leur servir à se défendre. Dans ce mouvement de panique générale, je vis Sabrina qui allait en sens inverse, vers nos assaillants. Elle criait : « c'est lui qui vous envoie? C'est encore Maurizio! Mais quel lâche! Il ne peut même pas venir lui-même et assumer! Mais quel lâche! Le jour de l'anniversaire de la mort de Hampâté! Mais quelle perfidie! ». Je ne sais pas qui est cet Hampâté. Je ne sais pas ce qu'elle

lâche = coward

espérait. Je crois qu'elle n'avait pas mesuré la violence des hommes devant nous. L'un des Calcagno l'a attrapée et balancée contre un des murs, comme si elle n'avait été qu'un oreiller de plumes. Puis, alors qu'elle reprenait difficilement ses esprits, il est allé vers elle et a commencé à défaire sa braguette. À terre, Sabrina était impuissante : elle a tenté de résister, de griffer, de mordre. L'autre était trop fort. Il l'a lourdement plaquée et a commencé, sous nos yeux, à déchirer ses vêtements. Les autres agresseurs faisaient barrage tandis que le frère Calcagno riait et que Sabrina hurlait. J'attaquai, armé d'une chaise. Tous les autres, Pietro, sœur Maria, Carla, Veronica, Lucia, Fousseyni, Roberto, Concetta, Bemba, Serena, Gianni et quelques ragazzi, me suivirent dans mon élan désespéré, et le combat fit rage. Nous étions légèrement supérieurs en nombre, mais inférieurs en armes et moins entraînés au combat, contrairement aux assaillants qui, de façon évidente, étaient rompus à la violence. Sabrina criait toujours, puis nous n'entendîmes plus du tout sa voix. Nous vîmes seulement, alors que nous essayions de passer le barrage (de battes, de couteaux et de poings américains) entre elle et nous, et que celui-ci nous repoussait sans cesse, le violeur, penché sur Sabrina, lui asséner de violents coups de poings qui produisaient un bruit écœurant sur le corps immobile de Sabrina. Lorsqu'il se releva, le violeur avait les poings rouges. Cela décupla notre rage, et nous

réussîmes à créer une petite brèche dans la
muraille humaine en envoyant à terre deux
hommes. Sœur Maria s'y engouffra la première
en hurlant. Mais avant qu'elle n'atteigne le
corps ensanglanté de Sabrina, un violent coup
de batte l'arrêta. Son voile fut arraché,
sa chevelure blonde que je n'avais jamais vue
s'éparpilla dans l'air comme une traînée d'or,
puis elle s'écroula. Pietro et deux ragazzi
qui étaient sur ses talons subirent le même
sort. Pietro ne s'évanouit pas du premier coup ;
il tenta de se relever, mais un violent coup
de pied faillit lui briser la mâchoire et il
perdit conscience. Les ragazzi qui l'accompagnaient s'évanouirent après les coups de batte.
Les formations étaient rompues, et de petits
groupuscules de combat se formèrent. Je perdis de vue beaucoup de monde. Serena, qui était
derrière moi, ne s'y trouvait plus. Je ne
savais plus où était Veronica. Peut-être derrière le bar. Peut-être dans la cuisine.
Concetta aussi était sortie de mon champ de
vision. Dans un coin, Lucia, Gianni et Fousseyni
étaient aux prises avec deux hommes ; à côté
d'eux, Carla et Roberto, armés de bouteilles
brisées, faisaient face à deux autres agresseurs ; Bemba prenait l'avantage sur un adversaire qu'il rouait de coups. L'un des frères
Calcagno fonça sur moi, la batte en l'air, prêt
à me briser le crâne. J'esquivai instinctivement, avec une promptitude qui me surprit,
et lui assénai de toutes mes forces un direct
du gauche qui l'envoya dans un amas de tables

et de chaises retournées. Je m'emparai de son
arme et courus au secours de Bemba, qui avait
presque assommé son vis-à-vis, mais qu'un autre
adversaire venait de surprendre par derrière :
il lui lacéra la poitrine à coups de couteau
avant de fracasser une bouteille de vin sur
sa tête. J'arrivai juste à temps pour l'empêcher de planter le <u>tesson</u> qui lui était resté *shard*
en main dans sa gorge. Je lui donnai un coup
de batte dans le ventre et il se tordit de
douleur en hurlant. Je crus entendre Bemba,
sur le point de perdre conscience, dire merci,
mais je fonçai déjà vers l'arrière-cour, où
Carla hurlait de frayeur. Lorsque j'arrivai,
je la vis, acculée dans un coin par deux hommes.
Une grande tache de sang souillait ses cheveux blonds. Roberto était à ses pieds, face
contre terre, baignant dans une grande mare
de sang. Je me précipitai vers elle et réussis à frapper le premier adversaire avec ma
batte, pas assez fort pour l'assommer, mais
suffisamment pour que son arcade pisse le sang.
Il s'enfuit vers la salle en jurant. L'autre
homme se jeta sur moi et nous roulâmes par
terre. Carla criait toujours, la masse immobile de Roberto près d'elle. L'homme qui s'était
jeté sur moi se releva plus vite, et repartit
aussi vers la salle principale. Avant de l'y
suivre, je regardai vers Carla. Nos yeux se
croisèrent, elle ouvrit la bouche pour me dire
quelque chose mais avant qu'elle ait pu, je la
vis — c'était sans doute sa blessure — s'effondrer
sur Roberto. Je voulus rester avec elle, mais

dus la quitter : la lutte se poursuivait encore dans la grande salle. Celle-ci était dans un complet désordre, sentant l'alcool et le sang. Je revis le corps de Veronica, inerte à côté du bar. Morte ou assommée ? À côté d'elle, l'autre frère Calcagno, celui que j'avais presque assommé d'un direct, était sur Serena, qui, impuissante, poussait des hurlements déments. J'allai me porter à son secours mais deux hommes, le Calcagno qui avait violé Sabrina, et un autre homme, me barrèrent le passage. Je reculai. Serena hurlait, se débattait. Je vis le visage monstrueux de l'homme bestial qui était sur elle, souriant, bavant. Désespéré, je fonçai. On me repoussa et je perdis mon arme dans le choc. Les deux hommes en profitèrent, fondirent sur moi et me bourrèrent de coups. Je n'entendais plus les cris de Serena. Au moment où je crus que c'en était fini, que j'allais mourir (j'étais à terre, à la merci des coups de batte et de couteau), je vis entrer Salomon et plusieurs autres ragazzi. On les avait sans doute prévenus. Leur entrée rééquilibra les combats. Mes bourreaux durent m'abandonner pour affronter les nouveaux arrivants qui, eux, étaient armés. Salomon était un redoutable guerrier. Au bord de l'évanouissement, je le vis, aidé par les ragazzi qui l'accompagnaient, armé d'un simple bâton, donner une leçon aux agresseurs, qui tombaient, criaient, battaient en retraite. Puisant dans mes dernières forces, je réussis à ramper au milieu de la bagarre qui faisait rage et des

corps anonymes qui jonchaient le sol maculé
de sang. Ramper dans le sang humain, dans le
sang de ses amis morts ou blessés, doit bien
être l'une des plus horribles choses qui soient.
À la fois humiliant, sordide, macabre. Soudain,
tandis que je rampais péniblement vers l'arrière-cour où je voulais retrouver Carla,
le corps de Fousseyni s'écrasa non loin du
mien. Je regardai vers sa direction, et vis
que l'homme qui l'avait projeté, un des Calcagno,
faisait face à Gianni. Celui-ci, visiblement
épuisé, le visage en sang, tentait de protéger Lucia. Gianni attaqua, mais il n'avait
aucune chance : le colosse para facilement son
coup et, sans aucune hésitation, d'un geste
brutal et précis, enfonça la lame d'un grand
couteau dans son ventre. Gianni, empalé sur
la lame, cracha du sang; ses yeux se révul-
sèrent. Calcagno ne retira pas son couteau;
il le tordit encore longtemps dans les entrailles
de Gianni, comme une fourchette dans un plat
de spaghettis, et l'y laissa. Gianni s'écroula.
Calcagno le dégagea de son chemin d'un coup
de pied. Lucia était à lui. Je le vis défaire
sa ceinture. Dans un effort surhumain, je rampai vers Fousseyni et le secouai. Il s'éveilla
presque aussitôt. Encore sonné, il regarda
pourtant immédiatement vers le lieu où se trouvait Lucia, comme si, pendant ces quelques
secondes d'inconscience, il n'avait pensé qu'à
elle. Calcagno l'étendait déjà par terre tandis qu'elle se débattait. Dans la salle, Salomon
et ses hommes prenaient l'avantage sur nos

agresseurs, mais ils étaient trop peu nombreux pour venir dans le coin de la salle où nous nous trouvions. Je tâtai autour de moi, à la recherche de n'importe quel objet dont Fousseyni pût se servir pour empêcher ce Calcagno-ci de commettre son deuxième viol de la soirée. Ma main tomba sur un couteau qu'un des combattants avait dû perdre. Je le saisis et le donnai à Fousseyni, qui se relevait. Calcagno avait le pantalon baissé et arrachait les vêtements de Lucia, dont le hurlement silencieux était plus horrible encore que ceux de Serena. « Tue-le, dis-je à Fousseyni. Tue ce porc ». Nos yeux se croisèrent. Je n'oublierai jamais son regard : son regard qui s'apprêtait à perdre toute innocence, son regard qui n'était plus simplement spectateur de la laideur du monde, mais qui allait y prendre part, qui allait devenir une plaie parmi toutes celles qui gangrénaient le grand corps puant de la charogne humaine. Son regard suppliant. « Tue ce bâtard, répétai-je ». Il détourna la tête, ferma les yeux et fonça vers Calcagno. Celui-ci tentait d'introduire son sexe dans celui de Lucia. Dans un effort dérisoire, la jeune femme le griffait au visage. Fousseyni planta d'abord le couteau entre les omoplates de l'homme. Du sang gicla et éclaboussa le visage de Fousseyni. Calcagno hurla et voulut se retourner pour saisir son adversaire, mais Fousseyni ne lui en laissa pas le temps : il relevait déjà le couteau, qu'il plongea dans l'œil du grand chauve monstrueux, puis dans sa gorge, puis dans sa poitrine, puis dans sa bouche, puis dans l'autre œil, puis un peu partout dans le haut du corps de l'homme, frappant à l'aveugle, frappant avec rage, frappant avec douleur, frappant, frappant comme un possédé, frappant tel un forcené, frappant malgré les giclements saccadées du sang qui l'aveuglaient, pleurant, mêlant son cri au beuglement de l'homme qu'il tuait, qu'il saignait, frappant et frappant avec une inhumaine sauvagerie — ou une si humaine sauvagerie — ; et moi, à terre, le regardant tuer, je souriais de plaisir et d'horreur et de démence, certain que plus rien au monde, en cet instant, ne pouvait non seulement plus être sauvé, mais encore, ne méritait de l'être. Rien de ce qui est inhumain ne nous est non plus étranger. Calcagno, baigné par son propre sang, déchiqueté, comme si une meute de loups-garous s'était disputé les chairs de son visage, s'effondra. Fousseyni lâcha le couteau et se tourna vers moi, haletant. Il venait de produire le plus grand effort physique de sa vie. Il me regarda. Le regard d'un homme que le degré extrême de la violence venait, de manière fulgurante et douloureuse, de traverser. Un regard de peur, d'absolu dégoût de soi et du monde. Je le vis, là, debout, alors qu'autour de lui les autres se battaient, qu'autour de lui des hommes étaient morts. Il regarda Gianni, et j'eus l'impression qu'il se demandait comment un corps humain pouvait contenir autant de sang. Lucia s'était évanouie, mais je crois qu'elle avait eu le

temps de le voir tuer l'homme. Fousseyni la
regarda longuement. Puis, incapable de supporter ce qui se passait autour de lui, il s'effondra. Je n'eus pas la force de ramper vers
lui. J'entendis des cris : « Sergio est tombé,
Sergio est tombé et la gendarmerie va bientôt
arriver, on se tire ». Puis, quelques secondes
plus tard, ce fut la voix de Salomon : « Prenons
les nôtres et partons. Je crois qu'ils sont
tous vivants. Ils se réveilleront. Laissons
Bemba ici, il a déjà perdu du sang et nous
n'avons pas de quoi le soigner. Ils le soi-
gneront mieux que nous. Dépêchons-nous. »

« Que fait-on de Jogoy? avait dit une voix
qui ressemblait à celle d'Appiah Mohamad,
le bras droit de Salomon.

« Il n'est pas des nôtres, dit ce dernier.
On le laisse là. Prenez tous les corps morts. »

« Pourquoi? » dit Appiah Mohamad.

« On va les déposer sur la place. Je veux
qu'ils voient la mort au cœur de leur ville. »

Ses camarades prirent les corps et les traî-
nèrent dehors. Je vis ensuite Salomon s'approcher de Fousseyni, le soulever et le mettre
sur son épaule. C'est la dernière image que
j'eus du champ de bataille. Je voulus ramper,
mais aucun membre ne m'obéit. Un grand trou
noir s'ouvrit, dans lequel je glissai.

Voilà. C'est raconté. Peut-être que ça a
un sens de l'avoir écrit. Peut-être que ça
n'en a pas. Mais comme je crois avoir été,
hier, le dernier à être conscient, j'ai préféré écrire ceci.

Toto, je sais que c'est toi qui trouveras ce carnet. Je te le donne, voilà tout ce que j'avais à dire. Fais-le lire à Carla si elle le désire, qu'elle sache ce que je n'ai pu lui dire. Que je l'aime, tout simplement. Je l'écris clairement, car j'ai peur de ne plus pouvoir le lui dire. J'aimerais aussi dire un grand merci à ses parents, Mario et Valeria, qui ont été pour moi des parents. Dieu sait ce que je serais devenu sans leur aide et leur bienveillance. Quant à toi, mon cher Toto, sache que tu es mon ami. Un grand ami. Et que, quoi que tu en penses, tu es un homme fondamentalement bon. Que toute l'horreur du monde ne te convainque pas du contraire. Je te suis très reconnaissant.

Voilà.

Je suis fatigué, au bord du vide. Très près. J'ai envie de rentrer chez moi. J'ai envie de revoir ma famille. Je ne sais pas si j'aurai le temps, avant de tomber à jamais dans le vide. Mais si le temps venait à me manquer et que je devais rester ici, si je n'ai pas le temps parce que le vide m'a happé, qu'on me prenne, et qu'on me ramène chez moi. Qu'on me ramène auprès des miens. Qu'on me ramène parmi les chants et les cercles et les chœurs du ndût, seul lieu où l'âme guérit, seul lieu où la solitude n'existe pas, seul lieu où l'on sait de quoi on parle, seul lieu où l'on sait encore s'incliner devant le monde, seul lieu où la parole n'est jamais perdue mais coule dans les veines du monde dont il est la sève

et le sang. Qu'on me mette parmi les appre-
nants, qu'on me frappe, qu'on me dise, qu'on
danse pour moi près du feu. Car du ndût je
suis né et au ndût je retournerai.

***

Salvatore Pessoto tremblait, le carnet ouvert
sur son bureau. Ce qu'il venait de lire le boulever-
sait. Les derniers paragraphes lui avaient tiré des
larmes. Il ignorait où se trouvait Jogoy. Il ne savait
pas où le chercher. Si même il fallait le chercher.
Il retourna dans la salle, un peu hagard. Les blessés, toujours avec leurs proches, tentaient de se
remettre. Carla était prostrée sur son lit. Salvatore
Pessoto se dirigea vers elle.

— Carla, dit-il doucement, la tirant d'une
rêverie noire.

Elle sursauta, et mit quelques secondes à revenir parmi eux.

— Ah… Pardon Toto… Oui? Alors? Tu as lu
le carnet… Tu sais où il est?

— Je l'ai lu, oui. Mais j'ignore où il se trouve.

— Qu'est-ce qu'il y a dedans? Qu'est-ce qu'il
y écrit?

— Beaucoup de choses. Tout ce qu'il est. Tout
ce qu'il a vécu. Tu dois le lire.

Il lui tendit le carnet. L'adjudant Caruso entra soudain dans la pièce, essoufflé :

— Il y a une tuerie qui se prépare en ville… Il y a la gendarmerie, les ragazzi, des habitants… Je ne sais qui veut se battre contre qui, ni pourquoi, mais il va y avoir des morts si ça arrive. Beaucoup. Comme s'il n'y en avait pas eu assez hier…

— La mort n'est jamais repue. Elle est toujours en manque de vivants, c'est sa raison d'être, dit Pietro d'une voix désabusée.

60

Fabio Calcagno allait crier l'ordre de charger, Matteo Falconi celui de tirer, quand retentit dans l'air un grondement furieux. C'était un hurlement de rage qui se prolongea de longues secondes, semblable à la colère d'une divinité trahie et promettant sa vengeance. Puis le premier jet de lave en fusion jaillit du cratère comme une lame aveuglante brusquement tirée de son fourreau après des siècles de sommeil. Des fumées rouges et noires s'échappèrent de la bouche du volcan et s'assemblèrent dans le ciel. Sur la place de l'arc, les hommes qui s'apprêtaient au combat restèrent stupéfaits, terrifiés par le hurlement menaçant qui avait retenti.

— *Cazzo*… Qu'est-ce que c'était que ça ? dit Falconi, rompant ce silence angoissé.

— Ça, capitaine, dit Giuseppe Fantini, c'est l'Etna. Et je peux vous dire que je l'ai vu entrer en éruption des dizaines de fois dans ma vie. Jamais, cela n'a commencé par un hurlement pareil, presque humain.

— Et qu'est-ce que ça veut dire ? demanda Falconi.

— Que la ville va probablement être touchée, répondit le vieux poète. Il faut s'apprêter à évacuer Altino.

— Balivernes ! cria Fabio Calcagno, qui les avait écoutés.

— Il n'y a qu'un moyen de savoir si ce sont des balivernes, gros gorille immonde, dit le poète. C'est de rester ici et d'attendre tranquillement que les nuages toxiques t'asphyxient.

Fabio ne répondit rien. Un léger doute l'assaillit.

— Écoutez-moi tous, reprit Fantini en élevant la voix : ce que vous venez d'entendre est l'Etna qui entre en éruption. Et je crois que cette éruption sera assez puissante pour toucher notre ville.

À peine se tut-il que le bruit énorme d'une sirène retentit et emplit l'air. C'était l'alarme qui signalait aux habitants qu'un grand danger menaçait la ville, et qu'il fallait se protéger ou la quitter. Son hurlement était insoutenable. Beaucoup d'hommes, sur la place, se bouchèrent les oreilles pour lui échapper. Elle dura deux longues minutes avant de s'évanouir.

— Cette sirène… Elle n'a jamais retenti depuis que je suis né, dit Falconi.

— Je ne l'ai entendue que deux fois. C'était il y a bien longtemps, et pour une simulation à chaque fois. C'est la première fois qu'elle sonne pour un vrai danger depuis la Deuxième Guerre mondiale, dit Fantini. Partez d'ici! cria-t-il ensuite. Sauvez-vous! Sauvez vos familles! Dans une demi-heure, le nuage sera ici!

— C'est vrai! cria un habitant qui était à une fenêtre de la place. Ils viennent à l'instant de dire à la radio qu'il y a une éruption. Ils pensent qu'elle sera la plus destructrice du siècle. Ils n'ont pas pu expliquer ce réveil subit. Il n'y a eu aucun signe d'une activité. Il faut fuir!

Aux fenêtres, quelques cris de panique retentirent. Sur la place, les hommes restaient immobiles, incrédules, ne sachant que faire.

— Nom de Dieu, gueula Fantini, vous croyez que c'est une…

La fin de sa phrase fut noyée par un autre terrible grondement du volcan. Le sol trembla quelques secondes. Cette fois-ci, la panique gagna la place. Les braves habitants qui étaient venus avec le poète furent les premiers à s'ébattre à travers les rues en criant, chacun cherchant à retourner chez lui pour retrouver sa famille, ses enfants, et tenter de fuir. Gennaro Orso hésita quelques secondes, mais la peur finit par l'emporter sur ses idées et, dans un cri de frayeur, il s'enfuit de la place en jetant le couteau de boucher qu'il tenait. Fabio Calcagno tenta de le retenir, mais Gennaro Orso, sanglier menacé, l'envoya valser et disparut. Toute la foule qu'il avait entraînée le suivit dans une clameur apeurée.

— Rompez les rangs! ordonna Falconi à ses hommes. Allez aider à l'évacuation de la ville! Faites honneur à votre tenue. Ne quittez pas la ville tant qu'un habitant y sera!

Les gendarmes se précipitèrent à leur tour vers les différents quartiers de la ville dans un martèlement des bottes. Cependant d'immenses jets de feu éclaboussaient le ciel. Les laves dévalaient les pentes, meurtrières coulées d'or qu'un alchimiste, le Diable lui-même, avait fondues dans un athanor maléfique. Ce n'étaient plus des larmes, mais des torrents furieux. À intervalles réguliers, l'Etna hurlait. Dans sa langue de pierre, une langue de mille siècles, inconnue ou oubliée des hommes, elle lançait des imprécations fatidiques.

Dans la ville, les cris ne cessaient pas et, de la place, l'on pouvait voir les courses éperdues des hommes, les chutes des femmes tentant de sauver leurs enfants, les premières voitures que l'on chargeait pour fuir. Ne demeuraient sur la place que Falconi, les ragazzi, Fabio Calcagno et les quelques ultras qui l'accompagnaient, ainsi que Giuseppe Fantini. Celui-ci se tourna vers les ragazzi et parla :

— Rentrez dans vos appartements, prenez le nécessaire, et rassemblez-vous sur la place principale de la ville ! Il faut partir d'ici.

— Restez ici, avec moi ! dit Salomon.

— Si vous restez là, vous mourrez ! dit Fantini.

— Si vous partez aussi, vous mourrez ! répliqua Salomon. Où que vous alliez, vous êtes promis à la mort et à la haine.

— Alors partez, et mourez plus tard. Cela vaudra toujours mieux que maintenant.

Deux ou trois ragazzi partirent en courant. Plusieurs autres suivirent. Salomon bégaya des menaces que le volcan engloutit dans ses hurlements. À la fin, il n'y eut plus que sa garde rapprochée, et Fousseyni. L'air toujours perdu, celui-ci n'avait pas bougé.

— Tu ne pars pas, Fousseyni ? lui dit Fantini.

Fousseyni, étonné qu'il se soit souvenu de son nom, le regarda et lui dit qu'il voulait mourir. Salomon ricana et le prit par l'épaule. Fantini le regarda avec une tendresse infinie, puis lui dit qu'il se rappelait toujours la manière dont il avait récité ses poèmes, et qu'il n'oublierait jamais. Un éclair de gratitude passa dans les yeux du garçon, puis disparut derrière le terne éclat qui semblait les posséder.

— Capitaine, dit le poète, allez trouver le maire, et dites-lui de ne pas abandonner ses citoyens. Qu'il aide à l'évacuation.

— Que fait-on de ceux-là ? dit Falconi en désignant les ragazzi et les ultras qui restaient.

— On ne peut rien faire pour eux.

— Et vous ? dit Falconi.

— Je dois d'abord aller chercher mon chien chez moi.

— Retrouvons-nous sur la place principale dans dix minutes. Je ne partirai pas sans vous. Ma mère ne me le pardonnerait pas. Elle a demandé à être enterrée avec un de vos livres.

— J'y serai, dit Fantini.

Puis le poète s'enfonça d'un pas rapide dans le dédale des petites rues, vers sa maison.

— Et maintenant, entretuez-vous si tel est votre souhait, dit Falconi en partant à son tour.

Les ragazzi qui étaient restés fidèles à Salomon et les amis de Fabio Calcagno se firent face. Hormis eux – une vingtaine d'individus – la place était déserte et comme déjà promise à la destruction.

À côté de Salomon, Fousseyni Traoré pensait au sang qui giclait sur son visage tandis qu'il tuait Sergio Calcagno. Il se voyait encore lui crevant les yeux avec le couteau, lui déchirant la poitrine, plongeant la lame rouge dans sa bouche, tranchant sa langue. Des images d'horreur dansèrent devant ses yeux. Gianni, se vidant de son sang. Lucia, les habits déchirés, incapable de crier alors qu'on voulait lui faire vivre l'enfer. Et Jogoy couvert de sang, rampant dans le sang, lui disant de tuer. Et Adama qui tombait dans le désert en le suppliant de le sauver. C'était pour ne pas laisser mourir un autre être qui lui était cher que Fousseyni avait tué Sergio Calcagno. Hier, dans le bar, alors que ce dernier s'apprêtait à faire du mal à Lucia, l'image d'Adama lâchant prise était revenue le hanter.

Cette nuit – était-ce un cauchemar ou une surnaturelle réalité ? – il avait entendu la voix de sa mère, qui lui disait : « Fousseyni, mon Fousseyni chéri, ça y est, je l'ai enfin fait, j'ai coupé le sexe épineux de ton oncle. Il est là, il se tord de douleur, il meurt, il crie comme un fou qu'une voix torture dans sa tête ! Je l'ai fait ! » Il n'avait rêvé que de sang. Tout son esprit n'était plus que sang. Et le rouge du sang avait recouvert le rouge de la

bouche de Lucia; et la sensation du sang sur ses
lèvres remplaçait celle du baiser. L'orange n'avait
plus que l'odeur du sang. Orange sanguine assoiffée de sang… Il fallait mourir. Il se trouvait de
nouveau devant le génie-serpent et, cette fois-ci,
il l'enjamberait; il n'attendrait pas qu'il glisse dans
la brousse. Il l'enjamberait, et le dieu offensé le
renverserait sur la terre avec une force démesurée
et son cou se briserait.

Les deux groupes se regardaient en silence.
Salomon et Fabio Calcagno se défiaient. Ils avaient
la même soif de mort.

L'Etna maudissait toujours dans son antique
et intraduisible langue de pierre. Il était trop tard
pour la calmer.

61

Le glaive de l'éruption continuait à éventrer le ciel, dont toutes les entrailles se déversaient en un vaste nuage rouge et noir traversé d'éclairs. Cette nuée avançait vers Altino, inexorable coulée de sang. Les Hommes criaient, le Volcan hurlait, la Fosse au milieu de la ville produisait toujours son ignoble bruit de succion pour appeler à elle. Tout cela jouait une symphonie sans chef d'orchestre, lancée à toute allure vers un final sans maîtrise.

Matteo Falconi courut à la mairie, sans réel espoir d'y trouver Francesco Montero. Celui-ci était pourtant là, devant le bâtiment, manches retroussées, tentant d'orienter des habitants qui couraient dans tous les sens avec leurs bagages.

— Falconi, vous voilà, j'ai tenté de vous appeler.

— Dans ces conditions, étonnant que vous ne m'ayez pas joint. Êtes-vous au courant du carnage qui se préparait entre…

— Oui. J'allais venir quand le volcan s'est fait entendre. Où sont les ragazzi ?

— Ils se rassemblent sur la place. Presque tous, du moins.

— J'ai réquisitionné autant de bus que j'ai pu. Ils sont déjà là. Je veux que tous ceux qui ne disposent pas d'un véhicule montent. On s'en va d'ici.

— Mais où allons-nous ?

— Qu'importe. Il faut partir. La radio vient de l'annoncer : dans un vingt minutes, le nuage que vous voyez là sera au-dessus de la ville, et quiconque se trouvera en-dessous ou à proximité mourra étouffé. Sans parler d'une possible pluie de flammes.

— Et la ville ?

— Elle sera détruite. Mais on reviendra et on rebâtira, s'il y a quelque chose à rebâtir. Nous serons courageux.

Et l'enquête ? Et les meurtres ?

— On s'en occupera le moment venu. Justice sera rendue. C'est une question de droits humains, et j'y tiens. J'ai donné des instructions pour que les corps des victimes soient mis en sûreté. Mon homologue de Piazze s'occupe aussi de l'évacuation de sa ville, mais il a pris le temps de prendre soin de notre affaire. Maintenant, je veux que vous vous occupiez personnellement de l'évacuation des blessés restés au dispensaire.

— Votre famille ?

— Elle vient de partir. Je la rejoindrai tout à l'heure. Un capitaine doit quitter le bateau en dernier. Allez, Falconi ! Pas de temps à perdre en bavardages. Altino a besoin de nous.

Matteo Falconi trouva que la diction du maire et ses gestes avaient quelque chose de très théâtral, mais il demeura néanmoins bouche bée tandis que Montero, le sourcil grave, tentait d'aider une femme qui avait perdu son enfant dans la mêlée. Il se retourna et partit vers le dispensaire en se disant qu'en fin de compte, tout espoir n'était pas perdu avec les politiques, et que ceux-ci pouvaient parfois faire preuve de courage. Il n'avait pas remarqué l'homme, non loin du maire, qui tenait une petite caméra et le filmait. Il n'avait pas non plus vu le petit micro qui dépassait de la chemise de Francesco Montero. La mise en scène orchestrée par Montero lui avait complètement échappé.

Altino allait retomber dans la nuit ; une nuit rouge, empoussiérée, surnaturelle. Falconi, en courant vers le dispensaire, regarda vers l'Etna, dont la fureur continuait. Jusqu'au bout, il le savait, ils auraient à lutter contre l'énergie noire qui enserrait la ville comme une corde le cou d'un pendu. L'Etna disait quelque chose, mais sa parole était brouillée par la colère. Falconi arriva au dispensaire, où régnait une grande agitation. Salvatore Pessoto organisait déjà l'évacuation. Deux ambulances de Piazze étaient revenues, et l'on y avait mis les blessés. Carla avait tenu à aider à l'évacuation. Malgré sa blessure à la tête, et la détresse que lui causait la mort de Roberto, elle faisait preuve d'un exceptionnel courage.

Salvatore Pessoto chargea Falconi et l'adjudant Caruso de terminer l'évacuation. Il devait aller chercher sa famille. Il avait appelé Angela dès que le volcan avait lancé ses premiers hurlements. Il lui avait demandé de préparer le strict nécessaire et de l'attendre, promettant de venir les prendre le plus vite possible. Falconi, Caruso et quelques pompiers prirent le relais. Pessoto sortit, Carla sur ses talons.

— Toto! Je crois savoir où il est…

— Qui? Jogoy?

— Oui. Je crois savoir… Je vais le chercher. Occupe-toi de ta famille. Si je ne trouve pas Jogoy, je reviendrai sur la place.

— Retrouvons-nous sur la place dans un quart d'heure. Ne traîne pas, Carla. Il sera bientôt là, dit Pessoto en regardant le nuage.

Carla allait partir quand Pessoto lui posa une dernière question

— Tu as lu son journal ?

— Oui, répondit la jeune femme.

— Tu sais donc.

Il ne laissa pas à Carla le temps de répondre, et partit au secours des siens. Carla s'engagea dans une rue où elle croisa des visages remplis d'effroi courant dans l'autre sens.

***

Lorsqu'on la regardait de la *villa*, la nuée enflammée semblait arriver plus vite. Elle avançait, recouvrait, détruisait, chassait, ravageait. L'Etna, au fond de l'horizon, regardait ses troupes tout dévaster sur leur passage. De la *villa*, l'on ne contemplait plus la paix de la nature ; l'on s'inclinait devant sa fureur.

C'est là que Carla trouva Jogoy. Debout sur la balustrade, face au vide, il ne portait rien. Ses habits roulés étaient déposés par terre. Le vent soufflait en bourrasques soudaines et vives qui frappaient son corps nu. C'était le sirocco, le vent qui rendait fou les hommes, mais un sirocco à la chaleur démultipliée. Carla s'approcha lentement. Elle ne fut bientôt plus qu'à quelques mètres de lui.

— Jogoy…

Il ne se retourna pas. Il ne paraissait pas l'entendre.

— Jogoy, c'est moi, Carla.

Cette fois-ci, il l'entendit et se tourna vers elle. Carla vit tout de suite que son regard avait changé, non parce qu'il exprimait différemment les émotions, mais parce qu'il n'en exprimait plus aucune. C'était une steppe glaciale sur laquelle on aurait pu cavaler jusqu'à l'épuisement à la recherche d'un sentiment, une plaine vaste et aride, où rien ne poussait. Il semblait s'être absenté de lui-même.

— Jogoy… Il faut que nous partions. Nous n'avons plus beaucoup de temps…

Jogoy ne répondit rien et reporta son regard vers le vide.

— Jogoy…

L'Etna gronda encore. Un immense éclair illumina le cœur du nuage. Puis un étrange silence régna, pendant lequel le monde parut pétrifié, pris dans la faille entre deux ébranlements. Jogoy, le regard toujours tourné vers le vide, murmura :

— *A mossa.*

Carla ne comprit pas cette langue, mais ça lui était égal. Tout ce qu'elle voulait c'était que Jogoy descende.

— Jogoy… J'ai lu ton journal. Je sais. Je sais tout.

En entendant ces mots, Jogoy regarda enfin Carla, et un sourire d'une tendresse infinie illumina son visage jusqu'alors fermé à toute émotion. Il ouvrit la bouche, peut-être pour lui dire de vive voix l'amour qu'il lui portait, mais les mots ne lui vinrent pas. Deux grosses larmes glissèrent le long de ses joues. Ce fut tout ce qu'il put dire.

Le sirocco déferla sur la *villa*. Jogoy ferma les yeux. Carla n'eut pas la force de crier lorsqu'elle le vit basculer dans le vide.

62

Une chaleur infernale commença à s'abattre sur Altino, annonçant le terrible nuage et les hautes flammes qui l'accompagnaient. Il allait arriver. Il frappait aux portes de la ville. Il les léchait de sa langue de feu, de souffre, de cendre. Régulièrement, la terre menaçait de s'ouvrir en deux. Les hommes étaient déjà en débâcle sur les chemins où, longue colonie de cancrelats, leurs voitures se suivaient, fuyant la ville.

Un pick-up solitaire, pourtant, roulait encore dans les rues tremblantes d'Altino.

Simone Marconi, le père de Lucia, n'avait pu refuser cela à sa fille, mais il venait de l'avertir : s'ils ne retrouvaient pas Fousseyni Traoré dans ce quartier, il faudrait partir. Simone Marconi sentait déjà l'effet du nuage sur ses poumons. L'air devenait de plus en plus lourd, irrespirable, et la chaleur brouillait la vue. Mais Lucia tenait à aller chercher le jeune réfugié qu'elle aimait dans ce dernier quartier. Marconi roula aussi vite qu'il put, au milieu de la ville fantomatique, absente, vidée de toute substance humaine. Cela lui parut terrifiant. Il ne reconnaissait pas Altino, qui n'était plus qu'un vieux tas de ruines que l'éruption allait transformer en néant. La ville, comme les hommes, allait donc retourner à la poussière. Il s'arrêta soudain, lorsqu'au bout d'une petite rue, il arriva sur une petite cour où il vit des corps allongés. Ceux-ci lui apparurent comme à travers les voiles d'un cauchemar. Il s'était demandé si ce n'était pas une hallucination, un énième maléfice jeté par le volcan pour les maintenir ici, les perdre ici, les faire tourner en rond ici jusqu'à l'épuisement et la mort. Il se l'était demandé, oui. Peut-être aurait-il dû suivre le convoi, dont le dernier véhicule était parti un quart d'heure auparavant avec, à son bord, Francesco Montero. Mais sa fille l'avait supplié d'aller à la recherche de Fousseyni. Il n'avait pu lui refuser cela.

Ils descendirent. Les corps étaient éparpillés au sol. La scène donna l'impression à Simone Marconi qu'ils s'étaient entre-tués jusqu'au dernier, comme des hommes naufragés sur une île déserte et finissant par s'entredévorer. Les poussières enveloppaient la place ; il n'y vit bientôt plus grand-chose. Le nuage entrait dans la ville vide, comme un conquérant prenant facilement une province abandonnée par ses soldats.

Les morts, recouverts par les premières particules de cendres, éclairés par cette lumière particulière que l'apocalypse jette sur le monde qu'elle va révéler en détruisant, lui parurent plus fantastiques encore ; et il songea, les regardant, à un tableau de Goya qu'il appréciait particulièrement. On y voyait deux hommes qui, à coups de bâtons, dans la belle lumière d'un crépuscule, s'affrontaient au milieu d'un marécage, s'embourbant à chaque coup. Étaient-ils morts ainsi, s'entretuant alors que le nuage qui allait les tuer les entourait, les poussant à lui faciliter la tâche, à lui épargner la peine de les tuer lui-même ? Marconi releva la tête. Il ne voyait plus rien et sentait qu'il perdait son souffle. Il fallait partir. Il se retourna et ne vit plus Lucia. Il la croyait derrière lui.

La panique le saisit, lui brisa la voix, lui éclata le cœur, lui cassa les cordes vocales, tant et si bien qu'il ne put crier. Il comprit, en cet instant pendant lequel sa voix se refusait à sa volonté, l'étendue de la douleur de sa fille, muette depuis quatre longues années. Il imagina le pire : qu'ils mouraient, sans se voir, sans s'entendre, perdus dans l'obscurité, perdus dans la poussière, asphyxiés à quelques mètres l'un de l'autre probablement, séparés par les corps qui s'étaient entre-tués. Les fumées s'épaississaient. Encore quelques minutes, et le nuage les tuerait. Paniqué, toujours réduit à l'aphasie, il tournoya, désespéré, comme un taureau dans l'arène de sa mort

***

Lucia l'avait soudain vu. C'était lui. C'était bien Fousseyni, étendu là, à quelques mètres. Son émotion avait été si grande qu'elle en avait oublié d'avertir son père, qui marchait devant elle. Elle avait couru vers le corps, s'était agenouillée et, malgré le sang qui lui tachait le torse, les mains et le cou, n'avait pas hésité à toucher son pouls. Il battait. Faiblement, certes. Mais il battait. Lucia releva la tête et ne se rendit compte qu'à ce moment-là qu'elle s'était séparée de son père.

Elle ne voyait plus rien. Au-delà de quelques mètres le nuage de poussières recouvrait le monde et voilait le regard. La chaleur l'accablait et la prenait lentement à la gorge. Fousseyni était inconscient sur le pavé, au milieu d'autres corps qui, eux,

le silence

semblaient morts. Elle attendit. Elle attendit que son père vînt, ou, du moins, appelât pour qu'elle pût, en s'orientant au son de sa voix, le rejoindre. Mais aucune voix humaine ne déchirait le souffle puissant du vent qu'entrecoupaient les grondements réguliers du volcan. Elle suffoquait presque. Elle sombrait dans l'inconscience, lentement, doucement, écrasée de chaleur et d'asphyxie.

Un grand cri la tira de la somnolence mortelle qui la menaçait. Un cri puissant, terrible, jailli des entrailles. Il lui fallut quelques secondes pour se rendre compte qu'il s'agissait de ses propres entrailles, que le cri était son cri, et que la voix était sa voix. Elle eut l'impression que ce cri était, quatre années plus tard, après un long assourdissement, le prolongement de celui qu'elle avait poussé en apprenant le suicide de sa mère. Le hurlement après lequel elle sombra dans le mutisme fut celui par lequel sa voix revint à la vie pour la sauver et sauver Fousseyni. Elle ne s'arrêta pas de hurler. Bientôt, alors qu'elle allait s'effondrer, l'air lui manquant, une silhouette se dessina dans l'obscurité poussiéreuse. Son père, haletant, l'aida à porter le corps de Fousseyni vers la voiture, dont les phares étaient restés allumés. Ils n'entendirent pas, alors que Simone Marconi démarrait, la voix suppliante d'un homme tombé à quelques mètres de là, un homme grand et maigre, aux yeux aussi minces que des fils, vêtu d'un grand habit noir.

C'était Salomon.

Il soufflait faiblement : « ne me laissez pas là, je ne veux pas mourir, pas comme ça ». Personne ne l'entendit. À côté de lui, un bâton recourbé, taché de sang, traînait près d'un grand homme chauve qui n'avait plus de visage. Fabio Calcagno.

Les premières flammes de l'orage volcanique s'abattaient sur Altino lorsque le pick-up, roulant à tombeaux ouverts, quittait la ville. La tête en sang, sur les genoux de Lucia, Fousseyni Traoré venait d'ouvrir les yeux. Il pensait se retrouver en enfer, mais, une nouvelle fois, comme lors de son premier réveil à Altino, ce fut l'odeur d'orange qui l'enivra. Les pleurs de Lucia lui mouillaient le visage tandis qu'elle l'embrassait. Il avait eu la force de demander où il était. Lucia lui avait répondu qu'il était dans ses bras.

Il revenait vers le paradis, vers l'amour, vers le visage de Lucia qui était la lumière du soleil et de tous les autres astres. Il entendit sa voix pour la première fois, et pour la première fois, au milieu de la douleur physique et du goût de son propre sang, il sut ce qu'était l'amour. À elle seule, Lucia était la rédemption de la honte ; elle était là, avec lui, et tout le reste, et le voyage, et la honte, et le désert, et la mer semblaient non seulement lointains, mais aussi dérisoires.

63

Silence imperturbable, comme hors-temps.

Giuseppe Fantini posa son stylo. Le grand poème était terminé. En tout cas, il ne pensait plus devoir y rajouter quoi que ce soit. Il avait écrit les derniers vers face au volcan furieux et au nuage noir qui venait à lui. Bandino, à son côté, était couché, aussi tranquille que d'habitude. Mais il y avait dans le regard du chien quelque chose de différent. Quelque chose comme l'intuition de la fin d'un long voyage. Le vieux poète se leva et, étrangement, ne ressentit aucune douleur à ses articulations. Il se tint un moment devant sa fenêtre. L'Etna refusait de se calmer, cruelle, farouche, superbe. Il ne l'en aima que davantage. Il eût aimé, comme jadis, être tout près d'elle. Être devant la bouche du volcan. Il se rendit soudain compte qu'il s'était jusque-là trompé sur le sens du geste final d'Empédocle. Il avait cru que c'était un sublime et ultime acte philosophique, une sorte de testament moral. Il se trompait. Du moins, ce n'était pas que cela. Empédocle, devant la bouche du volcan, devant les lèvres rouges de son cratère, n'avait fait que l'embrasser. Son acte était un geste amoureux. Érotique. Un abandon du cœur, un appel du corps.

Il revint à son bureau, où le gros manuscrit reposait. Cinq cents feuillets de poésie. Il n'avait jamais autant écrit. Lui, qui avait toujours refusé l'effusion désordonnée du mauvais romantisme, qui avait toujours trouvé dans la sécheresse de la langue le lieu de sa justesse poétique, savait pourtant que la longueur de son dernier recueil lui avait été imposée par une nécessité interne à l'œuvre. Celle-ci avait exigé et dicté sa forme, le poète n'avait fait qu'exécuter. C'était un unique grand poème, jailli d'un seul mouvement. Fantini avait tenté de retrouver là l'une des dimensions que les poètes, depuis trop longtemps, avaient négligée ou oubliée : le récit. Ce qui relate et relie.

Ragazzi. Le titre s'était naturellement imposé. Il savait qu'un roman de Pasolini portait le même nom, mais cela ne le dérangeait pas. Il avait beaucoup de respect et d'admiration pour Pasolini, avec lequel il correspondit même un temps, peu avant son assassinat.

Il n'avait désormais plus rien à dire. Il ne lui restait qu'à faire silence, à avoir envers la poésie, plus que la décence, la loyauté de se taire. Il regarda le manuscrit. Ne lui manquait que la dédicace. Il reprit le stylo et l'inscrivit d'une main sûre et souple sur la deuxième page : « *A Amedeo Bonianno, éclaireur dans l'ombre* ».

« On arrive, mon ami », dit-il.

Il tourna une autre page. C'était le début du poème. Giuseppe Fantini appela Bandino. Celui-ci sut que l'heure était venue et se leva avec une agilité et une joie dont il n'avait plus fait preuve depuis ses jeunes années. Le poète caressa tendrement la bête, de longues secondes ; puis tous deux, tels de vieux amis, entrèrent dans l'œuvre et disparurent dans les premiers vers du grand poème comme s'ils avaient été un passage vers un autre monde. Le poème les accueillait. C'était la preuve que c'était une grande œuvre d'art : on pouvait y rentrer et y vivre.

L'Etna rugit encore, puis le nuage noir recouvrit la ville dans un tourbillon aussi silencieux et mortel qu'un tueur à gages.

64

Là-bas, au loin, au milieu d'un des nombreux lacets de la route montagneuse par laquelle ils fuyaient et d'où ils pouvaient voir toute la vallée, quelques habitants d'Altino s'arrêtèrent quelques instants pour regarder leur ville. Le nuage allait s'y abattre. Chacun d'eux se demanda s'il pourrait un jour y retourner ou s'il serait obligé de retrouver une vie ailleurs. Tragique question qu'un jour, quittant leur terre dont ils ne voyaient plus que les lointaines lumières ou la silhouette enténébrée, plusieurs ragazzi qui étaient à leurs côtés durent aussi se poser.

Salvatore Pessoto, entouré par sa famille et Carla, ne comprenait toujours pas ce qui était arrivé à Jogoy. Carla avait dit des phrases confuses. Il avait cru déceler les mots « villa », « nu », « chute » qui se mêlaient sans cohérence dans sa bouche. Il voulut l'interroger à nouveau à propos de son ami, mais Angela, sa femme, l'en empêcha. Carla, en larmes, n'était pas en état de parler. Lorsqu'il l'avait vue revenir sur la place de l'hôtel de ville sans Jogoy, Pessoto avait voulu partir lui-même à la recherche de son ami, mais il n'en avait pas eu le temps. À contrecœur, il avait dû partir en catastrophe sans rien savoir du sort de son ami. Angela le pressait d'accélérer : à cause du nuage de souffre, l'asthme d'Erica menaçait de se réveiller. Il fallait l'éloigner au plus vite des émanations toxiques de l'Etna.

Vera et Vincenzo Rivera, dans leur petite décapotable rouge où ils n'avaient pas pu charger grand-chose, pleuraient de concert d'avoir dû abandonner *Vanitas Vanitatum*, même si, au milieu des larmes et des morves, Vera dit plusieurs fois que l'art était destruction et que l'on ne devenait artiste qu'après avoir brûlé ses œuvres au moins une fois.

Matteo Falconi pensait à Giuseppe Fantini. Le poète ne s'était pas présenté au rendez-vous. Contre les directives de Francesco Montero, qui le pressait d'embarquer pour partir, il était lui-même allé chercher le poète chez lui. Mais la grande maison ne s'était pas ouverte. Il en avait forcé la porte d'entrée. À l'intérieur, il avait appelé le poète de toutes ses forces, en vain. Il avait alors décidé d'inspecter toutes les pièces, mais rien n'y avait fait : le poète n'était pas là. Dans une des pièces du deuxième étage, il avait trouvé, sur une table de bureau, un gros paquet de feuilles. Il avait hésité à le prendre, mais quelque chose dans la vue du manuscrit lui avait donné la certitude mysté-rieuse qu'il fallait le laisser là, que là était sa place et qu'il ne pouvait avoir de sens qu'en ce lieu, sur ce bureau. Il était finalement parti sans y toucher. Il espérait que Fantini avait pu partir. Il n'était pas repassé sur la petite place en forme d'arc. Il n'avait aucun doute quant au destin des hommes qu'il avait abandonnés là.

Sœur Maria priait toujours, les mains jointes sur sa petite croix d'or. La mort de Sabrina lui était intolérable, et ses prières s'élevaient tant pour le repos de l'âme de son amie, que pour demander au Seigneur de la préserver (elle-même, Maria) de la colère qui la guettait devant l'injustice et l'im-punité de ce crime.

Gennaro Orso n'avait aucun regret. Tout en regardant sa ville mourir, il se disait qu'il l'avait défendue jusqu'au bout, et que sa cause était juste.

Francesco Montero affirmait avec grandi-loquence que la reconstruction était une question

de volonté et de solidarité. L'amour de la ville ser-
vira de ciment et de truelle, c'est avec le cœur qu'on
rebâtit, disait-il. Il reçut, sur son téléphone, un message de Sandro Calvino : « *Maurizio est-il avec toi ?
Je n'ai pas réussi à le joindre* ». « *Non, il n'est pas avec
moi. Il doit être dans un endroit sûr, il a dû se réfu-
gier quelque part* », répondit Montero. Quelque
part, oui, quelque part où personne ne le trouverait, pas même le volcan furieux et son émissaire
cruel : dans le ventre de son fauteuil, qui l'avait
complètement avalé et arraché à ce monde impitoyable où Sabrina, tant haïe et tant aimée, n'était
plus. « De toutes les manières, pensa Montero,
où qu'il soit, je m'en fiche maintenant. Après ce
documentaire sur mon attitude pendant l'éruption, je serai plus qu'un sénateur. Je serai un héros
national. » Et il reprit une expression tragique et
déterminée à la fois, en jetant un regard pénétré
vers l'endroit où Altino se trouvait, ignorant stra-
tégiquement la petite caméra.

Les ragazzi demeuraient silencieux. Ils étaient
habitués à tout cela. La deuxième vie venait de
partir en fumée. Cap alors sur la troisième, sur la
quatrième, la soixante-huitième, la mille-onzième,
qu'importait ; cap sur la vie, cap sur la vie suivante,
quoi qu'elle promette, plénitude ou mort, cap sur

la vaste terre, cap au bonheur, cap au pire, cap sur la lutte à venir, l'éternelle lutte à mener pour mériter d'être un homme.

Le convoi des exilés repartit à travers les entrelacements serrés des virages montagneux. La silhouette d'Altino, prise par le nuage noir, venait de disparaître sous leurs yeux, comme à jamais. Ils se retournaient parfois, dans l'espoir de revoir leur petite ville. Mais ils n'en voyaient plus, au loin, que les derniers feux. Les voix des hommes s'étaient élevées dans le désordre, mais ensemble, pour exprimer une part de leur condition. Puis elles s'étaient toutes éteintes, les unes après les autres, fatiguées et déchirées. L'ultime chant ne leur appartenait pas. Il revenait à l'Etna. Elle l'avait lancé, seule. Puis le chœur d'Altino avait fait silence.

La matière de la ville appartenait désormais à la poésie des ruines. De la cité, ne demeurait intacte que la mémoire. Son allégorie, du moins : la statue d'Athéna n'était pas tombée. Cette terre dans laquelle elle avait reposé de nombreux siècles l'avait épargnée. À dessein.

Car des heures plus tard, au milieu de la désolation et du silence, la statue devint une mémoire incarnée : elle n'était plus un objet d'empoignades universitaires, mais le sujet d'une énergie divine ;

sa pierre s'anima ; la blancheur froide du marbre qui l'emprisonnait devint le rose opalin de la chair gorgée de vie ; la déesse descendit de son piédestal, puis marcha vers l'unique personne qui, restée à Altino, avait survécu.

C'était un miraculé que le petit bois en contrebas de la *villa* avait protégé comme jadis la forêt où on l'initia le protégea ; un individu nu couché entre de grands arbres comme au milieu d'une scène ; un homme devenu fou pour se sauver de la folie de ses semblables. Athéna devait lui transmettre la mémoire du lieu. Ce serait ensuite à lui que reviendrait la tâche de dire le récit des ragazzi d'Altino.

Jogoy ?

l'Ironie des habitants d'Altino avant besoin de quitter chez eux

Remerciements

Je veux exprimer toute ma gratitude à la FACIM, dont j'ai été l'auteur invité à sa résidence littéraire en Savoie pour l'année 2016. Mon séjour au merveilleux château des Allues, à Saint-Pierre d'Albigny, ainsi que toutes les belles amitiés nouées en ces lieux ont nourri l'écriture de ce livre.

Merci, également, à tous ceux qui ont relu, encouragé, corrigé, critiqué ou simplement accompagné, par la force de la pensée, ce livre : toute ma famille (Papa, Maman, tous les hommes de cro-magnon et au-delà), ma Mellie, Elgas, Reynald, Laurent, Lyncx, Marc, Emma, Aram, Anne, mes gars sûrs de Bango, sans oublier toute l'équipe de Présence Africaine Éditions.

M. M. S.

Imprimé en France par
CPI Bussière
en octobre 2023
N° d'impression : 2074355